邯鄲學院學術著作出版基金資助出版

王琦『「李太白全集」輯注』注釋研究

李紅霞／著

中國社會科學出版社

圖書在版編目（CIP）數據

王琦《〈李太白全集〉輯注》注釋研究/李紅霞著.—北京：中國社會科學出版社，2019.8
ISBN 978-7-5203-4783-9

Ⅰ.①王… Ⅱ.①李… Ⅲ.①李白（701—762）—全集—注釋 Ⅳ.①I214.222

中國版本圖書館 CIP 數據核字（2019）第 165966 號

出 版 人	趙劍英
責任編輯	宋燕鵬
責任校對	劉　娟
責任印製	李寡寡

出　　版		中國社會科學出版社
社　　址		北京鼓樓西大街甲 158 號
郵　　編		100720
網　　址		http://www.csspw.cn
發 行 部		010-84083685
門 市 部		010-84029450
經　　銷		新華書店及其他書店
印　　刷		北京君昇印刷有限公司
裝　　訂		廊坊市廣陽區廣增裝訂廠
版　　次		2019 年 8 月第 1 版
印　　次		2019 年 8 月第 1 次印刷
開　　本		710×1000　1/16
印　　張		18.75
插　　頁		2
字　　數		288 千字
定　　價		98.00 元

凡購買中國社會科學出版社圖書，如有質量問題請與本社營銷中心聯繫調換
電話：010-84083683
版權所有　侵權必究

序

郭芹納

　　1985年，在訓詁學日漸興盛的時代，我也爲我所任教的陝西師範大學中文系（現在稱文學院）的學生開設了訓詁學這一選修課。面對這些蓬勃求新、生動向上的青年學子，爲了提高他們的學習興趣，提昇教學質量，我對他們的學習需求、學習心理等問題進行了一些調查研究，從而對自己提出了三個要求：即必須與古代漢語課程相結合，必須與古典文學課程相結合，必須與中學語文教學相結合。中文系的學生都喜歡古典文學，我在學習與教學實踐中也深深地感受到，許多古典文學大家，都能重視並運用訓詁學的方法來分析解決問題。當然，毋庸諱言，缺乏訓詁學修養者，他們的古典文學注本就難免存在一些問題。這些成就與不足，以往的訓詁學還沒有給予應有的足夠的總結與重視。

　　和許多研究語言學的師輩與同人一樣，我也喜歡古典文學，尤其喜歡古代詩歌。在閱讀清人的唐詩注本的過程中，我試着用當代人的眼光，用當代青年學子的眼光予以分析，這自然就令人感到，由於時代的發展變化，這些注本難以滿足當代讀者的需求。例如，仇兆鰲的《杜詩詳注》有許多優點，但是，從今天的閱讀需求來看，顯然有不少需要改進的地方。於是，我把自己的一些看法和學生交流，並指導一位碩士研究生寫出了《淺析〈杜詩詳注〉的注釋得失》一文。而後，隨着閱讀範圍的不斷擴展，感到需要解決的問題日多。我們發現，就已有的詩歌注釋的研究成果而言，大多都是從文學、文獻學角度進行研究的，從訓詁學、注釋學角度予以研究者則甚少；一些訓詁學或注釋學著作談及典籍注釋時也主要論及經史諸子文獻的注釋,很少涉及詩歌的注釋。因此,很有必要對前人的詩歌注釋進行全面的調查和研究,看看他們在詩歌注釋方面都做了哪些工作,為什麼要做這些工作,其價值與意義何在,這些工作有什麼優劣利弊,還有哪些不足,等等。只有經過對大量詩歌注釋作品的細密爬梳、歸納,才能夠總結出有關詩歌注釋的原則、內容、方法與規律等一系列問題。

李紅霞是我招收的第二位博士生,她聰慧勤學,基礎扎實。在她確定博士論文選題的時候,我知道她素喜唐詩,便建議她把自己的興趣和專業研究結合起來,並試着給她説明了我的想法,隨即得到了她的積極響應——十多年後,在研究生們獻給我的"七秩華誕文集"中,我看到了她描寫當時情景的幾句話:"大約在2006年初,老師結合我的研究興趣與我商定了畢業論文選題,即關於李白詩歌注釋的研究。記得老師當時的語氣和神情,充滿了開拓新領域的欣喜和對未來研究的憧憬。"沒想到,我當時的神態,竟然給她留下了如此深刻的印象。大約就是在我的這種情緒的感染之下,她欣然接受了我的建議。我們很快就選擇了以王琦的《〈李太白全集〉輯注》作爲研究對象,幾番討論之後,包括研究內容、研究步驟、詩歌注釋與經文注釋的異同、當代讀者的閱讀需求以及論文框架等內容的方案便基本確定,並由她進一步寫出詳細的提綱。爲了更好地了解當代讀者對古代詩歌注釋的閱讀需求,我們還針對不同年齡層次的當代讀者進行了調查,並由李紅霞徵求心理學研究者的意見,設計了一份調查表。記得浙江大學文學院的方一新教授等人,就幫助我們在他的青年學生中做過調查;陝西省詩詞學會的許多老年會員,也曾是我們的調查對象。

讓我備感欣喜的是,半年後論文開題答辯時,她提交的開題報告已達四萬多字。報告對李白詩歌注釋的概況、詩歌注釋的發展及研究現狀等問題梳理得十分細致,論文的框架已經基本成型。更讓我驚訝的是,在這麼短的時間內,她基本完成了對王琦輯注的注釋條目的收集與整理,對輯注的內容和特點也有了初步總結。由此可見,這位女博士的晨夕苦讀之辛勞,日夜探索之殷勤。

李白是唐代詩歌最主要的代表性人物,與杜甫並爲詩壇巨擘。王琦被稱爲是"清代最博學的注釋家",他的《〈李太白全集〉輯注》也被認爲是李白詩歌古注本中最好的一種，但是以往的研究者多是從文學或文獻學角度論其注釋的價值、特點和不足，或就個別注文的失誤進行考證，尚無人從訓詁學、注釋學角度全面研究其注釋的成果。故而以王琦的《〈李太白全集〉輯注》作爲研究對象，全面考察其注釋內容、方法和特點，揭示其詩文注釋的原理和規律，就可以爲詩歌注釋理論的建立和注釋實踐提供依據和借鑒。李紅霞博士如期完成了論文的寫作，達到了設計的要求——論文在外審和答辯環節得到了評審專家們的一致好評，均認爲是一篇優秀的博士論文。

不僅如此，李紅霞博士的這一成果，也成爲我申請國家社科基金項目《清人之唐詩注釋研究》的重要前期成果之一，應該說，該項目得以獲准並順利通過驗收，李紅霞功莫大焉。因爲，她開創了清人唐詩注釋研究之先河，此後由她的師弟師妹們完成的子課題，如對杜甫、李商隱、王維乃至《唐詩三百首》等詩歌的注釋研究，大多都是在其論文的路數之下進行的。

畢業之後，李紅霞博士又對自己的博士論文進行了多次修改，現在，呈現在讀者面前的著作，就是其反復修改之後的成果。

與博士論文相比，本書的改動主要有三個方面，一是將題目由原來的"王琦《〈李太白全集〉輯注》研究"改爲"王琦《〈李太白全集〉輯注》注釋研究"，雖只是增加了"注釋"二字，但主旨卻更加顯明。二是刪去了原博士論文中《〈李太白全集〉輯注》與經書注釋的比較及對詩歌注釋理論的探討兩部分，留待日後進一步探索。三是將王琦對《李太白全集》校勘的研究改作附論，由原來的第一章移至最後一章。我以爲，這樣的改動是必要的、合理的，它使全書的重點，即對"王琦輯注的注釋研究"更爲集中而凸顯。

重讀書稿，竊認爲該書的價值主要體現在以下幾個方面。

首先，本書是第一次嘗試從訓詁學、注釋學角度全面研究王琦《〈李太白全集〉輯注》之注釋的著作。作者對王琦之注的注釋內容、注釋體式和方法、注釋思想、注釋特色和不足等進行了全面而細致的梳理和分析。分析中又能夠運用訓詁學之直訓、義界、描述、足字釋義、推因等方法考察王琦對一般詞語的解釋，對王琦解釋表層語意、探求語源、揭示喻意或言外之意、串講大意的方法進行了總結，指出王琦以揭示表層語意爲基礎，重視語源、重視以史解句，善於通過語法結構闡發句意的特徵；同時，又從典籍注釋的角度，重點闡述了王琦對徵引式和參見法的使用，並對這兩種體式和方法的條例及價值做出了恰當中肯的分析。由於研究的是詩文的注釋，因此，作者還特別考察了王琦對古事古語的注釋，充分體現了訓詁學、注釋學原理應用於文學作品注釋的特徵。

本書對詩歌注釋內容和注釋體式的考察亦多有新意。作者將詩歌注釋與一般的經、史、子類文獻注釋區別開來，將其注釋內容分爲基礎性注釋和文學性注釋兩大類，指出詩歌注釋中採用徵引式，既可以間接理解詩意、進行藝術賞析，還可以再現李白詩歌對文學傳統的繼承和變革出新，這就充分證實了徵引式廣泛應用於詩歌注釋的理論意義。書中還對王琦引用典籍的種類和頻次進行了統計，發現王琦引用《莊子》和鮑照詩最多，這也從另一角度揭示了李白詩歌創作所受到的影響。

其次，對王琦輯注的注釋特色作了信實可靠的總結，是本書的又一特色。在注釋內容上，作者着重指出了王琦特別重視名物典制和典故的注釋。在解釋名物典制時，除了名物的基本信息外，王氏尤其重視解釋與詩意相關的名物特徵，重視郡國州縣在唐代的地理信息，這就爲詩意理解和注者的"知人論世"奠定了基礎。在注釋體式上，指出了王琦主要採用徵引式注釋；在注釋思想上，指出王琦以"虛己"爲前提，以追求作品原意爲目標，以考據和"以意逆志"的方式來解詩，既體現了訓詁學客觀求實的特徵，又充分認識到詩歌作品的特殊性，從而創作出准確詳贍、風格平實的注釋文本。

再次，本書從學術史的角度探討了王琦注釋風格的成因。作者除了對王琦輯注的注釋材料爬梳細密，還對王琦《李長吉歌詩彙解》，及其他清人所作唐詩注釋材料，如趙殿成的《王右丞集箋注》、仇兆鰲的《杜詩詳注》等進行了簡要分析，指出《〈李太白全集〉輯注》表現出來的重視名物考證、重視推因和徵引文獻注釋、追求作品原意等特徵受到清代考據學風的影響，這也恰是清人唐詩注釋的特徵。

最後，本書還爲唐詩新詞新義的研究開創了一條便捷的途徑。作者認爲王琦自覺模仿李善《文選注》採用徵引文獻的方式注釋，這就從另一側面揭示出這樣一個道理，即某一詞語如果王琦沒有引文注釋，而是用自己的語言直接說解，那麼就有兩種可能，一是前代沒有合適的文獻可供引用，二是該詞可能是唐代的新詞新義，例如書中提到的"白地（平白地）、沙磧（沙漠）、勾當（幹辦）、解領（解悟）、折旋（舞姿）、驚矯（驚飛）、香雲（祥雲）、青冥（山嶺青蒼幽遠）、行杯（傳杯而飲）、霜絲（樂器上的絲弦）、爽然（爽快舒暢貌）、憲章（法度）、淪忽（没落）、層標（重疊的山峰）、山火（圍獵之火）"等即當如此。可以説，這爲我們從注釋角度了解唐代的新詞新義提供了路徑和方法。

總之，李紅霞博士的研究成果，在理論的闡述和運用、數據的選擇和分析等方面都達到了統一，其中雖有個別言語和内容的重複，但瑕不掩瑜，該成果爲研究王琦及詩歌注釋者提供了一個角度新穎的參考。

詩歌注釋研究是一個需要持續、深入鑽研的大課題。可喜的是，我的博士研究生楊永發已經出版了《古代詩歌注釋元素——基於四家注杜的研究》一書，另一位博士研究生丁俊苗出版了《文學典籍注釋基本理論研究》一書，現在，看到李紅霞的這一成果即將出版，令我又備感欣慰，我衷心地希望她再接再厲，沿着詩歌注釋研究的道路繼續奮進，爲新時代詩歌注釋的發展貢獻自己的才智和力量。

是爲序。

郭芹納
寫於陝西師範大學詩詞曲賦楹聯研究中心
2018 年 11 月 25 日

目　　錄

緒論 ……………………………………………………………… (1)
　一　詩文注釋研究 ……………………………………………… (1)
　二　王琦與李白詩文集注 ……………………………………… (15)
　三　《〈李太白全集〉輯注》注釋研究的價值 ………………… (25)

第一章　《〈李太白全集〉輯注》的注釋內容（上）
　　　　——基礎性注釋 ………………………………………… (28)
　第一節　辨明字詞形體關係 …………………………………… (28)
　　一　辨明字詞形體關係的內容 ……………………………… (29)
　　二　辨明字詞形體關係的特點 ……………………………… (35)
　　三　辨明字詞形體關係的不足 ……………………………… (37)
　第二節　解釋語意 ……………………………………………… (39)
　　一　解釋語詞意義 …………………………………………… (40)
　　二　解釋句意 ………………………………………………… (46)
　　三　發明章旨 ………………………………………………… (52)
　第三節　解釋語法和修辭 ……………………………………… (56)
　　一　解釋虛詞 ………………………………………………… (56)
　　二　解釋句法 ………………………………………………… (57)
　　三　説明修辭 ………………………………………………… (57)
　　四　解釋語法和修辞的不足 ………………………………… (59)

第二章　《〈李太白全集〉輯注》的注釋內容（中）
　　　　——解釋名物典制 ………………………………………… (60)
　第一節　解釋地理名物 ………………………………………… (61)

一　解釋山川泉石 …………………………………………（62）
　　二　解釋郡國州縣 …………………………………………（70）
　　三　解釋建築名勝 …………………………………………（77）
第二節　解釋人物 ……………………………………………（80）
　　一　解釋歷史人物 …………………………………………（81）
　　二　解釋現實人物 …………………………………………（82）
　　三　解釋神話傳說人物 ……………………………………（85）
第三節　解釋動植物 …………………………………………（86）
　　一　以解釋基本信息爲主 …………………………………（87）
　　二　重視增廣異名和考察得名緣由 ………………………（89）
　　三　信息擇取繁簡適度 ……………………………………（90）
第四節　解釋典制風俗及其他 ………………………………（92）
　　一　解釋職官制度 …………………………………………（92）
　　二　解釋風俗文化 …………………………………………（94）
　　三　解釋自然天象 …………………………………………（98）
　　四　解釋器物 ………………………………………………（100）
第五節　解釋名物典制的變稱 ………………………………（102）
　　一　直接解釋通行之名 ……………………………………（102）
　　二　以通行之名釋義並考察變稱緣由 ……………………（104）
　　三　詳釋變稱名物特徵 ……………………………………（105）
第六節　解釋名物典制的特點和不足 ………………………（107）
　　一　所釋内容與詩文用意關係密切 ………………………（107）
　　二　以作者時代的信息爲中心釋義 ………………………（112）
　　三　重視解釋文化信息 ……………………………………（115）
　　四　解釋名物典制的不足 …………………………………（117）

第三章　《〈李太白全集〉輯注》的注釋内容（下）
　　　　　——文學性注釋 ……………………………………（123）
第一節　典故的雙重作用與讀者的認知 ……………………（123）
第二節　解釋典故之古事 ……………………………………（126）
　　一　古事的構成要素 ………………………………………（126）

二　解釋古事的特點 ………………………………………（127）
　　三　解釋古事的不足 ………………………………………（131）
　第三節　解釋典故之古語——溯源出處 ……………………（134）
　　一　溯源出處的內容 ………………………………………（134）
　　二　溯源出處在李白詩歌注釋中的價值和審美作用 ……（139）
　　三　溯源出處的條例 ………………………………………（147）
　　四　溯源出處的失誤 ………………………………………（149）
　第四節　意境賞析與藝術品評 ………………………………（154）
　　一　品評寫作手法 …………………………………………（154）
　　二　品評用語之妙 …………………………………………（156）
　　三　品評藝術風格和意境之美 ……………………………（157）

第四章　《〈李太白全集〉輯注》的注釋體式和方法 ………（160）
　第一節　徵引式 ………………………………………………（160）
　　一　徵引式的產生和發展 …………………………………（160）
　　二　運用徵引式的範疇及引書範圍 ………………………（162）
　　三　採用徵引式注釋的原因 ………………………………（165）
　　四　運用徵引式的特點 ……………………………………（167）
　　五　運用徵引式的不足 ……………………………………（171）
　第二節　參見法 ………………………………………………（184）
　　一　使用參見法對注釋點的選擇 …………………………（185）
　　二　此處與參見處注釋內容的比較 ………………………（189）
　　三　標示參見位置的方法 …………………………………（193）
　　四　使用參見法的不足 ……………………………………（196）
　　五　對使用參見法的幾點認識 ……………………………（200）

第五章　《〈李太白全集〉輯注》的注釋成就和不足 ………（203）
　第一節　注釋思想和解詩方法 ………………………………（203）
　　一　"虛己"的闡釋前提 ……………………………………（203）
　　二　以史解詩 ………………………………………………（206）
　　三　考據與"以意逆志" ……………………………………（210）

四　追求原意的注釋目標 …………………………………… (221)
　第二節　注釋的準確和詳贍 ………………………………… (222)
　　一　注釋的準確精當 ………………………………………… (222)
　　二　注釋的詳贍 ……………………………………………… (230)
　　三　注釋風格平實 …………………………………………… (234)
　第三節　注釋的不足 ………………………………………… (237)
　　一　釋事忘意 ………………………………………………… (237)
　　二　注釋重複煩瑣 …………………………………………… (242)
　　三　注釋點選擇失當 ………………………………………… (243)
　　四　釋義的失誤 ……………………………………………… (246)

第六章　附論
　　——《〈李太白全集〉輯注》的校勘 ……………………… (252)
　第一節　校勘的內容和方法 ………………………………… (252)
　　一　搜羅舊本，考鏡源流 …………………………………… (252)
　　二　全面的校勘內容 ………………………………………… (254)
　　三　靈活多樣的校勘方法 …………………………………… (257)
　第二節　校勘的特色和不足 ………………………………… (267)
　　一　校勘勤細精審 …………………………………………… (267)
　　二　疑則備考，信則斷改的求實態度 ……………………… (268)
　　三　校勘的不足 ……………………………………………… (275)

參考文獻 ………………………………………………………… (279)

緒　　論

一　詩文注釋研究
（一）詩文注釋的發展

詩文注釋最早可以追溯到西漢毛亨的《毛詩詁訓傳》，不過因爲《詩》被尊奉爲儒家經典，所以《毛詩詁訓傳》也向來被看作經書注釋。真正的詩文注釋最初圍繞屈原賦和《楚辭》展開，西漢時期有劉安作《離騷傳》，劉向、揚雄分別作《天問注》，但這些注釋大都沒有流傳下來。目前流傳下來有嚴整體例的詩文注釋應當以東漢王逸的《楚辭章句》爲早，"章句"即離章辨句之義，作爲古書注釋的一種體例，它着重逐句逐章分析大意，發明文辭章旨，在串講和分析中隱含解釋部分詞語的意義。王逸闡明的《楚辭》意象的隱喻象徵之義歷來爲人稱道，成爲後代詩歌闡釋意象象徵的源頭之一。魏晉南北朝時期，典籍注釋進一步發展，但詩文注釋卻不受重視。蔣禮鴻先生論及這一時期的詩文注釋概況時说："文學方面，集部在這時期才開始形成和發展，而且就作爲'經國大業'的文章來看，集部遠不如經、史的重要，專門給文集、詩集作注的就比較少見。"① 直到唐代纔有李善《文選注》。李善"祖述源流"，注重引文溯源釋典，將說解語意蘊於徵引文獻之中，開創了一種全新的注釋類型，集中代表了漢唐時期詩文注釋的成就。這一時期，《楚辭》類注釋，還有郭璞的《楚辭注》、皇甫遵訓的《參解楚辭》，《文選》有吕延濟等五臣注。另有一些零散的單篇文章注釋，如蔡邕注班固的《典引》，薛綜注張衡的《西京賦》，張載注左思的《魏都賦》，劉逵注的《吳都賦》《蜀都

---

① 蔣禮鴻：《蔣禮鴻集》第五卷，浙江教育出版社2001年版，第432頁。

賦》,郭璞注《子虛賦》《上林賦》,羅潛注江淹的《擬古詩》等。此外,一些見於史書的單篇文章,往往有史書的注釋者給它們作注,如劉邦、項羽、揚雄、司馬相如的歌詩文賦有顏師古、司馬貞、張守節等人的注釋。

與經史諸子文獻注釋的繁盛相比,漢唐時期詩文注釋的發展比較緩慢。漢代至唐代是經書、史籍、諸子注釋相對比較繁榮的時期,產生了許多對後世有重要影響的優秀的注釋作品,例如,通行的"十三經"注疏,除宋代邢昺作的《論語疏》《孝經疏》《爾雅疏》,孫奭所撰的《孟子疏》以外,其餘大部分注釋都出於漢唐人之手。史籍注本,如《史記》有裴駰、司馬貞、張守節三家注,《漢書》有顏師古注,《後漢書》有李賢注,《三國志》有裴松之注;諸子注本,如《呂氏春秋》《淮南子》有高誘注,《老子》有王弼注,《莊子》有郭象注,《荀子》有楊倞注、《世说新語》有劉孝標注,等等。而與這種繁榮局面極不相稱的,是集部注釋作品寥寥無幾。

在注釋內容和方法上,除李善《文選注》以外,無論文集還是單篇文章的注釋,都深受經史傳注的影響。陸游在《施司諫注東坡詩序》中曾说:"古詩唐、虞賡歌,夏述禹戒作歌,商、周之詩,皆以列於經,故有訓釋。漢以後詩,見於蕭統《文選》者,及高帝、項羽、韋孟、楊惲、梁鴻、趙壹之流歌詩見於史者,亦皆有注。"① 也就是说,絕大多數詩篇的注釋,是因它們附於經史纔有注釋,而非出於注釋者的主觀意願,因此,這些注釋作品更多體現了經史注釋的特徵,即重視釋疑解難,很少揭示文學作品本身的特徵。

與漢唐時期相比,詩文注釋在宋代產生了重要變化,出現了詩文注釋史上的第一次高潮。宋代詩文注釋的繁榮,主要體現在以下兩個方面。

首先,詩文注釋範圍空前擴大,呈現出盛極一時的局面。詩文注釋發展到宋代,出現了詩人別集注本,這一文本形式也成爲後代詩文注釋的主要材料。宋代詩文注釋的材料可以從朝代上分爲兩類,一是注釋宋代以前的詩文,二是注釋宋代的詩文。

宋人注釋宋代以前的作品取得了重要成就。張三夕先生说:"從文學

---

① 陸游:《渭南文集》,《陸游集》第五册,中華書局1976年版,第2106頁。

角度將注詩當作一種具有獨立性的研究工作來做，雖萌芽於唐，而實發展於宋。如宋人注宋以前的詩集有：洪興祖、朱熹注的《楚辭》，湯漢、李公焕注陶淵明，楊齊賢注李白，趙次公、蔡夢弼、徐居仁、黃鶴等人注杜甫，吳正子注李賀；還有號稱'五百家音注'的注韓、注柳等等，不一而足。"① 所謂千家注杜和五百家注韓、注柳雖未必可信，或許只是時人爲了增加注釋分量的一種僞托，但卻在一定程度上反映了宋人詩文注釋的繁榮局面。

宋人不僅注宋以前大家、名家詩文，而且向來以注宋人詩文著稱。給本朝人的作品作注，實際在漢代就已經出現了，如曹大家注釋班固的《幽通賦》，但因所注作品數量極少，在當時和後代都没有産生什麽影響。而宋詩宋注因其量多質高，集中代表了宋代詩文注釋的成就和特色。蔣禮鴻先生説："宋代一些名家的詩集，有本朝的人給他們作注，因爲時代相隔不遠，而注者又曾深入鑽研過這些作品，注得簡要得法。這些注解是：任淵和史容的《山谷詩注》、任淵的《後山詩集注》、李壁的《王荆文公詩集注》。"② 蔣氏所列注本雖然僅是舉例的性質，但他已經注意到了宋人詩注的獨特之處。宋人宋詩箋注，據張三夕《宋詩宋注管窺》一文後列附表統計，存、殘、佚以及只有存目而未見稱引的就有35種，僅注東坡詩者就有17種③，而以一人之力注二三家詩的也不乏其人，如任淵注宋子京、黃庭堅、陳師道詩，趙次公注杜甫、蘇軾詩等，這些注本許多都成爲後代研究的主要參考資料。

其次，在詩文注釋内容、方法的理論認識和實踐上，突破了經史諸子文獻注釋的傳統，體現了詩文注釋的特徵。

宋人在評價前人舊注的基礎上間接表明了對詩文注釋内容和風格的認識，其中尤以對《文選》李善注和五臣注的評價最具代表性。尤袤在重刻《文選注·跋》中云："五臣特訓旨意，多不原用事所出，獨李善淹

---

① 張三夕：《宋詩宋注管窺》，古籍整理與研究編輯部編《古籍整理與研究》第四期，中華書局1989年版，第63—64頁。
② 蔣禮鴻、任銘善：《古漢語通論》，見《蔣禮鴻集》第五卷，浙江教育出版社2001年版，第434頁。
③ 張三夕：《宋詩宋注管窺》，古籍整理與研究編輯部編《古籍整理與研究》第四期，中華書局1989年版，第66—68頁。

貫該洽，號爲精詳。"① 蘇軾在《仇池筆記》中也說："李善注《文選》，本末詳備，所謂五臣者，真俚儒荒陋者也。"② 可見，當時的文人大多贊揚李善注。李善注的突出之處在於對詩文用語用事本末的探求，這一點直接影響了宋人，使探源釋典成爲宋代詩文注釋最主要的注釋內容之一。

周裕鍇先生總結宋代詩注的特點時指出："在宋人的詩集注本中，有三個較突出的特點：一是歷史主義，具體說來，這就是'詩史'概念的普及，由於將詩歌看成是詩人對歷史事件的個人反映，爲詩人編年譜並給詩集編年成爲文本注釋的重要組成部分。二是理性主義，就是按照倫理性、真實性的原則對原文作出詮釋或評判，無論是切己致思的'心解'，還是自由理解的'活參'，都不越'理義大本'的底綫。三是知識主義，以'博極羣書'作爲對闡釋者的基本要求，相信唐宋時期的大詩人的作品都是'無一字無來處'，因而將揭示詩歌語詞出處作爲首要任務。換言之，通過釋'史'、釋'理'、釋'事'而最終獲得詩人的'立言本意'，仍是宋代闡釋者們的共同夢想。"③ 張三夕總結宋詩宋注的特徵爲重出處、重校勘、引證廣、議論多④。事實上，"重出處""引證廣"是密切聯繫在一起的。這些特徵不僅是宋詩宋注，也是整個有宋一代詩文注釋的主流。兩家論述從不同側面指出了宋人的詩文注釋重議論、重史事重編年（知人論世）、重出處的特徵。

宋代最受關注的兩位詩人是杜甫和蘇軾，這與宋人的"詩史"觀念直接相關。"詩史"本指杜甫《贈李白二十韻》一詩，此說見於晚唐孟棨《本事詩》："杜所贈二十韻，備敘其事，讀其文，盡得其故跡。杜逢禄山之難，流離隴蜀，畢陳於詩，推見至隱，殆無遺事，故當時號爲詩史。"宋代"詩史"的觀念空前膨脹，不僅杜詩被冠以"詩史"之名，其他如蘇軾、黃庭堅等人的詩也可以稱爲"詩史"，既然詩歌可以反映歷史，那麼，在注釋中，詩文和當時的史事相互發明，就可以在隱喻性的詩文內

---

① 尤袤：《文選注·跋》，蕭統編，李善注《昭明文選》，上海古籍出版社 1986 年版，第 5 頁。
② 蘇軾：《東坡志林 仇池筆記》，華東師範大學出版社 1983 年版，第 204 頁。
③ 周裕鍇：《中國古代闡釋學研究》，上海人民出版社 2003 年版，第 207 頁。
④ 張三夕：《宋詩宋注管窺》，古籍整理與研究編輯部編《古籍整理與研究》第四期，中華書局 1989 年版，第 65 頁。

掘發史事，並以此驗證作品之意，這也成爲宋代注釋者追求的目標。就宋詩宋注而言，因爲注釋者與作者的時代距離不遠，有的且有師承關係（如任淵與黃庭堅），他們對作者時代的史事諳熟，因此，這種以史掘發隱微的注釋方法就具有一定的可行性，因而也受到時人的重視①。這一特徵，對清代的詩歌注釋也産生了重要的影響。

兩宋詩文注釋的盛況，在元明兩代並沒有沿着同一方向繼續向前發展，代之而起的是詩文評注的盛行。從創作角度來説，詩歌發展到南宋末年，許多詩人都反對江西詩派以議論爲詩、以才學爲詩和以文爲詩，他們改變了詩歌創作的方法和審美取向，如四靈和江湖派詩人反對江西詩派運用典故，於是採用白描手法；反對江西詩派"資書以爲詩"，於是就"捐書以爲詩"②。與這一風尚相應，詩歌注釋的目標和方法必然也會發生改變。從詩歌注釋本身的發展來看，由於宋代詩歌注釋重視典故出處，重視以史探索立言本意，往往導致捕風捉影、穿鑿附會，必然會在内部産生革新注釋手法的要求。詩歌創作主張的改變與詩歌注釋穿鑿附會的弊端相互作用和影響，最終導致了詩歌注釋方法和風格的根本改變，於是，宋元之交，在詩文注釋領域産生了一股反對重出處、反對以史探索立言本意的闡釋思想，周裕鍇稱之爲"反'詩史'説、反意圖、反求實説"③ 十分恰當。這一思想反映在詩文注釋上就是詩文評注或評點的盛行。

詩文評點的形式最早可以追溯到唐代殷璠的《河嶽英靈集》，殷璠在選錄的每一詩人之下大都有一段總評，品評詩人的品性和詩作的特色，有時摘錄妙言警句予以評析，在每一詩篇之下大都沒有評點，體例還不嚴整。真正有影響的詩文評點産生於南宋末年，在評點上取得突出成就的是宋元之交的劉辰翁，他評點過的詩人作品有李白、杜甫、王維、李賀、孟浩然等至少 11 家④。這一注釋形式在元明兩代進一步發展，最終在明代達到高潮。産生了一批著名的評點家和評點作品，如元代方回的

---

① 按：本段參考了周裕鍇《中國古代闡釋學研究》，上海人民出版社 2003 年版，第 233—243 頁。
② 孫望、常國武主編：《宋代文學史》下册，人民文學出版社 1996 年版，第 188 頁。
③ 周裕鍇：《中國古代闡釋學研究》，上海人民出版社 2003 年版，第 285—288 頁。
④ 孫琴安：《中國評點文學史》，上海社會科學院出版社 1999 年版，第 57—58 頁。

《文選顏鮑謝詩評》《瀛奎律髓》,明代顧琳評點的《唐音》,唐汝詢的《唐詩解》、高棅的《唐詩品彙》,等等。

與傳統的詩文箋注在內容上截然相反,詩文評點以評點者"自己的情性感悟爲中心,無視闡釋的有效性,無意探求作者意圖,古人的文本成爲表示自己情感的工具"①。因此,在評點類注釋中,不是語意,而是篇章結構、藝術技巧、格調、妙言警句成爲品評的主要對象。謝榛《四溟詩話》稱"詩有可解、不可解、不必解,若水月鏡花,勿泥其跡可也"②。既然如此,詩歌注釋中意義一項似乎可以省去,這裏的"不解"不是詩意不能解,實在是注者主觀上不願解、不屑解。詩文評點重在評,注可有可無,必要時只作爲評的手段出現,這也造成了元明詩歌注釋的玄妙特徵。例如鍾惺、譚元春《詩歸》,《四庫》提要謂其"大旨以纖詭幽渺爲宗,點逗一二新雋字句,矜爲玄妙"③。明清之交的金聖嘆作的《杜詩解》也以賞析品評杜詩的意境和藝術特色爲主要内容,至於詩篇章旨,則掘發老杜未盡之意,甚至老杜"意之所不能及"④者。可見,詩文評注關注更多的是注釋者的個人理解和感受,而不是作品的原意和本旨。

元明時期詩文評點逐漸興盛,而傳統的詩文箋注則逐漸走向衰落,與前期相比,這一時期產生的詩文箋注本相對較少,對後世的影響也比較小。像蕭士贇的《分類補注李太白詩》、胡震亨的《李詩通》,雖然是李白詩文注釋史上的兩部重要作品,但因蕭氏之注舛謬較多,胡氏之注過於簡略,流傳都不廣泛。

任何事物發展到極致都必然走向它的反面,如同評點是對宋代重出處、重以史探索作者意圖的詩歌注釋的矯正一樣,詩文注釋發展到明末清初,又產生了對元明評點類詩歌注釋的反動,各家的主張似乎又回到了詩文注釋的"正途",即仍以箋注爲主,藉史事以闡明意義,將作品本意與作者意圖作爲闡釋的目標和最終的歸宿。

清人詩歌注釋主要有兩個原則:即客觀的考據與對詩歌文本的重視。

---

① 周裕鍇:《中國古代闡釋學研究》,上海人民出版社2003年版,第314頁。
② 謝榛:《四溟詩話》,丁福保輯《歷代詩話續編》,中華書局1983年版,第1137頁。
③ 《四庫全書總目》卷一九三,中華書局1981年版,第1759頁。
④ 金人瑞原評,趙時揖重訂:《貫華堂選評杜詩》趙時揖序,轉引自周採泉著《杜集書錄》內編卷六,上海古籍出版社1986年版,第480頁。

一方面，在"漢學"的影響下，清人注重一般語詞及名物典制的訓詁，對詩歌語言呈現出的表層含意能夠比較客觀地把握，爲探討作品本意奠定了基礎；其次，對詩歌本意和作者意圖的追求，使得清代詩注者重操先秦"知人論世"的解釋原則，沿着宋人"詩史"的觀念繼續發展。清人注詩，往往以"詩"作爲中心，史事僅是驗證詩歌意義的佐證；同時"史"不僅可以證詩，詩歌也可以補充史料的缺訛。這一原則在錢謙益注杜甫詩歌時已經運用得非常純熟①。如果單純以詞語訓詁和名物考證來解詩，那麼詩歌注釋同經史諸子文獻的注釋也就沒有多大差別了，如果完全藉史事闡明詩意，很可能又走入宋人詩歌注釋的老路。清代的詩歌注釋者沒有重蹈覆轍，他們在求實的前提下，沒有忽視作品的文學性，因此，雖然他們處在經史考證的學術背景下，卻沒有放棄對作品隱喻性、象徵性的探索，達到這一目標的方法即所謂"以意逆志"，此"意"雖然包含了注釋者的主觀意圖，但因爲有"人與人"的共同性作爲闡釋的理論基礎，有訓詁和史實的佐證，此"意"的闡發在一定程度上就有據可依。重視文學性的另一表現，即重視解釋典故、重視賞析意境和藝術手法，這種注釋賞析也絕非元明評點注釋的玄妙難解，而是在釋義基礎上的實實在在的、使讀者可以領會的解說。

　　清人詩歌注釋的主要內容有語詞名物訓詁、溯源釋典、史料考證、詩旨揭示、詩意串講、意境和藝術形式品評等，內容比較全面。在清代以前，漢唐時期的詩文注釋重視語意疏解，李善《文選注》和兩宋詩文注釋重視溯源釋典，元明時期的詩文注釋則重視藝術特色的品評，而清代詩文注釋則將這些內容結合在一起，以哪一方面爲主，與注釋者個人的認識和作注的目標、原則有重要關係，不可一概而論；在解釋原則上，考據與以意逆志並行不悖，共同作用，以指向探求作品本意的目標。基於此，周裕鍇認爲："把歷史的考訂的'注'和文學詮釋的'意'結合起來的方法，可以說是清代詩歌注釋最典型的範式。而這種範式的理論根據，是來自'知人論世'與'以意逆志'兩個古老的闡釋學觀念的聯

---

① 郝潤華：《論〈錢注杜詩〉對清代詩歌詮釋學的影響》，《西北成人教育學報》2000 年第 2 期。

手。"① 此處所謂的"歷史的考訂"是指完全以史事爲材料的注釋，不包括名物訓詁，事實上，名物訓詁中的郡國州縣、山川泉石等地理名物的考證同樣也是知人論世的基礎。

在注釋手法上，清代詩歌注釋遠紹李善《文選注》，延續宋代主流詩歌注釋的風尚，以徵引文獻代替直接說解，將語意融於引文之中。以馮浩的《玉谿生詩集箋注》、趙殿成的《王右丞集箋注》和王琦的《〈李太白全集〉輯注》《李長吉歌詩彙解》等最爲突出，這種注釋方法的使用，與詩文內容和注釋者追求的注釋目標有重要關係。

此外，清代的詩文評點也在繼續發展，產生了一批著名的詩文評點家，如錢謙益、朱彝尊、王世禎、查慎行、屈復、黃生、何焯、沈德潛、方苞、姚鼐、紀昀等。與元明詩文評點不同的是，清代的詩文評點在實證之風的影響下，表現出評注結合的傾向，細致而少虛無。乾嘉以後，甚至評、注、考結合，如姚鼐評點詩歌，便是以考釋爲主，藝術風格的評點反在少數，紀昀、程夢星、姚培謙、馮浩等人都是邊評邊考，評考結合，即使像沈德潛這樣以評爲主的詩評家，也難免時雜一二考釋，以顯示學問的根柢②。

從詩文注釋的發展歷史來看，清代詩文注釋成就最高。首先，清人不僅繼承了前人在解釋原則、方法、內容上的特徵，並將其融會在一起，開創了區別於其他時代的詩歌注釋風格。其次，清代詩文注釋數量多，優秀的注本也多。前代的名家、大家的詩集在清代大都有了注釋，其中以注釋唐代詩人作品爲多，在唐代詩人中，又以注釋杜甫和李商隱的詩歌最多，以注釋杜甫詩歌爲例，著名的就有錢謙益的《錢注杜詩》、朱鶴齡的《杜詩輯注》、仇兆鰲的《杜詩詳注》、楊倫的《杜詩鏡銓》、浦起龍的《讀杜心解》等。可以說有清一代，大凡唐宋以前著名的詩文集都有了注釋③。

詩文注釋自東漢王逸《楚辭章句》作爲真正的集部注釋的開端以來，

---

① 周裕鍇：《中國古代闡釋學研究》，上海人民出版社2003年版，第386頁。
② 孫琴安：《中國評點文學史》，上海社會科學院出版社1999年版，第264頁。
③ 按：大量注釋作品可以參閱《清史稿·藝文志》，中華書局1977年版，第4373—4417頁。

經過漢唐時期的初興，到宋代達到第一次高潮，不僅注釋的範圍由以今注古發展到以今注今，而且在注釋方法和內容上都較前代有了不同程度的發展，產生了一批優秀的注本。但是由於宋代詩文注釋方法和原則本身的弊端帶來的穿鑿附會，在南宋末年產生了評點類詩文注釋的形式，並在元明兩代繼續發展，而此時也正是傳統的詩文箋注衰落的時期。有清一代，在經史考證的學術背景下，注釋者不滿於明代詩文注釋的玄妙和"六經注我"的隨意，於是又以詞語訓詁、史料參證等內容、方法來追求作品本意，並以徵引文獻注釋的方式消解注者的主觀性，以保證闡釋的客觀有效。同時，注釋者也沒有忽視詩文的藝術本質，常常在基本的語意理解基礎之上，通過"以意逆志"的方式求得言外之意。這一時期可以看作詩文注釋發展的第二次高潮，無論是在注釋方法和原則的合理性上，還是在注釋的範圍、質量和效果上都超過前代。

（二）詩文注釋的研究

詩文注釋是古代文學、訓詁學、文獻學、注釋學、解釋學等學科共同關注的研究材料。隨着我國進一步普及傳統文化，加強古籍注釋的要求，一部分學者認識到，要想很好地注釋文學作品，首先應該研究古人注釋的經驗，總結規律。20世紀80年代以來，關於詩文注釋的研究主要有以下幾個特徵。

1. 開展了專人、專書、專題研究

專人、專書、專題研究是指針對某一個注釋家、一種注釋書或某一個問題作專項研究，總結注釋特點，探索注釋方法和規律。唐宋以來，詩文注本日益增多，爲這項研究提供了豐富的資料。

（1）專人、專書研究

專人、專書研究，常常是結合在一起的，對注釋專書特點的總結，也往往就是對注釋者個人思想和特點的研究。此類研究大多針對一種或幾種專門注釋作品，從它在某一方面表現出來的特點、成就與失誤、注釋的思想等方面論述。就目前對詩文注釋的研究情況看，專門以注釋者爲研究對象，探討注釋者思想的論著比較少，主要有李開的《王夫之的注釋學思想初探》，該文主要選取王夫之的《周易外傳》和《楚辭通釋》，論述了王夫之在釋詞解句、解釋典故、解釋語法，以及以解釋語意爲基礎闡述哲學思想的特色。

在專書注釋研究方面，以研究李善的《文選注》、仇兆鰲的《杜詩詳注》和其他杜詩注、錢鍾書的《宋詩選注》的較多。例如，對杜甫詩注的研究，從論文到專著數量較多。如蔣寅《〈杜詩詳注〉與古典詩歌注釋學之得失》肯定了仇兆鰲在解釋詩意、探索詩旨、分析寫作特點和藝術結構，以及編年考證、注釋典章故實等方面的成就，揭示了仇注在溯源上的十種弊病，并借此對語詞溯源在闡釋上的有效性問題提出懷疑。其他如關於趙次公杜詩注①、錢謙益《錢注杜詩》②、朱鶴齡《輯注杜詩》③等的研究皆有論文論著。又如對李善注《文選》④、馮應榴注蘇軾詩⑤、馮浩注李商隱詩⑥、戴震注屈原賦⑦、李壁注王荊公詩⑧等皆有研究。值得注意的是，這一時期也開展了對今人古詩注的研究，尤以對錢鍾書《宋詩選注》的研究爲多⑨。

（2）專題研究

專題研究的成果主要體現在兩個方面，從專門的注釋材料來說，主要集中在歷代注釋較多的文集上，如《文選注》、杜甫詩注、蘇軾詩注等；從詩文注釋發展史來說，主要集中在文集注釋比較發達的宋清兩代。例如，20世紀90年代初、中期，召開"《文選》學"研討會，其中相當一部分討論成果與《文選》李善注和五臣注相關。如孫欽善《論〈文選〉李善注和五臣注》一文從彙集舊注而又有所開創、詳於釋事、精於辨字注音釋義、擅長校勘、詩人小傳和題解、徵引博贍與體例嚴明幾方面論述了李善《文選注》的成就，並從注釋體例、注釋質量和校勘原則

---

① 雷履平：《趙次公的杜詩注》，《四川師院學報》1982年第1期。
② 郝潤華：《論〈錢注杜詩〉對清代詩歌詮釋學的影響》，《西北成人教育學報》2000年第2期。
③ 郝潤華：《朱鶴齡〈輯注杜工部集〉略論》，《杜甫研究學刊》2001年第4期。
④ 卞仁海：《李善的徵引式注釋》，《信陽師範學院學報》2005年第3期。
⑤ 王友勝：《馮應榴〈蘇詩合注〉平議》，《武陵學刊》1998年第5期。
⑥ 王友勝：《馮浩〈玉谿生詩箋注〉的研究方法與學術創獲》，《湘潭大學社會科學學報》2003年第2期；蔡子葵：《馮浩〈玉谿生詩箋注〉研究》，《古籍整理研究學刊》2006年第1期。
⑦ 郭全芝：《戴震的〈屈原賦注〉》，《江淮論壇》2001年第3期。
⑧ 周煥卿：《試論李壁對詩歌箋釋學的貢獻》，《南京師大學報》2004年第5期。
⑨ 例如，黎蘭：《札記體在〈宋詩選注〉中的運用》，陸文虎編《錢鍾書研究採輯》第二輯，生活·讀書·新知三聯書店1996年版；吕明濤、宋鳳娣：《錢鍾書〈宋詩選注〉注釋體例探悉》，《西北師大學報》2001年第3期。

等角度評價了李善注和五臣注的優劣①。其他研究成果，如張三夕的《宋詩宋注管窺》選取宋詩宋注的專題，分析特徵，評述它在宋代詩歌注釋中的成就和地位。李一飛的《清代幾種唐集箋注本略評》選取清代幾種有代表性的唐代詩文箋注本，從輯佚的完備、校勘的精審、注釋的縝密等方面作了簡要述評，指出注者深厚的學力、嚴謹的學術規範等是這一時期注釋者的共同特點。王友勝的《論清人注釋、評點蘇詩的特徵與原因》比較全面地梳理了清代蘇詩注釋、評點的成果，指出清代蘇詩注釋重輯佚校勘、訓詁考訂和評注結合的特點，認爲清代蘇詩注釋的繁榮與清人標舉宋詩、推崇蘇軾有很大關係。

2. 研究範圍比較廣泛

詩文注釋的研究包括諸多方面，對各方面的研究也不斷擴展。目前的研究成果主要體現在兩個層面，一是研究詩文注本在內容和方法上的特點，二是探討在實踐中應該如何進行詩文注釋。

關於詩文注本在內容和方法上的特點的研究，一般是選取有代表性的專書、專題作爲研究材料，從不同角度加以探討。或從總體上論述注釋的成就與失誤，如以上所舉各例。或對詩文注釋的思想觀念和方法進行研究，如李凱《清人注杜的詮釋學觀念》從清人注釋杜詩的接受視域、詮釋目標、詮釋態度和方法、詮釋的核心觀念等幾個方面，選取有代表性的杜詩注論述了清代注杜的主流詮釋思想。或對音注進行研究，如陳若愚《仇兆鰲〈杜詩詳注〉音釋評議》，分析評價了仇注重視對多音多義字注音，重視根據詩歌用韻規律注音的優點，也指出了仇氏在注音上煩瑣冗濫、音義不屬、音律不屬、方音注音等幾個弊病。或從純語言學角度研究詩文注釋者在釋詞方面的特點和方法。如徐道彬《戴震〈屈原賦注〉小學成就述論》，從因聲求義和博綜貫通兩個方面論述了戴震釋詞的方法。還有對詩注中校勘的研究，如胡振龍的《略論王琦〈李太白全集〉的校勘》。

關於實踐中如何進行詩文注釋，主要從注釋的內容、原則和方法等方面進行探討。首先，從讀者角度出發，對詩文注釋的內容和注釋語言

---

① 孫欽善：《論〈文選〉李善注和五臣注》，俞紹初、許逸民主編《中外學者文選學論集》，中華書局1998年版，第354—377頁。

形成了三種不同的意見。第一種意見是主張釋疑解難、注重語句章旨的疏解和藝術賞析，不主張溯源出處；主張以現代漢語釋義，不主張徵引文獻釋義和考證。如靳極蒼①、董醒斌②等學者直接指出我們的注釋所面向的是廣大青年學生，因此注文應當使用現代漢語，反對偏重知識考據和疏引類的注釋。認爲李善《文選注》是"尊古派"，與"詩無達詁"的"創新派"都在批駁之列③。第二種意見與上述觀點相反，主張不妨採用李善《文選注》的方式，指出："'舉先以明後'，即注明出典的傳統注釋方法，是可取的，只要運用得好，不但可以積累資料，開闊眼界，還可以引導讀者去參閱其他書籍，省去許多翻檢之勞。在繼承並發揚這種優良傳統方面，錢鍾書的《宋詩選注》是做得很出色的。"④第三種意見主張"百家爭鳴，百花齊放"，如孫玄常先生認爲應根據讀者的需要制定注釋的原則和指導方針⑤，可以說是對上述兩種意見的折中。王寧、李國英兩位先生更據實例指出，《文選》五臣注和李善注代表了詩文注釋的兩個類型，是針對不同層次讀者的實際情況而創作的，前者是基礎，適合初學者使用，後者是提高，適合研究者使用⑥。

其次，從不同的注釋材料出發探討注釋方法。例如，董洪利《古籍的闡釋》主要探討了名物典章制度和歷史背景等內容的釋義原則，指出名物釋義要選擇恰當的信息，與原文內容相互補充，做到既簡明又便於理解，同時指出應根據不同類型文獻的特徵，合理調整注釋內容，如注釋文學作品應該增加文學欣賞的內容，具體有以下原則：第一，從文學作品的藝術形象出發，以形象給人的感受爲依據，在充分理解的基礎上，展開藝術分析。第二，充分發揮聯想和想象的作用，深入挖掘作品的藝

---

① 靳極蒼：《古代文史名著選譯叢書·凡例》，靳極蒼編《古籍注釋改革研究文集》，山西人民出版社1989年版，第41頁。
② 董醒斌：《古詩詞注解和鑒賞應更新方式》，同上書，第74頁。
③ 靳極蒼：《注釋學芻議》，山西人民出版社2000年版，第43—94頁。
④ 宋謀瑒：《對古籍注釋的一些思考》，靳極蒼編《古籍注釋改革研究文集》，山西人民出版社1989年版，第85頁。
⑤ 孫玄常：《古籍注釋漫談》，《運城高等專科學校學報》2000年第1期。
⑥ 王寧、李國英：《李善的〈昭明文選注〉與徵引的訓詁體式》，俞紹初、許逸民主編《中外學者文選學論集》，中華書局1998年版，第473頁。

術內涵。第三，分析文學作品的藝術技巧和表現手法①。這些對今天的詩文注釋實踐都很有啓發。但是，因爲藝術特徵本身難以用固定的標準來衡量，而且藝術評析很大程度上又依賴注者的主觀聯想，因此這些方法在具體實踐中並不好操作。

3. 詩文注釋的多學科交叉研究正在興起

詩文注釋現在已經成爲多學科共同關注的領域。在文學領域，廖仲安先生論述了"杜詩學"的發展階段，把杜詩注作爲杜詩學研究的一個重要材料②，胡可先先生則直接指出"杜詩學"應該包括"杜詩注釋學"③；許逸民、俞紹初先生也認爲"新選學"應該包括"《文選》注釋學"④。在文獻學領域，向來談論古籍整理者，都把注釋看作其中最主要的工作，新興的中國解釋學或闡釋學的主要研究對象，也是古代的注釋成果，自然包括詩文注釋，如周裕鍇先生的《中國古典闡釋學研究》即以詩歌注釋爲主要對象來研究宋代以後古籍闡釋的思想特徵。近來，在傳播學領域，也有學者把詩文注釋研究與信息傳播學結合起來，探討注釋傳意的問題，如王寧先生的《論言語意義與傳意效果——從古詩鑒賞看傳意的主客觀統一性》就以古詩注釋作爲典型材料，論述了傳意的主觀性和客觀性，以及影響主客觀性的主要因素。

(三) 詩文注釋研究的不足

詩文注釋研究雖日益受到研究者關注，但就目前的研究現狀看，還存在以下幾個主要問題。

1. 詩文注釋史的研究尚屬空白

從整個注釋學的發展來看，一些學者已經開始整理古籍注釋史，但主要是經學注釋史，範圍廣一些的，還包括史籍和諸子文獻的注釋，對詩文注釋很少提及。如齊佩瑢先生的《訓詁學概論》是較早的訓詁學著作，在論述傳注訓詁時沒有提及文集注釋。一些專門論述古代注釋史的

---

① 董洪利：《古籍的闡釋》，遼寧教育出版社 1995 年版，第 222—231 頁。
② 廖仲安：《杜詩學（下）——杜詩學發展的幾個時期》，《首都師範大學學報》1994 年第 6 期。
③ 胡可先：《杜詩學論綱》，《杜甫研究學刊》1995 年第 4 期。
④ 俞紹初、許逸民：《〈文選學研究集成〉序》，俞紹初、許逸民主編《中外學者文選學論集》，中華書局 1998 年版。

論文論著，如汪耀楠先生的《注釋學綱要》"古代注釋史"一節論述的主要是經學，兼及作爲經學附庸的"小學"的注釋歷史，僅提到唐代"文選學"的形成①。即使提到詩文注釋的，如林銀生在《古代漢語通論》論述"古書注釋的發展概况"，僅提及《楚辭章句》《楚辭集注》和《文選注》，在古書注釋非常發達的清代，只提到了經史諸子文獻的注釋，對於這一時期産生的大量優秀的詩文注釋也只字未提②。

2. 專人、專書、專題研究的廣度深度不夠

之所以古籍注釋史少有對詩文注釋材料的關注，也没有專門詩文注釋史的論述，其中一個重要的原因就是對詩文注釋中的專人、專書、專題的研究開展得還不夠深入和全面。當前的研究成果，多集中在《文選注》和杜甫詩注，對於其他有影響的宋詩宋注、清代詩注的研究還没有全面展開。此外，多數研究集中在表層的成就與不足和個别注文失誤的探討上，還没有系統而全面地從注釋材料出發總結古代詩文注釋的具體內容、條例、特點、思想和方法等，没有這項研究作爲基礎，只從宏觀層面探討經驗和失誤就顯得比較單薄。

3. 對注釋實踐經驗缺乏總結

對注釋實踐中的操作原則、切實可行的操作方法的研究還没有展開。現有的幾部普通注釋學著作，如《注釋學綱要》《古籍的闡釋》主要着眼於一般典籍注釋内容的介紹，對詩文注釋中各類不同内容採取怎樣的注釋方法，注釋語言應如何表達，如何寫出便於讀者理解的高質量注文，這些注釋實踐中的操作程序、原則和規律大多没有提及。

4. 多單篇零制，少研究著作

與第二點相聯繫，對專人專注的研究多是單篇論文，較少論著。這與專人、專書、專題研究的薄弱有直接關係。在單篇論文中，不利於進行全方位的研究，因此，作者或從總體上進行評介，或僅就某一個小問題予以論述，研究成果和影響相對較小。

以研究較多的仇兆鰲《杜詩詳注》爲例，吴淑玲《建國以來仇兆鰲

---

① 汪耀楠：《注釋學綱要》，語文出版社1991年版，第294—345頁。
② 王寧、林銀生等編：《古代漢語通論》，北京師範大學出版社2001年版，第255—260頁。

和〈杜詩詳注〉研究述評》一文指出，目前這一領域的研究主要存在五個問題，其中在第二個和第五個問題中就指出："研究仇注的單篇論文多，大部頭著作很少""就個別篇章個別注解研究者較多，就整體研究者很少"。可見，目前對詩文注釋的研究還比較薄弱。

許嘉璐先生曾指出："要使注釋水平迅速提高，就需要從古代注釋書中吸取營養。因此注釋學的重要內容之一就是總結兩千年注釋史上的成敗得失。過去對於古代注釋書缺乏系統的研究，對於有數的幾部注釋書如《詩經》毛傳、鄭箋等也多是客觀歸納'詞例'，而注釋書中的其他內容，如主題思想、修辭表達手法的分析、文句的串講與翻譯等卻少問津。至於注釋書與社會政治文化的關係、注釋內容與形式變化演進的規律等等可以供我們借鑒、對照，幫助我們預測未來的問題，更屬空白。"① 詩文注釋研究更是如此，這一現狀是亟待改變的。進行詩文注釋專書研究，從中總結古代詩文注釋的經驗和規律，建立專門的詩文注釋理論，用以指導注釋實踐，是當前詩文注釋研究的主要任務和研究方向。

二　王琦與李白詩文集注

（一）李白詩文的纂集和注釋

李白（701—762年），性情豪爽，思想複雜，既有隱居、任俠、求仙的經歷和生活，也有"遍幹諸侯"，建功立業的政治熱情。他的作品內容廣泛，在反映生活的廣度、表達思想的深度和藝術創作的高度上都有傑出的成就。他以浪漫主義的精神和詩歌風格，與極具現實主義風格的杜甫成為唐代，乃至整個中國古典文學史上並峙的雙峰，代表了詩歌發展的最高成就。

李白現存詩文千篇，在唐代即有輯本。最早的是唐魏顥（原名魏萬）的《李翰林集》，又有李陽冰所編《草堂集》十卷②，范傳正所編太白詩文二十卷。宋代樂史收集太白歌詩十卷，與《草堂集》互相刊異排為二

---

① 許嘉璐：《注釋學芻議》，許嘉璐《語言文字學論文集》，商務印書館2005年版，第56頁。
② 《新唐書》記載《草堂集》二十卷，樂史《李翰林別集序》稱十卷，據詹鍈先生考證，史書所載可能是范傳正廣《草堂集》所編。詳參詹鍈《李白詩論叢》，作家出版社1957年版，第2頁。

十卷，題爲《李翰林集》，又搜集其文排爲十卷，題爲《李翰林別集》。此本明中葉尚存，至王琦校注時則已"斷帙殘編，無由得覿"①了。後來，宋敏求在樂史本基礎上廣搜逸稿，按類編爲三十卷，以後有曾鞏爲之繫年。曾鞏在後序中説："《李白集》三十卷，舊歌詩七百七十六篇，今千有一篇，雜著六十五篇者，知制誥常山宋敏求字次道之所廣也。次道既以類廣白詩，自爲序，而未考次其作之先後。余得其書，乃考其先後而次第之。"②據詹鍈先生考證，"曾氏考次乃就宋次道（敏求）分類本於每類之中考其作之先後，而非通體爲之編年。其每類之中，作於一時一地者，僅於第一首下注明作者遊踪所在，其下不復重出。"③此即王琦跋語所謂"今之傳世者，皆宋氏增定之本也"④。至此，太白詩文的輯佚編次基本完成。

真正爲我們所見的李白集注本⑤，始自南宋楊齊賢注的《李翰林集》⑥。楊齊賢，字子見，宋寧宗慶元五年（1199年）進士。楊注本流傳不廣，現今較易看到的楊齊賢注文，保存在元代蕭士贇所注的本子裏，以"齊賢曰""士贇曰"加以區別，可以一窺其貌。該本於文賦無注，蕭士贇評價楊注云："惜其博而不能約，至取唐廣德以後事及宋儒記録詩詞爲祖，甚而併杜詩内僞作蘇東坡箋事已經益守郭知達删去者，亦引用焉。"⑦楊注本雖然還比較粗疏，但在宋代"千家注杜"的文化背景下，

---

① 李白著，王琦注：《李太白全集》，中華書局1977年版，第334頁。
② 曾鞏題：《李太白文集後序》，同上書，第1478頁。
③ 詹鍈：《李白詩論叢》，作家出版社1957年版，第6頁。
④ 李白著，王琦注：《李太白全集》，中華書局1977年版，第1688頁。
⑤ 按：本段主要簡述李白全集或選詩較多的注本，另有一些選注、選評本不再輯録簡評，詳細内容可參考申鳳《李集書録》，《李白學刊》編輯部編《李白學刊》第一輯，上海三聯書店1989年版。本段參考了詹鍈《李白詩論叢·李太白集板本敍録》，關於李白詩文集的版本流傳也可參考此書。
⑥ 按：胡振龍考證："據現有史料可知，大致在北宋末、南宋初，産生了歷史上第一部李白詩注本——《注太白詩》，只不過它出自金人王繪之手。……遺憾的是，其《注李白詩》未能流傳下來，故其注釋面貌我們無從得之。"並引《御訂全金詩增補中州集》卷三五、清黄虞稷《千頃堂書目》卷三二爲證，指出金人王繪乃天會二年（1124年）進士，楊齊賢生卒年月雖不可考，但登進士第的時間爲宋寧宗慶元五年（1199年），生活年代晚于王繪。因此，王繪堪稱注李白詩的第一人。參見胡振龍《李白詩古注本研究》，陝西人民出版社2006年版，第53頁。
⑦ 蕭士贇：《補注李太白集序例》，李白著，王琦注《李太白全集》，中華書局1977年版，第1511頁。

這種開創之功是不可磨滅的。

　　元代蕭士贇在楊注的基礎上作《分類補注李太白詩》二十五卷。蕭士贇，字粹可，號粹齋，又號冰崖後人。他自幼習讀太白歌詩，漸長便專意於此，他有感於李詩注本遠遜於杜詩注本，於是潛心注李。蕭氏爲了提高李白詩歌在傳播史上的地位，使李注與杜注相當，常常拿李白和杜甫相比，拿李詩和杜詩相比，他以杜甫忠君憂國的思想來衡量李白，以杜詩無一字無來處的創作風格來衡量李詩，因此，蕭氏重視溯源和解釋言外之意，時有發明，常爲王琦引用。但是，由於他注釋李詩"冥思遐想""旁搜遠引"①，注文蕪雜，又多臆解，故胡震亨評其"蕭譏楊事辭不求所本，多取唐廣德後事及宋儒詩詞爲解。乃蕭之解李，亦無一字爲本詩發明，卻於詩外，旁引傳記，累牘不休。"②王琦跋中亦謂其"不能無冗泛踳駁處"③。後有明嘉靖二十二年（1543年）郭雲鵬重刊蕭注本三十卷，郭氏在蕭本基礎上增加了雜文五卷，大力刪削蕭注繁雜之處，又於《古風》五十九首增入徐昌穀評語。這是我們今天較易看到的本子。

　　明代比較有名的李白詩注本是胡震亨的《李詩通》二十一卷。胡震亨（1569—1645年），字孝轅，晚年自稱遯叟，浙江海鹽人，才識通敏，著述豐厚，見於《明史·藝文志》的有《靖康盜鑒錄》一卷，《讀書雜錄》二卷，《秘册彙函》二十卷，《續文選》十四卷，《唐音統籤》一千二十四卷④，《四庫》著錄的有《海鹽縣圖經》十六卷，《唐詩談叢》一卷，《千頃堂書目》還載有《李杜詩通》，《浙江通志》載有《文獻通考纂》《赤城山人稿》等。胡氏涉獵廣泛，尤以唐詩研究成果卓著。周本淳先生評價："在明朝後期研究唐詩幾位成就較高的學者中，胡震亨可稱巨擘。他的貢獻遠在楊慎、王世貞兄弟乃至胡應麟之上。"⑤他對唐詩的研究大多彙集在《統籤》中，《全唐詩》的編纂也得以在此基礎上完成，

---

① 蕭士贇：《補注李太白集序例》，李白著，王琦注《李太白全集》，中華書局1977年版，第1511頁。
② 胡震亨：《唐音癸籤》，上海古籍出版社1981年版，第334頁。
③ 李白著，王琦注：《李太白全集》，中華書局1977年版，第1688頁。
④ 據周本淳考證當爲一千三十三卷。詳見周本淳《唐音癸籤·前言》，上海古籍出版社1981年版，第7頁。
⑤ 同上書，第1頁。

《癸籤》中保存了他對唐詩研究的一些心得。胡震亨作的《李詩通》，以宋敏求所收、曾鞏編次本爲據，重新考訂，列有朱茂時（朱大啓之子）跋、朱大啓序及胡夏客（胡震亨之子）題識，胡氏改編的李白傳、年譜等，注釋部分以類相從，將僞作單令行卷。首列樂府詩共五卷，古詩十一卷，長短句、騷體一卷，律詩二卷，絕句一卷，附錄收僞作一卷。胡注的特徵主要有三點：一是重視樂府詩的注釋。對於樂府解題、李白樂府詩與古題的比較、樂府題旨等很有發明，頗多精當之辭，常爲王琦引用。二是注釋簡要，行文簡潔，少有文獻徵引和考證。三是重視詩旨的揭示和藝術的品評，詞義訓詁和典實溯源極少。這與明代詩文評注的風格正相吻合。胡振龍將其與蕭注、王注相比較，評價說："如果說，蕭士贇和王琦的注屬於李善注《文選》式的傳統徵引式注釋，那麼，《李詩通》的注則屬於詩論家的評賞式之注。"①

《李詩通》在駁正和補充舊注方面多有創穫，被認爲是明代最好的李詩注本。王琦跋中認爲胡注"頗有發明，及駁正舊注之紕謬，最爲精確"②。不過，該本因爲所注典實出處極少，注釋重點大多集中在前人誤注漏注之處，即以胡氏重視的樂府詩而言，注釋的內容也很少，如《來日大難》《結客少年場行》《空城雀》《鳳凰曲》等，除篇題外，正文都沒有注釋。故詹鍈先生評價其"惟所注既簡，則漏略亦所不免。流傳不廣，蓋有由矣"③。

明代李詩注本還有朱諫的《李詩選注》十五卷，歷來都將朱諫注本看成選注本，但從他收錄詩歌的數量來看，該本前一部分十三卷，收詩700多首；後一部分"辨疑"二卷，收錄朱氏認爲是僞作的詩歌216首，兩部分共收詩900多首，未入選的詩歌很少。朱諫（1462—1541年），字君佐，號蕩南，溫州人，明弘治丙辰年（1496年）進士。《李詩選注》以楊、蕭本作爲底本，注釋比較詳細，重視徵引故實、串講語意和發明章旨，還注重分段和利用比興探索詩意，對舊注失誤之處也有一定糾正。

---

① 胡振龍：《李白詩古注本研究》，陝西人民出版社2006年版，第141頁。
② 李白著，王琦注：《李太白全集》，中華書局1977年版，第1688頁。
③ 詹鍈：《李白詩論叢》，作家出版社1957年版，第10頁。

孫詒讓認爲朱本"足與楊蕭注同行"①。其注文多爲詹鍈主編的《李太白全集校注彙釋集評》所取。朱注也有失誤之處，他篇篇都用比興之意探索詩旨，常常恣意發揮，失當之處不少；尤其是"辨疑"，多騁私意，較少有科學的辨僞方法，本來是太白所作的許多詩篇，他都定爲僞作，而且好判定某詩是李益作、某詩是李赤作，專輒之弊尤爲突出。王琦注釋李白詩文，主要參酌楊、蕭、胡三家注本，沒有提到朱諫注本。

清代以前各家對李白作品的注釋，都僅限於詩歌，至清代纔有王琦《〈李太白全集〉輯注》②。王琦詩文皆注，是李白文集最全面的注本，該本既少楊、蕭二氏的繁蕪，又補正了胡氏的簡略，對前人無注之處時有創獲，是李白詩文古注本中最好的一種，流傳廣泛，今人注釋李白集常常以此作爲底本或主要參照本。無論在訓詁學，還是在古籍整理及注釋學著作中，提到清代訓詁和注釋研究成果時，王琦的《輯注》都算是其中的精品③。

當代李白詩文注釋在古注本基礎上進一步發展，目前全集注本主要有瞿蛻園、朱金城的《李白集校注》，安旗主編的《李白全集編年注釋》和詹鍈主編的《李白全集校注彙釋集評》④。三種注本內容都比較全面，涉及李白詩歌的校勘、編年、語意理解、詩旨揭示、藝術品評等，校、注、評或備考等以專欄行文，條理性更強。其中《校注》是王琦以後產生的第一個現代注本，它在引文、編年考訂、校勘等方面糾正了王注的一些失誤，補充了一些王琦未見的資料。但是該本以王注本爲底本，許多引文都承襲王注，對王注引文節略、誤引之處一仍其舊，在釋義上也有一些沿襲王注錯誤的地方。《編年》的最大特點是打破了王注本按類編排的順序，按年編排，這對於挖掘詩文主旨和考證李白的思想歷程有很大幫助，該本正文注釋簡潔明暢，便於閱讀，徵引文獻的內容較少，多

---

① 孫詒讓：《温州經籍志》卷二十六，轉引自詹鍈《李白詩論叢》，作家出版社1957年版，第9頁。

② 以下正文中提到王琦注本時簡稱《輯注》，或王注本（王本）。

③ 例如，張永言：《訓詁學簡論》，華中工學院出版社1985年版，第59頁；馮浩菲：《中國訓詁學》，山東大學出版社1995年版，第61頁；毛遠明：《訓詁學新編》，巴蜀書社2002年版，第47頁；時永樂：《古籍整理教程》，河北大學出版社2003年版，第201頁。

④ 以下正文分別簡稱《校注》《編年》《集評》。

以注者的語言直接解釋文意，引文多集中在詩評處。

　　《集評》汲取前人長處，後出轉精，在校勘、編年、釋義、評點等各方面都超越了前代。首先，《集評》收錄了目前能夠見到的李集的不同刊本，以日本平岡武夫影印靜嘉堂文庫所藏宋蜀本爲底本，參以不同系統的較早刻本，在現代注本中超越了王注本的底本系統。其次，在注釋方面，《集評》引用了許多不爲其他注本所用的古注本，廣泛吸收了國内外最新的研究成果，最大限度地彙集了李白研究的資料。再次，《集評》繼承了王琦徵引注釋的方法又有所發展，它將徵引文獻與注者的説解結合起來，更便於閲讀和理解。對於王注引文一般能夠核對原始文獻，對省略刪節之處能夠用現代標點符號注明。複次，每篇詩文一般都有題解，説明創作背景、詩篇來歷，考證編年力求準確，以材料爲據，不爲空言。最後，對於不能裁定的注釋内容，後列備考一欄，引用相關資料指出目前關於該内容的不同意見及依據。總之，《集評》代表了當代李白集注釋的最高成就。但不可否認，由於《集評》出於多人之手，失誤在所難免，有已經前人校勘、釋義正確的而不爲所取，有的疏於核對引文，還有的混淆王注和他人注釋，還時有不守體例、注釋煩瑣之弊，不一而足。

　　（二）王琦生平及學術成就

　　王琦，原名士琦，字載韓，一字載庵①，號琢崖②，浙江錢塘人，生平不見正史載錄。在《清史列傳·文苑傳》中與倪璠、趙殿成、馮應榴並列，有60多字的小傳，記述非常簡略③。據杭世駿序《李太白全集》自稱爲弟，可知二人年齡大致相當，杭氏生卒年爲1695—1772年（或1696—1773年），王琦生卒年當亦不遠，與《清史列傳·倪璠傳》稱"時有王琦、趙殿成者，生稍後於璠（倪璠爲康熙四十四年，即1705年舉人）"也相吻合。後人整理耙梳其他典籍時，在《周慎齋遺書》《杭州

---

① 孫易君：《清人王琦家世及生平新考》，《文獻》2014年第2期。

② 按：程國賦、蔣曉光，據趙樹元《周慎齋遺書》序、民國《杭州府誌》、王琦《扁鵲心書》跋等材料，認爲，王琦原名士琦，字載韓，號載庵，又號琢崖，晚年自稱胥山老人，還曾自號紫陽山民。詳見程國賦、蔣曉光：《清代王琦生平考證》，《文學遺産》2008年第5期。另宋紅霞據《清貽堂剩稿》附王琦曾姪孫所作《琢崖公傳》亦有記述。詳見宋紅霞：《清代學者王琦的生平經歷及注釋學成就》，《聊城大學學報》2013年第2期。

③ 詳參王鍾翰點校《清史列傳》十八册，中華書局1987年版，第5821頁。

府誌》等材料中發現了王琦的生平記載。今程國賦、蔣曉光《清代王琦生平考證》據《周慎齋遺書》卷首序言"余舅祖琢崖王先生，乾隆甲午，壽屆七十有九，病將易簀"等材料，考證王琦生卒年當爲1696年至1774年①，與前述史載材料正相契合。據小傳和《輯注》各序大略可知，王琦與趙殿成（琦胞姊婿）、齊召南、杭世駿、趙信等友善。他精熟釋典，小傳評其"有林處士風"。王琦早鰥，杜門著述，以箋注之學見長，葛兆光先生稱他爲"清代最博學的注釋家"②，他除了輯注《李太白全集》外，另有《李長吉歌詩彙解》五卷，曾幫助趙殿成箋注王維詩歌中的佛教故實，還熱心整理醫學典籍，刊刻《周慎齋遺書》《醫林指月》等。

王琦輯注《李太白全集》原名《李太白文集》，中華書局1977年排印時改作此名，《四庫全書》收錄題名爲《李太白集注》，《欽定四庫全書總目》《皇朝文獻通考》《皇朝通志》《清史列傳》又稱作《李太白詩集注》。全集共三十六卷，其中詩文箋注三十卷，包括賦一卷、《古風》一卷、樂府詩四卷、古近體詩十九卷、表書一卷、序文一卷、記頌讚一卷、銘碑祭文一卷、詩文拾遺一卷，以合曾鞏三十卷之説；後有附錄六卷，所收李白研究資料比較豐富，包括序誌碑傳一卷、時人贈懷李白詩文一卷、後人題詠感懷詩文一卷、歷代評價李白及詩文叢説一卷、王琦作《李太白年譜》一卷、李白生平逸事外記一卷。王琦有感於"古今注杜者百餘帙，李之注傳於世者乃少"，又因爲世俗評價李杜多有甲乙之辭，故在楊、蕭、胡三家注的基礎上，"芟柞煩蕪，補增闕略，析疑匡繆，頗有更定。"③齊召南在《輯注·序》中説："余閲錢塘王載庵先生輯注，而深嘆其好學不倦，能數十載專心致志，爲人所不能爲也……今得此篇，持論平正，其輯三家，去短從長，援引本本原原，斟酌至甚。"④趙信序也説："載庵窮半生之精力，以成此書，一注可以敵千家。"⑤ 王琦輯注太白詩文，潛心研讀，反覆涵詠，歷經數十載，成三十六卷皇皇巨著，二序絶非溢美之辭。現在的李白詩文注釋者、研習者多以王本作爲

---

① 程國賦、蔣曉光：《清代王琦生平考證》，《文學遺產》2008年第5期。
② 葛兆光：《漢字的魔方》，遼寧教育出版社1999年版，第140頁。
③ 李白著，王琦注：《李太白全集》，中華書局1977年版，第1686頁。
④ 齊召南：《〈李太白全集〉輯注·序》，同上書，第1682頁。
⑤ 趙信：《〈李太白全集〉輯注·序》，同上書，第1685頁。

主要參考資料，也足見其價值。而《四庫全書總目》提要卻認爲該注"欲補三家之遺闕，故採摭頗富，不免微傷於蕪雜，然捃拾殘賸，時亦寸有所長。自宋以來注杜詩者林立，而注李詩者寥寥，僅二三本，録而存之，亦足以資考証，是固物少見珍之義也。"① "採摭頗富，不免微傷於蕪雜"固是中肯之言，但以物少見珍而録，卻沒有掘發王琦《輯注》的精義所在。與三家注相比，《輯注》主要有以下特徵。

首先，楊、蕭、胡三家僅注詩，而王琦詩文合注，較三家之注更爲全面。其次，王注後出，在前代注李、評李的基礎上，博觀慎擇，於三家注是正訛舛，補其缺漏，不僅詳於典故出處，同時也注意詩歌意境賞析、藝術手法的闡釋；不僅詳考山川地理、州郡沿革、名物典制，也注意一般語詞的解釋，注釋準確詳贍。再次，胡注少注典事，蕭注雖注典事，卻常常妄加闡發言外之意。王注側重釋事，但少虛妄之言。王琦廣徵文獻釋義，注中較少直接顯露己意，體現了客觀審慎的態度。王琦《輯注》雖有釋事忘意之憾，但不可否認，王注本的出現使李白詩文集注達到高潮，對李白詩文的傳播和注釋產生了重要影響。

王琦輯注李白文集之後，又潛心注釋李賀詩集，於乾隆二十五年（1760年）成《李長吉歌詩彙解》五卷。李賀雖然存詩不多，但向來雕章琢句，詞采華麗奇崛，意象詭異晦澀，難以索解。王琦在前人注釋的基礎上，彙集舊注，刪繁取要，斷以己意，博徵文獻考察詞句源流，在理解文意的基礎上探索章旨，立意公允，多有發明，補正了李白文集注釋"釋事忘意"的缺憾。該本也以詳明著稱，是李賀詩歌注本中最好的一種。四庫只有存目，評曰："然賀詩鏤心劌腎，意匠多在筆墨之外，往往可以意會不可言詮，諸家多鑽研字句以求之，失之愈遠。琦此注兼采諸家之本，故曰彙解，亦不免尋行數墨之見，或附會穿鑿，或引據失當。"② 這個評價也實在不高。

除了現存的兩部箋注之作，王琦還曾襄助友人趙殿成注釋王維的禪詩。趙殿成在《王右丞集箋注·序》中說："至于竺乾氏之書，素未泛覽，即同人中亦鮮有旁通，惟王友琢崖時見其游目此中。每有所注，輒

---

① 《四庫全書總目》卷一四九，中華書局1981年版，第1280頁。
② 《四庫全書總目》卷一七四，中華書局1981年版，第1535頁。

就訪問，多檢出本處示余。今注中所載，龍藏貝書之故實，一花五葉之源流，皆其所尋章摘句以襄助者也。因條數繁多，故姓字不及廣載。"① 又據趙信《輯注·序》說："又以余松谷（趙殿成字）三兄注右丞詩，相藉揚推，久行於世。"② 王氏早年喪偶，獨處以深研釋道二氏，在當時江浙一帶學者中以此著稱，他襄助趙殿成注釋王維的禪詩，絕非一句半句之功，而是"相藉揚推"，而且"條數繁多"，因趙殿成之注不及廣載王琦名氏，故不能全考。《王右丞集箋注》成於乾隆丙辰年（1736年），除趙氏的博學之外，其能"久行於世"，也賴於王琦之助。

《清史列傳·倪璠傳》稱："琦著有《李太白詩集注》三十六卷、《李長吉歌詩彙解》五卷，殿成著有《王右丞集箋注》二十八卷，皆有名於時。"③ 可見，《四庫》所評限於個人之見，有失公允。

（三）王琦及其《〈李太白全集〉輯注》的研究現狀

今人李白集注多以王琦注本作為底本，在注釋領域已經卓有成效，但是對王琦及《輯注》本身的研究則少之又少，目前的研究成果主要有四類。

第一類是就某一方面內容探討王琦《輯注》的失誤。如朱金城《略論清人王琦的〈李太白集輯注〉》，該文主要分析了王琦關於人事和州郡沿革的考證、作品繫年、校勘等方面存在的問題。對於王琦《輯注》詞語名物訓詁、藝術品評等內容、注釋方法和體現的特徵都沒有提及，而這些正是訓詁學或注釋學要研究的主要問題。

第二類是從文獻典籍閱讀的角度簡要介紹王琦《輯注》的基本情況。主要有兩種。第一種是金開誠、葛兆光《古詩文要籍敘錄》（原名《歷代詩文要籍詳解》）中關於李白集的介紹，論述了李白詩文的纂集過程，重點分析了楊、蕭二氏及王琦的注釋，指出王琦注釋的三點特色：一是注釋的詳盡，二是評解的平正通達，三是輯佚比較豐富和完備，同時指出王琦在人事考訂上的失誤和地理考證上的武斷。第二種是費振剛等編著

---

① 趙殿成：《王右丞集箋注·序》，王維著，趙殿成箋注《王右丞集箋注》，上海古籍出版社1998年版，第5頁。

② 趙信：《〈李太白全集〉輯注·序》，李白著，王琦注《李太白全集》，中華書局1977年版，第1685頁。

③ 王鍾翰點校：《清史列傳》十八冊，中華書局1987年版，第5821頁。

的《中國古代文學要籍導讀》，其中第十七章介紹了王琦注本，作者着重對王琦解釋地理名物、揭明典故出處、藝術品評的成就和作用、作品輯佚等給予了比較中肯的評價。以上兩種論著對《輯注》的評價，都只是介紹的性質，比較簡略。由於不是從訓詁學或注釋學角度展開的論述，因此對訓詁或注釋形式方面的內容基本沒有提及，還很不全面。

第三類是從文學文獻的角度研究王琦與《輯注》，或者揭示王注本在李白詩文傳播史上的地位和影響，或者闡釋王琦的思想。2003年南京師範大學胡振龍的博士論文《李白詩古注本研究》（2006年由陝西人民出版社出版），其中以一章的內容從王琦的學術思想、王注的注釋特徵、校勘方法以及年譜等幾個方面予以論述。在釋詞特徵中強調指出了王琦注釋徵引的繁富和注釋的詳贍，但是因爲該文是從文學文獻而不是從訓詁學和注釋學角度研究李白詩古注本，所以對王琦注釋的內容和訓詁體式的研究相對薄弱，沒有系統的總結和理論的分析，對王琦注釋的原則更沒有涉及。文中提到王琦注釋的六種方法，其中的點明詩旨法、串講詩句法、妙解警句法等，都不是注釋的方法，而是注釋的內容。關於校勘方法及其得失是該文着力論述之處，作者以陳垣校勘四法和綜合校勘法爲基礎分析了王琦校勘的成就，詳細比對了王琦校勘中所稱"古本"與宋蜀本的關係，指出王氏校勘中不明確版本稱名之失。雖然該文在總結王琦《輯注》的內容和方法上還有不足之處，但在研究領域的開創上確實功不可沒。另外，胡振龍的《略論王琦〈李太白全集〉的校勘》一文是在他的博士論文"校勘方法與校勘成就"一節的基礎上修改完成的，內容基本相同。其他如孫易君的《清代博學理念中的李白詩文注釋——論王琦〈李太白全集〉的注本風格》，把王琦注本放在時代背景下考察其注釋思想與時代學術思想的契合，如蔣曉光的《清代王琦詩學思想述略》認爲王琦運用情景理論與儒家詩學觀念解讀詩歌，又如宋紅霞《清代學者王琦的生平經歷及注釋學成就》認爲王琦秉持客觀理性的注釋原則，注釋持論平正、注引詳贍、考索綜核、不厭繁複，體現了乾嘉以來詳于考據的樸學傾向。

第四類是關於王琦生平的研究。近十年來隨着新資料的不斷發現，對王琦生平經歷的考證研究逐漸增多。如程国赋、蔣曉光的《清代王琦生平考證》對王琦生卒年、字號、學術成就和交遊情況作了考證。文中採納了二人關於王琦生卒年等的研究結論。其他如宋紅霞的《清代王琦詩學思想述略》、孫易君的《清人王琦家世及生平新考》持論大致相同。

由此可見，對王琦《輯注》的研究或是單篇論文，或是論著中的一個章節，在小量的篇幅中不可能作全面而深入的研究。目前的研究成果多是從文學文獻、典籍導讀的角度研究或介紹王琦注本，內容比較簡略，從訓詁學和注釋學角度全面研究王琦《輯注》的注釋內容、方法、思想、特色的成果，目前還比較少見。本書關於王琦《輯注》的研究正是立足於此，全面探討王琦注釋的內容和方法，成就和失誤，以爲今後清人唐詩注釋的研究打下一個良好的基礎，爲詩歌注釋史的描寫積累材料。

三　《〈李太白全集〉輯注》注釋研究的價值

關於清代王琦《〈李太白全集〉輯注》注釋的研究屬於專書研究，目的在於全面梳理王琦《輯注》在注釋內容、方法、原則、思想上的特點，總結詩歌注釋的經驗和失誤，爲詩文注釋史的研究、詩文注釋理論的研究提供材料，爲今天的詩文注釋實踐提供借鑒。此項研究的價值主要體現爲以下四點。

第一，擴大了訓詁學和注釋學傳注材料的研究範圍。從對長期以來占統治地位的經書注釋的研究，擴展到對詩文注釋的研究。

注釋書是傳統訓詁學研究的主要材料之一，由於訓詁最初是爲經學服務的，所以訓詁學研究的對象也主要是經書的注釋，古人主觀的注釋實踐關注的是經史之注，即使諸子文獻也列於文集之前，這一觀念影響了對訓詁學和注釋學的研究，歷來研究注釋者，選取的材料絕大多數都是經史和諸子文獻的注釋，對詩文注釋不夠重視。事實上，在詩文注釋中，包含了許多不同於其他文獻注釋的內容和特徵，如果要全面研究注釋訓詁的內容、方法、體式、理論等，單純以經書注釋作爲研究材料，顯然是不夠的。

第二，通過研究王琦《輯注》，可以系統考察詩文注釋的特徵，汰清詩文注釋與經史諸子文獻注釋的差異，總結詩文注釋的內容、方法、體例、規律等，以完善訓詁學和注釋學的理論和訓詁體式的研究；同時可以發展和完善與訓詁學關係密切的新興的古籍注釋學的理論、注釋原則和實踐操作技術，爲古籍整理服務。

第三，發現和補正舊注的不足，爲李白詩文集的整理和傳播服務。

就一般規律而言，注釋以後出爲精，王琦《輯注》在清代以前可謂精博。隨着訓詁學研究領域的拓展、理論的完善，以及新興注釋學的建立，古籍注釋理論、原則和方法等方面的研究都獲得了長足的發展。站在今天的角度來看，王琦《輯注》還有一些誤注漏注和注釋過繁過簡之處，尚待改進；另外，由於社會的發展，語言、思想、文化環境的變化，李白詩文中有些當時不難理解的語詞，現在也變得比較費解，甚至王琦的注文也難以理解了，這就需要補注或改變注釋方法重新注釋，以此促進李白詩文集的整理，爲李白詩文的普及和傳播服務。

第四，通過對王琦《輯注》的研究，還可以從訓詁學角度考察唐代語彙，特別是詩歌用語的概貌。

詩歌語言不同於一般文史作品的語言，從訓詁學角度對詩歌語言進行專門研究，自張相的《詩詞曲語辭滙釋》問世以後，逐漸受到重視，有仿照其體例創作的詞語集釋著作①，也有專門從語言學角度探討詩歌語言的意義、格律、語法、修辭以及研究內容與方法等問題的論文論著②。詩文中詞語的意義，無論是在語言學領域還是文學領域都是最受關注的對象之一。就目前的現狀看，研究成果主要是詞語集釋，還比較零散，對整個唐詩用語或詩歌語言的發展，還難以作出比較系統科學的描述，究其原因，其中重要的一點，就是對代表一個時期語言特色的詩歌用語的研究，還缺乏窮盡性的搜羅和語義源流的考釋。

李白詩篇較多，在唐詩中占有突出的地位。李白生活在盛唐時期，從漢語史角度看，這一時期是漢語由中古向近代轉化的一個重要階段。由於王琦主要採用徵引的訓詁體式解釋語義，那麽，如果王琦用自己的語言直接解釋詞義的話，原因有兩個，一是沒有更好的舊注可以利用，二是這些詞語或意義是唐代新出現的，或者是前代產生而在唐代還未廣

---

① 例如，王鍈：《詩詞曲語辭例釋》，中華書局 2005 年版；魏耕原：《全唐詩語詞通釋》，中國社會科學出版社 2001 年版，魏耕原：《唐宋詩詞語詞考釋》，商務印書館 2006 年版。

② 例如，張永言：《古典詩歌"語辭"研究的幾個問題——評張相著〈詩詞曲語滙釋〉》，《中國語文》1960 年 4 月；蔣紹愚：《唐詩語言研究》，中州古籍出版社 1990 年版；王鍈：《唐詩中的動詞重疊》，《中國語文》1996 年第 3 期；多洛肯：《唐代詩歌語言研究芻論》，《新疆大學學報》2005 年第 6 期。

泛使用的。因此，我們可以把王琦注文作爲一個切入點，考察唐代新詞新義，從而爲漢語史斷代詞彙的研究積累材料，補充辭書釋義。不過由于本书侧重對注釋本身的研究，在有限的篇幅中，對詞彙問題不可能探討得非常深入，但卻可以提供一個研究的策略和方法，以推動唐詩詞語研究的發展。

第 一 章

《〈李太白全集〉輯注》的注釋内容（上）
——基礎性注釋

　　評介一部典籍注釋的優劣，最重要的標準之一就是看注釋内容是否準確平實，切中肯綮。注釋的内容包括諸多方面，具體到詩文注釋，可以分爲基礎性注釋和文學性注釋兩個層次。基礎性注釋包括：辨析字詞形體、釋詞、解句、串講段落大意、揭示章旨、説明修辭、語法、注音，及解説名物典制等，這是任何一般典籍注釋都有的内容；文學性注釋包括：解釋典故、賞析詩文意境、品評詩歌格律、評析藝術手法等，這是一般典籍注釋没有或少有的内容。在詩文注釋中，這兩個層次同等重要，本書分別闡述。因《輯注》基礎性注釋涵蓋内容廣泛，故將其中解釋名物典制的部分分列單章，其他内容合爲一章，仍冠以"基礎性注釋"。

第一節　辨明字詞形體關係

　　辨明字詞形體關係，從根本上説，屬於文字學範疇。文字是記録語言的符號，與語音和語義密不可分。它的産生使語言能够跨越時空，將信息傳於異時異地，人們用文字把其中有價值的信息記録下來，就形成了傳於後世的文獻典籍，早期典籍中的各種古字、通假字、異體字，以及經歷代傳抄刊刻轉寫的訛俗字等，發展到後代，或者在交際領域中不再通行，或者形體和功能發生改變，就會在信息傳遞中造成障礙，影響讀者對意義的理解。因此，注釋者有必要解釋字詞的形體關係，爲進一步解釋語意打下基礎。

王琦《輯注》辨明字詞形體的內容，主要包括指明通假字、異體字、正俗字、古今字、異形詞等；在表現形式上，有時通過簡練的注語或引文直接指出形體關係，有時通過徵引文獻間接表明形體關係；有時還以注音暗示形體關係。

一　辨明字詞形體關係的內容
（一）指明通假字

通假字即通常所説的"本有其字的假借"，是在文字使用過程中產生的。通假在先秦兩漢的文獻中比較常見，隨着文字發展的成熟和逐步規範，後代一般不再使用新的通假字，魏晉以後文獻中所見的通假字，大多都是沿襲的前代用例。通假字的存在是古籍之所以難讀的一個重要原因，聞一多在校補《楚辭》時曾經説到古代文學作品難讀的三個原因，其中之一即"作品所用的語言文字，尤其那些'約定俗成'的白字（訓詁家所謂'假借字'）最易陷讀者於多歧亡羊的苦境"[①]。後人遇到通假字不察，自然覺得文意扞格不通。因此，爲了向讀者正確、快速地傳遞語意，注釋者必須疏解通假字。王琦辨析通假字時，大多伴隨着意義的解釋，常用術語是"通"或"通用"，主要有以下幾個方面的內容。

1. 直接指明某字通某

例如，卷十六《魯郡堯祠送竇明府薄華還西京》"朝策騏眉騼"，王注："《十六國春秋》：姚襄所乘駿馬曰騥眉騼，日行千里。《説文》：騼，黄馬黑喙也。騥，黑也。騥眉騼，則黄馬而黑眉者矣。古犂、騥字通用。"按：《廣韻·齊韻》："騥，黑而黄也。"[②] 本指色黑，故字從"黑"。雖不見《説文》載録，但東漢以前已見使用。《韓非子·外儲説左上》："手足胼胝，面目騥黑，勞有功者也。"《廣韻·齊韻》："犂，墾田器，亦耕也。"[③]《説文》字頭不載"犂"字，而"耕"字釋爲"犂也"，指耕地，故字從"牛"。"犂""騥"聲符相同，讀音也相同。文獻中有借"犂"爲"騥"者。例如，《戰國策·秦策一》："形容枯槁，面目犂黑。"

---

① 聞一多：《楚辭校補》，巴蜀書社 2002 年版，第 1 頁。
② 周祖謨：《廣韻校本》，中華書局 2004 年版，第 89 頁。
③ 同上。

吳師道補注："古字鼇、鼇通借。"王琦指出"鼇"爲"鼇"的通假字，以文獻爲證，令人信服。

又如，卷二十六《上安州裴長史書》"仗劍去國"，王注："杖，持也。古'杖'、'仗'通用。"按"仗""杖"古音相同，皆屬澄母陽部。《説文》載"杖"字，釋義爲"持也"，徐鉉曰："今俗別作仗，非是。"《史記·淮陰侯列傳》："及項梁渡淮，信仗劍從之。"即用此義。但"仗"還有"儀仗"之義爲"杖"所無，而"杖"之扶杖、喪棒、刑具等義又是"仗"字所沒有的，二字爲通假關係。

2. 引文指明通假字

例如，卷五《宮中行樂詞八首》其一"盈盈在紫微"，王注："《古詩》：盈盈樓上女。李善注：《廣雅》曰：嬴，容也。'盈'與'嬴'同，古字通。"按："盈盈"表示女子姿容優雅美好，字本作"嬴"，王琦引李善注釋義、辨析字形關係比較恰當。

又如，卷二十六《爲宋中丞請都金陵表》"且道有興廢，代有中季"，王琦引顔師古《漢書注》："中，讀爲仲。"中季，即仲季，指世之興廢盛衰，本字一出，其義自明。

（二）指明異體字或正俗字

文獻中文字異形比較多見，許慎著《説文解字》，第一次系統地對小篆字形進行了整理，他規定篆文正體，同時把特別有價值的重文或體保存下來，其中一部分就是我們今天所説的異體字，如"蚓"和"螾"。《説文》對後代隸楷形體的演變和文字規範產生了重要的作用，後代一些字書、韻書，如《玉篇》《廣韻》《正字通》等也存錄了大量異體字。比較明確提到文字異體術語，並加以辨析的，是清代著名的語言學家段玉裁。他在《説文解字注》中多次使用"異體"概念，稱爲"一字異體"①，他所繫聯的字組，大多都是我們今天所説的異體字，如"瀷溁"、"脆脃"等。20世紀50年代中後期，異體字整理工作全面展開，根據《第一批異體字整理表》來看，當時確定的異體字範圍比較大，有音義全同的典型異體字，有一字音義包含另一字音義的包含異體字，也有音義

---

① 段玉裁：《説文解字注》，上海古籍出版社1988年版，第176頁。

各有同異的交叉異體字①。目前學界對這一問題的討論又有了新的進展。如李國英主張:"從構形和功能兩個維度給異體字下定義,把異體字的範圍限定在同字的範圍之內,把異體字定義爲在使用中功能沒有發生分化的爲語言中的同一個詞造的不同的文字形體以及由於書寫變異造成的一個字的不同形體。異體字必須同時滿足構形和功能兩個方面的條件,兩個條件缺一不可。"② 此概念中的異體字主要指《第一批異體字整理表》中的典型異體字。不過,從段玉裁所代表的清代學者對異體字的認識水平來看,異體字的範圍與《第一批異體字整理表》大體一致。因此,本文探討王琦對異體字的解析和説明,大致以此作爲標準。

所謂俗字或俗體字,是從文字使用角度加以限制的,與官方規定的正體字相對而言,具體指民間通俗流行的,一般不在正式場合使用的漢字,其中有些是沒有構形理據的不合規範的漢字形體。北齊學者顏之推在《顏氏家訓·雜藝》中説:"晉宋以來,多能書者,故其時俗,遞相染尚,所有部帙,楷正可觀,不無俗字,非爲大損。"③ 段玉裁在談到"䩿"和"瑱"的異體關係時也説:"爲其同字異處,且難定其正體或體。"④"或體"一般也不用於正式場合。無論"俗體"還是"或體",它們與官方規定的正體,只有點畫之別,而無音義差異,都可以看作異體字。

王琦指明異體字的術語,主要有"某同某"或"某與某同""或""即"等。他對異體字的辨析主要有以下内容。

1. 直接指明異體或正俗字關係

例如,卷二《古風》其四十"刺蹙爭一飡",王注:"飡,同餐。"該注文又見於卷五《鳳笙篇》"始聞鍊氣飡金液"和同卷《塞下曲六首》其二"握雪海上飡"中。按:"餐"異體有"飡"字。《説文·食部》:"餐,吞也。從食奴聲。湌,餐或從水。"《康熙字典》"飡"下釋義引《韻會》:"飡,俗湌字。"又云:"按《説文》餐或從水作湌,後人譌省

---

① 高更生:《漢字研究》,山東教育出版社2000年版,第285—287頁。
② 李國英:《異體字的定義與類型》,張書言主編《異體字研究》,商務印書館2004年版,第12頁。
③ 顏之推撰,王利器集解:《顏氏家訓集解》,上海古籍出版社1980年版,第514頁。
④ 段玉裁:《説文解字注》,上海古籍出版社1988年版,第13頁。

作飡。"① 可見，"飡"由"餐"的異體字"湌"訛省而來，其義與"餐"完全相同。

又如，卷二十五《代美人愁鏡二首》其一"鈆（與鉛同）粉坐相誤"，在表示金屬義上，"鉛"字早出，《説文》已經著録。又按《玉篇》："鉛，亦作鈆。"兩個字形的聲符"㕣"與"公"篆形相似，隸變混同，如"船、舩"和"沿、沿"兩組字也是這一原因形成的異體字。南北朝以後"鈆"字常用，後來又以"鉛"字爲正體，爲便於理解，王琦指出"鈆"與"鉛"的異體關係。

2. 注音表明異體或正俗字關係

例如，卷三十《普照寺》"枏木白雲飛"，王注："枏，音楠。"按："枏"指楠木。《廣韻》以"枏"爲正體，"楠"爲俗體②，至《韻會》又以"楠"爲正體，云"俗作枏，非"。後世多以"楠"字爲正。在王琦看來，"枏"字當時不太常見，應該注音釋義，故以常用字"楠"兼釋音義。又如，卷二《古風》其七"願飡金光草"，王注："飡，音餐。"分析已見上文。不過，這種情況比較少見。

（三）指明古今字

不同時代用來表示一個詞的某個特定意義的兩個或兩個以上的漢字之間的關係，我們一般稱爲古今字。古今字反映的是文字的分化孳乳現象，由於古時字少，一個漢字可能表示本義、引申義和假借義等多個義項，爲了漢字表義的明晰，後人常常以古字作爲基礎，另造分化字，即今字。今字既可以分化引申義、假借義，也可以分化本義。由於文字孳乳分化的複雜性，前代作品中用以記録某個詞語的古字，在注者時代不再通行，轉而用今字來代替，今字通行以後，人們對古字就會比較陌生，自然對古字記録的意義也就不曉了，因此典籍注釋中析明古今字是十分必要的。段玉裁説"凡讀經傳者，不可不知古今字"③ 正是此意。不過，因爲太白詩文產生於唐代，其時多用今字，這些今字很多都流傳下來成爲常用字，因此，《輯注》中王琦解釋古今字的內容並不多，而且常常引

---

① 張玉書、陳廷敬等編：《康熙字典》，中華書局1989年版，第1416頁。
② 周祖謨：《廣韻校本》，中華書局2004年版，第223頁。
③ 許慎撰，段玉裁注：《説文解字注》，上海古籍出版社1988年版，第94頁。

用文獻說明。

例如，卷十《贈崔秋浦三首》其一"山鳥下聽事"，王注："胡三省《通鑑注》：聽，他經翻，聽受也。中庭曰聽事，言受事察訟於是也。漢晉皆作聽事，六朝以後始加广作廳。"按：表示中庭、廳堂古用"聽"，今用"廳"，韓泰華《無事爲福齋隨筆》（卷上）曰："屋之有廳，所以聽事，故古之廳即作聽。"① "聽"本爲動詞耳聽、聽見等義，引申指審查、斷決，"聽事"表示"官府治事之所"源於此義。後來"聽"字主要用爲動詞義，於是根據事類加"广"，另造"廳"字分化此義。如果以"聽"字的常用意義去理解，似乎可通，讀者往往就不再深究，無意中卻因爲不了解文字形體演變而導致誤讀。王琦正確理解了文意，又找到了恰當的傳注材料，詳細分析了"聽"字之義及其字形分化的時代，非常準確。

有時，李白詩文所用文字形體雖然是今文字，但因爲詩人用詞本於前代，而前代文獻中所用形體爲古字，這時王琦也通過引文溯源或釋義，間接指明古今字關係。例如，卷二十二《下涇縣陵陽溪至澁灘》"側石不容舠"，王注："《詩·國風》：誰謂河廣，曾不容刀。鄭箋：不容刀，喻狹。小船曰刀。孔穎達《正義》：劉熙《釋名》云：二百斛以下曰艇。三百斛曰刀，江南所謂短而廣，安不傾危者也。"按：王琦引《詩》的目的在於探明"不容舠"一語的來歷，同時兼引注文解釋"舠"字，不過所引文獻皆作"刀"形，這一引文暗示了表示小船義的詞最初借用"刀"字，後來根據詞的意義，以"刀"爲聲符，加上意符"舟"另造"舠"字，分化其義。

（四）指明異形詞

異形詞是20世紀對文字整理和規範時提出的概念，主要針對現代漢語而言②。事實上，在古代漢語書面語中異形詞同樣存在，本文所說的異形詞，是指同一時期書面語中並存並用的同音同義而書寫形式不同的詞語。異形詞與異體字關係密切，但又各有側重。異形詞主要有兩種情況，一種是單音節詞，如果一個單音節詞用兩個以上的形體來表示，那麼這

---

① 《漢語大詞典》（"聽"字釋義所引），漢語大詞典出版社1997年版，第5028頁。
② 高更生：《漢字研究》，山東教育出版社2000年版，第338頁。

幾個不同的形體既是異形詞，又是異體字。另一種是非單音節詞，又可以分爲兩種情況，如果記錄非單音節詞的不同形體都是專門爲該詞而造，並且在使用中功能沒有分化，那麼，這些不同的形體就可以分別看作異體字，如"憔悴—顦顇"是異形詞，其中"憔"和"顦""悴"和"顇"也分別構成異體字；如果記錄同一個詞的不同形體並非專門爲該詞而造，它們只是在記錄特定詞語時纔具有相同的功能，除此之外，還有其他意義，或者即使是爲同詞而造，但後來各字功能分化，那麼這些不同的形體也不能看作異體字。王琦分析的主要是文集中的雙音節異形詞，注中常常用"某即某"或"某通作某""某與某通用"等術語表示異形詞之間的關係。

1. 直接指明異形關係

例如，卷十六《魯郡堯祠送竇明府薄華還西京》"何不令皋繇（一作'陶'）擁篲橫八極"，王注："皋繇，即皋陶，字異音同，本《漢書·古今人表》。"按：單字"繇"和"陶"雖然音義各異，但在虞舜時期的專有人名中則音義相同，二者構成異形詞。

2. 引文表明異形關係

例如，卷二十八《崇明寺佛頂尊勝陀羅尼幢頌》"轉鹿盧於橫梁"，王注："《韻會》：轆轤，井上汲水木，一作樚櫨。《廣韻》：圜轉木也，通作鹿盧。"此注徵引《韻會》，指明"轆轤、樚櫨、鹿盧"三者形異而義同之實，其目的則在於解釋李白文句中的"鹿盧"，引文準確而簡練。

又如，卷十九《玩月金陵城西》"卷簾出揶揄"，王注："《後漢書》：王霸至市中募人，市人皆大笑，舉手邪揄之。章懷太子注：《說文》曰：歑瘉，人相笑也。歑音弋支反，瘉音踰，或音由。此云邪揄，語輕重不同。"揶揄，即嘲笑戲弄之義，王琦通過引李賢注間接解釋了"揶揄"的含義，又繫聯了"揶揄、歑瘉、邪揄"三個詞形之間的關係。

有時，王琦還徵引使用不同文字形體的文獻溯源或釋義間接表明異形詞。例如，卷二十六《上安州李長史書》"迫於恓惶，席不暇暖"。王注："班固《答賓戲》：聖哲之治，棲棲遑遑。孔席不暖，墨突不黔。李善注：棲遑，不安居之意也。"按：此注引用《答賓戲》溯源，但原文與引文所用"恓惶"與"棲遑"形體相異。"棲遑"，指忙碌不安、奔忙不定之義，"恓惶"除有悲傷之義外，在忙碌不安義上與"棲遑"相同。此義始見於《上安州李長史書》，其後也有用例。如歐陽修《投時相書》："抱關擊柝，恓惶奔走。"王琦沒有受到詞形的局限，找到了文中兩句的來歷，間接指明了語詞的異形關係，準確解釋了語意。

3. 引文間接表明詞語異形關係並補充說明

例如，卷十九《酬中都小吏》"跋剌銀盤欲飛去"，王注："《野客叢書》：撥剌者，劃烈震激之聲。《善誘文》：撥剌，上音鉢，下音辣。魚掉尾聲。謝靈運賦：魚水深而拔剌。杜子美詩：船尾跳魚撥剌鳴。曰跋剌，曰拔剌，曰撥剌，字雖少異，其義同也。"按：方以智《通雅·釋詁》卷七："跋剌即撥剌。杜詩：跳魚撥剌。張衡賦：彎威弧之撥剌。注：力達反。李白詩：跋剌銀盤欲飛去。皆言其聲，何必分箭與魚邪！"① 可見，在模擬魚尾擺動撥水的聲音或其他聲響上，"跋剌、拔剌、撥剌"意義相同。前人多將"跋剌"和"撥剌"繫聯在一起，而王琦在文獻例證充足的前提下，將三個詞形繫聯在一起，十分恰當。

二 辨明字詞形體關係的特點

王琦《輯注》以疏通語意爲目標，在辨明字詞形體關係上取得了一定成就，表現出詩文注釋的特色，主要體現在以下三個方面。

（一）辨明形體關係是釋義的手段

注釋中，王琦僅把說明字詞形體關係作爲釋義的手段和前提。

首先，從上面的例子可以看出，王琦指明文字形體關係時，往往伴隨着對意義的解釋。

其次，指明形體關係之後，其義是顯明的，不再另釋。例如，卷二十二《下途歸石門舊居》："挹君去，長相思。"王注："挹，即揖也。古字通用。""挹"本舀取之義，如《詩·小雅·大東》："維北有斗，不可以挹酒漿。"該義用於李詩不通，王琦認爲此處"挹"通"揖"，"揖"之常用義作拜揖解，與李詩意合，此義常見，所以王琦沒有另作解釋。又如，卷二十九《武昌宰韓君去思頌碑》"時囏（同艱）世詘"，按：《説文》："囏，籀文艱從喜。"囏、艱音義全同，爲異體字，歷代文獻中"艱"字常見，爲了便於理解文意，王琦指出二者的異體關係。艱難之義

---

① 方以智：《通雅·釋詁》卷七，清康熙丙午年浮山此藏軒藏板木刻本。

十分常見，也無需另釋。在《輯注》中，這種情況比較突出。

再次，當不同篇目中出現兩個形體有異而語義相同的詞語時，是否在每一處都辨明形體關係，王琦的處理方法是有差異的。例如，對"攙搶"和"欃槍"的解釋，卷二十四《南奔書懷》"攙搶掃河洛"，王注："《爾雅》：彗星爲欃槍。曹植《武帝誄》：攙搶北掃，舉不浹辰。"又注："攙，初銜切，插平聲。搶，音撑。與欃槍同。"卷二十九《天長節使鄂州刺史韋公德政碑》"欃槍乃落"，此處王琦除注音外，同樣引《爾雅》釋義，但沒有指明與"攙搶"一形的關係。二處解釋之所以有別，根本原因就在於後一例與《爾雅》所用詞形完全相同，只要引用《爾雅》，釋義的問題也就解決了。前一例則不同，李詩原文用的是"攙搶"，與《爾雅》有別，爲了釋義的明晰，王琦指明兩個詞形之間的關係十分必要。

（二）辨明字詞形體的具體關係

王琦有時也進一步辨明本字、古字、俗訛字等文字形體的具體關係。

例如，卷一《明堂賦》"唬眂乎區㝢"，王注："㝢，即宇字，籀文從禹。"按《說文·宀部》："宇，屋邊也。從宀，于聲。㝢，籀文宇從禹。"李白所用"㝢"字，只保存在《說文》中，早已不在社會交際領域通用，如果不指出它與"宇"字的關係，恐怕妨礙意義的理解。這是指明古文字。

又如，卷二十五《白田馬上聞鶯》"黃鸝啄紫椹"，王注："椹本作葚，桑實也。生青，熟則紫色。"按：《說文·艸部》："葚，桑實也。"如《詩經·衛風·氓》："于嗟鳩兮，無食桑葚。""椹"表示桑實之義最早見於《玉篇》著錄，故王氏認爲表示桑實之義，本字當作"葚"。這是探明本字。

又如，卷二十六《上安州李長史書》"退思狂愆"，王注："《廣韻》：愆，過也，俗作愆。"① 這是引韻書指明"愆"是"愆"的俗體字。

又如，卷二十九《虞城令李公去思頌碑》"蠡丘館東有三柳焉"，王注："繆本作'蠡'，即'蠡'字省文。"按：《康熙字典》引《正字通》"蠡同蠡。"這是探明俗體字的構形緣由。

---

① 按：今本《廣韻·仙韻》"愆"字作"愆"。詳見周祖謨《廣韻校本》，中華書局 2004 年版，第 144 頁。

（三）辨析後世用字訛誤

王琦解釋文字形體關係時，還常常指出後世用字的訛誤。

例如，卷二十四《感興八首》其二"洛浦有宓妃"，王注："宓當作虙，即古伏字。後人有作宓者，誤也。或作密音讀，更非。"按："宓妃"即伏羲氏之女，相傳溺於洛水，遂爲洛水之神。字本作"虙"，後訛作"宓"。考《顏氏家訓·書證篇》："張揖云：'虙，今伏羲氏也。'孟康《漢書》古文注亦云：'虙，今伏。'而皇甫謐云：'伏羲或謂之宓羲。'案諸經史緯候，遂無宓羲之號。虙字從虍，宓字從宀，下俱爲必，末世傳寫，遂誤以虙爲宓。而《帝王世紀》因誤更立名耳。何以驗之？孔子弟子虙子賤爲單父宰，即虙羲之後，俗字亦爲宓，或復加山。今兗州永昌郡城，舊單父地也，東門有子賤碑，漢世所立，乃曰：'濟南伏生，即子賤之後。'是知虙之與伏，古來通字，誤以爲宓，較可知矣。"① 可見，王琦對文字使用中的訛舛是很注意的。

又如，卷二十六《爲吳王謝責赴行在遲滯表》"臣位叨盤石，辜負明時。"王注："《韻會》：孤，負也。毛氏曰：孤負之孤，當作'孤'，俗作'辜'，非。"按："辜負"一詞，確如《韻會》引毛氏《增韻》所言，本作"孤負"。"辜負"產生也比較早。如裴松之在《三國志·蜀志·張嶷傳》的注釋中引陳壽《益部耆舊傳》："常恐一朝隕沒，辜負榮遇。"又在《魏志·司馬朗傳》的注釋中引《魏書》："既不能自救，辜負國恩。"又《舊唐書·元稹傳》："臣稹辜負聖明，辱累恩獎。"可見，"辜負"一詞當時比較常用，並逐漸取代"孤負"。從注釋傳意的角度來說，此句即使不解釋"辜負"，讀者一般也不會誤解，但王琦還是引用《韻會》指明"辜"的本字，表現出他的正字觀念。

三　辨明字詞形體關係的不足

王琦疏通李白集中的通假字、異體字、古今字、異形詞等文字形體的關係，爲理解文意掃清了文字障礙。但是，就《輯注》中指明字詞形體關係的內容看，還有一些不足之處，主要表現在以下幾個方面。

第一，解說文字形體的不同關係，所用術語時有交叉，沒有統一的

---

① 顏之推撰，王利器集解：《顏氏家訓集解》，上海古籍出版社1980年版，第408頁。

術語體例。

　　整體看，王琦注釋用"同"的，一般用於指明形異而音義相同的字形關係，用"通用"或"通"的，一般指明通假關係，但《輯注》中時有混用，有時甚至相同兩字關係的説解前後不一。例如，卷二十二《姑熟十咏·桓公井》："石甃冷蒼苔，寒泉湛孤月。"王注："按《廣韻》：湛，與沉同，音皆直深切。兼引《漢書》'從俗浮湛'句于'湛'字下，蓋'沉'、'湛'古通用也。"按《廣韻》"湛"和"沉"同在小韻"沈"，"沉"是"沈"字俗體①。《説文·水部》："湛，没也。"段注："古書浮沈字多作湛，湛、沈，古今字，沉又沈之俗也。"② 因此，注文可改用"湛，古沉字。"王琦前用"同"，後用"通"，術語不一，沒有揭示出二字的本質關係。

　　第二，辨明字詞形體的方法還有待改進。《輯注》中有相當一部分材料，是通過引文溯源或釋義間接表明字詞形體關係的，通過引文，讀者只能明確某與某意義相同，卻無從得知字形關係的實質。例如，卷二十《陪族叔遊化成寺昇公清風亭》"金牓天宫開"，王注："《神異經》：中央有宫，以金爲牆，有金牓，以銀鏤題。"據王琦注文，我們僅知道"金牓"與"金榜"同義，但二詞或"牓"與"榜"的關係到底是什麼，卻不得而知。又如，卷二十三《秋日楚城韋公藏書高齋作》"查擁隨流葉"，王注："《韻會》：楂，水中浮木也。"王琦解釋的是"楂"字，李詩所用是"查"字。按《廣韻》，在"水中浮木"義上"楂"與"查"同③。王琦通過引文解釋"楂"字，暗示了"查"的意義，不過讀者對二字之間的具體關係卻不是很清楚。按："查"用於木筏義，見於晉王嘉《拾遺記·唐堯》："堯登位三十年，有巨查浮於西海。"隋唐時期常用。例如，《北齊書·文苑傳·樊遜》："乘查至於河漢。"杜甫《秋日夔府詠懷奉寄鄭監李賓客一百韻》："途中非阮籍，查上似張騫。""楂"的這一意義，稍晚於"查"字，見於南朝梁何遜《南還道中送贈劉諮議別》："游魚上急水，獨鳥赴行楂。"清代亦見使用。如納蘭性德《眼儿媚》詞："重見

---

① 周祖謨：《廣韻校本》，中華書局2004年版，第219—220頁。
② 許慎著，段玉裁注：《説文解字注》，上海古籍出版社1988年版，第556頁。
③ 周祖謨：《廣韻校本》，中華書局2004年版，第171頁。

星娥碧海槎，忍笑卻盤鴉。"明清時期，"査"字又產生考察義，今已成常用義。由於古今詞義的演變，王琦選擇"査"這一注釋點，是恰當的，但沒有直接指明二者的關係，有失晦澀。

第三，對注釋點的選擇還有一定的隨意性。不同篇目中常常會出現相同的語詞或文字，注者一般把首次出現的地方選作注釋點，詳細注釋，但王琦有時也以後出者作爲注釋對象。例如，卷二十五《題嵩山逸人元丹丘山居序》"嵒（古巖字）信頻及"，按："嵒"指山巖、山崖，與"巖"字相同，"嵒"字見於《説文》："嵒，山巖也。""巖"字也見於《説文》："巖，岸也。"段玉裁改爲"厓也"①，即指山崖。"嵒""巖"意義相同。例如，《山海經·海內西經》："在八隅之巖，赤水之際，非仁羿莫能上岡之巖。"謝朓《郡內登望》："威紆距遙甸，巘嵒帶遠天。"從使用頻率上看，用"嵒"字遠不及用"巖"字者多，後來"巖"字通行，"嵒"字則少見使用。對清代的讀者來說注釋"嵒"和"巖"字的關係是必要的。但該字早在卷十四《春日歸山寄孟浩然》"嵒花覆谷泉"中就出現了，此處王琦未注，卻在後面的二十五卷解釋，比較隨意。

綜合來看，王琦注釋《李太白全集》，通過辨析字詞形體關係，爲下一步解釋語意掃除了文字障礙。他以釋義爲中心確定注釋點和辨析的內容，符合典籍注釋的要求。不過，就《輯注》中各類注釋內容的比重看，辨析字詞形體關係遠不及解釋詞句、名物典制和溯源釋典的內容多。此外，王琦在所用術語、方法及辨析內容等方面還存在一些不足之處，需要在今後的注釋實踐中逐步修正和完善。

第二節　解釋語意

解釋語意，包括釋詞、解句和揭示章旨等。無論注釋學還是訓詁學，不管作品的性質、內容如何，解釋語意都是注釋的核心內容。本節從以上三個方面，分析總結王琦注釋太白文集在解釋語意方面的內容和表現出來的特點。

---

① 許慎著，段玉裁注：《説文解字注》，上海古籍出版社1988年版，第440頁。

一 解釋語詞意義

解釋語詞意義，指的是解釋一般語詞的意義。一般語詞指一些語義比較常見的通行的普通名詞、動詞、形容詞等，既包括詞語，也包括短語。典籍注釋中，解釋語詞的意義，包括解釋語言意義、語境意義和言外之意。語言意義是指一個語詞在貯存狀態下的意義，也稱爲詞的概括意義；語境意義是語詞在使用狀態下的意義，使用狀態的意義常常是多個語言意義中的一個，不過由於語境、寫作背景等因素的限制，這個語言意義可能有特指的範圍或對象，以及其他比喻義或借代義，有時甚至還有象徵和言外之意，這些意義都是臨時的、隱性的，不易察覺，但它們對整個詩意和章旨的理解又至關重要，這就要求注者在理解語言意義的同時，滲透理解上下文之意，作出正確的解釋。王琦輯注李白文集，在一般語詞的解釋上，主要有以下內容和特點。

（一）直接指明語言意義

當語詞在詩文中所用的語境意義和語言意義相同時，王琦一般直接解釋語言意義，這也就等於解釋了語境意義。下面根據王琦採用的解釋方法分別說明。

1. 採用單一訓釋方式直接釋義

（1）同義詞直訓

同義詞直訓，是指用一個與被釋詞意義相同或相近的詞直接釋義。釋語簡潔明了。

解釋名詞者，卷二《古風》其二十九"至人洞玄象"，王注："至人，謂聖人。玄象，謂天象。"又卷三《公无渡河》"公果溺死流海湄"，王注："海湄，海濱也。"又卷十二《醉後贈王歷陽》"更奏遠清朝"，王注："清朝，猶清晨也。"

解釋動詞者，卷八《赤壁歌送別》"鯨鯢唐突留餘跡"，王注："唐突，犯觸也。"又卷十二《贈宣州靈源寺仲濬公》"解領得明珠"，王注："解領，解悟也。"

解釋形容詞，若以同義詞釋義，則一般用"某，猶某也"的形式。卷二十三《安州般若寺水閣納涼》"翛然金園賞"，王注："翛然，猶悠然也。"又卷二十一《望黃鶴山》"玉潭秘清謐"，王注："清謐，猶清静也。"

解釋代詞或方言詞者，卷十三《寄韋南陵冰》"應爲尚書不顧身"，王注："身，猶我也。魏、晉後多自稱曰身。""身"表示第一人稱代詞"我"，在《爾雅·釋詁下》"身，我也"中已見，魏晉以後就比較常用了。王琦不僅解釋詞義，還考察了詞語變稱和使用的大致時間。又卷八《秋浦歌十七首》其一"汝意憶儂不"，王注："自稱我爲儂，吳語也。"這是同義詞直訓的變化形式。

有的則採用雙音節詞對釋單音節詞的形式。如卷二十六《上安州李長史書》"白少頗周慎"，王注："周慎，謂周詳審慎也。"

（2）標明義界

標明義界，類似於下定義的方式。語義比較複雜的詞語，常採用這一釋義形式。

解釋名詞者，卷二十五高霽《改九子山爲九華山聯句》"層標遏遲日"，王注："層標，謂山峰之層疊者。"

解釋動詞者，卷十六《送韓準裴政孔巢父還山》"帳飲與君別"，王注："帳飲，謂於曠地張帳而飲也。"又卷二十一《與夏十二登岳陽樓》"天上接行杯"，王注："傳杯而飲曰行杯。"

（3）描述釋義

解釋名詞者，卷十九《酬張司馬贈墨》"黃頭奴子雙鴉鬟"，王注："雙鴉鬟，謂頭上雙髻，色黑如鴉也。"

王琦解釋形容詞，多採用描述釋義的方式，常以"某某貌""某某狀""某某聲"或"某某意""某某之意（義）"來狀貌、繪聲。如卷五《黃葛篇》"黃花自綿冪"，王注："綿冪，密而相覆之意。"又卷七《鳴皋歌送岑徵君》"舔舕崟岌"，王注："舔舕，吐舌貌。"又卷四《幽澗泉》"松颼飀兮萬尋"，王注："颼飀，風聲也。"

（4）足字釋義

爲了釋義明晰，王琦在正確理解文意的基礎上，也偶爾採用補充詞語釋義的方式。例如，卷一《大鵬賦》"欻翳景以橫翥"，王注："翳景，蔽遮日月之景也。"按：用"蔽遮"解釋"翳"之義，"日月"是王琦根據文意補充的詞語。又卷二十四《翰林讀書言懷》"觀書散遺帙"，王注："散帙者，解散其書外所裹之帙而翻閱之也。"按："書外所裹"和"翻閱之"都是根據詞義和句意補充的詞語。

2. 採用兩種以上訓釋方式直接釋義

（1）同義詞直訓與標明義界相結合。卷三十《冬日歸舊山》"倒篋素魚驚"，王注："素魚，白魚也。即書篋中蠹魚。"

（2）描述釋義之後，又以今語直訓補充。卷十三《秋夜宿龍門香山寺》"玉斗橫網戶"，王注："網戶，門扉上刻爲方目，如羅網狀。若今之隔亮也。"

（3）標明義界之後，又以今語直訓補充。卷六《紫騮馬》"紫騮行且嘶"，王注："紫騮，赤色馬也，唐人謂之紫騮，今人謂之棗騮。"

3. 引文釋義

王琦釋義中，引文釋義比較常見，所引文獻種類十分豐富，涉及李詩舊注、其他詩文集注、經書之注、史書之注、小學專書等。

解釋名詞者，卷二《古風》其十八"雞鳴海色動"，王注："楊齊賢曰：海色，曉色也。雞鳴之時，天色昧明，如海氣朦朧然。"這是引用李詩舊注釋義，並探明語源。又卷十四《江上寄元六林宗》"夜分河漢轉"，王琦引曹植《上責躬應詔詩表》張銑注謂"夜分，夜半時也。"這是引用文集之注釋義。

解釋動詞者，卷十二《獻從叔當塗宰陽冰》"居人若薙草"，王注："《說文》：薙，除草也。"這是引用小學專書釋義。又卷十五《留別金陵諸公》"祖余白下亭"，王注："鄭玄《儀禮注》：將行而飲酒曰祖。"這是引用經書之注釋義。

解釋形容詞者，卷十二《獻從叔當塗宰陽冰》"臨川空屏營"，王琦引《後漢書》章懷太子注曰："屏營，仿徨也。"又卷二十四《詠槿二首》其一"終歲長翕赩"，王注：引江淹詩呂向注："翕赩，茂鬱貌。"前一例是引用史書之注釋義，後一例是引用詩歌之注釋義。

（二）直接解釋語境意義

這裏所説的語境意義，主要指以語言意義爲基礎，因爲語言環境和寫作背景等因素的限制和影響而生發出來的臨時的指稱意義、比喻意義和借代意義等。

1. 解釋特指意義

李白詩文中的語詞有的本來用的是它的語言意義，但在具體語境的限制下，詞義內涵進一步縮小，指向特定的人、事、物，而產生臨時的特指意義。王琦對此特予指出。

（1）直接解釋特指對象。卷二《古風》其一"聖代復元古"，王注："聖代，謂李唐也。"按：聖代，在封建社會指時人對當代的美稱，李白詩句也用此義，具體到李白寫作的當時，則指唐王朝。又卷十一《贈王判官》"大盜割鴻溝"，王注："大盜，指安禄山。"按："大盜"本指盜竊財物衆多或盜竊活動猖獗之人，可引申指竊國篡位者。如《後漢書・光武帝紀贊》："炎正中微，大盜移國。"李白詩正用此義，考慮此詩的創作背景，此處的"大盜"就專指安禄山了。又卷十二《贈宣州靈源寺仲濬公》："觀心同水月，解領得明珠。"王注："明珠，喻菩提大道也。"按："明珠"意義比較淺顯，常用來比喻珍貴的事物，李白詩句也用此義。王氏根據具體語境直接將其釋爲"菩提大道"，非常準確。

（2）通過在概括意義之前加限定語的方式解釋語境意義。卷二《古風》其一"憲章亦已淪"，王注："憲章，謂詩之法度也。"按："憲章"本指典章制度，引申指一般的法度，李白詩句用引申義，王琦用"詩"作定語加以限制，所釋則是"憲章"在具體語境中的特定指稱意義。又卷二十五《觀獵》"山火繞行圍"，王注："山火，獵者燒草以驅逼禽獸之火也。"按："山火"的概括意義是指山中草木焚燒燃起的大火，包括拓荒、圍獵，以及雷電等引起的大火，王琦根據詩意明確指出此處的"山火"專指圍獵驅獸之火。

（3）引文解釋語境意義。卷十九《五月東魯行答汶上翁》"落日昏陰虹"，王注："楊齊賢曰：陰虹，指林甫、國忠輩昏蔽其君。"又同卷《答高山人兼呈權顧二侯》"虹霓掩天光"，王琦又引楊注解釋"虹霓"指太平公主輩。"虹霓"與"陰虹"語言意義相同，喻指佞臣，但二處指稱對象不同，故王琦分別解釋。

2. 解釋比喻或借代意義

李白詩中像"聖代、大盜、明珠、憲章、山火、陰虹、虹霓"等詞語，從語言意義來看，用的都是引申義，不過在具體語境中它們都有特指對象，解釋特指對象，對讀者理解詩意有很大幫助。作品中，有些語詞的語境意義還常常因爲比喻和借代的修辭手法而產生。對於這種情況，王琦也常常予以解釋。

（1）指明比喻意義。卷十一《獄中上崔相涣》"發揮兩太陽"，王注："兩太陽，亦謂玄宗、肅宗也。"按：從語言意義來說，太陽有光照萬物的特點，但並未因此引申指帝王，不過，通過形象聯想，我們可以用之比喻具有這種性質的人和物。王琦根據李白詩句的用意，直接指出"太陽"指玄宗、肅宗二帝是很恰當的。又同卷《經亂離後贈江夏韋太守良宰》"匈奴笑千秋"，王注："千秋，喻宰相若苗晉卿、王璵輩。"按：千秋，是用《漢書》車千秋一言悟主，雖然沒有才能學術和閥閱之功，卻能夠取相封侯而被匈奴嘲笑之典，李白詩句中的"千秋"即歷史人物車千秋，而此處則借喻像車千秋一樣無能而得高位之人，即王琦所謂苗晉卿、王璵之輩。

有些詞語雖不特指某人某物，但也會因為比喻的修辭手法而形成臨時語義。如卷十二《贈宣城宇文太守》"岩嶢廣成子"，王注："岩嶢，喻其品之高遠。"按："岩嶢"本指山石高峻、高聳，此處用以形容人之品性，則是比喻修辭手法帶來的臨時語境意義。

（2）指明借代意義。因為借代手法也會形成臨時語境意義。卷十一《江夏贈韋南陵冰》"賴遇南平豁方寸"，王注："南平，謂南平太守李之遙也。"按：此處以仕任之地"南平"代指仕宦之人"李之遙"。

王琦有時也引文解釋因比喻和借代手法形成的臨時語義。如卷二十四《荊州賊亂臨洞庭言懷作》"氣霧行當掃"，王注："江淹詩：皇晉遘陽九，天下橫氣霧。張銑注：氣霧，喻賊亂也。"

（三）解釋言外之意

詩歌語言形象含蓄，詩人往往將一種事物、景象或情緒，通過特殊的句法或修辭呈現出來，使詩歌語言的表現力和感染力大大加強。對於這些特殊之處，王琦釋義時，一般不專力解釋語言意義或詩中的具體所指義，而是根據語言所描繪的具體形象，揭示隱含在形象之中的言外之意。

例如，卷十六《送王屋山人魏萬還王屋》"側足履半月"，王注："'側足'者，言石橋險狹，僅可側足而行。'半月'喻石橋灣環之狀。"按："側足"即王琦所說的"側足而行"，"半月"用在"履"後，當用作名詞，比喻石橋，全句之意謂側轉腳足，踩着像半月一樣的石橋。從王琦釋義用語來看，他的重點在於解釋"側足"的言外之意，即"石橋險狹",他把"半月"解釋成描摹石橋彎環的狀態,也是爲了突出"險狹"之意。太白"側足履半月"之句,非常形象地描繪了天台山之險,王琦的解釋,也恰當地揭示出了語言的形象特徵。

在《輯注》中,直接揭示語詞背後隱藏的言外之意的比較少見。

(四) 兼釋語言意義和語境意義

有時,一個詞語,由本義發展到引申義,或由語言意義產生特殊的語境意義,其間的發展綫索不是非常明朗,這時,如果直接指出引申義,或臨時語境意義,就可能給讀者帶來疑惑。遇到這種情況,王琦常常同時解釋語言意義和語境意義,甚或言外之意。主要有以下幾種情況。

1. 先釋本義,再釋引申義,引申義即語境意義

例如,卷十九《答高山人兼呈權顧二侯》"端拱清遐裔",王注:"端拱,謂端居拱手,猶垂拱無爲之義。"按:"端居拱手"採用對釋的方法直訓"端拱"的語言意義,形容人莊嚴有禮,引申指清簡爲政,注語"垂拱無爲",即無爲而治之意,是"端拱"一詞在句中的引申義。

2. 先釋本義,再釋特指意義

例如,卷十二《贈宣城趙太守悅》"所植唯蘭蓀",王琦先引沈約詩劉良注解釋"蘭蓀,香草也",然後又進一步解釋"蘭蓀"在詩中的比喻意義:"蘭蓀喻趙太守。""蘭蓀"即菖蒲,是一種香草,在文獻中常用來喻指賢哲,李白詩句也用引申義,在具體語境中則專指"趙太守",王琦這一解釋是準確的。

3. 先釋語言意義,再釋言外之意

例如,卷五《怨歌行》:"薦枕嬌夕月,卷衣戀春風。"王注:"宋玉《高唐賦》:願薦枕蓆。李善注:薦,進也。欲親近於枕蓆,求親妮之意也。"按:此引傳注先釋"薦"的語言意義,然後再解釋"薦枕"的表層語義,最後説明其言外之意。

詩人有時爲了追求特殊的表達效果,在詞語中往往蘊含了其他語義,這時王琦也予以指出。例如,卷十四《自漢陽病酒歸寄王明府》"去歲左遷夜郎道",王琦解釋"左遷",注曰:"《史記·周昌傳》:高祖曰:'吾極知其左遷。'索隱曰:地道尊右,右貴左賤,故謂貶秩爲左遷。《演繁露》:古人得罪下遷皆曰左遷。太白無官而用左遷字,蓋借作竄逐字用。"按:左遷本謂貶官,但太白不曾做官,因此詩中用"左遷"容易讓人費

解,所以王琦專門指出此處用爲竄逐之義。

(五)探明語義來源

王琦解釋語義,還十分重視考察語源,一般稱爲推因。

例如,卷三《蜀道難》"西當太白有鳥道",王注:"鳥道,謂連山高峻,其少低缺處,惟飛鳥過此,以爲徑路,總見人跡所不能至也。"鳥道,指險峻狹窄的山路,王琦解釋語言意義之後,還詳細解釋了之所以稱爲"鳥道"的取義之源。

又如,卷二十一《登單父陶少府半月臺》"桑柘羅平蕪",王注:"江淹《去故鄉賦》:窮陰匝海,平蕪帶天。平蕪,庶草豐茂,遥望平坦若剪者也。"按:"平蕪",指草木叢生的平曠原野,是人們在視覺上由近及遠對原野的主觀感受。歐陽修《踏莎行》"平蕪盡處是春山"正是此意。王琦所釋内容與本義的關係看似很遠,實際是用推因的方法解釋了"平蕪"的取義之源。

又如,卷十三《秋夜宿龍門香山寺》"銀河耿花宫",王注:"花宫,佛寺也。佛説法處天雨衆花,故詩人以佛寺爲花宫。"此注王琦也是在直接指明語言意義的前提下,進一步考察了稱佛寺爲"花宫"的緣由。

二 解釋句意

對一般語詞的解釋,爲讀者理解文意提供了必要的基礎信息,但是,有時即使解釋了詞義,讀者對詩文意義還是一知半解,這時還需要進一步解釋句意或揭示章旨。解釋句意與揭示章旨,對詩文内容的理解有重要作用。早在漢代,注釋家就已經非常關注這一問題。現存最早的成熟的注釋書《毛詩詁訓傳》已有對文意的串講和章旨的發明。如《詩經·周南·關雎》:"窈窕淑女,君子好逑。"毛傳:"窈窕,幽閑也。淑,善也;逑,匹也。言后妃有關雎之德,是幽閑貞專之善女,宜爲君子之好匹。"毛亨在解釋了一般詞語"窈窕、淑、逑"之後,串講了這兩句詩的含意。其中"后妃有關雎之德"和"宜爲"都是注者根據詩意加入的詞句。後來,以解釋句意和揭示章旨爲主要注釋内容的著作也稱爲"章句",在漢代,專門以"章句"名篇的有王逸的《楚辭章句》和趙岐的《孟子章句》,這類著作將語詞的解釋融於對句意的串講和對章旨的揭示中,可以使讀者對句子、段落或篇章的語意獲得相對完整的認識。王琦輯注太白文集，雖然不以"章句"爲名，但是在解釋語詞之外，也對較難的語句和作品章旨作了進一步解釋。

(一) 解釋表層語意

有些語句純粹描繪客觀事物或陳述實情，對於這樣的句子，王琦一般只解釋表層語意，他根據實際情況，或按詞語對釋，或解釋大意，或調整語法習慣，補充必要的詞語解釋。

1. 直接解釋句意

例如，卷一《明堂賦》"錦爛霞駁，星錯波沏。"王注："錦爛霞駁者，言其鮮麗如錦彩之煥爛，雲霞之斑駁也。星錯波沏者，言其布列如天星之錯落，水波之疊起也。"按：王琦根據句子描繪事物的特徵，分別補充了"鮮麗"和"布列"兩詞，按照語詞的順序和語法結構解釋了兩句之意，詞語的解釋也蘊含其中。

2. 釋詞之後再釋句意

例如，卷二十二《下途歸石門舊居》"羨君素書常滿案，含丹照白霞色爛。"王注："琦按：古人以絹素寫書，故謂書曰'素書'。含丹者，書中之字，以朱寫之，白者絹色，丹白相映，爛然如霞矣。"按：王琦首先解釋了"素書"及"丹""白"所指，這樣再解釋句子大意，就自然可信了。

3. 改變語法結構解釋大意

文學作品，尤其是詩歌，在詞語運用和語法結構等方面與一般史政文章有一定差異，若完全按照詞語組合的順序釋義，有時就顯得比較奧澀，因此調整語法結構解釋語意在詩文注釋中比較常見，這也就是一般所說的解釋大意。解釋大意，不必拘泥於每個詞語的對釋，只要正確解釋出句子的基本語意即可。王琦解釋句意時，常常根據文句之意補充必要詞語或調整語法結構。例如，卷十九《金門答蘇秀才》"雲漢希騰遷"，王注："雲漢，天河也。'雲漢希騰遷'，猶致身青雲之上意也。"按：句中"騰遷"指高升，若按照詞語的組合順序解釋，顯然不通。所以王琦改變句法結構，以"致身青雲之上"解釋，"致身……之上"即"騰遷"之意，"青雲"即"雲漢"之意，基本保留了主要語詞的意義。

4. 通過描繪景物解釋句意

如果詩句描繪的是自然風光，王琦更能擺脫一字一詞釋義的限制，通過解釋景物之間的地理關係，或者以更細膩的語言描繪詩文中的景象來解釋語意。例如，卷二十一《與夏十二登岳陽樓》"樓觀岳陽盡，川迥洞庭開。"王注："岳陽，謂天岳山之陽，樓依此立名。洞庭一湖，正當樓前，浩浩蕩蕩，茫無涯畔，所謂巴陵勝狀，盡在是矣。"通過這樣的解釋，讀者也就理解了詩句描繪的岳陽樓觀洞庭的景象了。

王琦有時也引文釋義。卷十一《贈王判官》"會稽風月好"，王注："《世説注》：《會稽郡記》曰：會稽郡多名山水，峰崿隆峻，吐納雲霧，松栝楓柏，摧幹辣條，潭壑鏡澈，清流瀉注。王子敬見之曰：'山水之美，使人應接不暇。'"按："會稽風月好"就是指會稽自然風光美好之意，句意不難理解，王琦爲了給讀者更直觀的感受，引用《世説注》細致描繪了會稽山水的景色特徵，給讀者帶來了審美享受，比單純按照詞語含意解釋句意更符合詩句特點。

（二）探求句意語源

有時，王琦不滿足於僅僅解釋表層語意，還常常進一步推究句意的來源。這種方法在解釋語詞意義部分已經提到，下面以解釋句意爲例略作説明。

例如，卷十八《送友人》"浮雲遊子意，落日故人情。"王注："浮雲一往而無定跡，故以比遊子之意；落日銜山而不遽去，故以比故人之情。"按：此注王琦通過解釋"浮雲"和"落日"的自然特徵，使讀者不僅明白了詩意，也知曉了詩人之所以用"浮雲""落日"來比喻"遊子意"和"故人情"的深意，對探知詩人遣詞造句之法也有一定作用。

又如，卷十一《江夏贈韋南陵冰》"我竄三巴九千里"，從詞義看，此句並不難解，但其後有"夜郎遷客帶霜寒"一句，王琦爲了不使讀者誤解，注云："太白雖流夜郎，然甫至三巴而遇赦，故曰'我竄三巴九千里'。"這樣的解釋就消除了讀者的疑惑。

有時王琦引文解釋。例如，卷十四《寄上吳王三首》其一"小子忝枝葉"，王注："《左傳》：公族，公室之枝葉也。楊齊賢曰：太白，興聖皇帝九世孫，與唐同出，故云忝枝葉。"爲避免讀者對李白自稱皇室枝葉的誤解，王琦引用楊注進一步申説。

（三）揭示喻意或言外之意

文學作品，尤其是詩歌的重要特徵之一，就是通過選取有特定內涵的意象表現深層語意，即通常所說的喻意或言外之意，如果注者只停留在表層語意的解釋，忽略了意象隱含的言外之意，對文意的理解就過於膚淺了。王琦解釋句意，有時也揭示喻意或言外之意。

1. 直接揭示喻意或言外之意

例如，卷十七《送裴十八圖南歸嵩山二首》其一"風吹芳蘭折，日沒鳥雀喧。"王注："'風吹芳蘭折'，喻君子被抑不得伸其志也。'日沒鳥雀喧'，喻君暗而讒言競作也。"王琦根據"風""芳蘭""日""鳥雀"四個意象的傳統寓意，聯繫詩句之意，作出了恰當的解釋。

又如，卷二十七《春送趙四流炎方序》"然自吳瞻秦，日見喜氣。上當攫玉弩，摧狼狐，洗清天地，雷雨必作。"王注："日見喜氣，謂其有振興之象。上者，指玄宗。攫玉弩，謂親秉征伐之柄。……摧狼狐，謂勦滅安祿山之徒。洗清天地，謂宇宙清泰。雷雨必作，謂大赦天下。"此注也是根據詞語的隱性象徵之義，解釋了每一句的言外之意。

2. 以史實解釋句意

與傳統的對釋語詞或說明大意的方式不同，以史實解釋句意，是直接將史實與詩句對應起來，通過史實的敘述或比較來表現詩句的言外之旨。在《輯注》中，這種情況比較常見。

例如，卷五《北上行》"沙塵接幽州，烽火連朔方。……奔鯨夾黃河，鑿齒吞洛陽。"王注："按：天寶十四載，安祿山反於范陽，引兵南向，河北州縣望風瓦解，遂克太原，連破靈昌、陳留、滎陽諸郡，遂陷東京。范陽，本唐幽州之地，詩所謂'沙塵接幽州'者，蓋指此事而言。其曰'烽火連朔方'者，祿山遣其黨高秀巖寇振武軍，朔方節度使郭子儀擊敗之。振武軍去朔方治所甚遠，其烽火相望，告急可知。其曰'奔鯨夾黃河'者，指從逆諸將，如崔乾祐之徒，縱橫於汲、鄴諸郡也。其曰'鑿齒屯洛陽'者，謂祿山據東京僭號也。"王琦根據當時發生的歷史事實，與本詩所描繪的景象和"奔鯨""鑿齒"等意象相結合，把相關史事、人物與特定詩句聯繫在一起，揭示了表層語意掩蓋下的深層寓意，詩意豁然開朗。

又卷八《永王東巡歌十一首》其二"三川北虜亂如麻，四海南奔似永嘉。"王注："晉懷帝永嘉五年，劉曜陷洛陽，百官士庶死者三萬餘人，中原衣冠之族相率南奔，避亂江左。天寶十四載，安祿山起兵北地，遂破兩京，士君子多以家渡江東，與永嘉時事相似。"王琦通過永嘉南奔與天寶十四載安禄山爲亂士庶南奔之事的比較來解釋以上兩句詩意。

3. 引文解釋

例如，卷十五《留別賈舍人至二首》其一"誰念劉越石，化爲繞指柔。"王琦引劉越石詩吕延濟注曰："百煉之鐵堅剛，而今可繞指，自喻今破敗而至柔弱也。"王氏引用吕延濟注解釋了"化爲繞指柔"的用意，釋語中的"破敗"即暗指賈至遭謫。

（四）串講大意

串講大意也是解釋句意的一種形式，注者通常針對一個語意相對比較完整的語段，歸納影響詩句理解的關鍵要素，提煉要旨，解釋語意。這個比較完整的語段，既可以是兩個或幾個句子的組合，也可以是一個較長詩篇的某個段落，或是一個較短的詩篇。串講是從整體上對詩意所作的融貫性詮釋，便於進一步揭示全篇的章旨。王琦對詩意的串講主要有以下內容。

1. 按照敍事結構，總括部分語意

例如，卷十五《感時留別從兄徐王延年從弟延陵》"鳴蟬遊子意，促織念歸期。驕陽何火赫，海水爍龍龜。百川盡涸枯，舟機閣中迄。策馬搖涼月，通宵出郊圻。泣別目睊睊，傷心步遲遲。願言保明德，王室佇清夷。摻袂何所道，援毫投此辭。"王注："詩意言鳴蟬促織之候，已動遊子之意，而念歸期矣。因天旱水涸，舟楫沮閣，故策馬於涼月之下，乘夜而留別也。"從釋義內容看，王琦基本上遵循該段的敍事結構，順次解釋詩意。不過，他並沒有逐次解釋每一個句子的含意，而是把描寫同一內容或現象的句子加以概括，如把描寫旱災情形的句子——"驕陽何火赫，海水爍龍龜。百川盡涸枯"三句串講成"天旱水涸"一語，把描寫詩人臨別傷感和贈言的六句概括爲"乘夜而留別"一語。

2. 按照敍事結構，概括段落大意

如果篇章過長，王琦有時也按照敍事結構概括段落大意，這樣不僅能使讀者了解每一部分的主要內容，也可以將它們串聯起來，了解作者謀篇布局的特點。

例如，卷十六《送王屋山人魏萬還王屋》一詩篇幅較長，王琦分節注釋，並於每節之末附上簡要注語指明段落大意。正文第一節後注："以

上美萬之愛文好古，而隱居王屋之事。"第二節後注："以上敘其自嵩、宋沿吳相訪之事。"第三節後注："以上敘其乘興遊台、越之事。"第四節後注："以上敘其自台州泛海至永嘉，徧遊緙雲、金華諸名勝之事。"第五節後注："以上敘其自姑蘇至廣陵相見之事。"這樣就把每一段的敘事內容，以及魏萬的遊蹤綫索呈現在讀者面前，使讀者能夠在繁複的内容中順利梳理出詩篇的結構和主要信息。

3. 按照詞句組合順序，補充詞語串講語意

例如，卷二十二《奔亡道中五首》其四"函谷如玉關，幾時可生還。洛陽爲易水，嵩岳是燕山。俗變羌胡語，人多沙塞顔。申包惟慟哭，七日鬢毛斑。"王注："太白意謂函谷之地，已爲禄山所據，未知何日平定，得能生入此關。洛川、嵩岳之間，不但有同邊界，而風俗人民，亦且漸異華風。己之所以從永王者，欲效申包慟哭乞師，以救國家之難耳，自明不敢有他志也，其心亦可哀矣。"串講中，王琦沒有逐字逐句對釋詞語，而是按照原詩敘事結構，整合同類句子，又補充了一些必要的意義信息。如對前兩句的解釋，其中"已爲禄山所據。未知何日平定"都是王氏根據詩意補充出來的信息；"洛陽"兩句概括成一句；而解釋最後兩句，又補充了"己之所以從永王者"，以提示用申包胥之典的真正原因，最後在此基礎上揭示了言外之旨。

4. 打破結構，提煉要點，揭示情感

例如，卷七《勞勞亭歌》"金陵勞勞送客堂，蔓草離離生道旁。古情不盡東流水，此地悲風愁白楊。我乘素舸同康樂，朗咏清川飛夜霜。昔聞牛渚吟五章，今來何謝袁家郎。苦竹寒聲動秋月，獨宿空簾歸夢長。"王注："此詩大意：太白自誇山水之趣既同康樂，而吟咏之妙又不減袁宏，惜無相賞之人與之談話申旦，空簾獨宿，殊覺寂寥。"按：這首詩主要通過謝靈運和袁宏之典表現詩人的寂寥之情，王琦抓住這一關鍵要素，用非常簡練的語言，解釋了兩個典故在詩中的用意，揭示了詩人的情緒。這種串講的方法，沒有按照詞句組合的順序，也沒有拘泥於個別詞語的含義，是完全靠着注者的理解提煉要點來實現的。

5. 串講基礎上總括段落大意

例如，卷六《豫章行》"白馬繞旌旗，悲鳴相追攀。白楊秋月苦，早落豫章山。"王琦首先指明相關語句的來歷，然後解釋詩意，注云："'白

馬繞旌旗，悲鳴相追攀'，謂母子別離之時，乘馬亦爲之感動而哀嘶也。'白楊秋月苦，早落豫章山'，謂見草木之凋殘，亦若爲母子悲慟者之所感召也。總以寫從軍者離別時情景耳。"按：對"白馬"兩句的解釋，其中"謂母子離別之時"是根據詩意所作的補充，"乘馬亦爲之感動而哀嘶"則是提煉、概括了"白馬"二句表現的核心信息；對"白楊"兩句的解釋與此大致相同。最後，在串講語意的基礎上，又進一步總結了這個語段描寫的主要景象。

6. 串講基礎上揭示語段言外之意

如上文所舉《奔亡道中五首》其四之例。又如，卷二《古風》其四十六"當塗何翕忽，失路長棄捐。"王琦先釋義"翕忽，疾貌"，後注云："太白意謂此輩幸臣，當其得志，不過翕忽之頃，一朝失寵，長於棄捐不用，蓋言不足恃之意。"

7. 以章法揭示言外之意

例如，卷七《梁園吟》第三節末尾，王注："作《梁園歌》而忽間以信陵君數語，意謂以信陵君之賢，名震一世，至今日而墓域且不克保，況梁孝王之賢不及信陵，其歌臺舞榭又焉能保其常在乎？此文章襯托法，不是爲信陵致慨，乃是爲梁王釋恨，并爲自己解愁，以見不如及時行樂之爲得也。故下遂接以'沉吟此事淚滿衣'云云。"此注提示讀者，詩人用襯托法，將兩事並舉，而意在突出及時行樂之意。

三　發明章旨

章旨是指整個詩文篇章的主旨。典故和各種意象的大量使用，往往使詩文章旨比較隱晦，有時即使解釋了語詞之義、句意和典故之意，讀者對作者想要表達的思想感情還是一知半解，這時，就需要注者揭示章旨，幫助讀者進一步理解作者深意。王琦揭示章旨，常常引用前人舊注，其中以引蕭、胡二人之注爲多，大都集中在《古風》詩、樂府詩，另外在卷二十四《擬古》十二首、《寓言》三首、《感遇》四首組詩中也比較多見。例如，卷二十四《寓言》其二"遥裔雙綵鳳，婉變三青禽。往還瑤臺裏，鳴舞玉山岑。以歡秦娥意，復得王母心。區區精衛鳥，銜木空哀吟。"王琦引蕭注："蕭士贇曰：此刺當時出入宮掖，取媚后妃、公主，以求爵位者。綵鳳、青禽，以比佞幸。瑤臺、玉山，以比宮掖。秦娥，以比公主。王母，以比后妃。精衛銜木，以比小臣懷區區報國之心，盡忠竭誠而不見知，其意微而顯矣。"除此之外，王琦也常常根據自己的理解和體會發明章旨，頗多中肯之論。

（一）以解釋句意爲基礎揭示章旨

例如，卷二十四《擬古十二首》其六，王注："'運速天地閉'，喻國家否運之至，如四運將終之時，天地之氣亦爲之閉塞不通。'胡風結飛霜'，喻祿山起兵爲害。'百草死冬月'，喻人民遭亂而死。'六龍頹西荒'，喻明皇西幸蜀中。'太白出東方，彗星揚精光'，謂仰觀天象，昭昭可察，災害不知何日可除。'鴛鴦非越鳥，何爲眷南翔'，謂己非南人，而向南奔走。疑太白於此時偕婦同行，故用鴛鴦爲喻。此詩其作於流夜郎之前耶？'惟昔鷹將犬，今爲侯與王'，謂出身微劣，不過效鷹犬之用，而能得尺寸之功以致身高位者多也。'得水成蛟龍'，謂將帥郭子儀、李光弼一流。'争池奪鳳凰'，謂宰相房琯、張鎬一流。'北斗不酌酒，南箕空簸揚'，傷己無人薦達，如彼天星之中北斗，雖有斗名，而不可用之以酌酒。南箕雖有箕名，而不可用之以簸揚米穀。徒有高才，不爲人用，其自悲之意深矣。"王琦在釋詞、解釋典故的基礎上，最後指出每句的言外之意，並揭示出詩人用意，即"徒有高才而不被用"的自悲之感。

（二）以點明詩篇來歷和詩眼揭示章旨

例如，卷二《古風》其十六"寶劍雙蛟龍，雪花照芙蓉。精光射天地，雷騰不可衝。一去別金匣，飛沉失相從。風胡歿已久，所以潛其鋒。吳水深萬丈，楚山邈千重。雌雄終不隔，神物會當逢。"王注："鮑照《贈故人馬子喬》詩：雙劍將別離，先在匣中鳴。烟雨交將夕，從此忽分形。雌沉吳江水，雄飛入楚城。吳江深無底，楚關有崇扃。一爲天地別，豈直限幽明。神物終不隔，千祀儻還并。太白此篇蓋擬之也。然鮑詩爲故人而贈別，其居要處在'神物'一聯，李詩感知己之不存，其警策處在'風胡'二語。辭調雖近，意旨自別。"按：王琦準確找到了李白詩的來源，而且通過比較，找出了最能體現兩詩意旨的關鍵詞語（即"詩眼"所在），也就說明了它們各自的主旨。

（三）以考證社會背景和歷史事件揭示章旨

詩篇常常是特定社會背景和歷史事件影響下的產物，有時不了解當時的社會狀況和歷史事實，就不能很好地理解詩意和篇章之旨。前文論述解釋句意時已經指出王琦運用史實解釋的方法，在揭示詩篇章旨上，王琦也常常聯繫社會背景和歷史事件予以申明。

例如，卷五《塞上曲》"大漢無中策，匈奴犯渭橋。五原秋草綠，胡馬一何驕。命將征西極，橫行陰山側。燕支落漢家，婦女無花色。轉戰渡黃河，休兵樂事多。蕭條清萬里，瀚海寂無波。"王琦引用《新唐書》的史料詳細解釋與詩篇相關的史實，以此揭示章旨，現將相關注文摘錄如下。

王注："此篇蓋追美太宗武功之盛而作也。按《唐書·突厥傳》言：頡利可汗嗣立，高祖以中原初定，不遑外略，每優容之，賜與不可勝計。頡利言辭悖慢，求請無厭。所謂'大漢無中策'也。傳言武德九年七月，頡利自率十萬餘騎，進寇武功，京師戒嚴。癸未，頡利至於渭水便橋之北。太宗與侍中高士廉、中書令房元齡，騎六騎幸渭水之上。與頡利隔津而語，責以負約，其酋帥大驚，皆下馬羅拜。俄而衆軍繼至，軍容大盛，太宗獨與頡利臨水交言，麾諸軍卻而陣焉，頡利請和。乙酉，幸城西，刑白馬，與頡利同盟於便橋之上，頡利引兵而退。所謂'匈奴犯渭橋'之事也。傳言頡利設牙直五原之北，承父兄之資，兵馬強盛，有憑陵中國之志。所謂'五原秋草綠，胡馬一何驕'之事也。又《李靖傳》言：貞觀三年，突厥諸部離叛，朝廷將圖進取，以靖爲代州道行軍總管，率驍騎三千，自馬邑出其不意，直趨惡陽嶺以逼之。四年進擊定襄，破之，可汗僅以身遁。太宗謂曰：'卿以三千輕騎，深入虜庭，克復定襄，威振北狄，古今所未有，足報往年渭水之役。'自破定襄後，頡利大懼，退保鐵山，遣使入朝謝罪，請舉國內附，以靖爲定襄道行軍總管，往迎頡利。頡利雖外請朝謁，而潛懷猶豫，靖選精騎一萬，齎二十日糧，引兵自白道襲之。師至陰山，遇其斥堠千餘帳，皆俘以隨軍。將逼其牙帳十五里，虜始覺，頡利畏威先走，部衆因而潰散。靖斬萬餘級，俘男女十餘萬。頡利乘千里馬走投吐谷渾，西道行軍總管張寶相禽之以獻。俄而突利可汗來奔，遂復定襄常安之地，斥土界自陰山至於大漠。此詩所謂'命將征西極，橫行陰山側'以下之事是也。或曰：此詩亦可定爲泛詠邊事，何以決其爲崇美太宗武功歟？曰：兩漢而下，匈奴犯邊未有至於渭橋者。至唐武德年間，始有此事，以此知之。或曰：既美本朝矣，又何以用'大漢'、'漢家'字耶？曰：太白本以唐之初年，與頡利和好爲非是，而不可直言，故借漢以喻，而嘆其失禦戎之策也。至'漢家'二字，唐人用入詩章以爲'中國'二字之代稱，歷宋、元、明皆然，何必滯此爲疑耶？洪邁選《萬首唐人絕句》，分此詩爲三章，頓覺無味。不若合作一首之善。"

此注用800多字，詳細解釋了太宗對外族的政策和派李靖抵禦外族之事，並將史事與相關詩句對應，最終確定該詩是爲追美太宗武功之盛而作，詩意豁然明朗。爲了進一步確定章旨的可信度，王琦又假設讀者的疑問，採用自問自答的形式消除了讀者對詩句、章旨可能產生的歧解。

（四）以説明地理關係揭示章旨

有些詩篇，作者以地名的組合變化表現詩意，有時讀者不能透過地理名詞的表層含意而深入理解詩人用意，對此，王琦則通過解釋地理關係來解釋全篇之意。例如，卷八《上皇西巡南京歌十首》其八"秦開蜀道置金牛，漢水元通星漢流。天子一行遺聖跡，錦城長作帝王州。"王注："琦按：興元府，即今漢中府，爲自秦入蜀咽喉要道。金牛峽，在沔縣西一百七十里，是五丁開道引石牛之處。嶓冢山，在沔縣西一百二十里，爲漢水發源之所，皆屬漢中地，首二句用此，見蜀地自昔與中國隔遠，未嘗爲帝王巡幸，以反起下文今得天子一行，遂成都邑之美也。一行，猶一遊、一豫之意。舊注以僧一行奏讖語'當行萬里'事解之，非是。"按：王琦沒有囿於前人以讖解詩的局限，從詩中所用地名的關係，考察詩篇結構，來揭示詩人的真正用意，這種從地理名詞及謀篇布局的結構入手解詩的方法，體現了王琦一貫平實的注釋風格。

綜合來看，王琦注釋太白文集，解釋句意和發明章旨的內容相對較少，尤其是對章旨，多數還是引用蕭、胡二氏之注，自己發明者較少，這與他的注釋思想有直接關係，詳見"注釋的成就和失誤"部分。雖然此類注釋內容不多，但是王琦大都能從釋詞、解句，解釋典故和分析句法入手，輔以社會背景和歷史事件，層層深入，串講大意，發明章旨，體現了比較合理的注釋層次和程序，符合人們閱讀和接受的心理要求。王琦在注釋中很少鈎稽索隱，妄肆發揮，他對詩意和章旨的闡釋大都平實可信。

第三節　解釋語法和修辭

　　隨着語言的歷史演變，語法也在不斷變化，前代常見的語法形式在後代可能變得不常用了，甚至消失了，對此，如果不加解釋有時也會妨礙語意的理解，因此，自漢代開始，語法就成爲注釋者關注的對象。這是一般古籍注釋解釋語法的主要因素。就文學作品來說，由於格律和表情達意的需要，詩人刻意追求新奇效果的心理因素的影響，作品中常常出現一些特殊的語法形式，這其中又以詩歌最爲突出。王寧先生說："好的詩詞總是篇幅短小而情境深遠，所以，詞句的意義容量必然很大。加之詩詞受格律限制、語序的錯置、內容的跳躍、詞語的省略都時時有之，因而產生許多與散文截然不同的特殊句法。"① 此外，修辭手法也是詩歌表情達意的重要手段。

　　王琦解釋語法和修辭的內容，主要包括解釋虛詞，解釋詞的構成形式、句子的組合方式、對仗、比喻、避諱等；具體有兩種形式，一是直接解釋，二是通過釋義間接表明。

一　解釋虛詞

　　虛詞雖然是詞彙的組成部分，卻不像名詞、動詞、形容詞那樣具有實際的意義，它在句子的構成中，主要表現爲某種語法功能，因此常常被看作語法內容。王琦對虛詞的解釋很少，而且大多都引用前人文獻。

　　例如，卷二十一《望黃鶴山》"蹇余羨攀躋"，王注："《楚辭》：蹇誰留兮中洲。"王逸注："蹇，辭也。謂發語聲。"又如，卷二十九《溧陽瀨水貞義女碑銘并序》"子胥始東奔勾吳"，王注："《漢書》：太伯初奔荊蠻，荊蠻歸之，號曰勾吳。顔師古注：勾，音鉤，夷俗語之發聲也。亦猶越爲'於越'也。"按：此注引用《漢書》解釋了"勾吳"乃國號之意，並引顏注，通過解釋虛詞"勾"的含義，表明了"勾吳"的結構形式。

---

　　① 王寧：《談詩詞的注釋》，《中學語文教學》1990 年第 1 期。

二 解釋句法

句法，主要指語詞、句子的構成方式和句子與句子之間的關係。王琦對句法的解釋，主要有以下內容。

1. 解釋語詞的構成方式

例如，卷十三《北山獨酌寄韋六》"於焉摘朱果"，王注："朱果，謂果中之朱色者耳。蕭注以爲火棗異名，未是。"此注通過釋義間接表明"朱"是"果"的修飾成分，並以此駁正蕭注之誤。

2. 解釋句子的構成方式或句子與句子之間的關係

例如，卷三《遠別離》"海水直下萬里深，誰人不言此離苦。"王注："'海水直下'二句是倒裝句法，謂生死之別，永無見期，其苦如海水之深，無有底止也。"又如，卷十九《金門答蘇秀才》"巨海納百川，麟閣多才賢"。王注："'巨海'二句是正喻對寫句法，言麟閣之廣集才賢，猶巨海之受納百川，甚言其多也。"按：兩篇四句之中都沒有難解之語，但因爲詩人追求特別的藝術效果，都使用了與散文不同的句法，爲了使讀者深入理解語意，王琦特別解釋了這一句法。

有時，王琦通過釋義間接表明語法關係。例如，卷三《上雲樂》"碧玉炅炅雙目瞳，黃金拳拳兩鬢紅。"王注："碧玉炅炅，言其眼色碧而有光。"此注表明詩人爲了突出眼睛的明亮，用倒裝句法將主語置後。

3. 解釋特殊語法

例如，卷十六《對雪奉餞任城六父秩滿歸京》"燕歌落胡雁，郢曲迴陽春。"王注："'落胡雁'，謂其聲之精妙，能令飛鳥感之而下集。'迴陽春'，謂其音之美善，能令氣應之而潛動。"此注也是通過釋義間接表明"落""迴"二字是使動用法。

三 說明修辭

王琦對修辭的解釋，主要包括以下內容。

1. 解說對仗

例如，卷二十九《天長節使鄂州刺史韋公德政碑》"白觀樂入楚，聞韶在齊。"王注："鄂州，本楚國之地，故曰'入楚'。因入楚而觀樂，親見其美，猶之在齊而'聞韶'。二句乃流水對法，或疑'入楚'爲誤者，非也。"王琦基於讀者對太白用意的誤解，通過指明特殊的對仗形式，消除歧解。

2. 解說比喻

例如，卷七《鳴皋歌送岑徵君》"冰龍鱗兮難容舠"，王注："冰龍鱗者，冰有鋸齒，參差如鱗也。"此注表明詩人用"龍鱗"來比喻描繪"冰"的形狀。又如，卷十三《春日獨坐寄鄭明府》"河堤弱柳鬱金枝"，王注："言弱柳之枝似鬱金之黃也。"此注表明詩人以"鬱金"來比喻"弱柳"之色。又如，卷十七《送程劉二侍御兼獨孤判官》"火旗雲馬生光彩"，王注："火旗，謂旗之赤似火。雲馬，謂馬之多似雲。"此注表明詩人以"火""雲"分別作為比擬對象，來表現旗子之赤和戰馬之多。這種情況在王琦《輯注》中相對比較常見。

3. 解說借代

如前文所舉"南平"之例。又如，卷十六《送王屋山人魏萬還王屋》"吾友揚子雲"，王注："揚子雲謂楊利物，太白有《江寧宰楊利物畫贊》，即是此人。"按："子雲"本指漢代揚雄，因詩人之友"楊利物"與揚雄姓氏同音，故以"子雲"代稱。王琦根據語境直接指出詞語因借代而產生的臨時意義。

在《輯注》中，王琦大都通過解釋語意間接表明修辭手法，多數已見於"解釋語意"部分。

4. 解說避諱

避諱之習，起於周，成於秦，盛於唐宋①。不明避諱，有時也不能準確理解語意。例如，卷二十六《代壽山答孟少府移文書》"雄虓猛獸"，王注："猛獸，猛虎也。唐人諱虎，或易稱武，或易稱獸。"如果王琦不指明猛虎因避諱改稱猛獸，讀者很可能按照一般猛獸作解。

不明避諱，有時還可能導致誤解。例如，卷十八《送韓侍御之廣德》"酣歌一夜送泉明"，王注："《野客叢書》：《海錄碎事》謂淵明一字泉明，李白詩多用之，不知稱淵明為泉明者，蓋避唐高祖諱耳。猶楊淵之稱楊泉，非一字泉明也。《齊東野語》：高祖諱淵，淵字盡改為泉。楊昇庵曰：今人改泉明為泉聲，可笑。"按：由於不了解"泉明"是避唐高祖

---

① 郭芹納：《訓詁學》，高等教育出版社 2005 年版，第 23 頁。

李淵之諱，《海錄碎事》把他看作陶淵明之字，而更有人擅改李詩作"泉聲"，王琦引用文獻指明避諱，對正確理解詩意是很有幫助的。

四　解釋語法和修辭的不足

綜合來看，王琦在解釋語法和修辭上還有一些不足之處，主要表現爲以下兩點。

一是從整個《輯注》來看，王琦對語法和修辭的解釋很少。這雖然與太白詩文內容少用虛詞和特殊句法有關，但是像一些承古襲用的句首虛詞"爰""式""粵"，句尾虛詞"思"等，王琦都沒有解釋。這些詞語，在李白集中不太常見，如若不釋，恐怕也會妨礙對詩意的理解。

二是王琦對構詞法有時還表現出誤解。例如，卷二十二《經下邳圯橋懷張子房》中解釋"圯橋"，王注："《水經注》：沂水於下邳縣北西流，分爲二水。一水經城東屈從縣南注泗，謂之小沂水，水上有橋，徐、泗間以爲'圯'。昔張子房遇黃石公於圯上，即此處也。《漢書注》：服虔曰：圯音頤，楚人謂'橋'曰'圯'。《説文》：東楚謂橋爲'圯'。或嗤詩題'圯橋'二字，爲複用者。按庾信《吳明徹墓誌銘》：圯橋取履，早見兵書。則'圯橋'之稱，唐之前，早已有此誤矣。"按：王琦考證"圯"爲方言橋之義，以及"圯橋"之稱的來源，不僅在於解釋語義，還在於駁斥非難太白複用之誤，這固然可取，但是，他認爲複用"圯橋"爲誤稱，卻不可取。二字合成一詞，以它們共同的義素來表示新義，是常見的構詞法，王琦不明此點，反以爲非，確是失誤。

第二章

《〈李太白全集〉輯注》的注釋内容（中）

——解釋名物典制

"名物"一詞，在先秦文獻中已見使用。《周禮·天官·庖人》："掌共六畜、六獸、六禽，辨其名物。"這裏的"名物"主要指事物的名稱、特徵。又《周禮·地官·大司徒》："辨其山林、川澤、丘陵、墳衍、原隰之名物。"這裏的"名物"又指各種名目與物產。綜合來看，先秦時期的"名物"是就各種物產及其名稱與特徵而言的。今之所論名物，範圍較大，舉凡自然、社會中各種事物的名稱形貌，歷代政治、經濟、文化等方面制定的各種政策、法規以及各個時代相沿成習的風俗等，都包括在內，一般統稱爲名物典制①。名物典制的具體類別，揚之水先生在《詩經名物新證》中說："草木鳥獸蟲魚，只是詩中名物之一端，舉凡宮室、車服、官制、祭祀、禮、樂、兵、農、等等，自古也都歸於名物研究之列。"② 趙振鐸先生在《訓詁學綱要》中說的典章制度，與這裏所說的"典制"大致相同，他說："典章制度包括的範圍更爲廣泛。舉凡職官、禮俗、教育、姓氏、名號、度量衡、宗法、禮儀、器物等等都可以列在典章制度之列。"③ 除揚氏、趙氏所說的幾個專類以外，還應包括輿地、天象、人物、各種風俗文化等。

在自然和社會的歷史進程中，名物典制代有更變，越是年代久遠的

---

① 董洪利：《古籍的闡釋》，遼寧教育出版社1995年版，第204頁。
② 揚之水：《詩經名物新證》，北京古籍出版社2000年版，第3頁。
③ 趙振鐸：《訓詁學綱要》，巴蜀書社2003年版，第319頁。

典籍，讀者對其中的名物典制就越感到陌生。所以，名物典制歷來受到箋注考證之學的重視。胡樸安在《論讀書法》中説："文字、詁訓、聲音、語詞、章句五者，爲讀古書重要之事……猶有一事而不可忽者，名物是也。古人著書，決非憑空虛構，其所紀之名物，皆當時人之於目而能識，出之於口而能通，而爲普通之言語。迨歲月遞更，言語之流變日急，名物之異稱遂多。……可見古今名物之異稱，有資於考證者矣。況古人即物以命名，皆由實驗而來。因之名物之稱，則視今爲詳細。今人僅有共名者，古人往往各有專名。"① 戴震在《與是仲明論學書》中説："至若經之難明，尚有若干事：誦《堯典》數行，至'乃命羲和'，不知恒星七政所以運行，則掩卷不能卒業。誦《周南》《召南》，自《關雎》而往，不知古音，徒強以協韻，則齟齬失讀。誦古《禮經》，先《士冠禮》，不知古者宮室、衣服等制，則迷於其方，莫辨其用。不知古今地名沿革，則《禹貢》職方失其處所。不知少廣旁要，則《考工》之器不能因文而推其制。不知鳥獸、蟲魚、草木之狀類名號，則比興之意乖。"② 可見，名物對古書閲讀是非常重要的。

就詩歌而言，詩人喜用人地專名正是唐詩的重要特徵之一，錢鍾書先生曾將此作爲詩分唐宋的一個重要標準③。王琦對李白集中的名物典制十分關注，他在《輯注·序》中説："至於郡國州縣之沿革，山川泉石之名勝，亭臺宮寺之創建，鳥獸草木之名狀，尤加詳考，不厭繁複，蓋將以爲多識之助。"④ 正是基於這樣一個主觀目標，解釋名物典制也就成了《輯注》最主要的注釋内容之一。下面根據《輯注》的内容，分別從解釋地理名物、人物、動植物、職官制度等風俗典制以及自然天象、器物等幾個方面，論述王琦注釋名物典制的特徵。

第一節　解釋地理名物

地理名物，包括山川泉石、郡國州縣和建築名勝等。這些名物雖然

---

① 胡樸安：《胡樸安學術論著》，浙江人民出版社1998年版，第330頁。
② 戴震：《戴震文集》，中華書局1980年版，第140頁。
③ 錢鍾書：《談藝録》，中華書局1998年版，第292頁。
④ 李白著，王琦注：《李太白全集》，中華書局1977年版，第1686頁。

各有特點，但它們的基本信息都涉及地理方位，所以統稱爲地理名物。

一　解釋山川泉石

李白集中出現的山川泉石之名數量很多，這也是王琦注釋地理名物的一項重要内容。山川泉石指大山峻石和川澤湖泊兩大類，前者主要包括大山、關塞、洲島、洞穴等，後者主要包括自然河流、湖泊、灘澤、瀑流，及人工形成的河池、津渡等。王琦對山川泉石的解釋，通常包含以下信息：屬地或位置（包括川澤的源流）、廣域或高度（包括水的深度）、自然風貌或人文景觀、相關典事、命名緣由、異名別稱等。《輯注》中，王琦常常根據詩文用意或釋義的需要，對以上信息適當去取，在方法上，以引文釋義最爲常見，所引文獻涉及各種史書、方志、山志、類書、雜録等，有時王琦也參照前人文獻，將其轉化爲自己的語言直接解釋，抑或二者參互其間。

（一）解釋屬地、位置或源流

1. 簡要指明大概位置或屬地

例如，卷十九《酬談少府》中解釋"荆山、峴山"，王注："《唐六典注》：荆山，在襄州荆山縣。峴山，在襄州襄陽縣。"

有的所釋位置比較詳細。例如，卷七《鳴皋歌奉餞從翁清》中解釋"鳴皋山"，王注："《太平寰宇記》：鳴皋山，在河南伊陽縣東三十五里。伊陽縣本陸渾縣地，唐先天元年十二月，割陸渾縣置伊陽縣，在伊水之陽，去伊水一里。"

2. 解釋川澤源流

水的源流走向是川澤泉流釋義時選取的最基本的信息。例如，卷七《横江詞六首》其三解釋"漢水"，王注："漢水出漢中之嶓塚山，至漢口與岷江合流，東至揚州爲揚子江，入海。"此注解釋"漢水"源流，與詩句"漢水東連揚子津"之意聯繫緊密。又如，卷九《贈清漳明府姪聿》中解釋"清漳水"，王注："《水經》：清漳水，出上黨沾縣西北少山大黽谷，南過縣西，又從縣南屈，東過涉縣，西屈從縣南，東至武安縣南黍窖邑，入於濁漳。"這是引文釋義。

（二）屬地、位置或源流以外，解釋其他信息

詩文中出現的山川泉石，或因詩人現實遊歷所至，或因情事遐思所

想，詩人之所以爲它們吸引，主要因爲山水風光的秀麗奇異和積澱在其中的豐厚的文化內涵。事實上，在具體的篇章中，山川泉石大多也是與描繪風光和人文典實的詞句聯繫在一起的。因此，王琦注釋時，除了解釋屬地、位置或源流以外，還常常解釋自然風貌、人文景觀和典實傳說，補充它們在詩文中的信息，既加深了對詩文意義的理解，也增廣了讀者的見聞。

1. 重在解釋廣域或高度（深度）

（1）直接解釋廣域

例如，卷二十三《春歸終南山松龍舊隱》中解釋"終南山"，王注："《地理今釋》：終南山，在今陝西西安府長安縣南五十里，東至藍田縣，西至鳳翔府郿縣，綿亙八百餘里。"又如，卷八《上皇西巡南京歌十首》其四解釋"渭水"，王注："渭水，出今臨洮府渭源縣之鳥鼠山，東流遶西安府城之北。西安府，即唐之西京也。又東流至華陰縣入於河。凡秦地諸水，若灞、若滻、若灃、若鎬、若潏、若澇、若彪，莫不入之，而後同歸於河，故秦中諸水惟渭爲大。"按：此注雖然沒有用具體數據指明"渭水"面積的大小，但卻通過解釋水源和地位突出了"渭水"廣域之大。

（2）廣域以外，增釋其他信息

王琦《輯注》單純指明廣度、廣域和川澤深度的內容不是很多，多數情況都是與描繪自然風光、人文景觀、增廣異名等內容結合在一起。

例如，卷二十一《天台曉望》中解釋"四明山"，王注："《寧波府志》：四明山，在府西南一百五十里，爲郡之鎮山，由天台發脉向東北行一百三十里，湧爲二百八十峰，周圍八百餘里，綿亙于寧之奉化、慈溪、鄞縣，紹之餘姚、上虞、嵊縣，台之寧海諸境。上有方石，四面有穴如窗，通日月星辰之光，故曰四明山。"此注除重點解釋"四明山"的廣域以外，還解釋了山形特徵，這也是該山得名的緣由。餘見下文舉例。

2. 重在解釋自然風貌、人文景觀和典實傳說

（1）解釋自然風貌或人文景觀

例如，卷三《公無渡河》中解釋"龍門"，王注："按龍門山在今陝西西安府韓城縣東北五十里，黃河經其間，兩岸對峙，高數百尺，望之若門。《禹貢》'導河積石，至於龍門'，即此是也。凡塞外諸河，率皆歸

此，故水勢最盛。酈道元謂其崩浪萬尋，懸流千丈，渾洪贔怒，鼓若山騰。李復謂禹鑿龍門，起於東受降城之東，自北而南，兩岸石壁峭立，大河盤束於山峽間千數百里。至此，山開岸闊，豁然奔放，怒氣噴風，聲如萬雷，其險可覩矣。"按：此注王琦除指明龍門山的位置以外，重點解釋了它的山形、高度，以及黃河流經此地的水勢盛狀，特別是"怒氣噴風，聲如萬雷"等句的描述，正與詩句"黃河西來決崑崙，咆哮萬里觸龍門"描寫的黃河咆哮過龍門的情景相吻合。

又如，卷五《北上行》中解釋"太行山"，王注："《北邊備對》：太行山，南自河陽懷縣，迤邐北出，直至燕北，無有間斷。此其為山，不同他地，蓋數百千里，自麓至脊，皆陡峻不可登越，獨有八處，粗通微徑，名之曰陘。"按：此注主要解釋了"太行山"的綿延廣域和險峻的特徵，這與下句"磴道盤且峻，巉巖凌穹蒼"描繪的太行山磴道奇險、巉巖高聳的自然風貌也聯繫緊密。

川澤泉流，就自然信息而言，除位置、源流及廣域等基本信息以外，還包括水勢、水流形狀、水色、深淺甚至功效等。另外，有些已成為遊覽勝地的水域，與其周圍的環境也有很大關係，這也成為王琦釋義的內容之一。

例如，卷十六《送王屋山人魏萬還王屋》中解釋"龍潭"，王注："尉遲汾《狀嵩高靈勝》詩自注：九龍潭在寺側，崇崖對聳，壁立千仞，九曲分蓄，黬黑不測。《一統志》：龍潭，在登封縣東二十五里，嵩頂之東。九潭相接，其深莫測。《登封縣志》：九龍潭，在太室東巖，山巔有水流下，激衝成潭，盈坎而出，復作一潭，共有九潭，遞相灌輸，水色洞黑，其深無際。崖咢險峻，波濤怒激，登臨者至此，輒凜然生畏焉。有石記戒人游龍潭者，勿語笑以黷龍神，神怒則有雷恐。"按：王琦引三種文獻，詳細解釋了龍潭的位置、形狀、水的來源、水色、水勢及巖崖之勢、相關傳說，更把龍潭水的特徵作為解釋的重點，與詩中"龍潭下奔潨"之句關係密切，對讀者深入體會詩句描繪的景象實有必要。

又如，卷二十三《憶崔宗之遊南陽感舊》中解釋"菊潭"，王注："《通典》：南陽郡菊潭縣有菊水，傍水居人飲此水，多壽也。《太平寰宇記》：菊水出南陽縣東石㵎山，一名菊溪水，或云水出石馬峰，峰如馬焉。其水重於諸水。盛弘之《荊州記》云：源旁悉生芳菊，被崖浸潭，澗流滋液。其水極甘香，谷中有三十餘家不復穿井，仰飲此水，上壽百二十歲，中壽百餘，其七十、八十者猶以爲夭。菊能輕身益氣，令人久壽，於此有徵矣。《一統志》：菊潭在南陽府內鄉縣西北，源出析谷東石澗山，或曰出石馬峰。水旁生甘菊，水極甘馨，有數十家惟飲此水，壽多至百歲之上。其菊莖短花大，其味甘美異於他菊，人多收其種，傳於四方。"按：王琦引三種文獻，解釋了菊潭的位置、異名、水源，重點解釋了菊潭周圍多菊及潭水因菊而產生的特殊功效。三種文獻除個別信息略有重複之外，還是比較恰當的。

（2）解釋典實傳說

例如，卷五《鳳笙篇》中解釋"緱氏山"，王注："《元和郡縣志》：緱氏山，在河南府緱氏縣東南二十九里，王子晉得仙處。"按：此注釋義雖然比較簡略，但其所釋典事與詩句"訪道應尋緱氏山"緊密聯繫在一起，有助於詩意的理解。又如，卷七《橫江詞六首》中解釋"橫江"，王注："《太平寰宇記》：橫江浦，在和州歷陽縣東南二十六里。孫策自壽春欲經略江東，揚州刺史劉繇遣將樊能、于麋屯橫江，孫策破之於此。對江南岸之採石，往來濟渡處，隋將韓擒虎平陳，自採石濟，亦此處也。"

（3）綜合解釋自然風貌、人文景觀和典實傳說

以上諸例，都是在地理位置之外單獨解釋自然風貌、人文景觀或典實傳說的，有時王琦也把這些信息綜合在一起解釋。

例如，卷十七《魯郡東石門送杜二甫》中解釋"石門"，王注："《居易錄》：孔博士東塘言：曲阜縣東北有石門山，即杜子美詩《題張氏隱居》所謂'春山無伴獨相求'，《劉九法曹鄭瑕丘石門宴集》所謂'秋水清無底'者是也。李太白有《石門送杜二甫》詩'何時石門路，更有金樽開'，亦其地。山麓今尚有張氏莊，相傳爲唐隱士張叔明舊居。張蓋與太白、孔巢父輩同隱徂徠，稱竹溪六逸者也。山不甚高大，石峽對峙如門，故名。中有石門寺，寺後曰涵峰，峰頂有泉，流入溪澗，往往成瀑布。"按：王琦引《居易錄》解釋了石門山的位置、山形（即得名緣由）、自然風貌，同時，還解釋了此地的人文建築——石門寺、張氏莊，並引出李白與張叔明、孔巢父等人共隱徂徠，號稱竹溪六逸之事。這一典事，與送杜甫詩中的"何時石門路，更有金樽開。秋波落泗水，海色明徂徠"相照應，起到了補充詩意的作用。

又如，卷二十二《安州應城玉女湯作》中解釋"玉女湯"，王注："《藝文類聚》：盛弘之《荆州記》曰：新陽縣惠澤中有溫泉，冬月，未至數里，遥望白氣浮蒸如烟，上下採映，狀若綺疏。又有車輪雙轅形，世傳：昔有玉女，乘車自投此泉。今人時見女子，姿儀光麗，往來倏忽。《一統志》：玉女泉，在湖廣德安府應城縣西五十五里，其泉熱沸，野老相傳：玉女煉丹之地。"此注則重點解釋了"玉女湯"作爲溫泉的自然特點，及其與"玉女"相關的典事，這也正是該泉得名的緣由。

3. 重在考察稱名緣由

王琦解釋山川泉石，還十分重視考察它們的稱名緣由。山川泉石的名稱來源多種多樣，有的源於事物本身的自然特徵，有的源於相關典實傳說，王琦考察得名緣由時，大多也都伴隨着對山川泉石的位置、山脈走勢和水流走向，以及其他自然風光和典實傳說的解釋。

（1）直接說明稱名緣由

從山石形勢、川澤河道形狀等方面解釋得名緣由。例如，卷十八《江西送友人之羅浮》中解釋"九疑山"，王注："《元和郡縣志》：九疑山，在道州延唐縣東南一百里，九山相似，行者疑惑，故名。"又如，卷二十二《上三峽》中解釋"巴水"，王注："巴水，謂三巴之水，經三峽中者而言。《太平御覽》：《三巴記》曰：閬、白二水合流，自漢中至始寧城下入涪陵，曲折三回，如'巴'字，故曰巴江。經峻峽中，謂之巴峽，即此水也。"

從自然景觀或風物特徵上解釋得名緣由。例如，卷十三《宿白鷺洲寄楊江寧》中解釋"白鷺洲"，王注："《太平御覽》中'丹陽記'曰：白鷺洲，在縣西三里，隔江中心。南邊新林浦，西邊白鷺洲。洲上多聚白鷺，因名之。"

從典實傳說上解釋得名緣由。例如，卷十四《涇溪泊舟寄何判官昌浩》中解釋"落星潭"，王注："落星潭，在涇縣西五十里藍山下。晉有陳霸兄弟捕魚於此，見一星落潭中，故名。"

（2）暗示稱名緣由

有些雖然沒有明確提到得名緣由，但從王琦引文內容看，也暗含着對名稱來源的考察。如前面所舉"菊潭、玉女湯"等例。

又如，卷五《君子有所思行》中解釋"紫閣峰"，王注："《太平寰宇記》：終南山紫閣峰，去長安城七十里。《陝西志》：紫閣峰，在西安府鄠縣東南三十里，旭日射之，爛然而紫。其形上聳若樓閣然。杜甫詩云'紫閣峰陰入渼陂'，即此是也。"按：引文《陝西通志》對紫閣峰自然風貌的解釋，正與"紫閣"得名相關。

又如，卷十五《別韋少府》中解釋"句溪"，王注："《江南通志》，句溪在寧國府城東五里，溪流迴曲，形如句字。源出籠叢、天目諸山，東北流二百餘里，合衆流入江。"按：據王琦此注可知"句溪"因其溪流形如"句"字而得名。

（3）綜合解釋名稱緣由和其他信息

像以上諸例，在位置源流以外，直接解釋名稱緣由的內容並不多見，一般情況下，王琦考察得名緣由的同時，還常常解釋與得名緣由無關的其他信息。

結合廣域高度等信息解釋。例如，卷二十一《登金陵鳳凰臺》中解釋"三山"，王注："《景定建康志》：三山，在城西南五十七里，周迴四里，高二十九丈。《輿地志》云：其山積石森鬱，濱於大江，三峰排列，南北相連，故號'三山'。陸放翁《入蜀記》：三山，自石頭及鳳凰臺望之，杳杳有無中耳，及過其下，則距金陵才五十餘里。"

結合異名解釋。例如，卷十八《江西送友人之羅浮》中解釋"桂水"，王注："《通典》：桂州臨桂縣有離水，一名桂江，水源多桂，不生雜樹。"

有時將以上兩種信息結合起來。例如，卷十五《留別金陵諸公》中解釋"廬山瀑布"，王注："廬山瀑布在山東，亦名白水。源出高峰，挂流三百許丈，遠望如匹布，故名瀑布。"

結合自然風貌或人文景觀解釋。例如，卷十六《送王屋山人魏萬還王屋》中解釋"海門"，王注："《西谿叢語》：浙江夾岸有山，南曰龕，北曰赭，二山相對，謂之海門。岸峽勢逼，湧而爲濤。"此注所釋自然景觀正與詩句"濤卷海門石"相對應。

結合典實傳說解釋。例如，卷十三《寄王屋山人孟大融》中解釋"王屋山"，王注："《河南通志》：在懷慶府濟源縣西北九十里，接山西平陽府垣曲縣及澤州陽城縣界。山有三重，其狀如屋，或曰以其山形如王者車蓋，故名。或曰，山空其中，列仙居之，其內廣闊，如王者之宮也。其絶頂曰天壇，山峰突兀，即濟水發源處。常有雲氣覆之，輪囷紛郁，雷雨在其下，相傳古仙靈朝會之所。其東峰曰日精，其西峰曰月華，道書謂之清虚小有洞天。唐司馬承禎修道於此。"按：此注解釋王屋山三個命名緣由，都與山形有關，除此以外，還解釋了該山的位置、主要的山峰及相關典實。

綜合以上各種信息解釋。例如，卷十六《送王屋山人魏萬還王屋》中解釋"石門洞"，王注："《方輿勝覽》：石門洞，在處州青田縣西七十五里，兩峰壁立，高數十丈，相對如門，因名。有瀑布直瀉至天壁，凡三百尺，自天壁飛洒至下潭，凡四百尺，有亭曰噴雪。道書載青田山元鶴洞天即此。薛方山《浙江通志》：處州青田縣有石門山，在石蓋山之西十里，兩峰對峙如門，中有洞曰石門洞。道書所謂元鶴洞天，乃三十六洞天之第三十也。西南高谷有瀑布，泉自上潭奔流至天壁三十餘丈，自天壁至下潭四十餘丈。舊在榛莽間，至劉宋時，永嘉守謝靈運性好遊覽，始覓此洞。"

由以上諸例可見，王琦解釋山川泉石等名物，對事物命名的緣由非常關注，我們從下面對增廣異名內容的敍述中也可以探知這一特點。

4. 重在增廣異名

事物的特徵多種多樣，人們爲它命名時，常常選取其中一個最能突出事物本質的特徵，不過，區別於其他事物的特徵可能不止一個，當人們從不同角度命名時，就會産生不同的名稱；有時即使從同一個角度命名，不同地區、不同時代的人們概括出的特徵用語可能也有差別，此即所謂同物異名。此外，在自然進化和演變規律的支配下，事物也在不斷變化，它原有的特徵或消失，或改變，新的特徵也在逐漸産生；加之人們對事物認識的不斷深入，爲了更好地反映該事物的特徵或功能，人們也往往重新爲它命名，這也會形成同物異名的現象。徐成志等在《事物異名別稱詞典·前言》中說："在歷史悠久的漢民族語言中，事物的異名別稱呈現着豐富多彩的面貌。這些異名別稱，是前人世世代代在觀察、認識和掌握事物的長期實踐中創造和積累的。它們有的反映了事物的起源、發展和演化；有的顯示出事物的形態、特徵和功用；有的包含着人們的認識、情感和風習；有的則表現了物與人、物與物的相互關係。其來源廣泛，寓義深長，蘊藏着豐富的文化知識，帶着深刻的歷史烙印。"①不同時期形成的異名，有些一直沿用保存到後代，有些可能就消失了，就是同時保存到後代的異名，它們的使用頻率也不完全相同，有些常用，有些不常用。所以，注者解釋名物時，常常需要增廣異名，以便於更多的讀者理解和熟識。王琦對異名的解釋主要有以下特點。

（1）直接增廣異名

在解釋基本位置或源流外，直接增廣異名。

例如，卷十六《送王屋山人魏萬還王屋》中解釋"新安江"，王注："薛方山《浙江通志》：新安江，一名清溪，出徽州，自歙經淳安縣界至嚴州府城南，合婺港東入浙江。"

又如，卷二十《春日陪楊江寧宴北湖感古》中解釋"鍾山"，王注："《唐六典注》：蔣山，一名鍾山，在潤州江寧縣。"

（2）增廣異名外，解釋其他信息

《輯注》中像以上兩例這樣在位置或源流以外單獨增廣異名的很少，通常情況下，王琦都是和其他信息結合在一起解釋。

增廣異名的同時，進一步考察得名緣由。例如，卷二十五《自溧水道哭王炎三首》其一解釋"茅山"，王注："《太平寰宇記》：茅山，在句容縣南五十里，本名句曲山，其山形如'句'字三曲。昔茅山君得道於此，後人遂名焉。其山接句容、金壇、延陵三縣界。"又如，卷十一《贈王判官》中解釋"剡溪"，王注："《太平寰宇記》：剡溪，在越州剡縣南一百五十步，一源出台州天台縣，一源出婺州武義縣，即王子猷雪夜訪戴逵之所也，一名戴溪。"

增廣異名、解釋得名緣由的同時，還解釋廣域、高度、自然風光、人文景觀和典實傳說等信息。

補充解釋廣域、高度等信息。例如，卷十三《望終南山寄紫閣隱者》中解釋"終南山"，王注："《史記正義》中《括地志》云：終南山，一名中南山，一名太乙山，一名南山，一名橘山，一名楚山，一名秦山，一名周南山，一名地肺山。在雍州萬年縣南五十里。《圖書編》：終南乃關中山，西起隴、鳳，東踰商、洛，綿亘千里有餘。其南北亦然。隨

---

① 徐成志、高興等編：《事物異名別稱詞典》，齊魯書社1990年版，第1頁。

地異名，總言之則曰南山耳。"又如，卷二十二《金陵三首》其二解釋"後湖"，王注："《初學記》：建業有後湖，一名玄武湖。《景定建康志》：玄武湖亦名蔣陵湖，亦名秣陵湖，亦名後湖，在城北二里，周迴四十里，東西有溝流入秦淮，深七尺，灌田一百頃。《一統志》：玄武湖，在應天府太平門外，周迴四十里，晉名北湖。劉宋元嘉末有黑龍見，故改名，今稱後湖。"

補充解釋自然風光或人文景觀。例如，卷二《古風》其十二解釋"富春山"，王注《一統志》："富春山在桐廬縣西三十里，一名嚴陵山，清麗奇絕，號錦峰繡嶺，乃漢嚴子陵隱釣處。前臨大江，上有東西二釣臺。"

補充解釋典實傳說。例如，卷十七《送楊燕之東魯》中解釋"霍山"，王注《太平寰宇記》："霍山，一名衡山，一名天柱山，在壽州六安縣南五里。《爾雅》：霍山為南岳。注云：即天柱也。漢武帝以衡山遼遠，讖緯皆以霍山為南岳，故祭其神於此。今其土俗皆呼南岳大山。《黃庭內景玉經》曰：霍山下有洞房二百里，司命君之府也。有西北、東南二門，其中有五香芝、飛華、金瓶之寶、神瞻靈瓜，食之者至玄。《江南通志》：霍山在廬州府霍山縣西北五里。漢武帝南巡，以衡山遠阻，移祭此山，又名南岳山。"

綜合各種信息解釋。例如，卷七《金陵歌送別范宣》中解釋"鍾山"，王注："《元和郡縣志》：鍾山，在潤州上元縣西北八十里。按《輿地志》：古金陵山也，邑縣之名由此而立。吳大帝時，蔣子文發神異於此，封為蔣侯，改山曰蔣山，宋復名鍾山。江表上巳常遊於此，為衆山之傑。《六朝事跡》：鍾阜，圖經云：在縣東北，周迴六十里，高一百五十八丈，東連青龍山，西臨青溪，南自鍾浦，下入秦淮，北接雉亭山。漢末，秣陵尉蔣子文逐盜死於鍾山，吳大帝為立廟，封曰蔣侯。大帝祖諱鍾，因改名曰蔣山。按《丹陽記》云：京師南北並連山嶺，而蔣山岑巖巍異，其形象龍，實作揚都之鎮。諸葛亮嘗至京，觀秣陵山阜，云'鍾山龍蟠'，蓋謂此也。"

二　解釋郡國州縣

這裏所說的郡國州縣，主要指詩文中涉及的州府郡縣名稱和其他相關地名，也包括古代的部族和國別名號等。就社會歷史發展來看，郡縣名稱和區劃代有更革，在朝政更替頻繁的封建時代尤其如此，有時一個朝代，甚至一個帝王統治時期內也數次變更；就文學創作而言，爲了追求語言的古雅新奇，作者有時也用不爲時人熟悉的古名和異名別稱。典籍中出現的地名，距離讀者年代越久，就越令人感到陌生。因此，解釋郡國州縣的名稱和區劃沿革，也是詩文注釋中一項重要的內容。王琦在清代地理學極盛[①]的背景下，在序中明確表明將郡國州縣的釋義作爲《輯注》的主要內容之一。綜觀王氏對郡國州縣的解釋，主要涉及屬地、異名、名稱區劃的沿革、得名緣由等信息，有時引文解釋，有時直接予以說明。

（一）解釋郡國州縣在唐代的情況

解釋郡國州縣在唐代的情況，以直接指明其地在唐代的隸屬關係或屬地的爲多，在此基礎上，王琦有時還補充說明其地在唐代的名稱和區劃沿革、異名、得名緣由等信息。

1. 指明隸屬關係或屬地

有時直接指明隸屬關系或屬地。例如，卷十一《經亂離後贈江夏韋太守良宰》中解釋"貴鄉"，王注："《元和郡縣志》：魏州有貴鄉縣。"又如，卷十《對雪獻從兄虞城宰》中解釋"虞城"，王注："唐時，宋州睢陽郡有虞城縣，隸河南道。"

《輯注》中，像以上兩例直接指明隸屬關係或屬地的情況，十分常見。有時王琦所釋地理位置與上兩例相比較爲明確。例如，卷二十二《安州應城玉女湯》中解釋"應城"，王注："《元和郡縣志》：淮南道安州有應城縣，東北至州八十里。"

有時補充得名緣由。卷九《贈清漳明府姪聿》解釋"清漳"，王注："唐時清漳縣隸河北道之洺州，南濱漳水，因以爲名。"

有時還指出其地的風物特徵或相關典實、評價等。例如，卷七《同族弟叔卿燭照山水壁畫歌》中解釋"山陰"，王注："《新唐書·地理志》：會稽郡有山陰縣，以其地在會稽山之北，故名。《水經注》：山陰縣川明土秀，亦爲勝地，故王逸少云：'從山陰道上，猶如鏡中行也。'"又

---

① 梁啓超：《清代學術概論》，上海古籍出版社1998年版，第24頁。

如，卷十九《江上答崔宣城》中解釋"鵲頭鎮"，王注："《元和郡縣志》：鵲頭鎮，在宣州南陵縣西一百一十里，即春秋時，楚伐吳，敗于鵲岸是也。沿流八十里有鵲尾洲，吳時屯兵處。"

2. 解釋名稱或區劃沿革及原因

第一，明確説明郡國州縣在唐代的名稱或行政區劃的變更，一般解釋名稱、區劃變更的時間或緣由。

例如，卷十一《贈從弟南平太守之遥二首》中解釋"南平"，王注："唐時，南平郡即渝州也。先名巴郡，天寶元年更名，隸劍南道。"按：秦置巴郡，隋開皇初廢郡改州曰渝州，大業初爲巴郡，唐武德元年復曰渝州，天寶初改曰南平郡，乾元初復爲渝州，屬劍南東道，宋淳熙十六年稱重慶府，明清因之①。可見，王琦是以該地在唐代的曾用名來解釋詩中所稱地名。

有時還解釋名稱變更的緣由。例如，卷八《峨眉山月歌送蜀僧晏入中京》中解釋"中京"，王注："《唐書·肅宗本紀》：至德二載十二月，以蜀郡爲南京，鳳翔郡爲西京，西京爲中京。胡三省曰：以長安在洛陽、鳳翔、蜀郡、太原之中，故爲中京。"按：天寶元年稱洛陽爲東京②，太原爲北京③，加之其他兩處稱名的變化，因改長安爲中京。

有時還指出州郡的地位。例如，卷十八《同吳王送杜秀才芝舉入京》中解釋"雍州"，王注："《通典》：雍州，開元三年改爲京兆府。凡周、秦、漢、晉、西魏、後周、隋至我唐，並爲帝都。"

第二，有時王琦不明確指出郡國州縣名稱、區劃在唐代的沿革，而是以增廣異名的方式釋義，這些異名是該地在唐代的曾用名稱，其間暗含了地理名稱的變更。此類王琦多以自己的語言直接釋義。與第一類相比，這種情況在《輯注》中更爲常見。

例如，卷九《贈郭將軍》中解釋"武威"，王注："唐時涼州亦謂之武威郡，隸隴右道。"按：武威郡，漢武帝元狩二年所置，其屬地及稱名後代多次變更，唐武德二年改稱涼州，天寶元年復曰武威郡，乾元元年

---

① 和珅等：《大清一統志·重慶府》卷二百九十五，清光緒二十七年上海寶善齋刻本。
② 歐陽修、宋祁：《新唐書·地理志》卷三十八，中華書局1975年版，第982頁。
③ 同上書卷三十九，第1003頁。

復曰涼州①。王琦所釋異名，實際反映了其地在唐代的名稱沿革。

又如，卷十一《經亂離後贈江夏韋太守良宰》中釋義"房陵"，王注："唐時，房陵郡屬山南東道，即房州也。"按：房陵本漢縣，隋大業初改曰房州，二年改曰房陵郡，唐貞觀十年改曰房州，天寶初又改稱房陵郡，乾元初復曰房州②。此注也是通過異名的方式分別指出了房陵在唐代的名稱變更。

有時還指明該地景觀或其他特徵。例如，卷八《上皇西巡南京歌十首》其六中解釋"長沙"，王注："唐時潭州治長沙縣，亦謂之長沙郡，隸江南西道，瀟湘、洞庭皆在其境內。"

根據詩意需要，對於較大的地名，王琦有時還解釋其廣域或所轄之地。例如，卷二十八《任城縣廳壁記》解釋"魯境七百里，郡有十一縣"中的"魯郡"，王注："按《元和郡縣志》：魯郡州境，東西三百三十一里，南北三百五十三里，管縣十一：瑕丘、金鄉、魚臺、鄒縣、龔丘、乾封、萊蕪、曲阜、泗水、任城、中都。今新、舊《唐書》所載，只十縣，以貞元中割中都入鄆州故也。"此注所釋魯郡之廣域、轄地與詩意聯繫緊密。

（二）解釋郡國州縣在唐代以前至唐代的情況

第一，如果太白詩文所用郡國州縣等地名襲用古稱，這時王琦往往指出它在唐代的指稱對象、屬地或隸屬關係，並解釋該地稱名、區劃在唐代以前至唐代的廢置沿革。

有的在屬地之外直接解釋郡縣名稱或區劃沿革。例如，卷十九《酬坊州王司馬與閻正字見贈》中解釋"宛"地，王注："宛，即南陽縣地。載周時爲申伯國，戰國時爲韓之宛邑，秦爲宛縣。至後魏時，改上陌縣，後周改上宛縣，隋改南陽縣，唐因之，隸鄧州。"按：太白詩句"遊子東南來，自宛適京國"，其中"宛"是古縣名，王琦考察了它的來源及其稱"宛"的時代，及至唐代各時期稱名的變化，讀者一目了然。

有時兼考得名緣由。例如，卷十七《送張遙之壽陽幕府》中解釋"壽陽"，王注："《唐書·地理志》，河南道有壽州壽春郡，中都督府。

---

① 和珅等：《大清一統志·涼州府》卷二百六，清光緒二十七年上海寶善齋刻本。
② 和珅等：《大清一統志·鄖陽府》卷二百七十二，清光緒二十七年上海寶善齋刻本。

本淮南郡，天寶元年更名。琦按：壽春之名，本自戰國。《史記·楚世家》：考烈王徙都壽春。《正義》曰：壽春在南壽州壽春縣是也。壽陽之名，起自東晉。《通典》：東晉以鄭皇后諱，改壽春曰壽陽，宜春曰宜陽，富春曰富陽。凡名春者，悉改之。唐時名壽春，而太白用壽陽，蓋襲用舊名耳。"按：王琦考《唐書·地理志》知唐代有壽春而無壽陽之名，故又細考"壽春"之來歷，而知李白襲用古稱。

有時綜合上述信息解釋。例如，卷六《丁都護歌》中解釋"雲陽"，王注："《元和郡縣志》：江南道潤州有丹陽縣，本舊雲陽縣。秦時，望氣者云'有王氣'，故鑿之以敗其勢，截其直道使之阿曲，故曰曲阿。天寶元年，改爲丹陽縣。"按：太白用前代地名入詩，雲陽本戰國楚雲陽邑，秦改稱曲阿，漢置曲阿縣，三國吳改稱雲陽，唐天寶元年改稱丹陽縣。王琦引《元和郡縣志》指明了雲陽係古稱，並解釋了該地直到唐代的名稱變更及其緣由。

第二，即使李白詩用時稱，王琦也常常考察其地在唐代以前的情況。

有的在屬地之外直接解釋郡縣名稱或區劃沿革。例如，卷十五《別中都明府兄》中解釋"中都"，王注："唐時河南道有中都縣，本平陸縣。天寶元年更名，隸兗州魯郡。貞元十四年改隸鄆州東平郡。"按：平陸縣本戰國時齊國平陸邑，漢置東平陸縣，南朝宋曰平陸，唐改名中都。王琦雖未指出平陸縣是何時之稱，但根據這一注文，我們可以明確其爲唐以前古稱。

有時兼考得名緣由。例如，卷二十七《冬日送族弟令問之淮南覲省序》中解釋"漢東"，王注："漢東，隨州也，本春秋時隨子之國，其地在漢水之東。《左傳》'漢東之國隨爲大'是也。後世以其地置州，謂之隨州。隋時改稱漢東郡，蓋依此立名。唐自天寶以前名隨州，天寶初改漢東郡，乾元初復爲隨州。"按：此注首先指出唐代漢東、隨州二名一地之實，後又順次解釋了漢東、隨州稱名緣由及其在唐以前至唐代的名稱更革。

有時指明州郡的轄地及風貌特徵。例如，卷十五《將遊衡岳留別族弟浮屠談皓》中解釋"長沙"，王注："古長沙郡，秦始皇置，在古荊州之域。唐時之長沙、巴陵、衡陽、零陵、江華、桂陽、邵陽、連山八郡，皆其地也。衡山及沅、湘二水俱在境中。"

(三) 解釋郡國州縣從唐代至注者時代的情況

此類主要解釋郡國州縣在唐代（即作者李白的時代）和清代（即注者王琦的時代）的名稱和行政區劃沿革，這對揭示作者時代的史地環境，對後代讀者理解地理方位都有重要作用。對於一些與詩意有關的州縣的風物特徵等信息，王琦也予以解釋，有時還兼釋得名緣由。

第一，解釋郡縣在唐代的名稱沿革及清代所指。例如，卷七《橫江詞六首》其二中解釋"尋陽"，王注："唐時江南西道有九江郡，即江州也，治潯陽縣。天寶元年改名潯陽郡，乾元初復爲江州，今爲江西之九江府。江水經其中，下至揚州入海。"按：王琦詳細解釋了尋陽在唐代的屬地和名稱變更，同時又指出了自己時代尋陽郡的稱名和屬地，由於詩句謂"海潮南去過尋陽"，故王氏又補充解釋了江水流經尋陽後入海的實況。

有時雖然不說明隸屬關係，但所釋內容也非常明確。例如，卷十四《寄王漢陽》中解釋"沔、鄂"，王注："唐之沔州，即漢陽郡，今爲漢陽府。唐之鄂州，即江夏郡，今爲武昌府。二郡相對，中間隔江七里。"

第二，有時還解釋其他相關信息。

有的兼釋得名緣由。例如，卷十一《贈王判官》中解釋"荊門"，王注："荊門，謂荊州之地，唐時爲江陵郡，今湖廣之荊州府是也。其地有荊門山，故文士取以爲稱。"

有的兼釋轄地。例如，卷八《永王東巡歌十一首》中解釋"丹陽"，王注："唐時江南東道有丹陽郡，即潤州也，領丹徒、丹陽、金壇、延陵四縣，今爲鎮江府。"

(四) 解釋郡國州縣從建置時代至注者時代的情況

此類一般涉及郡國州縣在三個時期，即建置時代、唐代（作者時代）、清代（注者時代）的基本信息。王琦主要解釋稱名變化，有時補充解釋得名緣由和風貌特徵等。

例如，卷八《峨眉山月歌》中解釋"渝州"，王注："渝州，周時爲巴子國，秦、漢爲巴郡之地，至唐爲渝州，以渝水得名。後改南平郡，今爲重慶府巴縣地。"又卷十一《贈王判官》中解釋"梁苑"，王注："梁苑，古睢陽之地，唐時爲宋州睢陽郡之宋城縣。今河南歸德州是也。其地，漢梁孝王之苑囿在焉，故文士以梁苑稱之。"

（五）解釋郡國州縣在唐以前或以後的情況

有時，王琦着重解釋某一地在唐代以前的屬域、建置、得名緣由等信息。

例如，卷二十三《月下獨酌四首》其二解釋"酒泉"，王注："《漢書》：酒泉郡，武帝太初元年開。應劭注：其水若酒，故曰酒泉也。顏師古注：相傳俗云城下有金泉，泉味如酒。"按：酒泉在唐代頻繁更名，武德二年稱爲肅州，天寶初稱酒泉，乾元初復稱肅州，屬河西道，清雍正七年稱肅州，直隸甘肅省。雖然漢唐兩朝各有酒泉之稱，但是其區劃、隸屬關係及郡治多有不同，王琦引《漢書》及應、顏二注僅僅指明了該郡的建置時代和稱名緣由，略去了其間的沿革和在唐代、清代的情況。

有時，王琦還單單解釋郡國州縣在唐代以後的情況。一般涉及稱名變化、稱名緣由、位置或特徵等。例如，卷二十五《題瓜洲新河餞族叔舍人賁》中解釋"瓜洲"，王注："胡三省《通鑑注》：揚州江都縣南三十里有瓜洲鎮，正對京口北固山。"此注表明了瓜洲在元代的地理位置。又同卷《白田馬上聞鶯》中解釋"白田"，王注："白田，地名，今江南寶應縣有白田渡，當是其處。"此注則表明了白田在王琦時代（清代）的位置。

綜合來看，王琦注釋郡國州縣的內容，以前兩類最爲常見，第三類次之，第四和第五類最少。這與王琦的注釋思想，即力圖恢復詩人時代的史地環境有重要關係。

（六）解釋其他部族和國別名號

此類主要指解釋漢族以外的其他部族或國別名稱。王琦解釋這一類名物時，所釋內容多涉及其廣域、與中原的距離，有時兼及異名和名稱變更等內容。例如，卷六《高句驪》中解釋"高句驪"，王注："《後漢書·東夷傳》：高句驪，在遼東之東千里，南與朝鮮、穢貊，東與沃沮，北與夫餘接，地方二千里。《唐書》：高麗，本扶餘別種也。地東跨海距新羅，南亦跨海距百濟，西北度遼水與營州接北靺鞨。其君居平壤城，漢東樂浪郡也。去京師五千里而羸。《石林燕語》：高麗，自三國以來見於史者，句驪，其國號；高，其姓也。隋去'句'字，故自唐以來，止稱高麗。"按：王琦引用三種文獻分別解釋了高句驪的位置、廣域、與唐代京師的距離，及名稱的含義和不同時代的稱謂等內容。

有時，王琦還解釋某一地的風貌特徵等信息。例如，卷三《天馬歌》中解釋"月支"，王注："郭璞《山海經注》：月支國多好馬。《史記正義》：萬震《南州志》云：大月支，在天竺北可七千里，地高燥而遠。國中騎乘常數十萬匹。城郭宮殿與大秦國同。人民赤白色，便習弓馬。土地所出及奇偉珍物，被服鮮好，天竺不及也。外國稱天下有三衆：中國爲人衆，大秦爲寶衆，月支爲馬衆。"按：王琦引用兩種文獻除解釋月支的位置以外，還重點解釋了此地的氣候、物產、建築、人種等，對讀者了解域外風情、增廣見聞有一定作用。

三　解釋建築名勝

李白集中出現的建築名勝和古跡，主要有宫闕、殿閣、廟宇、臺觀、橋梁、池苑、陵寝等人文建築。綜觀王琦解釋此類名物的内容，一般涉及屬地或位置、建者或建置時代、建築形制、相關典實、異名别稱、得名緣由、周圍環境等信息，其中屬地或位置是最基本的信息，在此基礎上，王琦往往根據建築物的實際情況或詩意内容，對其他信息適當去取。

（一）直接說明屬地或位置

例如，卷十五《將遊衡岳留別族弟浮屠談皓》中解釋"雙松亭"，王注："《一統志》：雙松亭，在湖廣漢陽府秋興亭東。"

有時所釋位置稍詳。例如，卷十六《魯郡堯祠送吳五之琅琊》中解釋"堯祠"，王注："《太平寰宇記》：堯祠，在兗州瑕丘縣東南七里。"

（二）屬地或位置之外，兼釋其他信息

《輯注》中像上兩例這樣單純解釋屬地或位置的比較少見，多數情況下，王琦都是將建築名勝的屬地或位置與其他信息結合在一起解釋。

1. 解釋建者或建置時代

例如，卷二十《與謝良輔遊涇川陵巖寺》中解釋"陵巖寺"，王注："陵巖教寺，在涇縣西七十五里，隋時建。"

有時還解釋歷代的增建改制情況。例如，卷二十《陪族叔當塗宰遊化城寺升公清風亭》中解釋"化城寺"，王注："《太平府志》：古化城寺，在府城内向化橋西禮賢坊，吳大帝時建，基址最廣。宋孝武南巡，駐蹕於此，增置二十八院。唐天寶間，寺僧清升能詩文，造舍利塔、大戒壇，建清風亭於寺旁西湖上，鑄銅鐘一，李白銘之，今盡廢。宋知州

郭緯，以東城雄武之地，改遷化城寺，撤其西北之地爲城守，而存其餘爲西庵。凡西庵至西北兩城隅，皆古化城寺基也。"

2. 解釋建築形制

古代的建築名勝體現着一代能工巧匠的創造智慧，因此有些建築的特殊形制也往往成爲注釋的內容之一，有時形制恰恰也是稱名的緣由。例如，卷五《邯鄲才人嫁爲廝養卒婦》中解釋"叢臺"，王注："《漢書》：趙王宮叢臺災。顏師古注：連聚非一，故名叢臺。蓋本六國時趙王故臺也，在邯鄲城中。《元和郡縣志》：叢臺，在磁州邯鄲縣城內東北隅。"

3. 增廣異名

例如，卷三十《金陵新亭》中解釋"新亭"，王注："《方輿勝覽》：新亭，在建康府城南十五里。《江南通志》：新亭，在江寧府城西南十五里，俯近江渚，一名中興亭。"

4. 解釋相關典實

某一建築物的興建，往往有一定原因或故事，這些又常常是它稱名的緣由，所以也成爲王琦釋義的重要內容。

例如，卷十六《送王屋山人魏萬還王屋》中解釋"國清寺"，王注："《九域志》：景德寺，舊名國清寺。隋煬帝在藩日，爲智顗禪師所建。唐會昌五年廢，大中五年再建，柳公權書額。時以齊州靈巖、荆州玉泉、潤州棲霞、台州國清爲四絕。《天台山志》：國清寺，在天台縣北十里，舊名天台寺。昔智者大師初入天台，遊歷山水，宿石橋。有一老僧謂之曰：'仁者若欲造寺，山下有皇太子寺基，捨以仰給。'智者曰：'正如今日草舍尚難，當於何時能辦此寺？'老僧曰：'今非其時，三國成一，大勢力人能起此寺。寺若成，國即清，當呼爲國清寺。'後將滅時，復標杙山下。又畫殿堂爲圖，以作樣式。後晉王命司馬王弘，依圖造寺，高敞秀麗，方之釋宮，呼爲國清寺。"按：此注除解釋"國清寺"異名、建者及評介以外，還重點解釋了該寺稱名的典事及其象徵意義。

5. 綜合解釋各種信息

像以上各例，在位置以外，單純解釋某一兩種信息的也不是很多，更多的時候，王琦是將兩三種信息綜合在一起解釋，表現了注者對建築名勝的建置情況、周圍自然風貌、相關典實及其異名的重視程度。

（1）解釋建置、異名、典實及得名緣由等。例如，卷二十一《登梅岡》中解釋"高座寺"，王注："高座寺，在江寧府雨花臺梅岡，晉永嘉中建，名甘露寺，西竺僧尸黎密據高座說法，世謂高座道人，葬此，故名。或云晉法師竺道生所居。"

（2）解釋建置、形制、異名、典實等。例如，卷二十八《趙公西候新亭頌》中解釋"文翁堂"，王注："《水經注》：文翁爲蜀守，立講堂，作石室於南城。《太平寰宇記》：文翁學堂，一名周公禮殿。《華陽國志》云：文翁立學，講堂精舍作石室，一作玉堂，在城南。安帝永初後，學堂遇火，太守陳留高朕更修立，又增造一石室。任豫云：其欒櫨節制，猶古建，堂基高六尺。夏屋三間，通皆圖畫古人之像，及禮器瑞物，堂西有二石。李膺記云：後漢中平，火延學觀，廂廊一時蕩盡，惟此堂燻焰不及。構制雖古，巧異特奇。"

（3）解釋建置、典實、自然風貌和人文景觀等。例如，卷二十三《廬山東林寺夜懷》解釋"東林寺"，王注："《江西通志》：東林寺，在廬山之麓，晉太元九年慧遠建。此山儀形九疊，峻竦天絕，而寺之所居，尤盡林壑之美。背負爐峰，旁帶瀑布，清流環階，白雲生棟，別營禪室，最居深靜。凡在瞻禮，神氣爲之清爽。慎蒙《名山記》：廬山有東林寺，寺始於晉慧遠法師。謝靈運爲鑿池種蓮。師與隱者十八人同修淨土社，緇素咸在，謂之蓮社。師送客至虎溪而止。常與陶淵明、陸修靜談，不覺過溪，共笑而反。今三門內，屋於橋上，水淹塞，云即虎溪。旁稻田中，有蓮數本，即蓮池也。出寺有大溪，度石橋，或云此爲虎溪。"按：此注除解釋"東林寺"的位置、建置時間及建者、送客典事外，還重點解釋了該寺所處的幽美環境，列舉了許多著名景觀，如蓮池、蓮社、虎溪等，東林寺之所以名揚千古，固然與慧遠大師的品性作風有關，但其深靜清明的自然環境也是一個不可忽視的因素，故王琦重點解釋了這一內容。

（4）解釋建置、典實、故址、自然風貌和人文景觀、異名等。例如，卷二十二《姑熟十詠·謝公宅》中解釋"謝公宅"，王注："《太平寰宇記》：青山，在太平州當塗縣東三十五里。齊宣城太守謝朓築室及池於山南，其宅階址尚存，路南磚井二口。天寶十二年改爲謝公山。《江南通志》：謝朓宅在太平府東南青山之椒，南齊謝朓守宣城時建別宅於此，今爲保和庵。路旁有井，名謝公井。陸放翁《入蜀記》：青山南小市有謝玄暉故宅基，今爲湯氏所居，南望平野極目，而環宅皆流泉、奇石、青林、文篠，真佳處也。由宅後登山，路極險，凡三四里許，至一庵，庵前有小池曰謝公池，水味甘冷，雖盛夏不竭。"

此外，王琦有時不解釋建築物所處的位置，而是解釋它的功能。例如，卷十五《感時留別從兄徐王延年從弟延陵》中解釋"麒麟閣"，王注："《三輔黃圖》：麒麟閣，蕭何造，以藏秘書，處賢才。"按：此注重點指明"麒麟閣"的功用，並以此代指在封建時代所享有的最高榮譽和功勛，太白詩句"小子謝麟閣"正與其意相關。不過，這種情況不太多見。

第二節　解釋人物

典籍中的人物主要有四類，一是歷史人物，指後代作品中出現的前代史實中的人物，如唐詩中的"項羽、劉邦、陶潛、江淹"等；二是現實人物，指作品中出現的與作者同時的人物，如李白詩中出現的"賀知章、李邕、杜甫"等；三是神話傳說人物，指史前人物或神話傳說中的一些有神力者，如"堯、舜、禹、西王母"等；四是虛構人物，主要指作品中作者爲了表達一定的道理或情感而創造的人物，如宋玉賦中的"登徒子"等①。我們這裏所說的人物主要指前三類。人物注釋的信息主要包括：人物的名和字（或號）、生卒年、籍貫、官職、學識、品性、主要典事或活動等，其中前三項是基本信息。如何注釋人物，洪誠先生認爲，一個人物，"其本身自有重點，但是在所需要加注的語言環境中，不一定是重點。注釋時，當按本文需要説明的問題確定重點，作極簡短的敍述。例如説明經學家鄭玄，只需注明其生卒年、籍貫，在東漢今古文學派中的地位和作用，及其對後世之影響；其他的事都不必提。"② 這是從總體上闡述人物注釋的原則，具有一定的啟發性。不過，由於各類人物所處的歷史時代和人物性質不同，注釋者解釋這些人物時，在選擇同

---

① 參見董洪利《古籍的闡釋》，遼寧教育出版社1995年版，第191頁。
② 洪誠：《訓詁學》，江蘇古籍出版社1984年版，第216頁。

類信息之外，必然會表現出一定的差異。下面根據所釋人物的不同類型來考察王琦注釋人物的內容及其同異。

一　解釋歷史人物

作品中的歷史人物，在他所處的時代往往有驚人的壯舉、特立於他人的品性或事件，因而廣爲後人傳頌；也有一些違背社會歷史進程而遭人唾棄遺臭萬年者，他們中許多人的名字也因此成爲某一類人物或事件的代名詞。後人把這些歷史人物用於文學創作，或者以他們的名字代指與作者同時的人，或者以其品性或事件來突出詩意，王琦解釋歷史人物正是抓住這一特點，在解釋人物的基本信息（名字或號、籍貫）之外，往往能夠揭示他們在作品中的指稱對象，突出他們的品性或主要歷史事件。具體表現爲以下兩點。

首先，除了指出人物的基本信息外，多數突出人物的品性、學識或相關的歷史事件。

例如，卷八《草書歌行》中解釋"王逸少、張伯英"，王注："《世說》注：《文字志》曰：王羲之，字逸少，琅邪臨沂人，善草隸。累遷江州刺史、右軍將軍、會稽內史。《後漢書》：張芝，字伯英，善草書。衛恒《四體書勢》：漢興而有草書，不知作者姓名。至章帝時，齊相杜度號稱善作篇，後有崔瑗、崔寔，亦皆稱工。杜氏結字甚安，而書體微瘦。崔氏甚得筆勢，而結字小疏。弘農張伯英者因而轉精其巧，凡家之衣帛，必書而後練之。臨池學書，池水盡墨。下筆必爲楷則，常曰'匆匆不暇草書'，寸紙不見遺。至今世尤寶其書。韋仲將謂之草聖。"按：此注解釋"王逸少、張伯英"二人，無論是簡單解釋王逸少的才學，還是詳細解釋張伯英的逸聞趣事，王琦都重點突出了他們精善草書的特點，這一特點正與李白的詩題相應。

又如，卷十七《送楊燕之東魯》中解釋"楊伯起"，王注《後漢書》："楊震，字伯起，弘農華陰人。少好學，明經博覽，無不窮究。諸儒爲之語曰：'關西孔子楊伯起。'永寧元年代劉愷爲司徒，延光二年代劉愷爲太尉。震子秉，延熹五年代劉矩爲太尉。秉子賜，熹平二年代唐珍爲司空，五年代袁隗爲司徒，光和五年拜太尉。賜子彪，中平六年代董卓爲司空，其冬代黃琬爲司徒，興平元年代朱儁爲太尉。自震至彪，四世太尉，德業相繼，與袁氏俱爲東京名族云。"按：此注引文解釋"楊伯起"，除說明楊伯起之字和籍貫外，還評價了他的學識，同時着重指出楊家四代位居高官之事，這些內容與詩句"關西楊伯起，漢日舊稱賢。四代三公族，清風播人天"正相發明。

其次，直接指明所指稱的現實人物或比喻義。李白詩歌中出現的一些歷史人物，在具體的語言環境中，常常表現爲一種特定的指代符號，他們往往有特指的現實人物或特定的比喻意義，對於此類人物，王琦很少像以上內容那樣逐次解釋人物的名字或號、籍貫、官職、典事或品性等，多數情況都是直接指出人物的所指對象。例如，卷十六《送王屋山人魏萬還王屋》中解釋"揚子雲"，王注："揚子雲謂楊利物。"

此類歷史人物在李白詩歌中多以變稱形式出現，這種情況下，王琦會首先指明人物的通行名稱，然後再說明指稱的對象，有時還會解釋其中的緣由。例如，卷五《門有車馬客行》中解釋"伊、皋、衛、霍"，王注："伊尹、皋陶，以喻美宰臣。衛青、霍去病，以喻美將帥。"又如，卷十九《江上答崔宣城》中解釋"陶令"，王注："陶令謂陶潛，潛嘗爲彭澤令，以喻崔宣城。"

以上解釋歷史人物的兩種類型，以第一種情況更爲常見。

二 解釋現實人物

李白詩文中的現實人物，主要指酬贈詩歌以及表、序、碑銘等文章中出現的人物，他們或爲作者之友，或爲某郡縣、某部門官吏，與作者有直接或間接的關係。王琦解釋這些人物，一般首先指出人物的基本信息（名字或號、籍貫等），除此以外，還有以下一些特點。

1. 直接說明人物的歷任官職

例如，卷八《溧陽壯士勤將軍名思齊歌序》中解釋"張說、郭元振"，王注："張說，字道濟，洛陽人，武后時爲相，玄宗時再爲相，封燕國公。郭元振，名振，魏州人，以字顯，睿宗時爲相，封館陶縣男，後又封代國公。"

2. 歷任官職之外，重點評價學識品性

李白在一些酬贈詩文中，有時贊譽時人的學識或品性，王琦解釋此類人物時，往往就把重點放在對人物學識和品性的評價上。

（1）解釋與人物學識相關的內容

例如，卷十二《獻從叔當塗宰陽冰》中解釋"李陽冰"，王注："《宣和書譜》：李陽冰，字少溫，趙郡人，官至將作少監。善詞章，留心小篆迨三十年，初見李斯《嶧山碑》與仲尼、延陵季子字，遂得其法，乃能變化開合，自名一家。推原字學，作《筆法論》以別其點畫。又嘗立説，謂於天地山川，得其方員流峙之形，於日月星辰，得其經緯昭回之度；近取諸身，遠取萬類，幽至鬼神情狀，細至於喜怒之舒慘，莫不畢載。後人不足以明此，於是誤謬滋多，義理掃地。雖李斯之博雅，以朿爲束；蔡邕之知書，以豐作豊。故孔壁之餘文，汲冢之舊簡，所存無幾，幸天未喪斯文，宗旨在已。其自許慎至是，作《刊定説文》三十卷，以紀其學，人指以爲蒼頡後身。方時顏真卿以書名世，真卿書碑，必得陽冰題其額，欲以擅連璧之美，蓋其篆法妙天下如此。議者以蟲蝕鳥跡語其形，風行雨集語其勢，太阿、龍泉語其利，嵩高、華岳語其峻，實不爲過論。有唐三百年，以篆稱者，惟陽冰獨步。"按：此詩有"落筆灑篆文，崩雲使人驚。吐辭又炳煥，五色羅華星"之句，太白贊譽陽冰篆書之精和詞章之麗，王琦引文正與此相應，尤其引文中"以蟲蝕鳥跡語其形"諸句，更突出了陽冰篆法之妙。

（2）解釋與人物品性相關的內容

例如，卷十四《廬山謠寄盧侍御虛舟》中解釋"盧虛舟"，王注："李華《三賢論》：范陽盧虛舟幼真，質方而清。賈至有授盧虛舟殿中侍御史制，云：勅大理司直盧虛舟，閑邪存誠，遯世頤養。操持有清廉之譽，在公推幹蠱之才。可殿中侍御史，云云。殆其人也。"

3. 歷任官職、學識品性之外，突出主要典事

解釋人物主要典事，對深入理解詩文意義有時是很有幫助的。例如，卷九《上李邕》中解釋"李邕"，王注："《舊唐書》：李邕，廣陵江都人，少知名。開元中，爲陳州刺史。十三年，玄宗車駕東封迴，邕於汴州謁見，累獻詞賦，甚稱上旨，由是頗自矜衒。張説爲中書令，甚惡之。俄而陳州贓汙事發，貶爲欽州遵化尉，累轉括、淄、滑三州刺史，上計京師。邕素負美名，頻被貶斥，皆以邕能文養士，賈生、信陵之流，執事忌勝，剝落在外。人間素有聲稱，後進不識，京、洛阡陌聚觀，以爲古人。或傳眉目有異，衣冠望風尋訪門巷。又中使臨問，索其新文。復

爲人陰中，竟不得進。天寶初，爲汲郡、北海二太守。嘗與左驍衛兵曹柳勣馬一匹，及勣下獄，吉溫令勣引邕議及休咎，厚相賂遺。詞狀連引，勑就郡決殺之，時年七十餘。"按：此詩大概爲太白青年時期拜謁李邕時所寫。王琦引《舊唐書》重點突出了李邕"素負美名""素有聲稱""善養士"的特點，及因此而頻繁被貶之事，可知李邕爲人處世之風頗與世俗相異。但是當李邕初次見到同樣與世俗"殊調"的李白時，並沒有表現出賞識之意。李白對此非常不滿，他用"時人見我恒殊調，見余大言皆冷笑。宣父猶能畏後生，丈夫未可輕少年"的詩句，向李邕表達了自己胸懷抱負和才學而不被人賞識的激憤和感慨。拿王琦注文比照詩句，讀者就可以更深入地理解太白以"大鵬"自喻的非凡氣度和青年時期的銳氣。

有時注文記述的事件，是與詩意有密切關係的典形事件。例如，卷十三《聞王昌齡左遷龍標遙有此寄》中解釋"王昌齡"，王注："《唐書》：王昌齡，字少伯，江寧人。第進士，補校書郎。又中宏辭，遷汜水尉。不護細行，貶龍標尉，以世亂還鄉里，爲刺史閭丘曉所殺。昌齡工詩，緒密而思清，時謂王江寧云。"按：此注解釋王昌齡，明其字、籍貫、歷任官職、才學，及被害事，基本概括了人物的主要信息，同時，注文敘述的王昌齡被貶爲龍標尉之事，正可以與詩題相互參證。

4. 考證現實人物中的疑難問題

通常情況下，解釋人物，首先查閱的就是正史、傳記等材料，這對歷史人物和現實人物中特爲著名者是適用的，對一些不太著名的現實人物，正史、傳記等文獻載錄較少或缺載，這就需要察考其他材料。但在浩博的文獻典籍中，要想查找關於人物的零星記載是比較困難的，尤其是在古代沒有先進檢索手段的情況下，如若沒有博覽羣書、過目不忘的學力很難做到。王琦以博學著稱，他對於史傳缺載的現實人物往往能夠多方鈎稽，考證出人物的概貌。

例如，卷十二《贈僧行融》中解釋"史懷一"，王注："盧藏用《陳子昂別傳》：友人趙貞固、鳳閣舍人陸餘慶、殿中侍御史畢構、監察御史王無競、亳州長史房融、右史崔泰之、處士郭襲微、道人史懷一，皆篤歲寒之交。崔顥《贈懷一上人》詩：法師東南秀，世實豪家子，削髮十二年，誦經峨嵋裏。是史懷一爲峨嵋僧也。"按：正史、傳記中沒有關於

"史懷一"的記載,王琦根據盧藏用和崔顥的作品,勾勒出了史懷一的身份、人物關係、出家之所及大致的身世經歷。

有時詩人用官職、籍貫、姓氏等代稱,也給注者的考證帶來困難。對於此類情況,王琦也常常多方求證而得確解。例如,卷十九《答王十二寒夜獨酌有懷》中解釋"裴尚書",王注:"江鄰幾《雜志》:李白詩'君不見裴尚書,古墳三尺蒿棘居。'問修《唐書》呂縉叔,云'是漼',又云'是冕'。宋次道云:'是檢校官,與李北海作對。非齷齪人也。'琦按玄宗朝,裴耀卿爲尚書左僕射,裴光庭爲吏部尚書,裴漼爲吏部尚書,裴仙先爲工部尚書,裴寬爲户、禮二部尚書,裴敦復爲刑部尚書,凡六裴尚書,太白所指稱,未知何人。考裴敦復以平海賊功爲李林甫所忌,貶淄川太守,與李邕皆坐柳勣事,同時杖死。今與李北海並稱,或者正指其人而言,似爲近之。若裴冕之爲尚書左僕射,則又在肅宗時矣。"按:王琦根據此詩的寫作時代,確定有六位裴尚書是可供選擇的,然後分別考證他們的名字和官位,又根據李詩"君不見李北海,英風豪氣今何在!君不見裴尚書,土墳三尺蒿棘居。"指出六位裴尚書中,僅裴敦與李邕相關,所以推測裴敦即詩中"裴尚書"。

以上"史懷一"和"裴尚書"兩位現實人物,元代蕭士贇僅注"未詳",而王琦多方鈎稽,考察"史懷一"的身份和經歷,確定"裴尚書"爲裴敦,確鑿可信,爲今人注釋李白集所取。

三 解釋神話傳説人物

太白仙風道骨,賀知章一見而稱爲"謫仙人",他思慕仙家道事,遍遊佛道名山,還曾親受道籙,有《訪道安陵遇蓋寰留贈》詩,尤其當他遭遇挫折之時,更以神道之事抒寫心中憤懣,因此太白詩文所用仙道之事不少。作品中涉及的神仙道人大都與用典結合在一起,所以,王琦解釋此類人物,除了指出人物身份的基本信息,最主要的就是解釋他們的神異特徵或仙事。

例如,卷二《古風》其十二解釋"赤松",王注:"《列仙傳》:赤松子者,神農時雨師也。服水玉以教神農,能入火自燒。往往至崑崙山上,常止西王母石室中,隨風雨上下。炎帝少女追之,亦得仙俱去。至高帝時,復爲雨師。"

有時描繪人物的形象和特點。例如,卷二《古風》其三十二解釋"蓐收",王注:"《禮記》:孟秋之月,其神蓐收。《山海經》:西方蓐收,左耳有蛇,乘兩龍。郭璞注:金神也。人面虎爪,白毛執鉞。"

有時指明人物的居所和飲食等。例如,卷二《古風》其十九解釋"明星",王注:"《太平廣記》:明星玉女者,居華山,服玉漿,白日昇天。"此注指出"明星玉女"居於華山,這一特點與詩句"西上蓮花山,迢迢見明星"相呼應,對理解詩意具有補充作用。

第三節　解釋動植物

動植物指草木鳥獸蟲魚等自然界的生物。詩歌的本質特徵之一在於語言的形象和含蓄,再現這一特徵的方式往往就是自《詩經》以來所形成的"比興"傳統,"比興是一種隱喻或象徵,用此物象暗示彼觀念。在《詩經》《楚辭》的時代,比興隱喻功能的實現,主要依賴於所謂'公共象徵'(public symbol)或'慣用性象徵'(conventional symbol),也就是一套積澱着集體無意識的原型系統。在這套原型系統中,每一個物象都有一個約定俗成的意義,'善鳥香草,以配忠貞;惡禽臭物,以比讒佞;靈脩美人,以媲於君;宓妃佚女,以譬賢臣;虬龍鸞鳳,以託君子;飄風雷電,以爲小人'。"① 以草木鳥獸蟲魚隱喻詩人的指向和情感,長期以來已經積澱成一種文學傳統,不明這些名物的特徵及象徵意義,常常會妨礙詩意的理解,基於此,戴震説:"不知鳥獸、蟲魚、草木之狀類名號,則比興之意乖。"② 胡樸安也認爲解釋草木鳥獸蟲魚與"文字、詁訓、聲音、語詞、章句"是同等重要的③。後代的詩歌創作在《詩經》和《楚辭》比興傳統的啓示下繼續發展,在"公共象徵"之外,又創造"私設象徵"(private symbol)或"創造性象徵"(created symbol)④,它們象徵的事物或隱喻的言外之意,由於在人們對"公共象徵"所形成的

---

① 周裕鍇:《中國古代闡釋學研究》,上海人民出版社2003年版,第393頁。
② 戴震:《戴震文集》,中華書局1980年版,第140頁。
③ 胡樸安:《胡樸安學術論著‧論讀書法》,浙江人民出版社1998年版,第330頁。
④ 周裕鍇:《中國古代闡釋學研究》,上海人民出版社2003年版,第394頁。

共識之外，往往變得更加含蓄，甚至晦澀，但無論如何變化，它們之所以能夠象徵某事、某物或隱喻某種意義、情感，終究不會脱離它的自然特徵。因此，考究動植物的特徵，是揭示詩歌象徵和隱喻意味的必要途徑之一。另外，草木鳥獸蟲魚隨時隨地而異名，其稱名别號分歧最爲顯著。明代方以智在《通雅》中説：" 草木鳥獸之名，最難考究，蓋各方各代，隨時變更。"① 地域的廣博，時代的變遷，導致許多事物名同實異或名異實同，隨着自然和社會的發展，許多事物到後代鮮見，甚或消失了，讀者對它們的稱名就會感到陌生，至於其特徵，以及特徵啓示下的隱性意義就更難知曉了，如果不加注釋，也會給詩意的理解帶來障礙。因此，在詩歌注釋中，解釋動植物的名號和特徵是十分必要的。

具體到王琦對李白詩文中出現的動植物名稱的解釋，主要有以下特點。

一 以解釋基本信息爲主

動植物的基本信息主要包括：種屬、外形、生活生長習性、功用、產地等，其中外形主要涉及動物的毛色和形體，植物的花、葉、根、莖、果實等的顏色和形狀。有時還涉及動物的鳴叫聲、植物花葉的氣味等。王琦解釋最多的就是動植物的生活生長習性和外形特徵。

例如，卷二十五《送内尋廬山女道士李騰空二首》其一解釋"石楠花"，王注："《本草衍義》：石楠，葉似枇杷葉之小者，而背無毛。正二月間開花，冬有二葉爲花苞，苞既開，中有十餘花，大小如椿花，甚細碎。每一苞約彈許大，成一毬，一花六葉，一朵有七八毬，淡白綠色。花罷，去年葉盡脱，漸生新葉。"

又如，卷二十五《代秋情》中解釋"兔絲"，王注："兔絲，蔓草也，多生荒野古道中，蔓延草木之上，有莖而無葉，細者如綫，粗者如繩，黄色，子入地而生。初生者有根，及纏物而上，其根自斷，蓋假氣而生，亦一異也。"

按：前一例詳細解釋了石楠花的花期、狀貌和顏色，後一例則解釋了兔絲的種屬、生長環境、莖葉形狀、顏色及其"纏物而上即斷根"的

---

① 方以智：《通雅·凡例》，清康熙丙午年浮山此藏軒藏板木刻本。

物理習性。兩句中所用植物都沒有隱喻象徵之義，因此，王琦只選擇了能夠體現兩物區別於其他事物的主要特徵來解釋。

除了解釋生長習性和外形特徵以外，有時王琦還說明產地。例如，卷八《山鷓鴣詞》中解釋"鷓鴣"，王注："《太平御覽》：鷓鴣，吳、楚之野悉有，嶺南偏多。臆前有白圓點，背上間紫赤毛，其大如野雞，多對啼。《南越志》云：鷓鴣雖東西回翔，然開翅之始，必先南翥。"其中對鷓鴣飛"必先南翥"特徵的解釋，與詩句"苦竹南枝鷓鴣飛"相應。

有時王琦還說明動植物的功用。例如，卷二十四《詠槿二首》中解釋"槿"，王注："《本草衍義》：木槿，花如小葵，淡紅色，五葉成一花，朝開暮斂。湖南北人家多種植之，以爲籬障。《韻會》：槿，木名。《爾雅》：櫬也。其花朝生暮落，一名'日及'，一名'蕣華'，蓋取一瞬之義。"

詩中所用草木鳥獸蟲魚等名物，有時是因爲作者實見而詠，並無深意，對於此類情況，注者僅指出它區別於同類事物的基本信息或異名即可，不必作言外之意的探索。否則，物物皆深究隱喻象徵之義，很容易生發妄鑿之說。王琦解釋此類名物，大多也都僅限於對基本信息的說明，很少探微索隱。對那些已經定型成爲"公共象徵"，或隱喻、象徵之義比較顯明，通過詩文容易理解的動植物之名，王琦往往也只解釋基本信息，在這些基本信息中則常常突出其與象徵、比喻之義相關的特點。

例如，卷二十四《江上懷秋》中解釋"蘅"，王注："郭璞《爾雅注》：杜蘅，似葵而香。邢昺疏：《本草唐本注》云：杜蘅，葉似葵，形如馬蹄，故俗云馬蹄香。生山之陰水澤下濕地。根似細辛、白前等。《山海經》云'天帝山有草，其狀如葵，其臭如蘼蕪，名曰杜蘅。可以走馬，食之已癭'，是也。"按：王琦引文解釋了"蘅"的莖葉、生長環境、異名、氣味及功用等基本信息，事實上，此處李詩所用"蘅蘭"並非單純指現實之物，而是以其香草的身份暗指君子，即王逸所謂"善鳥香草以配忠貞"，這一隱喻象徵之義，早已成爲"公共象徵"，"杜蘅"或"杜若"，《楚辭》中用例很多，後來詩人每用杜蘅、蘼蕪、蘭若等暗指人物品性高潔，大都由此而來。王維《春過賀遂員外藥園》"香草爲君子"[①]，

---

① 王維著，趙殿成箋注：《王右丞集箋注》，上海古籍出版社1998年版，第217頁。

蘇軾《再和曾仲錫荔支》"且隨香草附騷經"①都是對其象徵之義的絕好說明。對於此類爲世人公認的意象系統，王琦選擇了"蘅"的外形特徵予以解釋，同時也突出了與隱喻之義相關的信息，即"蘅"草的"香氣"。

又如，卷十五《感時留別從兄徐王延年從弟延陵》中解釋"虬"，王琦直接引《説文》："虬，龍子無角者。"按：王琦此處僅僅指出虬的種屬和外形特徵，但正如王逸所謂"虬龍鸞鳳，以託君子"，"虬"也已成爲公共象徵，它的象徵之意爲多數讀者熟悉，太白詩句謂"諸王若鸞虬"，與王逸所言之意相同。王琦用爲人熟悉的"龍"來限定"虬"的種屬，也就消除了理解障礙。

二 重視增廣異名和考察得名緣由

異名別號繁多，在動植物中十分突出的，補充異名，有利於不同風俗區域的讀者理解，王琦對此非常重視，因此《輯注》中解釋動植物異名的比較多見。

例如，卷二十五《白田馬上聞鶯》中解釋"黃鸝"，王注："陸璣《詩疏》：黃鳥，黃鸝留也，或謂之黃栗留。幽州人謂之黃鶯，一名倉庚，一名商庚，一名鵹黃，一名楚雀。齊人謂之搏黍，關西謂之黃鳥，一云鸝黃。當椹熟時來在桑間，故里語曰：'黃栗留，看我麥黃椹熟不？'亦是應節趨時之鳥也。"按：王琦引《詩疏》列舉黃鳥之外的異名共十個，十分詳細，這對不同地域的人們了解黃鳥所指有一定幫助，同時，以俚語解釋，也與詩句"黃鸝啄紫椹"之意相互證明。

不過，像這樣單純增廣異名的，在王琦《輯注》中並不常見，多數情況下都是將異名與其他信息結合在一起解釋，如上所舉"蘅""木槿"等例。又如，卷十四《涇溪東亭寄鄭少府諤》中解釋"杜鵑花"，王注："杜鵑花，一名紅躑躅，一名山石榴，一名映山紅，處處山谷有之。高二三尺，春時蕊葉齊出，一枝數萼，花色紅麗。二三月中，徧滿山谷，爛然若火，入夏方歇。"按：此注解釋了"杜鵑"的三個異名，還重點解釋了"杜鵑花"花株根莖的高度、花期、花色，突出了"入夏花敗"的特

---

① 蘇軾：《蘇東坡全集》上冊，中國書店1986年版，第492頁。

徵，這與詩句"杜鵑花開春已闌"之意相關，使讀者認識到詩人所言深中物理。

又如，卷七《鳴皋歌送岑徵君》中解釋"鼺鼠"，王注："按《本草》：鼺鼠，鳥名，一名䴎鼠，一名夷由，一名飛生鳥。狀如蝙蝠，肉翅連尾，大如鴟鳶，毛紫色，好夜飛，但能向下不能向上，恒夜鳴，鳴聲如人呼，湖嶺山中多有之。"此注增廣了"鼺鼠"的三個異名，解釋了它的種屬，產地、外形特徵和生活習性，其中"鼺鼠"夜鳴的特徵，與詩句"冥鶴清唳，飢鼺嚬呻"相互補充，烘托了一種清寂冷峭的氛圍。

王琦不僅重視增廣異名，也非常重視考察動植物的命名緣由。例如，卷三十《陽春曲》中解釋"含桃"，王注："《埤雅》：櫻桃，爲木多陰，其果先熟，一名含桃。許慎曰：鶯之所含食，故曰含桃也。謂之鶯桃，則亦以鶯之所含食，故謂之鶯桃也。《爾雅翼》：櫻桃，朱實，甘美。飛鳥所含，故又名含桃。《爾雅》謂之荊桃，其花在梅後，至果熟則最先。"此注解釋了含桃的三個異名，又分別解釋了"含桃"和"鶯桃"的稱名緣由。

又如，卷五《空城雀》中解釋"鷦鷯"，王注："《埤雅·釋鳥》云：桃蟲，鷦，其雌鴱。陸璣①曰：今鷦鷯是也，似黃雀而小。《說苑》曰：鷦鷯巢於葦苕，繫之以髮。鳩性拙，鷦性巧，故鷦俗呼'巧婦'，一名'工雀'，一名女匠。其喙尖如錐，取茅秀爲巢，巢至精密，以麻紩之，如刺韤然，故一名韤雀。"此注考察鷦鷯異名的同時，還解釋了其得名"巧婦、工雀、女匠、韤雀"的來歷。

三　信息擇取繁簡適度

與山川泉石和建築名勝的釋義明顯不同的是，王琦對動植物信息的解釋多數都能夠做到繁簡適度，主要體現在以下三個方面。

第一，王琦注意根據詩意和相關注文調整釋義的繁簡。例如，卷二《古風》其五十一，解釋"夷羊滿中野"中的"夷羊"，王注《國語》："商之興也，檮杌次於丕山。其亡也，夷羊在牧。韋昭解：夷羊，神獸。

---

① 按注文原作"陸機"，而引文實爲《毛詩草木鳥獸蟲魚疏》，當爲陸璣之誤，今改。見李白著，王琦注《李太白全集》，中華書局1977年版，第321頁。

牧,商郊牧野。"按:王琦引用韋昭注只解釋了"夷羊"神獸的性質,如果僅僅就此理解句意,就會只停留在語意的表層。不過,由於王琦前面引《國語》指出了"夷羊"的來歷,通過"其亡也,夷羊在牧",讀者對"夷羊"這一神獸的象徵意義就有了基本認識,與此詩的第一句"殷后亂天紀"相聯繫,就可知"夷羊滿中野"與"夷羊在牧"意義相同,都暗示了殷商的滅亡。因此,雖然專用於解釋"夷羊"的注文很少,卻不妨礙詩意的理解。

第二,有時對動植物的信息雖然解釋很少,但王琦大多都能抓住有助於詩文理解的關鍵信息,注語簡練得當。例如,卷二十五《代秋情》"幾日相別離,門前生穭葵"中對"穭、葵"的解釋,王注《廣韻》:"穭,自生稻也。《廣雅》:葵,菜也,嘗傾葉向日,不令照其根。"按:此注解釋了"穭"的種屬,並限制了其特徵是"自生",即野生;解釋"葵"除指明種屬外,僅僅突出了它向日而生的特徵,王琦對兩種植物的解釋都非常簡練,但是拿詩句和注文來比照,讀者對詩人描繪的離別數日不係家事,野稻蔬菜自生的悲涼之景自然就能夠體會了。

又如,卷九《鄴中贈王大》中解釋"紫燕",王琦引沈約詩李善注、呂延濟注云:"李善注:《尸子》曰:我得民而治,則馬有紫燕、蘭池。呂延濟注:紫燕,良馬也。"此注分別指出紫燕的來歷和種屬(以"良"來限制種屬),解釋的信息很少,但也不妨礙對詩句"紫燕櫪上嘶"的理解。

第三,從徵引文獻釋義的角度看,王琦解釋山川泉石和建築名物,常常引用兩三種,甚至更多的文獻解釋,各引文之間很難避免文字和內容上的重複,注文看起來比較煩瑣。與此不同的是,王琦解釋動植物,常常只引用一種或兩種文獻釋義,一種文獻之內,自然沒有文字的重複,即使引用兩種文獻,相較引用三種或更多的文獻,文字和內容上的重複也相對少些。從前文所舉各例即可探知,不再贅舉。

此外,解釋動植物,最常用的方法就是描述釋義,有時名物外形難以描摹,因此,考證者、注釋者就常常通過與相類、相似之物的比較描述釋義。如卷七《勞勞亭歌》中解釋"苦竹",王注:"竹有淡竹、苦竹二種,莖葉不異,以其筍味苦淡而名。"按:"竹"屬於常見植物,而"苦竹"之名,恐怕一般人不了解,所以王琦通過比較它與"淡竹"之間的關係，排除了理解障礙。王琦解釋動植物，多數採用徵引文獻的方式，引文内容也大都是通過辨析相似或同類之物説明特徵。如前文所舉解釋"石楠花、槿、兔絲、蘅"等例都是如此，這對於讀者了解名物的具體特徵是有幫助的。

第四節　解釋典制風俗及其他

典制即典章制度，指歷代官方規定的各種法令法規、政策、禮制等。風俗，主要指各民族或特定地域的人們相沿成習的生活和文化習慣。具體包括科舉官署政策、祭祀、文化、娛樂、衣食住行等方面的制度和習俗。隨着社會歷史的發展，典制風俗也處於不斷變化之中，也需要解釋。本節分職官制度、文化風俗、自然天象和各種器物等類别予以説明。

一　解釋職官制度

在酬贈詩歌、序文、頌贊等文章中，常涉及表示職官制度的詞語，隨着時代的發展，這些職官，有的改變稱謂，有的改變職責範圍，也有的消失了。後代讀者遇到這些語詞時，一般就會感到比較陌生，因此，職官制度也成爲注釋的主要内容之一。

（一）解釋各種官職

各種官職的基本信息，主要包括隸屬關係、品第、設置人數、職權等内容。綜觀王琦對職官類詞語的解釋，主要有以下特徵。

1. 直接指出官職的隸屬關係

例如，卷二十七《冬日送從弟令問之淮南覲省序》中解釋"京兆參軍"，王注："參軍，京兆尹之屬官。"

2. 隸屬關係之外，補充解釋其他信息

（1）説明設置人數。例如，卷十四《寄從弟宣州長史昭》中解釋"長史"，王注："唐官制，每州有長史一人，位在别駕之下，司馬之上，乃太守之佐職也。"

（2）説明品第。例如，卷十五《留别王司馬嵩》中解釋"司馬"，王注："按《唐書·百官志》，王府官屬及都督、都護、刺史之佐職，皆有司馬。有從四品、正五品、從五品、正六品、從六品之不同，不知嵩爲何官。"因爲不知道王嵩隸屬的職官部門，所以王琦列出了各官屬司馬設置的不同情況。

（3）說明設置人數和品第。例如，卷十五《秋日宴別杜補缺范侍御》中解釋"補缺"，王注："《唐書·百官志》：門下省有左補缺六人，中書省有右補缺六人，從七品。"

（4）說明設置人數和職權。例如，卷二十九《虞城縣令李公去思頌碑序》中解釋"記室參軍"，王注："《唐書·百官志》：王府官有記室參軍事二人，掌表啓書疏。"

（5）說明設置人數、品第和職權。例如，卷十九《酬坊州王司馬與閻正字對雪見贈》中解釋"正字"，王注："《唐書·百官志》：司經局正字二人，從九品上，掌校刊經史。"

（6）說明品第和俸禄。例如，卷二十八《江寧楊利物畫讚》中解釋"開國"，王注：《百官志》①："封爵之制：開國郡公食邑二千户，正二品；開國縣公食邑千五百户，從二品；開國縣侯食邑千户，從三品；開國縣伯食邑七百户，正四品上；開國縣子食邑五百户，正五品上；開國縣男食邑三百户，從五品上。"

（7）說明設置時間。例如，卷十三《憶舊遊寄譙郡元參軍》中解釋"尹"，王注："《唐書·百官志》：開元十一年，太原府置尹及少尹，以尹爲留守，少尹爲副留守。"

（8）說明設置沿革、人數、職權。例如，卷七《横江詞六首》其五，解釋"津吏"，王注："按《唐書·百官志》：津尉，掌舟梁之事。永徽後，廢津尉置津吏，上關八人，中關六人，下關四人，無津者不置。"

（9）與今之官職對照解釋。例如，卷十一《贈從弟南平太守之遥二首》其一解釋"翰林"，王注："《夢溪筆談》：唐翰林院在禁中，乃人主燕居之所，玉堂、承明、金鑾殿，皆在其間。應供奉之人，自學士以下，工伎、羣官、司隸籍其間，皆稱翰林。如今之翰林醫官、翰林待詔之類也。"此注王琦特意解釋了自己所處時代與唐時翰林對應的官職。

《輯注》中也偶有不解釋隸屬關係只解釋其他信息的，但比較少見。

---

① 按：指《新唐書·百官志》。

例如，卷二十八《崇明寺佛頂尊勝陀羅尼幢頌》中解釋"都水使者"，王注："《唐書·百官志》：都水監使者二人，正五品上，掌川澤、津梁、渠堰、陂池之政。"

（二）解釋與職官相關的其他制度

各種官職的名稱、設置、地位及其職責，是職官制度的主要内容，除此之外，還有諸如官服、官署、休假，以及科舉考試等内容。對與官職相關的其他典章制度，王琦主要解釋它與詩文用意相關的特徵，有時兼及該制度在不同時代的變化。

例如，卷十五《感時留别從兄徐王延年從弟延陵》中解釋"列戟"，王注："唐制，嗣王、郡王，皆列棨戟於門。李涪《刊誤》：凡戟，天子二十四，諸侯十。《通典》：天寶六年四月，敕改儀制令，嗣王、郡王門十六戟。"此注指明諸王門前列戟的制度和列戟數量的變化，同時也暗示了延年、延陵的皇室身份。

又如，卷二十《下終南山過斛斯山人宿置酒》中解釋"休浣"，王琦首先指出"休浣"即"休沐"，次引《漢律》解釋漢制五日一休沐，後又引楊昇庵之説指明唐制十日一休沐。

有時解釋設置時間、具體操作方法等。例如，卷十七《送于十八應四子舉落第還嵩山》中解釋"四子舉"，王注引《通典》《唐會要》解釋了"四子舉"的設置時間是開元二十九年，學習科目爲《老》《莊》《文》《列》，稱四子。又指明諸州和京都的不同參考人數，及考試通過者所獲得的待遇等。

二　解釋風俗文化

根據王琦《輯注》的釋義内容，這裏所説的"風俗文化"，主要包括詩篇著作、音樂舞蹈體育、佛道文化、服飾、飲食等。

（一）解釋樂曲詩篇等作品

注釋此類名物，王琦所釋的信息主要有以下幾類。

1. 解釋樂曲或作品類型

例如，卷二十三《月夜聽盧子順彈琴》中解釋"悲風""白雪""寒松"，王注："釋居月《琴曲譜録》有《悲風操》《寒松操》《白雪操》。《白帖》：《陽春》《白雪》《緑水》《悲風》《幽蘭》《别鶴》，並琴曲名。"

這是以彈奏樂器區分類別，此類最多。

2. 解釋樂曲和作品的來歷、作者、內容或價值等

例如，卷二《古風》其二十解釋"《紫金經》"，王注："《紫金經》，煉丹之書也。"又卷二十五《長門怨二首》中解釋"《長門怨》"，王注："《樂府古題要解》：《長門怨》爲漢武帝陳皇后作也。后，長公主嫖女，字阿嬌。及衛子夫得幸，后退居長門宮，愁悶悲思。聞司馬相如工文章，奉黃金百斤，令爲解愁之詞。相如作《長門賦》，帝見而傷之，復得親幸者數年。後人因其賦爲《長門怨》焉。"前一例重點解釋了著作內容，後一例重點解釋了與《長門怨》創作相關的典事。

又如，卷二十《侍從遊宿溫泉宮作》中解釋"清樂"，王琦引《唐會要》《新唐書·禮樂志》等，從史的角度詳細解釋了清樂的來歷及至唐代的發展，又解釋了該曲的各種演奏樂器、數量及歌舞者的設置①。

（二）解釋佛道文化②

佛道文化，與作爲古代封建社會主流意識形態的儒家文化不同，它們僅在較小範圍內傳習和通行，不爲廣大儒學之士接受，因此，一般讀者對佛道詞語是非常陌生的。據杭世駿《輯注·序》稱："載庵早鰥，闃處如退院老僧、空山道士，日研尋於二氏之精英。"可知，王琦潛心鑽研佛道二氏之書，有良好的條件解釋相關文化語詞。

1. 解釋佛教文化詞語

佛教屬於域外文化，傳入中土，皆爲譯詞，或音譯，或結合漢語的構詞規律意譯，形式多樣，王琦注釋此類語詞，主要有以下幾方面的內容。

（1）直接以漢語詞對釋語義。如果是表示一般概念的語詞則直接解釋它在漢語系統中的意義。例如，卷五《短歌行》中解釋"劫"，王注："《法苑珠林》：夫劫者，蓋是紀時之名，猶年號耳。"

（2）比較漢譯音與梵音異同。例如，卷十五《將遊衡岳留別族弟浮屠談皓》中解釋"浮屠"，王注："《册府元龜》：浮屠正號曰佛陀，其聲

---

① 詳參李白著，王琦注《李太白全集》，中華書局1977年版，第933頁。
② 按：此處所列佛教詞語，有些不是名物詞，爲了綜合考察王琦對佛教文化詞語的解釋特點，也附錄於此。

相近，皆西方言。華言譯之，則謂淨覺。"

有的譯音用字發展到後代，與當時通行的漢語語音已經有了一定差距，容易誤讀，王琦也予以指出。例如，卷二十三《安州般若寺水閣納涼》中解釋"般若"，王注："般若，讀若白惹，釋言般若，華言智慧也，寺依此立名。"

（3）解釋語源。例如，卷十二《贈宣州靈源寺仲濬公》中解釋"龍象"，王注："釋子中能負荷大法者，謂之龍象。《翻譯名義·大論》云：那伽或名龍，或名象，是五千阿羅漢諸羅漢中最大力，以是故言如龍如象，水行中龍力最大，陸行中象力最大。《中阿含經》：佛告鬱陀夷，若沙門等，從人至天，不以身口意害我，說彼是龍象。"龍象指高僧，因龍、象爲水、陸中力量最大者，故以比之。

（4）辨析漢梵同形異義詞。對於佛教與漢語中的同形異義詞，王琦常常辨析其語義差別。例如，卷二十九《化城寺大鐘銘》中解釋"六時"，王注："西域記時，極短者謂刹那也。百二十刹那爲一呾刹那，六十呾刹那爲一臘縛，三十臘縛爲一牟呼栗多，五牟呼栗多爲一時，六時合成一日一夜。是中國以一晝夜分作十二時者，西國只分爲六時也。"漢語與西域佛教語言中雖然都有"六時"之稱，但意義有別，如果不加注釋，就很容易造成誤解。

（5）解釋佛教名物詞。對於佛教名物詞，王琦還描繪它們的具體特徵、功用或增廣異名、解釋得名緣由等。

例如，卷二十八《金銀泥畫西方淨土變相讚序》中解釋"八功德水"，王注："《觀無量壽經》：極樂國土，有八池水，一一池水，七寶所成。其寶香頓，從如意珠王生，分爲十四支，一一支作七寶色。黃金爲渠，渠下皆以雜色金剛以爲底砂。一一水中有六十億七寶蓮花。一一蓮花團圓，正等十二由旬。其摩尼流水注花間，尋樹上下，其聲微妙，是爲八功德水。《法苑珠林》八功德水，依《順正理論》云：一甘，二冷，三頓，四輕，五清淨，六不臭，七飲時不損喉，八飲已不傷腹。"此注詳細解釋了佛教中"八功德水"的外部形態及水的特質。

又如，卷十八《送通禪師還南陵隱靜寺》中解釋"錫杖"，王注："釋家所執錫杖，一名德杖、一名智杖，有金環繞之，作錫錫聲，行時以節步趨者。"此注重點解釋了"錫杖"的異名、功用及得名緣由。

2. 解釋道教文化詞語

太白詩文中的道教名詞，主要涉及一些丹藥和符籙，王琦大多解釋它們的性質和功效等。

（1）解釋丹藥的功效。例如，卷二十四《題雍丘崔明府丹竈》中解釋"九轉丹"，王注："（《抱朴子》）又云：一轉之丹服之，三年得仙。二轉之丹服之，二年得仙。三轉之丹服之，一年得仙。四轉之丹服之，半年得仙。五轉之丹服之，百日得仙。六轉之丹服之，四十日得仙。七轉之丹服之，二十日得仙。八轉之丹服之，十日得仙。九轉之丹服之，三日得仙。"

（2）解釋具體的制作方法。例如，卷十三《寄王屋山人孟大融》中解釋"金液"，王注："《抱朴子》：金液，太乙所服而仙者也。合之，用古秤黃金一斤，并用玄明龍膏、太乙旬首中石、冰石、紫遊女玄水液、金化石，丹砂封之，百日成水。真經云，金液入口，則其身皆金色。"又如，卷十《訪道安陵遇蓋寰留贈》中引用《隋書》詳細解釋了受符籙的方法及過程①。

（3）解釋得名緣由。例如，卷十四《廬山謠寄盧侍御虛舟》中解釋"還丹"，王注："《抱朴子》：還丹，服一刀圭，百日仙也。朱鳥鳳凰，翔覆其上，玉女至旁。《廣弘明集》：燒丹成水銀，還水銀成丹，故曰還丹。"得名緣由也由制作過程而來。

（三）解釋禮制風俗

王琦解釋禮制風俗，在內容上側重制度執行的方法，兼及施用範圍、通行時間等。如果是著裝習俗，則突出服飾的特點和功用。

例如，卷十一《流夜郎贈辛判官》"何日金雞放赦回"，解釋天下大赦放金雞之制。王注："《舊唐書》：凡國有赦宥之事，先集囚徒於闕下，命衛尉樹金雞，待宣制訖，乃釋之。"按：此注解釋了赦宥的具體制度和操作方法。

又如，卷十四《江夏寄漢陽輔録事》中解釋"鼓角"，王注："《唐六典》：凡諸道行軍，皆給鼓角。《通典》：軍城及野營行軍在外，日出日沒時，搥鼓千搥。三百三十三搥爲一通。鼓音止，角音動，吹十二聲爲

---

① 詳參李白著，王琦注《李太白全集》，中華書局1977年版，第521頁。

一疊。角音止，鼓音動。如此三角、三鼓而昏明畢。"按：此注通過徵引文獻釋義的方式解釋了"鼓角"所施用的範圍和具體的操作方式，是比較恰當的。

對於地域及民族風俗，還往往解釋其盛行的時間和具體做法。例如，卷十四《宣城醉後寄崔侍御二首》其一中解釋"插茱萸"，王注："《太平御覽》：《風土記》曰：九月九日，律中無射，而數九，俗尚此日以茱萸氣烈成熟，可折其房以插頭，言辟惡氣，而禦初寒。"

對於著裝習俗，則解釋服飾的形制和特點。例如，卷二十二《奔亡道中五首》其二解釋"胡衣"，王注："《夢溪筆談》：窄袖短衣，長靿靴，皆胡服也。窄袖利於馳射，短衣、長靴，便於涉草。"

三 解釋自然天象

自然天象，指與氣候、星體運行相關的現象和名稱，包括各種時令、天氣、星象等詞語。古代詩文中的氣候類詞語，大多以古稱、專稱、變稱的形式出現，星象更屬專門之學，除了精熟古典和專研天文曆算者，一般讀者對這些知識都比較陌生，因此，自然天象也成為注釋的重要內容之一。從王琦注釋的內容來看，主要有以下特徵。

（一）解釋基本信息

自然天象類詞語的基本信息，主要指詞語指稱的自然現象、特徵、星體位置等，一般情況下，王琦以解釋基本信息為主，有時也根據需要增廣異名，考察命名緣由。

1. 直接解釋指稱的自然現象

例如，卷十五《夢遊天姥吟留別》中解釋"列缺"和"霹靂"，王注："揚雄《校獵賦》：霹靂列缺，吐火施鞭。應劭曰：霹靂，雷也。列缺，天隙電光也。《通雅》：列缺，電光也。陽氣從雲決裂而出，故曰列缺。"解釋"霹靂"，僅僅說明了它所指稱的自然現象，而對"列缺"，還進一步考察了它稱名的緣由。

2. 解釋星體位置

例如，卷十九《酬談少府》中解釋"雲漢"，王注："《詩經集傳》：雲漢，天河也。在箕、斗二星之間，其長竟天。曹粹中曰：漢之在天，似雲而非雲，故曰雲漢。"

3. 解釋自然現象形成過程

例如，卷七《鳴皋歌送岑徵君》中解釋"霰"，王注："毛萇《詩傳》：霰，暴雪也。鄭箋曰：將大雨雪，始必微溫，雪自上下遇溫氣而搏，謂之霰；久而寒勝，則大雪矣。"

4. 增廣異名、考察命名緣由

例如上文所舉"列缺、雲漢"兩例都解釋了命名的緣由。又如，卷二十三《過汪氏別業二首》其二中解釋"景風"，王注："《淮南子》：清明風至四十五日，景風至。《史記·律書》：景風居南方。景者，言陽氣道竟，故曰景風。陳叔齊《籟紀》：景風，一曰凱風，又曰薰風，亦曰巨風，起自赤天之暑門，從南方來。"此注則同時增廣異名和解釋命名緣由。

（二）解釋象徵之義

對日月星辰等星體運行所形成的自然現象，古人往往存有一種敬畏心理，並常據此占卜人事的吉凶禍福，因此，這些天體或現象往往就被寓以各種不同的象徵之義。太白詩文所用星象名稱，有時就包含了特定用意，王琦解釋此類名物，除了指明該星象的一般名稱、位置以外，還常常解釋象徵之義，以幫助讀者深入理解語意。

例如，卷三《胡無人》中解釋"旄頭"（或"胡星"），王注："《漢書》：昴曰旄頭，胡星也。"按：此注指明旄頭即胡域之星，詩人以其代指胡人，這樣，詩句"敵可摧，旄頭滅"不需加注，其義自明。相同的注文又見於卷五《出自薊北門行》"胡星耀精芒"、卷十一《經亂離後贈江夏韋太守良宰》"一箭落旄頭"、卷十一《在水軍宴贈幕府諸侍御》"所冀旄頭滅"、卷十七《送族弟綰從軍安西》"旄頭已落胡天空"等處，所釋內容都與詩文用意聯繫緊密。

又如，卷二十四《擬古十二首》其六中解釋"彗星"，王注："《晉書》：彗星，所謂掃星，本類星，末類彗。小者數寸，長或竟天。見則兵起、大水。主掃除，除舊布新。有五色，各依五行，本精所主。史臣按：彗本無光，傳日而爲光，故夕見則東指，晨見則西指，在日南北，皆隨日光而指。頓挫其芒，或長或短，光芒所及則爲災。《唐書》：乾元三年四月丁巳，有彗星見於東方，在婁、胃間，色白，長四尺，東方疾行，歷昴、畢、觜觿、參、東井、輿鬼、柳、軒轅，至右執法西，凡五旬餘不見。閏四月辛酉朔，有彗星出於西方，長數丈，至五月乃滅。婁爲魯，胃、昴、畢爲趙，觜觿、參爲唐，東井、輿鬼爲京師分，柳其半爲周分。二彗仍見者，薦禍也。"按：此注引《晉書》指明彗星又謂之掃星，描述了它的星體特徵及其光芒，重點指明了彗星一旦出現，就象徵有兵事和大水，彗星光芒所到之處就會有災害。同時，王琦還引用《唐書》指明乾元三年四月和閏四月東西兩現彗星，是有雙重的災禍。根據彗星現處所對應的地分推斷，可知這兩句指兵事而言，即王琦所謂祿山起兵爲害事，這對於理解詩句"太白出東方，彗星揚精光"的言外之意有很好的輔助作用，其後王琦進一步解釋詩句的言外之意"謂仰觀天象，昭昭可察，災害不知何日可除"。

另外，古人在長期的觀察和實踐中，也總結了一些自然規律，這些規律雖不用於占卜，但對它們的揭示，也有助於詩意理解。例如，卷七《橫江詞六首》其六中解釋"月暈"，王注："日暈主雨，月暈主風。"按：此注沒有從事理上解釋月暈形成的原因，但是讀者通過這一注文，知道月暈出現時常常伴隨着大風，也就不難理解"月暈天風霧不開"之句了。

四 解釋器物

王琦解釋器物，所釋信息主要包括：種屬、材料、形制、制作工藝、功用等，這也是器物的基本信息。除此以外，王琦有時還增廣異名和考察器物命名的緣由。具體説，主要有以下特點。

在基本信息中，王琦尤其重視解釋器物的形制。

例如，卷二十《春日陪楊江寧宴北湖感古》中解釋"笙"和"竽"。王注："《博雅》：笙以匏爲之，十三管，宮管在左方。竽，象笙，三十六管，宮管在中央。《宋書》：笙，隨所造，不知何代人。列管匏内，施簧管端。宮管在中央，三十六簧曰竽。宮管在左旁，十九簧至十三簧曰笙。其他皆相似也。"

形制之外，王琦有時還解釋得名緣由。例如，卷二十五《寄遠十二首》其一中解釋"雲和"，王注："《舊唐書》：如箏稍小曰雲和。《文獻通考》：雲和琵琶，如箏，用十三絃，施柱，彈之足黄鐘一均而倍六聲，其首爲雲象，因以名之。非周官雲和琴瑟之制也。又：唐清樂部有雲和箏，蓋其首象雲，與雲和琴瑟之制同矣。"

以解釋器物形制爲中心，王琦有時還補充解釋材料、使用方法、功能、制作工藝等信息。

例如，卷五《出自薊北門行》中解釋"畫角"，王注："《廣韻》：大角，軍器。徐廣《車服儀制》曰：角，前世書記所不載。或曰本出羌胡，以驚中國之馬。《太平御覽》：《宋樂志》曰：角長五尺，形如竹筒，本細末稍大，未詳所起。今鹵簿及軍中用之，或以竹木，或以皮爲之，無定制。按：古軍法有吹角，此器俗名拔邏廻，蓋胡虜警軍之音，所以書傳無之。海内離亂，至侯景圍臺城方用之也。"

又如，卷六《少年行二首》其一解釋"筑"，王注："《漢書音義》：筑，應劭曰：狀似琴而大，頭安弦，以竹擊之，故名曰筑。顔師古曰：今筑形似瑟而細頸。《太平御覽》：《樂書》曰：筑者形如頌琴，施十三弦，項細肩圓，品聲按柱，鼓法以左手扼之，右手以竹尺擊之，隨調應律。唐代編入雅樂。《釋名》曰：筑，以竹鼓之也，如箏，細項。"

按：前一例解釋了畫角的形狀、材料和功用，後一例則主要解釋了"筑"的形制和彈奏方法，其中也包含了對"筑"稱名緣由的解釋。

與一般器物不同，有些物品，它們的主要特徵不是外在的形制，而是制作的工藝，包括制作材料和具體的制作過程，對此，王琦也予以解釋。例如，卷十九《酬張司馬贈墨》中解釋"上黨松烟"，王注："《晁氏墨經》：古用松石墨二種，石墨自晉、魏以後無聞，松烟之製尚矣，漢貴扶風渝麋，終南山之松，晉貴九江廬山之松，唐則易州、潞州之松，上黨松心尤先見貴。曹植詩：墨出青松烟。《齊民要術》：合墨法，墨一斤、好膠五兩、雞子白去黃五顆、硃砂一兩、麝香一兩，都合調，下鐵臼中。宜剛不宜澤，搗三萬杵，杵多益善。"

有些器物名稱背後還有特定的典實，對此王琦也常常解釋。例如，卷十一《贈潘侍御論錢少陽》中解釋"干將"，王注："《吳越春秋》：吳闔閭請干將作名劍二枚，干將妻斷髮剪爪，投於爐，遂以成劍。陽曰干將，陰曰莫耶。陽作龜文，陰作漫理。又《子虚賦》：建干將之雄戟。張揖注：干將，韓王劍師。雄戟，胡矛有鉅者，干將所造，則戟亦可稱干將矣。"

另外，王琦解釋器物與解釋動植物有共同之處，即都主要採用描述釋義的方法，也常常通過與其他相關器物的比較來解釋器物的形制和特徵，有時也採用定義的方式，即以器物的核心特徵連帶種屬的方式直接指出所指實物，例如，卷十八《送趙判官赴黔府中丞叔幕》中解釋"軒"，王注："《南齊書》：凡車有幡者，謂之軒。"又如，卷十《草創大還贈柳官迪》中解釋"軛"，王注："軛，轅端橫木，駕馬領者也。"也偶有直接指明種屬的。例如，卷九《業中贈王大》中解釋"青萍"，引呂延濟注："青萍，劍名也。"這種情況比較少見。總體來看，王琦對器物名詞的解釋還是比較恰當的。

第五節　解釋名物典制的變稱

詩文創作中，對於名物典制，作者有時不用其通行之名，而是改變它們稱名的方式，以滿足情感抒發和語言表達的需要。這些稱名方式主要包括簡稱、合稱、代稱等多種形式。比如稱名河南境內的南陽（古稱宛）和洛陽，可以簡稱爲"宛、洛"；稱名泰山、華山等五座名山，可以合稱爲"五岳"；稱名人物，可以用人物的籍貫、官職等來代稱，如唐代的韓朝宗，曾出任荊州長史，故李白稱其爲韓荊州；稱名官職，也可以用俸祿來代稱，如郡太守可以稱爲"二千石"。就李白文集來看，名物典制類詞語的變稱，在各類名物中普遍存在（在動植物中比較少見），而其中又以地理名物和人物兩大類最爲突出。綜觀王琦對名物典制詞語變稱形式的解釋，主要有以下特點。

一　直接解釋通行之名

詩文中出現的名物典制詞語的變稱，如果它們所指代的具體事物和人物爲一般讀者所熟悉，那麼，王琦多數情況下都是直接指出通行之名，如果是合稱則分別説明該稱名所包含的具體名物。這種解釋方法在《輯注》中最爲常見。以下根據名物典制的類別分別舉例説明。

1. 解釋地理

卷二十五《題嵩山逸人元丹丘山居》中解釋"四岳"，王注："《左傳》：四岳三塗。杜預注：四岳，東岳岱，西岳華，南岳衡，北岳恆。蓋古稱四岳，不兼中岳在內，後世兼中岳而言，故稱五岳也。"

又卷十四《下尋陽城泛彭蠡寄黃判官》中解釋"彭湖",王注:"彭湖,即彭蠡湖也。"

又卷二十《與從姪良遊天竺寺》中解釋"蓬丘",王注:"《十洲記》:蓬丘,蓬萊山也。"

2. 解釋人物

卷十一《經亂離後贈江夏韋太守良宰》中解釋"江鮑",王注:"江、鮑,江淹、鮑照也。"

又卷二十五《嘲魯儒》中解釋"秦家丞相",王注:"秦家丞相,謂李斯也。"

又卷二十《金陵鳳凰臺置酒》中解釋"羲軒",王注:"羲、軒,伏羲、軒轅也。"

3. 解釋典制風俗

卷十二《贈宣城宇文太守兼呈崔侍御》中解釋"九卿",王注:"唐以太常、光禄、衛尉、宗正、太僕、大理、鴻臚、司農、太府爲九卿,見《通典》。"

又卷九《贈張公洲革處士》中解釋"二千石"和"百里君",王注:"二千石,謂太守。百里君,謂縣令。"

又卷二十九《化城寺大鐘銘》中解釋"六道",王注:"釋家以天、人、阿修羅、地域、餓鬼、畜生六種衆生,謂之六道。"

4. 解釋自然天象

卷二《古風》其二解釋"兩曜",王注:"《初學記》日月謂之兩曜。"

又卷二《古風》其三十三解釋"悲風",王注:"《歲華紀麗》:秋風曰悲風。"

又《古風》其三十八解釋"高秋",王注:"《歲華紀麗》:九月曰高秋,又曰暮秋。"

5. 解釋器物

卷十二《贈宣城宇文太守兼呈崔侍御》中解釋"五兵",王注:"鄭康成《周禮注》:鄭司農云:五兵者,戈、殳、戟、酋矛、夷矛。又云:車之五兵,鄭司農所云者是也。步卒之五兵,則無夷矛,而有弓矢。"

又卷九《贈嵩山焦鍊師》中解釋"鳳吹,王琦引丘遲詩呂延濟注:

"鳳吹，笙也。"

二　以通行之名釋義並考察變稱緣由

無論是在文學作品還是在現實生活中，名物典制之所以有變稱之名，同類事物之所以能夠合稱，往往都有一定原因，因此，《輯注》中，王琦除了指出變稱詞語的通行之名，還常常進一步考察名物變稱緣由。

1. 解釋地理

卷二十七《秋夜於安府送孟贊府兄還都序》中解釋"安府"，王注："安府，安州也。唐於州設中都督府，故曰安府。"

又卷十六《送王屋山人魏萬還王屋》中解釋"杭、越"，王注："杭謂杭州餘杭郡，古時爲越國西境。越謂越州會稽郡，古時爲越國都城。二郡中隔浙江，江之北爲杭州，江之南爲越州。"按：此注分別指出杭、越在唐代的所指，二地一屬杭州，一屬越州，王琦進一步考察了詩人之所以並稱兩地的緣由，即二地古皆爲越州之地，並以浙江爲界。這樣的注文對於讀者了解作者稱名方式、理解詩意都有一定作用。

2. 解釋人物

卷七《勞勞亭歌》中解釋"康樂"，王注："康樂即靈運，以其襲封康樂公，故世稱之曰謝康樂。"

又如，卷十六《送友人尋越中山水》中解釋"謝客"，王注："鍾嶸《詩品》：錢塘杜明師，夜夢東南有人來入其館。是夕謝靈運生于會稽，旬日而謝玄亡，家以子孫難得，送靈運於杜治養之。十五方還都，故名客兒。"

3. 解釋典制風俗

例如，卷十一《在水軍宴贈幕府諸侍御》中解釋"霜臺"，王注："霜臺，御史臺也。御史爲風霜之任，故曰霜臺。"

又卷十一《贈從弟南平太守之遙二首》其二中解釋"專城"，王注："專城，謂縣令，得專主一城政事者也。"

4. 解釋自然天象

卷二《古風》其四十七解釋"龍火"，王琦引張協《七命》李善注云："《漢書》曰：東宮蒼龍房心，心爲火，故曰龍火也。"

又卷十三《秋夜宿龍門香山寺》中解釋"玉斗"，王注："玉斗即北斗，色明朗如玉，故曰玉斗。"

5. 解釋器物

卷二十五《代美人愁鏡二首》其二中解釋"菱花"，王注："《埤雅》：舊説鏡謂之菱花，以其平面光影所成如此。庾信《鏡賦》云'照壁而菱花自生'是也。《爾雅翼》：昔人取菱花六觚之象以爲鏡。"

三　詳釋變稱名物特徵

文學作品中，無論是普通的名物詞語，還是名物詞語的變稱形式，它們指稱的事物是相同的，在《輯注》中，王琦有時就不限於僅僅解釋變稱詞語的通行之名和變稱緣由，而是進一步解釋詳細信息。以下根據變稱詞語所指稱的名物類型分別舉例説明。

1. 解釋地理

王琦説明其通行之名以後，進一步解釋它們比較詳細的地理信息或山川風貌。

卷十八《江上送女道士褚三清遊南嶽》中解釋"南嶽"，王注："南嶽，衡山也。在今湖廣衡州府衡山縣西北三十里，接衡陽縣及長沙府界。"

又卷一《明堂賦》中解釋"蓬壺"，王注："《拾遺記》：三壺，海中三山也。一曰方壺，則方丈也。二曰蓬壺，則蓬萊也。三曰瀛壺，則瀛洲也。形如壺器，此三山上廣中峽下方，皆如工制，猶華山之似削成。"

王琦解釋山川泉石的變稱時，也偶有詳釋其位置、廣域、風貌等信息的。如卷十五《留別金陵諸公》中解釋"廬峰"，王注："廬峰，即廬山也。《江西通志》：廬山，在南康府治北二十里，九江府城南二十五里。脈接衡陽，由武功來，古南障山也。高三千三百六十丈，或云七千三百六十丈。凡有七重，周迴五百里。山無主峰，橫潰四出，巉巉嶙嶙，各爲尊高，不相拱揖，異於武當、太岳諸名山。出風降雨，抱異懷靈，道書稱爲第八洞天。"不過，這種情況不多。

2. 解釋人物

王琦在説明通行之名以後，補充解釋與詩文用意相關的人物品性、學識或典事。

卷十《贈從孫義興宰銘》中解釋"河陽"，王注："《晉書》：潘岳才名冠世,出爲河陽令。岳美姿儀,辭藻絕麗,尤善爲哀誄之文。"按:此注指出"河陽"即潘岳,解釋了稱名緣由,還說明了潘岳"辭藻絕麗,尤善爲哀誄之文"的特點,這正與詩句"河陽富其藻"相關,加深了讀者對詩意的理解。

有時,在指明通行之名和變稱緣由之外,還補充說明人物的籍貫、官職等信息。如卷十六《魯郡堯祠送竇明府薄華還西京》解釋"竹林七子",王注:"《羣輔錄》:魏步兵校尉陳留阮籍,字嗣宗。中散大夫譙嵇康,字叔夜。晉司徒河內山濤,字巨源。建威參軍沛劉伶,字伯倫。始平太守陳留阮咸,字仲容。散騎常侍河內向秀,字子期。司徒琅邪王戎,字濬沖。魏嘉平中,並居河南山陽,共爲竹林之遊,世號竹林七賢。"此注指明"竹林七賢"的成員爲阮籍、嵇康、山濤、劉伶、阮咸、向秀、王戎以後,還說明了七人號稱"竹林七賢"的來歷,並連帶解釋了他們的籍貫、官職和字。

3. 解釋典制風俗

對於職官類詞語,王琦指出通行之名以外,有時具體解釋隸屬關係、品第和設置人數等信息。

例如,卷十《贈從孫義興宰銘》中解釋"亞相"和"獨坐",王注:"唐時御史臺有大夫一員,正三品;中丞二員,正四品。亞相,謂御史大夫,獨坐謂中丞。"

對於一些文化類詞語,比如道教詞語中的一些丹藥名稱,王琦有時進一步解釋其功用。

例如,卷二十二《姑熟十詠·靈墟山》中解釋"九丹",王注:"《抱朴子》:第一之丹名曰丹華,第二之丹名曰神符,第三之丹名曰神丹,第四之丹名曰還丹,第五之丹名曰餌丹,第六之丹名曰煉丹,第七之丹名曰柔丹,第八之丹名曰伏丹,第九之丹名曰寒丹。凡服九丹,欲昇天則去,欲且止人間亦任意,皆能出入無間,不可得而害之矣。"此注除詳釋"九丹"之名以外,還說明了服用九丹的功效。

總體來說,王琦對於名物詞語變稱形式的解釋以第一類爲多,第二類次之,第三類最少,在第三類中,像自然天象、器物類詞語的變稱,王琦解釋其詳細信息的內容就更爲少見了。

第二章　《〈李太白全集〉輯注》的注釋內容(中)　　107

第六節　解釋名物典制的特點和不足

　　名物典制的種類很多，以上僅就李白集中出現頻率較多，而王琦又重點解釋的部分名物的注釋內容作了梳理。綜觀整個《輯注》，王琦對名物典制的解釋，呈現出許多相通之處，表現了王琦注釋名物典制的特點。

一　所釋內容與詩文用意關係密切

　　名物詞語與一般詞語一樣，都是詩文內容和語言的有機組成部分，名物詞語解釋是否恰當和準確，對於詩文意義的理解同樣重要。解釋名物詞語，一方面要求注釋者有豐富而廣博的名物學知識，另一方面又要求他們能夠在一個名物的眾多信息中選擇恰當的、對詩文理解有幫助的信息予以注釋，因此，解釋名物詞語比解釋一般詞語更爲複雜。王琦注釋名物，雖然有爲讀者"多識"的目的，但根本的還是爲理解語意服務。因此，他既能夠根據名物典制本身的特徵選擇名物信息，又能夠根據詩文意義確定注釋重點，使注文與詩文相互發明，既能增廣讀者的見聞，又能幫助讀者快速理解語意，收到良好的注釋效果。前面分節討論王琦注釋名物的內容時，所舉解釋"漢水、龍門、太行山、龍潭、緱氏山、石門、魯郡、王逸少、黃鸝、杜鵑花、列戟、旄頭、彗星、月暈"等例都是如此，可以說，這一注釋特點幾乎遍布了《輯注》中各類名物詞語的解釋，其中又以解釋地理、動植物和人物等名物詞语表現得最爲突出。

　　在地理名物的解釋上，這一特點表現得尤爲突出。例如，卷七《橫江詞六首》其二"牛渚由來險馬當"，解釋"馬當山"，王注："《元和郡縣志》：馬當山，在江州彭澤縣東北一百里，橫入大江，甚爲險絕，往來多覆溺之懼。《太平御覽》：《九江記》曰：馬當山，高八十丈，周迴四里，在古彭澤縣北一百二十里。其山橫枕大江，山象馬形，回風急擊，波浪涌沸，舟船上下多懷憂恐，山際立馬當山廟以祀之。"按：詩意謂牛渚向來險勝馬當，王琦注文突出馬當山水險絕的特徵，更襯託了牛渚之險。

　　動植物與山川泉石一樣，詩人有時也是看中它們區別於其他事物的特殊之處，並把這些特徵寫入詩文，王琦就根據詩文意義選擇動植物的信息來注釋。例如，卷二十三《憶秋浦桃花舊遊》中解釋"蕨"，王注："《埤雅》：蕨初生無葉，可食，狀如大雀拳足，又如其足之䠠也。故謂之蕨。《爾雅翼》：蕨初生如小兒拳，紫色而肥。"按：王琦引用兩種文獻解釋"蕨"的基本信息，主要包括莖葉形狀、顏色和功用，以及得名緣由，在這些信息中，兩種引文重點強調了蕨初生如大雀拳足或小兒拳的特徵，這與詩句"初拳幾枝蕨"的用意吻合，這對於讀者體會詩人奇妙的比喻和語言的韻味無疑有很大幫助。

又如，卷十《醉後贈從甥高鎮》中解釋"鱣魚"，王注："《太平御覽》：《南越志》曰：鱣魚，南越謂之環雷魚，長二丈，其鱗皮有珠文可以飾刀劍。琦按：鱣魚，古謂之鮫魚，今謂之沙魚。以其皮爲刀劍鞘者是也。"按：王琦引用《太平御覽》並予以補充，解釋了"鱣魚"古今方俗名稱的變化，這對於當時讀者了解"鱣魚"所指是必要的。至於"鱣魚"的基本信息，據《爾雅翼》卷三十記載："鮫出南海，狀如鼈，而無足，圓廣尺餘，尾長尺許，皮有珠文而堅勁，可以飾物，今摠謂之沙魚。大而長喙如鋸者名胡沙，性良而肉美；小而皮麤者曰白沙，肉強而小有毒。南人皆鹽爲脯，刮皮去其沙，翦以爲鱠，可寄千里，食味之珍者。至用爲器物之飾，則從古以然。"①明李時珍《本草綱目·釋魚》對"鱣魚"的外形及生殖情況也作了詳細描繪。這些文獻涉及"鱣魚"的狀貌、大小、類別及多種功用等信息，在這些基本信息中，王琦重點強調了"鱣魚"皮可以作刀劍鞘的功用，正是考慮到詩句"匣中盤劍裝鱣魚"所用"鱣魚"的特徵，由此讀者也可知此處的"鱣魚"，表明劍鞘是用沙魚之皮來裝飾的。

對於動植物中已經成爲"公共象徵"的那些名物，王琦也常常根據詩意特點，選擇相關的主要信息予以解釋。例如前文所舉解釋"蘅"突出其香，又如，卷二十二《奔亡道中五首》其五解釋"子規鳥"，王注："子規，即杜鵑鳥，鳴聲哀苦，若云'不如歸去'，遠客聞之，心爲悽惻。"按：杜鵑鳥的特徵如形體、毛色等很多，王琦單單選中鳴聲這一點，與詩句"誰忍子規鳥，連聲向我啼"所表現的奔道途中思歸之意相合，渲染了悲苦哀怨的氣氛。

---

① 羅願：《爾雅翼》，明萬曆二十三年木刻本。

即便是傳說中的名物，王琦也非常關注它們與詩意相關的特點。例如，卷十一《贈柳圓》中解釋"鳳凰"，王注："陸璣《詩疏》：鳳凰，一名鶠，非梧桐不棲，非竹實不食，非醴泉不飲。"按：陸璣是三國時吳人，距離清代很遠，他解釋的異名也許後人並不熟識，不過因爲"鳳凰"本身也僅是傳說中的神鳥，它的形貌都是後人的想象，它在詩文中一般象徵祥瑞或地位高貴、德才高尚的君子，李白此詩謂"竹實滿秋浦，鳳來何苦飢"，王琦根據詩意，選擇解釋鳳凰的食物和居所的特徵，鳳凰的食物是竹實，而此地竹實雖多，鳳凰卻依然苦於腹飢，這樣就自然烘託了鳳凰無所安止之意。

在人物的注釋中，無論現實人物、歷史人物，還是神話傳說人物，王琦都力求指出其與詩文意義相關的特徵或典實。解釋歷史人物，王琦重點突出品性、學識和典實，在三類人物的注釋中表現得最爲突出；解釋現實人物，無論記述成就地位，還是說明貶謫之事，也大都與詩文用意相關，同時王琦還記述了個別人物與李白的關係。如在"解釋人物"一節所舉的"王逸少、張伯英、楊伯起、李陽冰、李邕、王昌齡"等例都是如此。對神話傳說人物，則以敘述神異之事爲主。對於那些變稱的人物詞語，王琦也能夠根據詩意選擇恰當的信息予以解釋。例如前文所舉解釋"河陽（潘岳）"，又如，卷十六《對雪奉餞任城六父秩滿歸京》中解釋"白眉"，王注："《蜀志》：馬良，字季常。兄弟五人，並有才名，鄉里爲之諺曰：'馬氏五常，白眉最良。'良眉中有白毛，故以稱之。"按：此注解釋"白眉"指馬良，重點突出了馬良的才名，這一特點與詩句"季父有英風，白眉超常倫"相應，借馬良贊譽了任城六父。

解釋職官制度，王琦能夠根據州府郡縣的等級來解釋。古代州府郡縣，雖然都以州、郡或縣命名，但有時地位級別並不完全相同，因此各州郡內，雖然都設有同一名稱的官職，而它們的級別和具體設置人數並不一定相同。遇到這種情況，王琦大都根據官職所屬州郡的級別，指明相關信息。例如，卷九《贈華州王司士》中解釋"司士"，王注："唐時華州又謂之華陰郡，屬關內道，係上州，上州之佐有司士參軍事一人，從七品下。"

王琦解釋名物典制，所釋信息與詩文意義緊密聯繫的特徵，在重複釋義的名物詞語上表現得更爲突出。一些山川鳥獸之名，在李白詩文中不只出現一次,因爲不同詩篇所用名物的特徵不完全相同,那麼,王琦重複解釋時側重點也有差異。

例如,解釋"牛渚山",在《橫江詞六首》其二中,王注:"《方輿勝覽》:牛渚山,在太平州當塗縣北三十里。山下有磯,古津渡也,與和州橫江渡相對,隋師伐陳,賀若弼從此北渡。六朝以來,爲屯戍之地。陸放翁《入蜀記》:採石,一名牛渚,與和州對岸,江面比瓜州爲狹,故隋韓擒虎平陳,及本朝曹彬下江南,皆自此渡。然微風輒浪作,不可行。劉賓客云'蘆葦晚風起,秋江鱗甲生',王文公'一風微吹萬舟阻',皆謂此磯也。《太平府志》:牛渚磯,屹然立江流之衝,水勢湍急,大爲舟楫之害。"按:此注描述牛渚山的自然風貌和相關典實,都重在突出"牛渚"之險,這與詩句"牛渚由來險馬當"一句表達的語意是完全吻合的。

而同樣解釋"牛渚山",在卷二十二《夜泊牛渚懷古》中,王琦則注爲:"《太平寰宇記》:牛渚山,在太平州當塗縣北三十里,突出江中,謂爲牛渚磯,古津渡處也。《輿地志》云:牛渚山,昔有人潛行,云此處通洞庭,旁達無底,見有金牛,狀異,乃驚怪而出。牛渚山北謂之採石,按今對採石渡口上有謝將軍祠。《淮南記》云:吳初以周瑜屯牛渚。晉鎮西將軍謝尚亦鎮此城,袁宏時寄運船泊牛渚,尚乘月泛江,聞運船中諷詠,遣問之,即宏誦其自作《詠史詩》,於是大相贊賞。詳見七卷《勞勞亭》注。"按:此注重點解釋了謝尚鎮守牛渚時袁宏詠詩之事,這與詩中"登舟望秋月,空憶謝將軍。余亦能高詠,斯人不可聞"之意相應,而且詩篇題爲"懷古",意即感懷此事而生慨嘆,因此,王琦重點解釋了這一典事。

兩處注文所釋內容差別顯著,其根本原因就是"牛渚"在兩處詩句中的作用是有差異的。

又如,同樣解釋"猿",卷十三《安陸桃花巖寄劉侍御綰》中,王注:"《埤雅》:猿不踐土,好上茂木,渴則接臂而飲。《爾雅翼》:猿好攀援,其飲水輒自高崖或大木上纍纍相接下飲,飲畢復相收而上。"按:此注引《埤雅》和《爾雅翼》兩文重點解釋了猿接臂而飲的習性,這與詩句"飲潭猿相連"相應。而在同卷《題情深樹寄象公》中,王琦則注爲:"《格物論》:猿性急而腸狹,哀鳴則腸俱斷而死。"此注解釋了猿哀鳴腸斷之説,這與詩句"腸斷枝上猿"也正相吻合。可見,同卷前後兩篇中同樣的"猿",王琦能夠根據詩意選擇恰當的信息予以注釋。

又如,解釋同一官職,當詩文中人物任職的州郡不同,王琦的釋義也略有區別。例如,解釋"司戶",卷十《贈崔司戶文昆季》中,王注:"唐時,州之屬吏,有司戶參軍事,上州二人,從七品下;中州一人,正八品下;下州一人,從八品下。"此注因爲不知崔司戶任職的州郡,所以王琦分別列出了上、中、下三級州郡司戶一職的人數和品第。而在卷九《贈饒陽張司戶燧》中,王琦則注爲:"唐時深州亦謂之饒陽郡,屬河北道,係上州。上州之佐有司戶參軍事二人,從七品下。"因爲詩題明確提到張燧任職饒陽,而饒陽在唐代爲上州,故王琦僅解釋了上州所設司戶的人數和品第。

有時,名物信息中與詩意相關的特點可能難以考證,對此王琦也予以指出,更體現了他重視從詩意出發解釋名物特徵的原則。例如,卷二十五《寄遠十二首》其十"寄書白鸚鵡",解釋"白鸚鵡",王注:"《初學記》:《南方異物志》曰:鸚鵡有三種:青者大如烏臼,一種白,大如鵝鴉;一種五色,大於青者。交州、巴南皆有之。《桂海虞衡志》:白鸚鵡,大如小鵝,亦能言。羽毛玉雪,以手撫之,有粉粘著指掌,如蛺蝶翅。用白鸚鵡寄書,奇而未詳所本。"按:此注因未詳白鸚鵡寄書之事,故王琦僅僅解釋了它的種屬、類別、形體大小、產地、特異之處(能言)等信息,重點突出了與其他種類相區別的特徵——色白。注文最後一句表明,假如能夠探得白鸚鵡寄書之事,那麼,王琦必然會在此處解釋這一典實。

王琦能夠根據名物詞語出現的語言環境恰當選擇相關的信息予以注釋,有時甚至還能據此揭示李白詩歌用語的失誤。例如,卷五《黃葛篇》中解釋"黃葛",王注:"葛草,延蔓而生,引長二三丈,其葉有三尖,如楓葉而長,面青背淡,莖亦青色,取其皮漚練作絲,以爲絺綌,謂之黃葛者,是取既成絺綌之色而名之,以別於蔓草中之白葛、紫葛、赤葛諸名,不致相混耳。七八月開花成穗,纍纍相承,紅紫色。古《前溪歌》:黃葛結蒙籠,生在洛溪邊。葛花紅紫,而此云'黃花',恐誤。"按:李白詩句謂"黃葛生洛溪,黃花自綿冪。"王琦詳細解釋了黃葛的花期、花色,以此指明李白詩稱黃葛黃花是不妥當的。

二　以作者時代的信息爲中心釋義

在各類名物典制中，郡國州縣、職官制度等名物因時代不同極易發生變化。以注釋李白詩文爲例，詩文中出現的各種制度和地理名物，反映的大都是李白生活時代的內容和狀況，這些名物發展到注釋者——王琦生活的清代雍乾時期，已經時隔千年，其間所發生的變化多種多樣，那麽，是參照作者時代的職官和地理信息解釋，還是參照注釋者時代的職官和地理信息解釋，就成爲注釋者所要面對的首要問題了。按照現代注釋理論，注釋是注釋者通過語言文字向同時代的或其後的讀者正確而快速傳遞信息的活動，要達到向讀者快速傳遞語意的目標，無論他是否說明作者時代的信息，一般來講，都要求注釋者以本時代的社會政治和地理狀況作爲參照，面向自己同時代的讀者傳意。但是，與此相反，生活在雍乾時期的王琦在作者時代（李白）和注釋者時代（自己）兩個參照系統的選擇上，卻更傾向於前者。以下從王琦解釋地理名物和職官制度兩方面分別說明。

解釋地理名物的基本要素是指明其屬地或地理位置，王琦也正是把這一內容作爲基本的釋義信息。在說明屬地或位置時，王琦把唐代——作者李白時代的地理信息作爲釋義中心，這在郡國州縣的解釋上表現得尤爲突出。

前面解释地理名物部分"解釋郡國州縣"的第一大類，即"解釋郡國州縣在唐代的情況"是《輯注》中最常見的類型，王琦把釋義重心放在唐代，重視其地在唐代的隸屬關係、稱名或行政區劃的沿革，目的就在於恢復作者時代的生活環境和地理狀況。所注內容，或直接引用唐時文獻，如《元和郡縣志》《通典》等；或引用記述唐時情況的後出文獻，如新、舊《唐書》，《通志》和《資治通鑑》等；或用自己的語言直接標明唐代所指。有時即使不標明"唐代"，據考，也主要依據以上幾類文獻解釋該地在唐代的地理狀況。

例如，卷十八《洞庭醉後送絳州呂使君杲流澧州》中解釋"澧州"，王注："澧州，在澧水之陽，又謂之澧陽郡，隸山南東道，在京師東南一千八百九十三里。"關於澧州的文獻記載不多，按《舊唐書·地理志》：澧州，"武德四年，置澧州，……天寶元年，改爲澧陽郡，乾元元年，復爲澧州。天寶初，割屬山南東道……在京師東南一千八百九十三里。"①兩相比較可知王琦所釋內容源於《舊唐書》。

其次，"解釋郡國州縣"的第二類"解釋郡國州縣在唐代以前至唐代的情況"、第三類"解釋郡國州縣從唐代至注者時代的情況"、第四類"解釋郡國州縣從建置時代至注者時代的情況"三大類內容中，王琦還涉及了其地由建置時代至注者時代的地理情況，但卻都無一例外地解釋了它們在唐代的屬地或隸屬關係，因此，可以說，解釋一地在唐代，即作者時代的地理狀況，在郡國州縣的釋義中占有絕對的優勢。

在山川泉石、建築名勝等地理名物的注釋中，王琦也常常只用唐代或距離唐代較近的北魏、隋至宋代所屬地的名稱來說明這些名物的屬地或位置。

例如，卷二十五《代贈遠》中解釋"易水"，王注："《元和郡縣志》：河北道易州有易水，一名故安河，出縣西寬谷中。《周官》曰：并州，其浸淶、易。燕太子丹送荊軻易水之上，即此水也。"此注引《元和郡縣志》直接用唐代的地理名稱"易州"來解釋"易水"在唐時的所屬地。"易州"之名即使在王琦的時代仍在使用，但是其隸屬關係已經數次變更，清代雍正十一年（1733 年）升爲直隸州，不再隸屬河北道。

不過，與對郡國州縣的解釋相比，直接以唐代行政區劃之名來解釋山川泉石、建築名勝的所屬地或位置的情況相對較少，許多時候，王琦都是分別用唐代和明清時期的地理稱謂來說明它們的屬地或位置，有時還直接用明清時期的地理稱謂來解釋。

例如，卷二十一《江上望皖公山》中解釋"皖公山"，王注："《唐書·地理志》：舒州懷寧縣有皖山。《太平御覽》：《漢書·地理志》曰：皖山在灊山，與天柱峰相連，其山三峰鼎峙，疊嶂重巒，拒雲概日，登陟無由。《山經》曰：皖山東面有激水，冬夏懸流，狀如瀑布，下有九泉井，有一石牀，可容百人。其井莫知深淺，若天時亢旱，殺一犬投其中，即降雷雨，犬亦流出。《方輿勝覽》：皖山在安慶府淮寧縣西十里，皖伯始封之地。《江南通志》：皖山，一名皖公山，在安慶府潛山縣，與潛山天柱山相連，三峰鼎峙，爲長、淮之扞蔽。空青積翠，萬仞如翔，仰摩

_____

① 劉昫等：《舊唐書》卷四十，中華書局 1975 年版，第 1614 頁。

層霄，俯瞰廣野，瑰奇秀麗，不可名狀。上有天池峰，峰上有試心橋、天印石。甕巖狀如甕，人不可到。有石樓峰，勢若樓觀。"按：此注王琦引用四種文獻，其中《太平御覽》和《方輿勝覽》都是宋代產生的，《江南通志》於清康熙二十二年（1682 年）首創，雍正九年（1731 年）重修，因此，加上《唐書》共四種文獻，分別用不同的郡縣名稱指明了皖公山在唐、宋、清不同時代的屬地稱名信息。

又如，卷十八《涇川送族弟錞》中解釋"琴溪"，王注："《江南通志》：琴溪，在寧國府涇縣，源出自寧國諸山，與溪頭水合，西過琴高山下，乃名琴溪，傳是仙人琴高控鯉之地。"按：琴溪所在的涇縣，在唐代隸屬宣州，而在宋代以後則隸屬寧國府（元代屬寧國路），王琦引用《江南通志》直接用清代的地理方位說明琴溪的位置。

在以上解釋山川泉石和建築名勝的三種類型中，前兩類對屬地或位置的解釋，都包含了以唐代地理稱謂釋義的因素，可見，王琦主觀上仍然把作者時代的地理信息作爲中心來注釋。

解釋職官制度和相關典制，王琦也是以唐代制度爲核心來注釋的，從前文"解釋職官制度"中可以看出，王琦解釋職官制度時最常引用的文獻就是新、舊《唐書》或直接說明"唐制"，因此，他所說明的職官的稱謂、隸屬關係、品第、設置人數、職權及其他相關制度，指明的大都是它們在唐代的基本情況。《輯注》中解釋清代典制的不過數處而已。

例如，卷七《幽歌行上新平長史兄粲》中解釋"長史"，王注："唐制，州之佐職有長史一人，上州者從五品上，中州者正六品下，下州則不設其位。在別駕之下，司馬之上，如今之通判是也。"又如，卷二十九《漢東紫陽先生碑銘》中解釋"威儀"，王注："威儀，道家職名。如釋家'維那'之類。白玉蟾《玉隆萬壽宮道院記》：唐有左右街威儀，五代末周太祖因避諱改爲道錄。是威儀即今之道錄司也。"王琦以清代職官之名來解釋唐代的職官制度，對於當時讀者的理解無疑有很大的幫助。不過，像這樣解釋唐代職官之名在清代沿革的非常少見。而且，即使王琦解釋職官在清代的稱名變化，但都無一例外地說明了這些職官和典制在唐代的基本信息。

三　重視解釋文化信息

　　名物典制的主要信息可以區分爲兩種類型，即基本信息和文化信息。在基本信息中還可以區分出基礎信息和特徵信息；在文化信息中還可以區分出相關典實和與人類的認識活動密切相關的異名別稱及其稱名緣由等信息。名物典制的類別不同，它們所包含的信息類型也有一定差異，例如，地理名物的基礎信息就是它們的地理位置或屬地，特徵信息則是自然風貌和景觀；動植物的基礎信息是它們的種屬，特徵信息則是它們在形體特徵或其他功能上所表現出來的特點；人物的基礎信息是名字、籍貫和生卒年，特徵信息則是人物的學識和品性。典籍注釋中，解釋名物典制的基本信息是必需的，因爲它是反映某一事物區別於其他同類事物的基本特徵，任何典籍注釋文本都不能例外，王琦注釋李白文集也是如此。在《輯注》中，真正能夠體現王琦解釋名物特點的，是他對名物典制所包含的文化信息的重視，這在地理名物中的山川泉石、建築名勝以及人物、動植物的注釋中，表現得尤爲突出。這一注釋內容形成的原因，一是山川泉石、建築名勝本身的特殊或爲人所知的特徵，常常是與歷史人物和相關典實緊密聯繫在一起的；二是，遊歷之處，引發詩人情思的也往往是與之相關的人物或史實。而就人物來說，那些歷史人物和神話傳說人物，之所以能夠載入史冊，也都是因爲他們特殊的品性、才學或典事，品性和才學常常又要通過典實表現出來，詩人將這些人物用於文學創作時，其用意自然也與此相關。在地理名物、動植物的解釋中，由於它們的異名別稱較多，爲了幫助讀者理解詩文意義，王琦對這些內容也格外關注。解釋相關典實傳說、增廣異名、考察稱名緣由這三項內容，大都見於每類名物注釋內容的分述之中，例不贅舉。這裏特別需要指出的是，在解釋地理名物和現實人物時，王琦還特別注意選用與李白生平經歷和詩文創作相關的信息。

　　例如，卷十四《自金陵寄句容王主簿》中解釋"白壁山"，王注："《江南通志》：白壁山，在太平府城北三十里。有三峯，中峯最峻。赤壁在其北。《一統志》無白壁山，而有白壁水，蓋字誤也。《太平府志》：白壁山，一名石壁，在郡治北二十五里化洽鄉。濱江三峯，中拔起如壁。有石似龜狀，俗名龜山。傳言上有白玉，採之者衆，遂絕。李白與崔宗之乘舟，月夜自金陵泝流過白壁山玩月。白衣宮錦袍，坐舟中，兩岸觀者如堵，白笑傲自若，旁若無人。今按白詩'秋月照白壁，皓如山陰雪'十字，殆不可方，真興會所到也。"按：此注除介紹白壁山的位置、山勢等基本信息以外，還重點解釋了與李白乘舟過山相關的典實，又以詩句印證白壁山的風貌特徵，使讀者對此詩的理解又深入一層。

又如，卷十二《贈閭丘處士》中解釋"沙塘陂"，王注："《江南通志》：沙塘陂，在宿松城外。唐閭丘處士築別業於此，李太白有詩贈之云云。"按："沙塘陂"即詩句"賢人有素業，乃在沙塘陂"中所提到閭丘處士別業。

在解釋建築名勝和郡國州縣中也有與李白相關的內容。如前文所舉解釋"化城寺"。又如，卷十一《流夜郎贈辛判官》中解釋"夜郎"，王注："《輿地廣記》：唐貞觀十六年，開山洞，置夜郎縣爲珍州治。李白流夜郎，即此。《唐書·地理志》：貞觀十六年，開山洞置珍州，并置夜郎、麗臯、樂源三縣，後爲夜郎郡，隸黔中道。元和二年，州廢，地改屬溱州。"按：此注重在解釋夜郎在唐代的建置和隸屬關係的沿革，並附帶解釋了與詩意相關的李白流放之事。

某些詩篇中的現實人物，如曾與李白交遊，則王琦往往會指明相關事件。例如，卷十六《送韓準裴政孔巢父還山》中解釋"孔巢父"，王注："孔巢父，冀州人，字弱翁。早勤文史，少時與韓準、裴政、李白、張叔明、陶沔隱於徂徠山，時號竹溪六逸。永王璘起兵江、淮，聞其賢，以從事辟之。巢父知其必敗，側身潛遁，由是知名。德宗幸奉天，遷給事中，河中、陝、華等州招討使，尋兼御使大夫，充魏博宣慰使，遇害。"

此外，王琦還常常以李白詩句描繪的景象來表現一地的風貌特徵。例如，卷七《橫江詞》其一解釋"瓦官閣"，王注："《幽怪錄》：上元縣有瓦棺寺，寺上有閣，倚山瞰江，萬里在目，亦江湖之極境，遊人弭棹，莫不登眺。《江南通志》：昇元閣，在江寧城外，一名瓦官閣，即瓦官寺也。閣乃梁朝所建，高二百四十尺，南唐時猶存，今在城之西南角。揚、吳未城時，正與越臺相近，長干之西北也。唐以前江水逼石頭，李白詩'白浪高于瓦官閣'，以此。"

王琦把名物典制作爲主要注釋內容之一，詳考名物基本信息，並選擇其中最能體現該名物本質特徵和與詩文用意聯繫密切的信息予以解釋，使注文與詩文相互發明；在考證地理、人物和動植物等方面，糾正了一些文獻記載和李白詩文及其舊注的失誤，對李白詩文的理解和傳播產生了推動作用。

四 解釋名物典制的不足

王琦《輯注》解釋名物典制取得了一定成就，但還存在不足之處，主要有以下幾點。

（一）信息選擇不當

王琦對一些名物信息選擇不當，主要表現在三個方面。

1. 忽視名物最基本的信息

這在解釋人物和職官制度上表現得最爲突出。

人物注釋中，人物的生卒年或大致的生活年代是最基本的信息，但卻常常爲王琦所忽略。因爲時代久遠，人物生卒的確切年代有時很難考證，不過他們生活的朝代大致還是可以確定的。就王琦解釋的人物信息來看，只能根據他引用的文獻約略推測人物的生活時代。例如"孔巢父"，根據王琦引文敍述他的交遊經歷，可知他與李白大致同時。另外，對於讀者非常熟悉的唐代著名詩人，如賀知章、王昌齡等，不說明他們的具體生活年代，一般讀者也能理解，但有些讀者不熟悉的人物，從引文中很難推測其生活時代。例如，卷十六《魯城送張子還嵩陽》中解釋"張仲蔚"，王注："《高士傳》：張仲蔚者，平陵人也。與同郡魏景卿俱修道德，隱身不仕。明天官博物，善屬文，好賦詩，常居窮素，所處蓬蒿沒人，閉門養性，不治榮名。時人莫識，惟劉龔知之。"

在職官制度的解釋上，王琦所選擇的職官信息主要有隸屬關係、品第、設置人數，而解釋職權信息的相對較少，表現出重地位而輕職權的傾向，這對於理解詩文中職官所代表的人物和語意是不利的。

2. 同類或相同名物，釋義信息不統一

同一類型的名物，它們的基本信息類型也應該大致相同，當這些信息與詩意的理解沒有必然聯繫，卻又是名物最基本的信息時，一般應予解釋。但是，王琦釋義卻存在許多體例不一之處。這在人物和地理名物的解釋上比較突出。

在人物釋義的基本信息中，最突出的就是人物的名字和籍貫，王琦有的解釋，有的不解釋，内容還很不統一。從"解釋人物"一節所舉的例證來看，王琦解釋"王羲之、張伯英、楊伯起、張說、郭元振、李陽冰、王昌齡、孔巢父"等，都說明了人物的籍貫和字（或名），這種情況在《輯注》中占大多數；也有一部分人物，有時王琦只說明名或字，如前舉解釋"盧虛舟"就只說明了其字幼真，没有說明籍貫"范陽"；有時王琦也只說明人物的籍貫，如前舉解釋"李邕"就只說明了籍貫"江都"，没有說明其字"泰和"。又如，卷二十《春日陪楊江寧宴北湖感古》中解釋"顔光禄"，說明了其名"延之"，字"延年"，没有說明其籍貫"琅邪臨沂"。又如，卷九《贈孟浩然》中解釋"孟浩然"、卷十八《送張秀才謁高中丞》中解釋高適，都只說明了二人的籍貫"襄陽"和"渤海"，而没有說明二人之字"浩然"和"達夫"①。

　　解釋同一地理名物，當涉及無關詩意理解的信息時，王琦所選擇的信息也有差別。以"敬亭山"爲例，該名物在李白詩文中出現多次，王琦所釋信息主要包括地理位置、自然風光和人文典實。例如，卷十二《自梁園至敬亭山見會公》中，王注："（《一統志》）敬亭山，在寧國府城北十里。"此注僅解釋敬亭山的位置。同卷《登敬亭山南望懷古》中，王注："《元和郡縣志》：敬亭山，在宣州宣城縣北十二里，即謝朓賦詩之所。"此注除位置以外，還解釋了與敬亭山相關的典實。卷二十三《獨坐敬亭山》中，王注："《江南通志》：敬亭山在寧國府城北十里，古名昭亭山，東臨宛溪，南俯城闉，烟市風帆，極目如畫。"此注除位置外，則又解釋了敬亭山的異名和優美的景致。

　　以上三例，除共同的信息——地理位置以外，所釋其他信息各不相同，即使同樣說明敬亭山的位置，不同的篇目中也有一定的差別，如例1和例3參照的是明清時期的地理文獻，而例2參照的則是唐代的地理文獻，即使同樣以唐代的地理稱謂解釋位置，所釋内容也有差別，又如，卷十四《寄從弟宣州長史昭》中，王注："《唐書》：宣州宣城縣有敬亭山。"此與例2所引文獻有別，所釋位置也有詳略差異。

　　又如，解釋職官中的"主簿"，卷九《贈任城盧主簿潛》中，王注：

---

① 分別見李白著，王琦注《李太白全集》，中華書局1977年版，第939、461、843頁。

"唐官制，縣令之佐有主簿，其位在丞之下，尉之上。京縣二人，從八品。畿縣、上縣者正九品，中縣、下縣者從九品，各一人。"而在卷十四《自金陵寄句容王主簿》中，王注："唐制，每縣設主簿一人，九品官。京縣二人，八品官。"此注相較前一注要簡略得多。

可以說，王琦重複注釋的名物信息和內容，大多數都存在上述情況。

3. 注釋過簡導致所釋信息對理解詩意作用不大

《輯注》中，王琦解釋絕大多數名物，所選擇的信息都能對詩意理解起到補充說明的作用，但是在部分名物信息的選擇上，還存在與詩意理解脫節之處，這大都是因爲注釋過簡造成的。

例如，解釋"鏡湖"，卷十七《送賀賓客歸越》中王琦引《通典》："越州會稽縣有鏡湖。"按：此注沒有揭示出詩句"鏡湖流水漾清波"所描繪的鏡湖之水清如鏡的特徵。

又如，卷二十七《江夏送林公上人遊衡岳序》中解釋"黃鶴山"，王注："《方輿勝覽》：黃鶴山，一名黃鵠山，在江夏縣東九里。去縣西北二里有黃鶴磯。"此注沒有揭示出文中提到的"江南之仙山，黃鶴之爽氣"的特徵。可以補充解釋仙人王子安昔日乘黃鶴在此休憩之典，以幫助理解詩意。

王琦對有些人物的解釋，也沒有起到補充詩意的作用，其中尤以注釋人物變稱的情況較爲多見。當遇到人名變稱時，王琦往往僅指出人物的姓名，對於詩文中所用人物的特徵很少解釋。例如，卷二《古風》其一"揚、馬激頹波"，解釋"揚、馬"，王注："揚、馬，揚雄、司馬相如也。"按：李白此詩記述揚、馬二人在詩文創作史上的作用，王琦解釋的內容卻沒有表現出二人在文學上的成就和地位。又如，卷二十六《爲趙宣城與楊右相書》中解釋"趙宣城"，王注："趙宣城，宣城太守趙悅也。"此注除了說明官職以外，也沒有解釋趙悅的任何信息。

（二）對注者時代的地理信息不夠重視

說明屬地或地理位置是注釋地理名物的基本內容，因爲典籍注釋的作用，是向注者同時代的讀者傳遞信息，因此，說明屬地或地理位置時，注者使用的地名應爲當代讀者了解或熟悉，否則就起不到注釋的效果。但是，王琦對此並不十分注意，他解釋地理名物的方位，多數引文爲釋，引文有唐代以前的，有唐宋時代的，也有明清時代的，其中用以標明位置的地名也就代表了不同時期的地理情況。

解釋唐以前屬地或位置的，如"解釋山川泉石"中所舉解釋"清漳水"引相傳爲漢代桑欽所著的《水經》；解釋唐宋時期屬地或位置的，如所舉解釋"緱氏山"引唐李吉甫《元和郡縣志》，解釋"鳴皋山"引宋樂史編《太平寰宇記》，解釋"太行山"引宋程大昌《北邊備對》；解釋明清時期屬地或位置的，如解釋"富春山"引明《一統志》，解釋"終南山"引清蔣廷錫《尚書地理今釋》，解釋"王屋山"引清修《河南通志》；王琦引用兩種以上文獻解釋的，則可能包括唐以前，唐宋及明清兩個或三個時期的屬地或位置，如解釋"菊潭"引唐杜佑《通典》和明《一統志》，解釋"石門洞"引宋祝穆《方輿勝覽》和明薛方山《浙江通志》等。

隨着社會歷史的發展，郡國州縣的稱名和區劃經常發生變化，注者若不參照或使用自己當時的地名和行政區劃系統來解釋地理位置，就達不到注釋效果。例如，卷十一《贈王判官》中解釋"剡溪"，王注："《太平寰宇記》：剡溪，在越州剡縣南一百五十步，一源出台州天台縣，一源出婺州武義縣，即王子猷雪夜訪戴逵之所也，一名戴溪。"按：剡溪屬地越州剡縣，本秦置，屬會稽郡，漢至隋皆因之，唐武德四年（612年）於縣置嵊州及剡城縣，八年廢嵊及剡城，改剡縣屬越州，五代吳越改爲贍縣，宋宣和四年（1122年）改爲嵊縣，屬紹興府，元明清因之①。唐宋之剡縣，即明清之嵊縣，王琦以前代地名釋義，不便於後代讀者的理解和接受。

即使用自己的語言直接釋義，王琦多數也僅僅指明唐代的屬地或位置，這在郡國州縣的釋義上非常突出，已見上文論述。

郡國州縣名稱代有更革，有的後代更名以後，經過一段時間復用前代之名。這樣，唐代的郡縣名稱，歷宋元更名，至清代又用唐代之名。王琦解釋這一類地理名物的屬地時，引用唐代文獻，而所稱地名恰與清代相同。例如，卷二十二《紀南陵題五松山》中解釋"龜山"，王注："《元和郡縣志》：龜山，在兗州泗水縣東北七十里。"按：隋置泗水縣，屬魯郡，唐改屬兗州，元代省入曲阜縣，後又置泗水縣，屬兗州，明清

---

① 參見和珅等《大清一統志·紹興府》卷二，清光緒二十七年上海寶善齋刻本。

皆因之。可見，清代兗州泗水縣與唐代泗水相同。但是讀者閱讀此注時，首先獲得的還是"龜山"在唐代的地理信息，只有查閱相關文獻，才了解唐、清兩代通用一名。

從王琦對地理名物的解釋中，可以看到，由於他力圖恢復詩人當時的史地環境，因此多以唐代——詩人生活的時代爲中心，解釋地理方位，對唐代以後的情況關注相對較少，他所展現的是過去的真實，這些標示屬地或位置的州縣名稱對於後代的讀者可能是非常陌生的，因此釋義的明晰度也大大降低。

（三）注釋點選擇和注釋方法上的失誤

有些名物，對詩意的理解有重要作用，王琦卻沒有解釋或解釋得不夠清楚。例如，卷九《贈何七判官昌浩》"夫子今管、樂，英才冠三軍。終與同出處，豈將沮、溺羣。"王注："《水經注》：南陽葉、方城邑西有黃城山，是沮、溺耦耕之所。朱异詩：雖有邀遊美，終非沮、溺羣。"按：此注僅僅指出"沮、溺"耦耕之所和"沮、溺羣"一語的出處，對於和管、樂，沮、溺身份相關的信息則未解釋，不利於詩意的理解。按："沮、溺"，出《論語・微子》："長沮、桀溺耦而耕，孔子過之，使子路問津焉。"錢穆解："長沮、桀溺，兩隱者，姓名不傳。沮，沮洳。溺，淖溺。以其在水邊，故取以名之。"詩文中常用"沮、溺"代指避世隱士。"管、樂"，分別指管仲、樂毅。管仲爲春秋時齊國名相，助齊桓公成就霸業；樂毅爲戰國時燕國名將，率軍破齊，先後攻下七十多城。太白以"管、樂"來贊美何判官有治國統軍之才，爲國建功立業，不與避世隱者"沮、溺"同伍。此注可簡要指出四人的名字以及與詩意相關的身份或才能，也可以引據文獻，詳細說明他們的典實。

有些名物，雖然不像"沮、溺"對詩意的理解有那麼大的作用，但是由於時代的發展，名物信息和稱名發生改變，也可能會給後代讀者造成理解障礙，對此，注釋者也應予解釋。例如，職官中的"判官"，"判官"一職，始置於隋，唐代設置比較繁雜，職責也多，清代簡稱"州判""運判"等，稱名已有變化，應該解釋，但在卷九《贈何七判官昌浩》等十個篇目中，王琦都沒有解釋。

還有的同一名物，王琦常常重出重注，如"鍾山""敬亭山""主簿""司馬""長史"等；這些重出重注的名物，有時所釋內容大致相同，而有時則詳略有別，還有的時候指明參見某處之注，這些失誤之處，也都是名物釋義共有的弊病。詳見第四章第二節 "參見法" 部分。

此外，王琦在解釋現實人物和考證地理方面，還有一些失考和考證不當的地方，如卷十《贈別從甥高五》中的 "高五"，即同卷《醉後贈從甥高鎮》中的 "高鎮"，王氏未考。具體內容可參閱朱金城《略論清人王琦的〈李太白集輯注〉》一文[①]。

[①] 朱金城：《論略清人王琦的〈李太白集輯注〉》，周勛初主編《李白研究》，湖北教育出版社 2003 年版，第 468—470 頁。

第 三 章

《〈李太白全集〉輯注》的注釋內容（下）

——文學性注釋

文學性注釋，是文學作品注釋特有的內容，包括解釋典故、賞析意境和品評藝術手法等。文學性注釋自李善《文選注》以來開始受到重視，現在已經成爲詩文注釋最主要的內容之一。

第一節　典故的雙重作用與讀者的認知

典故是指典籍中使用的古事和古語，古事包括歷史故事、傳說故事和寓言故事；古語指有出處的語詞和句子。用典就是用較少的詞語拈舉特指的古事或古語以表達較多的今意[①]。典故語言精練而內蘊豐富，如果運用得恰到好處，就會增強詩文的表現力和感染力，收到含蓄雋永的藝術效果。因此，大量使用典故早已成爲文學創作的傳統，並最終成爲文學作品區別於其他文獻最突出的特徵之一。

漢魏以後，文學創作打破經、史、子的傳統，更注重個人感情的抒發和語言的典雅，用典正是達到這一目標的一個有效手段。《文心雕龍·才略》稱"雄（揚雄）、向（劉向）以後，頗引書以助文"[②]，《歲寒堂詩話》也說"詩以用事爲博，始於顏光祿，而極於杜子美"[③]，這種"明理

---

① 張中行：《文言津逮》，北京出版社2002年版，第33頁。
② 劉勰撰，范文瀾注：《文心雕龍注》，人民文學出版社1978年版，第503頁。
③ 張戒：《歲寒堂詩話》，丁福保輯《歷代詩話續編》，中華書局1983年版，第452頁。

引乎成辭，徵義舉乎人事"①的創作方法幾乎成爲衡量文學作品價值的準繩，蕭統《文選》的纂集正是這一理論的實踐。此後《文選》更成爲詩文創作可供徵引的典範，隋唐以降，這種風氣日臻極盛，黃庭堅稱"老杜作詩，退之作文，無一字無來處"②，據説李商隱作詩作文常常檢閲書冊，因而有"獺祭魚"之稱。宋代王安石、蘇軾、黃庭堅、陳師道等以"才學爲詩"的創作主流進一步推動了文學創作用典的發展，這些人的地位和文學成就足以影響整個宋代的詩壇和文壇，南宋嚴羽雖主張"押韻不必有出處，用事不必拘來歷"③，但他評價宋代詩文特點時也不得不承認："其作多務使事，不問興致；用字必有來歷，押韻必有出處。"④

由於詩人在創作實踐中不斷探索，加之歷代典籍的不斷厚積，時代越靠後，用典就越多。就此，張中行先生在《文言津逮》中闡述個中原因時說："所以這樣，有客觀的必然，有主觀的必然。典籍是人作的，隨着時間的延續，人時時在出生，典籍也時時在增加。雖然經過天災人禍以及自然淘汰，典籍散失不少，但總是底子越來越厚，典故的庫存越來越多。庫存越來越多的結果自然是用典越來越多，這是客觀的必然。還有主觀的必然。舉唐詩宋詞爲例，以盛唐的王維與晚唐的李商隱相比，以北宋的晏殊與南宋的吳文英相比，都是時代靠後的用典比較多。這是因爲重翻老調難於出奇制勝，難於顯示自己有才學，于是就求深、求曲、求藻飾，這辦法之一（也是主要的）就是多用典。此外還有一種情況，介於客觀、主觀之間，或説是兼有客觀、主觀的成分，是羣起效尤，積重難返。"⑤ 就單個作者來看，未必就如張氏所説的後人用典就一定多於前人，但從用典的整體趨勢看張氏之説卻是符合實際的。當用典成爲創作的一種習慣和傳統時，任何個人都必然受到它的影響。

就文學作品的各種文體來看，不是所有體類都以用典爲基本特徵。一般來説，賦文、駢文，以及有韻的頌、贊、箴、銘、哀、誄等較之經

---

① 劉勰撰，范文瀾注：《文心雕龍注》，人民文學出版社 1978 年版，第 614 頁。
② 黃庭堅：《答洪駒父書三首》其三，《黃庭堅全集》第 2 册，四川大學出版社 2001 年版，第 475 頁。
③ 嚴羽撰，郭紹虞校釋：《滄浪詩話》，人民文學出版社 1961 年版，第 116 頁。
④ 同上書，第 26 頁。
⑤ 張中行：《文言津逮》，北京出版社 2002 年版，第 43—44 頁。

世致用、政論性較強的散文用典多,詩歌較之詞曲用典多。詩文用典增強了詩文意境的含蓄雋永和藝術感染力,有積極作用,但也有消極作用。葛兆光先生在《漢字的魔方》中從語言的角度非常恰當地概括了詩文用典的"二律背反"式命題。其中正題是:"作爲詩歌詞語的典故,乃是一個個具有哲理或美感内涵的故實的凝聚形態,它被人們反覆使用、加工、轉述,而在這種使用、加工、轉述過程中,它又融攝與積澱了新的意蕴,因此它是一些很有藝術感染力的符號。它用在詩歌里,能使詩歌在簡練的形式中包含豐富的、多層次的内涵,而且使詩歌顯得精致、富贍而含蓄。"反題是:"這些典故,正因爲它有古老的故事及流傳過程中積累的新的意義,所以十分複雜和晦澀,就好像裹了一層不溶於任何液體的外殼的藥丸子,藥再好,效果也等于零,因此它是一種没有藝術感染力的符號。它在詩歌中的鑲嵌,造成了詩句不順暢,不自然,難以理解,因而使詩歌生硬晦澀、雕琢造作。"① 其實,説到底,"典故作爲一種藝術符號,它的通暢與晦澀、平易與艱深,僅僅取決於作者與讀者的文化對應關係。"② 换句話說,詩歌用典所達成的效果,最終都是由讀者來實現的。讀者的知識結構、文化素養和審美情趣與作者越接近,讀者對典故越熟悉,他對典故和作品意蕴的理解就越深入,典故的積極作用也就越鮮明,這樣的讀者就是所謂"合格的讀者"。當讀者的知識結構、文化素養和審美情趣與作者差距較大,加之文化背景等因素的限制,讀者對其中的一些典故内容不熟悉,對那些暗用的典故,有時甚至不能察覺,這樣就會使讀者的理解停留在表層,甚或連語意都感到滯澀難通,更談不上與作者的共鳴和高層次的賞析,這時典故的消極作用就越突出。由於作者在典故中傾注了豐富的情感,這些情感靠典故形象而含蓄地傳達出來,讀者如果不知道用典,用什麽典,那麽,作者的情感就會隱於語言的底層而無法顯露,詩文的價值和藝術感染力也就大打折扣,相應地,讀者閱讀的質量和所獲得的審美享受自然也大大降低。注釋者正是溝通讀者和作品的橋梁,爲了提高讀者的層次,使其無限接近所謂的"合格的讀者",消除詩文用典帶來的理解障礙,解釋典故必然成爲注者用力之處。

---

① 葛兆光:《漢字的魔方》,遼寧教育出版社1999年版,第130頁。
② 同上書,第134頁。

就李白詩文來看，李白雖以仙才著稱當世，但他飽讀詩書，廣泛涉獵儒、釋、道各家之作，舉凡前代文獻，包括經、史、子、集中的各種故事和成辭都有可能用到詩文創作中來。王琦注釋李集，正是抓住這一特點，把解釋典故作爲最重要的注釋內容之一，體現出詩文注釋的鮮明特徵。

　　典故包括的古事和古語，雖然在客觀上都會使語言含蓄蘊藉，但是內容卻有區別，產生的效果也不完全相同，反映在注釋內容、方法和價值上也有一定差異。蔣寅先生說："用典和用語，古人雖不太分別，但其區別還是明顯的。用典是借古書中的故事喻言本事，用語則是襲用古人現成的語句。二者在注釋中的溯源，前者旨在釋義，後者旨在評判，合起來正好完成對詩意的闡釋與對獨創性的評估。"① 這裏所謂用典即運用古事，用語即運用古語。解釋古事旨在釋義，這是毫無疑問的，但是對古語進行溯源旨在評判這一觀點，還值得商榷。以下根據注釋實際，分別從解釋古事和解釋古語兩個方面來論述王琦解釋典故的特點、價值和不足。

第二節　解釋典故之古事

一　古事的構成要素

　　詩文中的古事，也稱爲前代故事，主要有兩個來源，一是神話傳說和寓言故事，一是史事，還有一些既有史實作爲基礎，又加入了人們的神化創造。一般來講，來源就是故事的原型。故事原型，經過民間或歷代文人的反覆傳用，大多已經固化了一個或多個用以指稱故事的語詞和與故事原型關係密切的特定的內涵或寓意，也就是說，故事的構成需要三個基本要素，一是概括故事的語詞，二是故事原型的內容，三是故事的寓意，這是故事在貯存狀態下的基本信息。任何一個故事只有運用到具體語言環境中，才會發揮作用，產生藝術感染力和哲理的啓發。由於作者或詩文篇章的差異，三個要素中有兩個會經常變化，即概括故事的語詞和故事的寓意。

　　首先說概括故事的語詞。一個故事有人、時、地、事等要素，從哪

---

① 蔣寅：《〈杜詩詳注〉與古典詩歌注釋學之得失》，《杜甫研究學刊》1995 年第 2 期。

個角度去概括這一故事,很大程度上取決於長期以來人們的共識,但具體到特定作者和作品就會有所差別。不同的作者概括同一故事,用語可能不同,即使同一個作者,由於表達感情和語言形式的需要,也可能臨時改變概括故事的角度,更換用來指稱這個故事的語詞。例如,王子猷雪夜興起訪戴安道之事,這個故事涉及的人物是王子猷和戴安道,時間是雪夜,地點是山陰和剡兩地,路綫是由山陰乘船至剡,事件是王子猷興起訪戴,雪夜乘船至戴門,興盡未見戴而歸。太白詩文中多次用到這個典故,不同詩篇中,用以指稱這個故事的語詞各不相同,有"興從剡溪起""回舟興""剡溪船""乘興""子猷船""訪戴""王子猷""子猷佳興發""無因見安道",等等①。這些語詞雖然各不相同,但多少都透露了故事的信息,這就要求注釋者根據這些表層信息,參考詩文內容,確定語詞指稱的故事。

其次是故事的寓意。故事與普通語詞一樣,既有貯存狀態的語義,也有臨時的用意。當故事處於特定的語言環境中,寓意可能會因爲作者或詩文篇章的不同而發生臨時的改變。不過,即使是臨時用意,也不是憑空産生的,它必須以故事原型和原有的寓意作爲基礎,因此,作者的用意可能會與故事原有的寓意相同,也可能在基本寓意相同的情況下發生細微變化,也有可能與原意相差甚遠。説到底,讀者閲讀作品的基本目標就是要獲得語意的理解,因此,考察故事在具體語言環境中的臨時用意就顯得非常重要。

注釋典故,對注釋者的要求非常高,注釋者不僅要能夠從概括的語詞和詩文意義中判斷出作者使用的典故,還要準確找到故事的來源,解釋故事的內容,同時還要細加審辨作者的用意是否與故事本身的寓意一致,還是另有他意,三個方面缺一不可。根據詩文中所用故事的不同情況,注文也要區別對待。

二 解釋古事的特點

通過對《輯注》進行全面考察,發現王琦在解釋古事方面主要有兩

---

① 分別見李白著,王琦注《李太白全集》,中華書局1977年版,第464、505、532、671、846、885、895、910、1084頁。

個特點。

（一）以解釋故事原型爲主

當李白詩文所用故事的寓意與故事原型的啓示意義相同，又便於理解時，王琦一般只解釋故事原型的內容，寓意自然就包含在其中了。這種注釋內容和形式在《輯注》中最爲常見，是王琦注釋古事的最基本的特徵。

例如，卷二《古風》其三十五："醜女來效顰，還家驚四鄰。壽陵失本步，笑殺邯鄲人。"王注："《莊子》：西施病心而矉，其里之醜人見而美之，歸亦捧心而矉。其里之富人見之，堅閉門而不出。貧人見之，挈妻子而去之走。陸德明注：蹙額曰矉。又《莊子》：子獨不聞夫壽陵餘子之學行于邯鄲與？未得國能，又失其故行矣，直匍匐而歸耳。"王琦引用《莊子》分別解釋了"東施效顰"和"邯鄲學步"兩個故事，這兩個故事比較常見，內涵大致相同，都指不顧自身條件一味模仿而失去本真。從王琦所引《莊子》來看，故事內容及內涵很容易理解，李詩用此二典，以擬後人作詩之狀，古人作詩本於性情，情真而發爲詩，後人單純模仿文辭，喪失自然天真，詩歌用意與典故的啓示意義完全契合，因此沒有必要再解釋典故用意。

又如，卷五《東海有勇婦》"淳于免詔獄，漢主爲緹縈。"王注："《漢書》：齊太倉令淳于公有罪當刑，詔獄逮繫長安。淳于公無男，有五女，當行，會逮，罵其女曰：'生子不生男，緩急非有益也。'其少女緹縈，自傷悲泣，乃隨其父至長安，上書曰：'妾父爲吏，齊中皆稱其廉平，今坐法當刑。妾傷夫死者不可復生，刑者不可復屬，雖後欲改過自新，其道無由也。妾願沒入官婢，以贖父刑罪，使得自新。'書奏，天子悲憐其意，遂下令除肉刑。"王琦準確找到了歷史上緹縈救父的故事原型，該故事表現了身爲女子的緹縈爲使父親免於一死而不顧個人安危的精神和品質，與詩題"勇婦"之意相應，也無須過多解釋。

詩文中所用的典故，有時是以概括典故的語詞來代指某一類人、事物、事件，或其他情緒等，這裏典故更多地體現爲一種指稱作用，這一指稱作用往往與典故原型的意義關係密切，對此王琦一般也只是解釋故事的原型內容。

例如，卷二《古風》其二十四"世無洗耳翁"，王琦引《高士傳》：

"堯之讓許由也，由以告巢父。巢父曰：'汝何不隱汝形，藏汝光，若非吾友也。'擊其膺而下之。由悵然不自得，乃過清泠之水，洗其耳，曰：'向聞貪言，負吾友矣。'遂去，終身不相見。"按：王琦僅解釋了典故原型，沒有進一步揭示內涵，但是通過對這個故事的敘述，讀者很容易獲得許由洗耳的原因，即去除一切貪念和污穢之言，許由也就成了去除污穢之念、之言而隱遁其形的高潔之士和隱士的代名詞，詩中"洗耳翁"正指如許由一樣的人，讀者只要了解了許由洗耳之事，對"洗耳翁"的意義自然也就理解了。

有時李白用典雖然比較生僻，但如果通過解釋原型內容能夠間接表明故事寓意，王琦也不直接說明寓意。例如，卷十一《在水軍宴贈幕府諸侍御》"月化五白龍"，王注："《十六國春秋》：慕容熙建始元年，太史丞梁延年夢月化爲五白龍。夢中占之曰：月，臣也。龍，君也。月化爲龍，當有臣爲君者。"按：李白詩句用"月化五白龍"之典，指天寶十四年安祿山率十五萬衆在范陽起兵之事，典故的寓意與李詩用意完全相同。王琦引文解釋典故的同時，還解釋了典故中"月"和"龍"，以及"月化爲龍"的象徵意義，這樣讀者對這一故事的寓意也就十分清楚了。

（二）解釋故事原型兼明寓意

有時故事的啓示意義雖然與李白詩文用意相同，但用意比較晦澀，不便理解，這時王琦常常先解釋故事原型，然後進一步指出詩人運用典故的用意。

例如，卷十《贈從孫義興宰銘》"投刃應《桑林》"，王注："《莊子》：庖丁爲文惠君解牛，手之所觸，肩之所倚，足之所履，膝之所踦，砉然響然，奏刀騞然，莫不中音，合於《桑林》之舞，乃中《經首》之會。陸德明注：《桑林》，司馬云湯樂名。崔云宋舞樂名。'投刃應《桑林》'，言其治民之材，如投刃得法，綽然有餘地也。"按：王琦首先引用《莊子》解釋了故事原型內容——庖丁解牛，這個原型所蘊含的意義之一就是技藝高超，在此基礎上，王琦又進一步指出太白用此典是贊美義興宰治民技藝的高超和游刃有餘，這樣讀者對詩意的理解就更深入了。

又如，卷十七《送裴十八圖南歸嵩山二首》其一"舉手指飛鴻"，王注："《晉書》：郭瑀隱於臨松薤谷，張天錫遣使者孟公明持節以蒲車、玄纁，備禮徵之。公明至山，瑀指翔鴻以示之曰：'此鳥安可籠哉！'遂深逃絕跡。'舉手指飛鴻'，蓋用其事，以明己將去之意。"按：郭瑀指飛鴻事，本意是指其不爲外事所擾而隱遁山林，暗含離開塵世煩擾而歸隱之意。這一典故的運用不僅表明友人的歸隱，還暗含了詩人即將離去（或歸隱）之意，故王琦特別指明了"己將去"，這樣就把李白用此典分屬友人和自己之意揭明了。

  又如，卷十《秋日鍊藥院贈元林宗》"樂毅方適趙，蘇秦初説韓，卷舒固在我，何事空摧殘。"王注："《史記》：燕昭王問伐齊之事。樂毅對曰：'齊，霸國之餘業也，地大人衆，未易獨攻也。王必欲伐之，莫如與趙及楚、魏。'於是使樂毅約趙惠文王，別使連楚、魏，令趙啗秦以伐齊之利。諸侯害齊湣王之驕暴，皆爭合從，與燕伐齊。燕昭王悉起兵，使樂毅爲上將軍，趙惠文王以相國印授樂毅。樂毅於是并護趙、楚、韓、魏、燕之兵以伐齊，破之濟西。按《史記·蘇秦列傳》，其游説六國，先説燕文侯，二説趙肅侯，三説韓宣惠王，四説魏襄王，五説齊宣王，六説楚威王。今引樂毅適趙、蘇秦説韓二事，皆言功業未成就之意。"按：此詩大概作於天寶九年（750年）前後，當時李白已經五十歲，面對友人，他感嘆："秋顔入曉鏡，壯髮凋危冠。"想到自己已過壯年而抱負未成，又聯想戰國時期的樂毅和蘇秦，樂毅成功地聯合趙、楚、魏等國伐齊，蘇秦游説燕、趙、韓、魏、齊、楚六國合縱抗秦而顯赫一時，李白以二人的成功來感嘆自己功業未成，暗含了他的用世之心。從故事的原型內容來看，樂毅和蘇秦都成就了自己的功業，但李白卻是用之來反觀自己的功業未成，因此，王琦在解釋了故事的內容之後，特意説明了詩人用此二事的言外之意。

  總體來看，在《輯注》中，王琦通過徵引文獻直接解釋故事原型的內容較多，解釋故事用意得比較少見。這主要有兩方面的原因。首先，就李白的創作實際來看，多數情況下，詩人運用故事表達自己的情感和思想，常常是使用那些已爲讀者熟悉的內涵，只要了解了故事內容，讀者一般也就了解了故事的寓意；其次，王琦所作《輯注》面向的讀者主要是那些具有較高文化修養的學者，一般來説，他們通過閱讀典故的原型內容，大都能夠比較順利地理解與詩意相關的故事寓意，這樣，也就沒有必要過多地解釋寓意了。

三　解釋古事的不足

王琦解釋古事，基本上能夠根據文句提供的信息，準確找到貯存故事原型的較早或內容比較具體的文獻，並根據詩文用意調整釋義的內容。不過，在有些典故的解釋上還存在一定缺陷，主要有以下幾個方面。

第一，對故事原型的內容，王琦有時解釋得不完整，不能很好地揭示寓意。

有些典故，王琦準確找到了故事原型，但由於對故事內容解釋得不完整，因而妨礙了詩意的理解。例如，卷二十四《越中懷秋》"不然五湖上，亦可乘扁舟。"王注："《國語》：范蠡乘輕舟以泛五湖，莫知其所終極。《史記》：范蠡乃乘扁舟，浮於江湖，變名易姓，適齊，爲鴟夷子皮。之陶，爲陶朱公。"按：李白使用這一典故，意在表現可以像范蠡一樣，建功立業之後，審時度勢，悄然隱退。王琦所引兩種文獻都只提到范蠡隱退之事，沒有説明原因，而這一原因正是理解詩意的關鍵要素。

有些典故，王琦僅僅點明所用故事，沒有指出故事原型的來歷和詳細內容，很容易造成閲讀的障礙。例如，卷十六《送王屋山人魏萬還王屋》"五月造我語"，王注："五月雖紀時節，亦是暗用披裘公事耳。"按：披裘公指的是誰，又有何事，讀者不得而知。按：王充《論衡·書虛》記載："傳言延陵季子出遊，見路有遺金，當夏五月，有披裘而薪者。季子呼薪者曰：'取彼地金來。'薪者投鐮於地，瞋目拂手而言曰：'何子居之高，視之下；儀貌之壯，語言之野也？吾當夏五月，披裘而薪，豈取金者哉？'"後遂以"披裘負薪"爲高士孤高清廉、隱逸貧居之典。王琦所謂"披裘公事"似當指此。卷十七《杭州送裴大澤時赴廬州長史》"五月披裘者，應知不取金"中，王琦引用《論衡》釋典，而此處首次出現，且爲暗用，卻僅點到爲止，不太妥當。

對這種不十分常見的故事，注釋者還是應該指出典故的基本內容，即使概括，也要盡量給讀者提供與詩意理解關係密切的信息。

第二，王琦所釋故事內容雖然能夠表現出詩文用意，但有時因爲沒有指出故事的來源，也使釋典顯得不夠完整。

例如，卷二十四《效古二首》其一"早達勝晚遇，羞比垂釣翁。"王注："垂釣翁，謂吕尚，年八十釣於渭濱，始遇文王。"王琦對典故概括得比較簡練準確，揭示了詩意所謂"晚遇"，便於理解，但他採用直接釋義的方式簡要概括故事內容，沒有指明故事來源，不太妥當。

又如，卷二十三《秋日楚城韋公藏書高齋作》"綵雲思作賦"，王注："綵雲作賦，用宋玉賦朝雲事，是贊其才思之美。"王琦直接點明故事的要點，因爲故事寓意與李白詩用意有別，所以強調了臨時寓意，這是比較恰當的，但是對於宋玉作賦之事的來源和詳細內容，也應予指明，或者可以使用參見法指明見某處。

第三，解釋故事原型內容，王琦有時不引源出文獻。無論是歷史故事，還是神話傳說，大多都有最早載錄的原典文獻，注者解釋故事時，一般也需要引用這些文獻，以表明故事的來源，多數情況下王琦都遵循了這一原則，但也有例外。

例如，卷五《來日大難》"思填東海，強銜一木。"按：此兩句用精衛填海之事，該典最早見於《山海經》："又北二百里曰發鳩之山，其上多柘木，有鳥焉，其狀如烏，文首白喙赤足，名曰精衛。其鳴自詨，是炎帝之少女，名曰女娃。女娃遊于東海，溺而不返，故爲精衛。常銜西山之木石，以堙于東海。"而王琦卻引梁任昉所撰《述異記》。李白集中不止一處用精衛填海之典，又卷一《大鵬賦》"精衛殷勤於銜木"，王琦所引正是《山海經》，而前後引文不一。

又如，卷五《清平調詞三首》其二"雲雨巫山枉斷腸"，用巫山之女旦爲行雲、暮爲行雨之事，王琦不引宋玉《高唐賦》，而引酈道元《水經注》。李白集中其他詩篇運用此典時，王琦則引用最早的文獻。

在王琦所撰《李長吉歌詩彙解》中也有類似現象。例如，李賀《春坊正字劍子歌》"提出西方白帝驚，嗷嗷鬼母秋郊哭。"①用漢高祖劍斬白蛇之典，此典本出《史記·高祖本紀》（卷八），而王琦卻引《漢書》，《漢書》實際也是承襲《史記》而來。在李白集卷一《擬恨賦》"提劍叱咤……斷蛇奮旅"中，王琦所引正是《史記》。

以上這種現象，恐爲注者疏忽或隨意引文而致。

第四，對於一些不太常用的故事和不易理解的寓意，王琦不作解釋，

---

① 王琦彙解：《李長吉歌詩彙解》，李賀著，王琦等評注《三家評注李長吉歌詩》，上海古籍出版社1998年版，第44頁。

就會造成語意理解的障礙。從上面的舉例和敍述可知，一般情況下，王琦僅限於指出故事的來歷和原型內容，對於故事的寓意和臨時用意很少揭示。因爲有具體語境的啓示，讀者稍作思考，多數都能夠理解。也有一些典故理解起來還有一定困難，對這樣的故事注者還應進一步指出寓意或臨時用意。

例如，卷十五《留別王司馬嵩》"賣畚向嵩岑"，王注："《十六國春秋》：王猛少貧賤，以鬻畚爲業。嘗貨畚於洛陽，有一人貴買其畚，而云無直。自言家去此無遠，可隨我取直。猛利其貴而從之行，不覺遠。忽至深山，其人止猛且住樹下，當先啓道君來。須臾猛進，見一老公踞胡牀而坐，鬚髮悉白，侍從十許人。有一人引猛曰：'大司馬可進。'猛因進拜，老公曰：'王公何緣拜也？'乃十倍償畚直，遣人送之。既出，顧視乃嵩高山也。"按：從此詩前幾句用魯連談笑不顧千金、范蠡相越而有五湖之心、李斯呼鷹過上蔡等典，以及"蒼山容偃蹇，白日惜頹沒。願一佐明主，功成還舊林"之句，大概是表現報效國家不求名利卻遭受挫折，以及功成而退隱之心。那麼，用王猛賣畚爲生之典具體表示何意，讀者並不是非常明確，注者有必要進一步解釋。

解釋古語時，也有這種情況。例如，卷十五《留別于十一兄逖》"吾徒莫嘆羝觸藩"，王注："《周易》，羝羊觸藩，羸其角。孔穎達《正義》：藩，藩籬也。"通過王琦注文，可知李白用《周易》"羝羊觸藩"之典，但是"羝羊觸藩"的用意卻不易理解。注者可以進一步解釋用意，或者也可以換用另外的引文，《易·大壯》："羝羊觸藩，不能退，不能遂。"孔穎達疏："遂謂進往。"引用此文，就很容易理解李詩用此典指進退兩難之境。

第五，沒有指明所用古事。前面已經提到，詩文中用以記錄古事的語詞，有時因爲不同作者，或同一作者的不同詩篇而改變，有些較爲顯明，有些較爲隱晦，對於用語比較隱晦的古事，注者稍有疏忽，可能就會漏注。例如，卷十五《留別王司馬嵩》"西來何所爲，孤劍託知音"，用延陵季子許諾徐君寶劍之事。劉向《新序·節士》記載："延陵季子將西聘晉，帶寶劍以過徐君。徐君觀劍，不言而色欲之。延陵季子爲有上國之使，未獻也，然其心許之矣。致使於晉，故反則徐君死於楚，於是脫劍致之嗣君。從者止之曰：'此吳國之寶，非所以贈也。'延陵季子曰：

'吾非贈之也。先日吾來，徐君觀吾劍，不言而其色欲之，吾爲有上國之使，未獻也，雖然，吾心許之矣。今死而不進，是欺心也。愛劍僞心，廉者不爲也。'遂脫劍致之嗣君。嗣君曰：'先君無命，孤不敢受劍。'於是季子以劍帶徐君墓樹而去。徐人嘉而歌之曰：'延陵季子兮不忘故，脫千金之劍兮帶坵墓。'"① 按：此典以延陵季子於徐君之墓留贈寶劍一事，表現了延陵季子不忘故人和知音的品性。李白作詩留贈王司馬，正表現了詩人許王司馬爲知音之意。其實，王琦並非不知此典，卷十二《陳情贈友人》"延陵有寶劍，價重千黃金。觀風歷上國，暗許故人深。歸來挂墳松，萬古知其心。"此處王琦即引用劉向《新序》釋典。而《留別王司馬嵩》一詩用典比較隱晦和含蓄，故王氏未能拈出。

實事求是地説，在解釋古事方面，王琦《輯注》通過對古事原型內容的解釋，基本上消除了詩意理解的障礙，雖有不足之處，也是十分次要的。

第三節　解釋典故之古語——溯源出處

古語即有出處的語詞，指前人文獻中的成辭。運用古語是文學創作增強語言魅力、營造含蓄意境的主要手段之一，這種創作方法在魏晉以後的文學作品中十分常見，李白詩文也不例外，王琦對李白詩文運用古語之處特別關注，因此，探明古語的出處也就成了《輯注》最主要的內容之一，這也是清人注釋魏晉以後文學作品的主要內容。

一　溯源出處的內容

解釋古語也稱爲溯源出處，古語包括語詞和句子，有時也涉及篇章，關涉語意和形式兩個方面，以下分別從這幾個方面來考察王琦解釋古語，即溯源出處的內容。

（一）語意溯源

語意溯源，是指注釋者要盡量找出作者在語詞、句子或詩文篇章的用意或意境上模仿繼承前人之處。用於溯源的文獻，它的語意和意境與

---

① 劉向：《新序》，《百子全書》，浙江古籍出版社1998年版，第156頁。

所注詩文的詞句用意應該相符。具體表現在語詞、句子和篇章三個方面。

1. 對語詞意義的溯源

例如，卷四《臨江王節士歌》"安得倚天劍"，王注："宋玉《大言賦》：長劍耿耿倚天外。"此注溯源"倚天劍"一語的來歷。

又如，卷九《贈韋侍御黃裳二首》其二"但勗冰壺心"，王注："鮑照詩：清如玉壺冰。"此注溯源"冰壺心"一語的來歷。

2. 對句子意義的溯源

例如，卷二《古風》其十八"黃金絡馬頭"，王注："古《雞鳴曲》：黃金絡馬頭，熲熲何煌煌。"

又如，卷二十四《擬古十二首》其一"瓶冰知冬寒"，王注："《呂氏春秋》：見瓶水之冰，而知天下之寒。"

有時，王琦選用的溯源文獻，無論在用詞，還是語法形式上，都與李白詩句有很大差異，但是細考二者之間的語意關係，就可以確定王琦溯源非常準確。例如，卷十九《酬中都小吏》"呼兒拂机霜刃揮，紅肌花落白雪霏。"王注："張協《七命》：命支離，飛霜鍔，紅肌綺散，素膚雪落。太白意本於此。謂其紅者如花，白者如雪也。《廣韻》：霏，雪貌。"按：從形式上看，李白詩句與《七命》並無多少語詞的對應，句法也不相同，王琦的重點在於指出"霜刃揮""紅肌花落白雪霏"的語意來源，李詩此句描寫中都小吏之子揮刃剝魚的情狀。李周翰注《七命》謂："肉之紅者如綺，素白者如雪，肌膚皆肉散落為刃所破之。"其意與李白詩完全相同。又《七命》"飛霜鍔"一語也可以證明李白詩源於《七命》之文。李周翰曰："鍔，刃也。"這與李白詩"霜刃揮"也是相吻合的。王琦的溯源非常準確。

又如，卷三《日出入行》"草不謝榮於春風，木不怨落於秋天。"王注："郭象《莊子注》：暖焉若陽春之自和，故蒙澤者不謝；淒乎若秋霜之自降，故凋落者不怨。"王琦所引《莊子注》正可以看作是對李白詩意的解釋。

3. 對詩篇章旨的溯源

例如，對卷六《對酒行》的章旨進行溯源，王注："《樂府古題要解》：《對酒行》，闕古詞。曹魏樂奏武帝所賦'對酒歌太平'，其旨言王者德澤廣被，政理人和，萬物咸遂。若范雲'對酒心自足'，則言但當為樂，勿徇名自欺也。太白此詩以浮生若電，對酒正當樂飲爲辭，似擬《短歌行》'對酒當歌'之一篇也。"按：王琦指明《對酒行》之篇名，源於魏武"對酒歌太平"，其後屢有仿作，但其旨意皆與李詩不類，王氏根據篇旨，指明其意當出於《短歌行》。此注元代蕭士贇僅指出曹魏樂奏之事，不及王琦解釋準確精當。

王琦在語意的溯源中，尤以對語詞和句子的溯源爲多，對詩篇章旨的溯源相對較少，這與詩人創作以化用前代文獻中的詞語和句子爲主有重要關係。

（二）形式溯源

在《輯注》中，王琦對古語形式的溯源，主要從語詞形式、句法、章法等幾個方面進行。

1. 對語詞形式的溯源

李白詩文如果單純在文辭形式上模仿前代，而原意與仿用文獻含意相去甚遠時，王琦往往在探明形式來歷的同時，指出意義的差異。

例如，卷十三《禪房懷友人岑倫》篇題李白自注："時南遊羅浮，兼泛桂海"，王注："江淹詩：文軫薄桂海。李善注：南海有桂，故曰桂海。是以南海爲桂海。太白所云桂海，雖襲其文，而實則指桂州之桂水也，亦猶枚乘《七發》稱汝水爲汝海，其義一也。"按：李白詩和江淹詩雖然都用"桂海"，但意義全然不同，王琦引用江淹詩的目的，僅在於找到"桂海"這個語詞形式的來歷；他還進一步考察了稱"桂水"爲"桂海"的構詞形式，並以枚乘《七發》稱"汝水"爲"汝海"爲證，兩種文獻，分別從"桂海"這一語詞的表層形式和構詞的深層形式進行了溯源。

又如，卷二十一《登峨眉山》"青冥倚天開"，王注："青冥，青而暗昧之狀。《楚辭》：據青冥而攄虹兮。蓋謂天爲青冥也，太白借用其字，別指山峰而言，與《楚辭》殊異。"按："青冥"形容天空清蒼幽遠之狀，借以指天，源於《楚辭》，王琦準確找到了該詞的出處，但是《楚辭》和李白詩雖然都用"青冥"，指稱的對象卻是有差異的，所以王琦又分別解釋了該詞在不同語境中的意義。

2. 對句法的溯源

後代詩歌在用詞搭配、詞性組合、對仗等方面也經常師法前代，對此王琦也予以指出。

例如，卷四《上之回》"前車細柳北，後騎甘泉宮。"王注："梁簡文帝《上之回》：前斾拂回中，後車隅桂宮。太白蓋用其句法。"按：太白所用句法與梁簡文帝《上之回》相類：太白以"前車"對"後騎"，與梁簡"前斾"對"後車"相類，其中"前""後"相對，"車""騎"和"斾"又都是表示軍用事類的語詞；太白以"細柳北"對"甘泉宮"，前者是漢文帝屯軍之所，後者是秦漢舊宮，梁簡文帝詩則以"回中"對"桂宮"，二者都是秦漢舊宮。二人詩句的差別，僅在於梁簡文帝詩用動詞，而李白詩沒有。

3. 對章法的溯源

章法是指詩文布局謀篇之法，表現在具體的詩歌中就是其創作的格式、體例等。

例如，探明卷三《長相思》一詩的章法，王注："長相思，本漢人詩中語。《古詩》：客從遠方來，遺我一書札。上言長相思，下言久離別。蘇武詩：生當復來歸，死當長相思。李陵詩：行人難久留，各言長相思。六朝始以名篇，如陳後主'長相思，久相憶'，徐陵'長相思，望歸難'，江總'長相思，久別離'諸作，並以'長相思'發端。太白此篇正擬其格。"按：李白《長相思》"長相思，在長安"，也以"長相思"開篇，這種格式與陳後主等人的詩篇是完全相同的，所以王琦認爲此詩"正擬其格"。

(三) 語意與形式溯源

以上分別從語意和形式兩個方面探討了王琦在溯源出處方面的內容，事實上，作者襲用前人成辭，大都既模仿語意，又承襲形式，因此，語意和形式的溯源是密切聯繫在一起的，在具體的注釋實踐中不可截然分開，以上只是選取在語意或形式上各有側重的例子予以說明，多數情況下，王琦對古語意義和形式的溯源都是交織在一起的，一種用於溯源的文獻，既是對語意的追溯，也是對形式來源的探討。以下分別從語詞、句子和篇章等三個方面予以說明。

1. 對語詞意義和形式的溯源

例如，卷六《秋思》"坐愁羣芳歇"，王注："《楚辭》：蘋蘅槁而節離兮，芳以歇而不止。詩人用'芳歇'字本此。"按："芳歇"表示花木凋零，語意和形式都是由《楚辭》"芳以歇"而來。

又如，卷十四《寄上吳王三首》其一"小子忝枝葉"，王注："《左傳》：公族，公室之枝葉也。"此注探明"枝葉"一詞的來歷，單從一般語意來看，"枝葉"似乎比較淺顯，但在此句中，它特指公族，即同宗的旁支，這一意義和形式都由《左傳》而來。

2. 對句子語意和形式的溯源

例如，卷五《東海有勇婦》"名在列女籍"，王注："曹植詩：名在壯士籍。"此注引曹植詩探明"名在列女籍"一句的來歷，兩句除"列女"和"壯士"有別以外，其他詞語形式、句法，及意義完全相同。又"列女"猶"烈女"，指重義輕生有節操的女子，"壯士"指意氣豪壯勇敢之士，二詞意義相類，構詞形式也相同。

又如，卷二十五《代贈遠》"渴飲易水波"，王琦引"陶潛詩：渴飲易水流。"語意和形式更為接近。

又如，卷二十三《春日獨酌二首》其一"彼物皆有託，吾生獨無依"，王注："陶潛詩：萬族各有託，孤雲獨無依。"雖然李詩在用詞上與陶詩各有差異，但是兩詩的句法是一樣的，而且其中各異的詞語性質、義類也相同，兩人的詩句都表現了各有所依，而我獨無的孤寂心情，這種心緒和情感也是相通的。

像以上溯源詞語、句子語意和形式的例子，在王琦《輯注》中十分常見。

3. 對詩篇語意和形式的溯源

對於李白整首詩都化用前人文獻的詩篇，王琦也盡可能找到語意和語句形式的來源。

例如，卷二十五《越女詞五首》其四"東陽素足女，會稽素舸郎。相看月未墮，白地斷肝腸。"王注："按謝靈運有《東陽溪中贈答》二詩，其一曰：'可憐誰家婦，緣流洗素足。明月在雲間，迢迢不可得。'其一曰：'可憐誰家郎，緣流乘素舸。但問情若何，月就雲中墮。此詩自二作點化而出。"按：若單純從語詞的形式和句法來看，李白詩與謝靈運二詩相比，已經有了很大變化，但若細加分析，李詩用詞用句本於謝詩的痕迹還是很明顯的，李詩的"素足女"源於謝詩的"可憐誰家婦，緣流洗素足"；"素舸郎"源於"可憐誰家郎，緣流乘素舸"，"月未墮"出自"明月在雲間"和"月就雲中墮"，"白地斷肝腸"則由"迢迢不可得"

以及全篇詩意點化而來，因此可以確定王琦溯源準確。

二 溯源出處在李白詩歌注釋中的價值和審美作用

後代詩文創作大量運用古事和古語，使得解釋典故成爲文學作品注釋的一項必要內容。從王琦的注釋實踐來看，他在溯源出處的時候，決不僅僅是找到某一個語詞或句子的最初用例，而是通過溯源出處完成了對李白詩歌的語意理解和文學闡釋。

（一）通過溯源出處間接理解意義

詩文注釋最直接、最根本的目的就是讓讀者理解語意，只有理解了語意，才有可能提升閱讀層次，進行詩文意境的賞析和藝術的審美。因此，任何注釋者都以釋詞解句作爲最基本的注釋內容。《輯注》中，王琦除了直接釋詞解句以外，還通過溯源出處間接理解語意。前面分析王琦溯源出處的內容時，曾經指出，多數情況下王琦都是選擇那些在語意或意境上與李白詩文相符的文獻來溯源，因此，可以説，他在溯源出處的同時，間接進行了語意的理解。主要表現在兩個方面。

1. 通過溯源出處間接表明語詞含義

例如，卷四《君道曲》"大君若天覆，廣運無不至。"王琦引《漢書》："陛下聖德天覆，子愛海內。"又引《國語》："廣運百里。"分別表明"天覆"和"廣運"的來歷，前者是帝王仁德廣被之義，後者是土地廣袤之義，它們在《漢書》和《國語》中分別與"聖德"和"百里"連用，比太白詩句更容易理解。

又如，卷十二《贈友人三首》其二"玉匣閉霜雪"，王注："《西京雜記》：高祖斬白蛇劍，刃上常如霜雪。"此注指明了"霜雪"的來歷，由這一引文，王琦也間接解釋了"霜雪"一詞代指泛着白光的利劍。

又如，卷十一《在水軍宴贈幕府諸侍御》"卷身編蓬下"，王注："東方朔《非有先生論》：積土爲室，編蓬爲户。"此注指明"編蓬"一詞的出處，通過引文，讀者可知"編蓬"是以茅草編制的門户，後人常用以指代簡陋的房屋，李白詩句也用此義。

2. 通過溯源出處間接解釋句意

例如，卷九《贈徐安宜》"川光淨麥隴"，王注："王僧達詩：麥隴多秀色。"

又如，卷十五《別中都明府兄》"南陌愁爲落葉分"，王注："蕭綜詩：昔朋舊愛各東西，譬如落葉不更齊。"

按：以麥隴表現風光的秀美明麗，以落葉形容朋友親人之間的別離，分別始自王僧達詩和蕭綜詩，二人詩句與李白詩句相比，王僧達詩對景物的描寫，蕭綜詩對感情的表現都比較直接和顯白，因此，通過溯源文獻，讀者就更容易理解李白詩歌所要表現的情境和情感。

一般來講，溯源出處，是要找到作者運用某個語詞或句子最早出現的文獻，王琦在溯源時基本上做到了這一點，上文所舉各例都是如此。但是，由於溯源具有間接理解語意的作用，所以，當源出文獻不便理解時，王琦常常引用稍晚的文獻溯源，或兩者並引，這是王琦重視語意理解的一個突出表現。

例如，卷二十六《代壽山答孟少府移文書》"設天網而掩賢，窮月竁以率職。"王琦引南朝宋顏延年《赭白馬賦》"五方率職，四隩入貢"指明"率職"一詞的來歷。實際上，該詞見於稍早些的《三國志·魏志》："鮮卑、丁零，重譯而至；單于、白屋，請吏率職，此又君之功也。"兩文中"率職"都表示朝貢、入貢之義。但比較而言，《赭白馬賦》中"率職"與"入貢"相對成文，含義相同，比《三國志》更便於理解，故王琦選擇了稍後的文獻《赭白馬賦》。

（二）通過溯源出處進行藝術賞析

藝術賞析既有藝術形式的欣賞，也有詩文意境的賞析。對詩文注釋來說，辨疑解惑固然重要，但如果僅僅停留在對疑難語詞的解釋，將其等同於一般的經史和諸子文獻，忽視蘊含在其中的藝術價值，就會使詩文的閱讀和理解變得枯燥無趣，也會降低詩文本身的藝術感染力和審美價值，因此，注釋者應該極力挖掘這一方面的內容。詩文注釋中對古語的溯源，正是進行藝術賞析的重要手段之一。《文心雕龍·知音》云："夫綴文者情動而辭發，觀文者披文以入情。沿波討源，雖幽必顯。世遠莫見其面，覘文輒見其心。豈成篇之足深，患識照之自淺耳。"[①] 王寧先生在《談詩詞的注釋》一文中也說："爲了描述出詩中的具體情境，適當

[①] 劉勰撰，范文瀾注：《文心雕龍注》，人民文學出版社1978年版，第715頁。

找出詞語的出處有時是必要的。"① 通過古語溯源而進行的間接的藝術賞析，注釋者不需要作更多引導，溯源文獻一出，賞析就在追溯文學傳統的源流中，通過讀者的細心領會完成了。這一過程雖然複雜和不易獲得，但是它一旦完成，卻能夠獲得更多、更深的藝術享受。

《輯注》中，王琦雖然有不少直接徵引前人評價和李詩舊注進行文學賞析的內容，但更多的卻是在溯源出處的同時，間接進行賞析的。

例如，卷九《贈參寥子》"相思在何處，桂樹青雲端。"王注："吳均詩：山中自有宅，桂樹籠青雲。"按：李白所贈的是當時的隱士，此句表達了詩人對友人的懷念，"桂樹青雲端"暗示了友人的身份和居所，王琦所引吳均詩正好在這一點上滿足了理解需要，而且兩詩都表現了隱逸之所的清幽寧靜。

又如，卷二十四《擬古》其一"閨人理紈素，遊子悲行役。"王注："柳惲詩：念君方遠遊，賤妾理紈素。"此注指明了"閨人理紈素"一句的來歷，"遊子悲行役"和"念君方遠遊"雖然在語詞形式和句法上都不相幹，但是它們與"閨人（賤妾）理紈素"相結合，都表現了丈夫行役在外，妻子無限思念之情。這種情感是人類最普通，又極具震撼力的情感，李白詩和柳惲詩共同營造了一種憾人心志的氛圍，更容易使讀者產生情感的共鳴。

又如，卷二十五《閨情》"水或戀前浦，雲猶歸舊山。"王注："張協詩：流波戀舊浦，行雲思故山。"按：兩詩都一致通過流水和行雲的意象，表達了羈旅行役之人的故國之思。流水與行雲的流動本是自然規律，在這裏它們都被賦予了人的情感，流水與行雲姑且如此，人更何堪。在古語溯源中，王琦更向讀者傳達了不同時代不同詩人的共同心緒。

這些溯源出處的例子，王琦都沒有停留在語詞的對應和句法形式的相同上，他重視引用與李白的詩文意義、意境大致相同的文獻，使讀者在閱讀這些文獻的同時，能夠與李白的詩文相結合，從更高的文學層面來欣賞它們共同的意蘊或情境。

宋魏慶之在《詩人玉屑》中説，用典"有意用事，有語用事。李義山'海外徒聞更九州'，其意則用楊妃在蓬萊山；其語則用鄒子云'九州

---

① 王寧：《談詩詞的注釋》，《中學語文教學》1990 年第 1 期。

之外，更有九州'。"① 葛兆光先生認爲，"語用事"即表達意義的用典方式，它的功能是普通語言學的，"意用事"的功能則是詩歌語言學的，具體指這些典故在詩歌中傳遞的不是某種要告訴讀者的具體意義，而是一種内心感受，這種感受也許是古往今來的人們在人生中都會體驗到的，故人體驗到了，留下了故事，凝聚爲典故，今人體驗到了，想到了典故，這是古今人心靈的共鳴，於是典故便被用在詩中。這樣，典故的色彩與整個詩的色彩，典故的情感與整個詩的情感便達到了協調，典故也因此成爲詩歌語言結構的有機部分而"淡化"了本身的"特殊性"②。正是典故傳遞意義和情感的含蓄以及引發人們聯想的功能，它的審美價值才得以實現，作爲注釋者，王琦也正是通過溯源釋典，間接地向讀者傳遞了這種審美意藴。

（三）通過溯源出處再現李白詩文對文學傳統的繼承和變革出新

王琦溯源出處的兩個主要目標，一是指出李白詩文在哪些文辭、篇章的語意和形式上繼承和模仿了前人文獻；二是間接再現了李白詩文與源文獻相比，在哪些地方又推陳出新，超越了前人。這樣，讀者閱讀注文，就可以在一個斷代的文學發展鏈條上，對詩人文學創作的規律和傳統形成一個比較粗略的、感性的認識。

1. 以前代文獻表現李白詩文創作的繼承和革新

例如，表現愁緒，卷五《怨歌行》"緑鬢成霜蓬"，王注："吳均詩：緑鬢愁中改。"卷二十五《代寄情楚辭體》"夜欲寢兮愁人心"，王注："曹攄詩：薄暮愁人心。"按：兩句詩意都比較淺白，並不需要解釋，但王琦還是指明了"緑鬢""愁人心"兩個語詞形式及整句語意的出處。讀者由這兩個注文可以明白這樣的事實：一是太白詩句在用詞和語意上分別源於吳均詩和曹攄詩；二是詩人可以用黑髮變白髮表現難以釋懷的愁緒，也可以用夜幕無邊，永夜漫漫來表現愁緒繁增之意。這樣，王琦就通過對古語的溯源，暗示了表現憂愁情緒的兩個傳統的創作手法，從而在更高層次上達到對詩文普遍意義的闡釋。

又如，表現對時光流逝的感慨，卷六《對酒行》"浮生速流電，倏忽

---

① 魏慶之：《詩人玉屑》，上海古籍出版社1978年版，第150頁。
② 葛兆光：《漢字的魔方》，遼寧教育出版社1999年版，第147頁。

變光彩。"王注:"陶潛詩:一生復能幾,倏如流電驚。費昶詩:人生百年如流電。"按:除了"流電",在語詞形式及句法等方面王琦所引陶潛詩、費昶詩與李白詩都相差較遠,唯一相同的就是他們都表現了對時光飛速流逝,一去不返的深切感慨,這種感慨由古至今,從來沒有停止,那麼,讀者通過閱讀源文獻,也同樣可以產生這樣的共鳴。

以上兩例,王琦都是通過溯源出處,表明了李白對傳統的詩歌創作手法的繼承。

詩人不僅模仿和承襲前人成辭,還往往推陳出新,創作出更富感染力的文句和詩篇。例如,卷十八《送李青歸華陽川》"莫作千年別,歸來城郭新。"王注:"《丁令威歌》:去家千年今始歸,城郭如故人民非。"按:太白此句由《丁令威歌》點化而出,但又有一些新的變化,《丁令威歌》復歸鄉里,以所見城郭如故來反襯人民已非舊時,這種表現方式雖有震撼,但比較直白;在李白詩中,詩人想象倘有千年之別,歸來時所見城郭卻已"新",這個"新"字是最驚人眼和驚人心的,詩中不見人,但在"新"的城郭背後,物非人更非之意呼之欲出,比《丁令威歌》更爲深刻和震撼。王琦通過溯源,使讀者在理解詩意的同時,也認識到李白對傳統創作手法和意境的繼承和革新。

又如,卷二十《九日登山》"連山似驚波",王注:"木華《海賦》:波如連山。太白本其語而倒用之,謂'連山似驚波',遂成奇語。"按:此注王琦略作解釋,更使讀者清晰地看到李白承繼前代而又變幻出新的創作才能。文學創作也正是在這種繼承和變革中不斷前進和發展。

2. 以後代文獻表現李白詩文的獨創性和對後世文學創作的影響

有些詩篇中的文辭是作者的獨自創造,對於這樣的文辭,注釋者沒有辦法從前代文獻中找到它的源頭,但是文學性注釋的特點之一,不僅在於指出所注詩文對前人的繼承和模仿,還要確定作者獨創文辭的價值和對後世文學創作的影響。

例如,卷十四《涇溪東亭寄鄭少府諤》"龍門蹙波虎眼轉",王注:"虎眼轉,謂水波旋轉,有光相映,若虎眼之光。劉禹錫詩'汴水東流虎眼文'是也。"按:用"虎眼轉"來形容水波流轉,波光相映的景象,始於太白。王琦解釋了語意之後,指出劉禹錫詩(《浪淘沙詞九首》其三)中"虎眼文"正是由此化出。

又如，卷十八《送陸判官往琵琶峽》詩尾，王注："楊昇庵曰：太白詩'天山三丈雪，豈是遠行時'，又曰'水國秋風夜，殊非遠別時'，'豈是'、'殊非'，變幻二字，愈出愈奇。孟蜀韓琮詩'晚日低霞綺，晴山遠畫眉。青青河畔草，不是望鄉時'，亦祖太白句法。"此注則引文指明太白詩句對後代詩歌創作的影響。

需要指出的是，通常所說的"溯源"，是向前追溯所注詩文對前人成辭的模仿和繼承，而像上文所說的解釋"虎眼轉"之類，則是以後人文句對所注詩文的點化和繼承，來說明作者獨特的創作才思和成就對後世的影響。不過，毫無疑問，這種向後"探流"的做法，同樣是表現詩人創作才思的一種有效方式。

今人詩注中，錢鍾書先生的《宋詩選注》在引用後代文獻表現所注詩文對後世的影響上比較突出，有時甚至將所注詩文之前的源文獻，及其以後的用例，按照時代順次列出，在表現文學傳統源流承繼的線索上更為清晰，這更需要注釋者廣博的學識和對文學傳統的深刻認識。例如，歐陽修《別滁》"我亦且如常日醉，莫教絃管作離聲。"錢鍾書注："黃庭堅《夜發分寧寄杜澗叟》：'我自只如常日醉，滿川風月替人愁'，正從這首詩來。"① 又如鄭文寶《柳枝詞》，錢注指出此從唐韋莊《古別離》來，又指出鄭文寶之後，周邦彥《尉遲杯》詞，石孝友《玉樓春》詞，王實甫《西廂記》第四本第一、三折，陸娟《送人還新安》等皆仿此詩意蘊而來②。

此外，一個時代有一個時代的創作特點和用語習慣，同期的文人，他們的作品可能會出現一種常用的題材、言語、格調或體式，注者要指明這一文學傳統，就有必要引用和作者同時代人的文獻。例如，注釋李賀《老夫採玉歌》"採玉採玉須水碧，琢作步搖徒好色。老夫飢寒龍為愁，藍溪水氣無清白。夜雨岡頭食蓁子，杜鵑口血老夫淚。藍溪之水厭生人，身死千年恨溪水。斜山柏風雨如嘯，泉脚挂繩青裊裊。村寒白屋念嬌嬰，古臺石磴懸腸草。"王琦解釋了基本語意之後，引韋應物詩注云："按韋應物《採玉行》云：官府徵白丁，言採藍溪玉。絕嶺夜無人，

---

① 錢鍾書：《宋詩選注》，生活・讀書・新知三聯書店 2002 年版，第 45 頁。
② 同上書，第 4—5 頁。

深榛雨中宿。獨婦餉糧還,哀哀舍南哭。與此詩正相發明。"① 今按:《老夫採玉歌》與《採玉行》無論題旨,還是所用意象,都極其相類,而李賀詩多用典,表現出瑰奇艷麗的特點,韋應物詩則多直陳,風格各異。韋應物(約737—約791年)生活年代略早於李賀(790—816年),李賀之詩或許由韋應物詩而來,但因二人生活時代較近,他們的作品共同代表了那個時代的創作內容和特色。王琦也意識到這一點,不說李賀詩本於韋應物詩,而注爲"正相發明",即二詩可相互作解。由此可見,詩歌注釋不僅可以用前代文獻説明所注詩歌的來源,可以用後代文獻評價所注詩歌的獨創性及其影響,也可以用同時詩歌從共時層面來探討一個時期詩文創作的特點。

這種以時人之詩相互爲注,以再現當時創作方法和習慣用語的做法,早在宋代的詩歌注釋中就已經出現了,最突出的就是任淵的《山谷內集詩注》。例如,黃庭堅《戲和答禽語》:"南村北村雨一犁,新婦餉姑翁哺兒。田中啼鳥自四時,催人脱袴著新衣。著新替舊亦不惡,去年租重無袴著。"任淵注:"《東坡樂府》曰:歸去、歸去,江上一犁春雨。"又注:"東坡在黃州日,效梅聖俞體,作《五禽言·布穀》云:'南山昨夜雨,西溪不可渡。溪邊布穀兒,勸我脱布袴。不辭脱袴溪水寒,水中照見催租瘢。'東坡自注云:'土人謂布穀爲脱卻布袴。'先生此詩,大相類也。"按:此注引用東坡樂府詩和《布穀》詩分別解釋黃庭堅詩中"雨一犁""脱袴"等語和詩篇章旨。蘇軾(1037—1101年)與黃庭堅(1045—1105年)有師生關係,也許黃庭堅的創作受到蘇軾的影響,但由於二人生活在同一時期,他們詩歌中出現大致相同的語詞和語意,也正反映了那個時代詩歌創作的風貌。

這種以同時代人的作品互相印證解詩的方法,在錢鍾書先生的《宋詩選注》中比較常見。如唐庚《春日郊外》"疑此江頭有佳句,爲君尋取卻茫茫"兩句,錢鍾書注引蘇軾《和陶〈田園雜興〉》和陳與義《對酒》

---

① 王琦彙解:《李長吉歌詩彙解》,李賀著,王琦等評注《三家評注李長吉歌詩》,上海古籍出版社1998年版,第77頁。韋應物《採玉行》"絕嶺夜無人",當作"夜無家"。見《全唐詩》,中華書局1960年版,第2008頁。

《春日》《題酒務壁》四詩來表現心有所感而賦詩卻不得的情緒①，蘇軾較唐庚（1070—1120年）、陳與義（1090—1138年）二人略早，而唐、陳二人幾乎生活在同一時代，他們的作品共同表現了當時創作的實際情況。又如俞平伯注釋李白《菩薩蠻》"暝色入高樓，有人樓上愁"兩句，注："孟浩然《秋登南山寄張五》：'愁因薄暮起'，又皇甫冉《歸渡洛水》：'暝色赴春愁'，都和這詞句意境相近。孟浩然和李白同時，皇甫比太白年代更後。李白恐不會襲用他們的句子。前人詩詞每有一種常用的言語，亦可偶合。如梁費昶《長門怨》：'向夕千愁起'，早在唐人之先。意境亦大略相同。"② 孟浩然、李白、皇甫冉生活時代基本相同，注文引用時人詩歌再現了當時創作的特點。

詩文注釋中，是否需要表現所注詩文對後世的影響，或以所注詩文爲中心，上溯下聯，在一個縱向的時間軸上再現一種文學傳統的流變，或以時人之詩爲注再現同時代詩文創作的風貌，還需要進一步探討。

從以上對王琦解釋古語價值的論述可知，溯源出處，其旨並不完全在評判某種獨創性，雖然找出作者創作的本源是它最重要的基本目標之一，但是，在王琦的溯源中還可以看到，溯源出處包含意義的理解、意境的賞析和藝術的品評，單純以評判作爲它的根本目的是不合適的。王寧、李國英兩位先生在評述徵引文獻溯源的作用時說："徵引式的訓詁要點不只是在尋求引文中的詞句與被譯詞句的對應，也不只是在尋求被釋典故的典源出處，更重要的是在尋求注中引文與選文在思想感情和意境上的一致，引導讀者去體會和欣賞選文。"③ 因此，溯源釋典也成爲鑒賞文學作品的必要內容之一。

由上可知，詩歌注釋決不僅僅只是單純的釋疑解難，溯源出處也決不僅僅是要引證某詞某句某篇某種意境或思想在前代的最早出處，蔣寅先生說："詩歌注釋的意義不僅限於釋義，它還被要求提供藝術批評的素材，這正是中國古典注釋學的基本特徵，從李善的《文選注》到錢鍾書

---

① 錢鍾書：《宋詩選注》，生活·讀書·新知三聯書店2002年版，第150頁。
② 俞平伯編著：《唐宋詞選釋》，人民文學出版社1979年版，第8—9頁。
③ 王寧、李國英：《李善〈昭明文選注〉與徵引的訓詁體式》，俞紹初、許逸民主編《中外學者文選學論集》，中華書局1998年版，第468頁。

的《宋詩選注》都延續着這一傳統。"① 溯源正是詩歌藝術批評素材的一種，這恰是文學特徵最爲鮮明的詩文注釋，而非一切古典注釋學的突出特徵。

三 溯源出處的條例

通過對溯源出處的內容和價值的分析，可以探知王琦在溯源出處上的條例，主要有以下三點。

（一）語意與形式統一，僅引用一種最早文獻

李白運用古語進行詩歌創作，大多都是既用其意，又襲其形，即使形式不完全一致，也能從語辭的變化中找到詩人仿用的痕迹，因此，王琦常常把語意與形式的溯源結合在一種文獻之中，而且選用文獻一般都是源出文獻，這是王琦溯源出處的根本特徵之一。例如上文所舉"名在列女籍""彼物皆有託，吾生獨無依"等都是如此。

又如，卷六《去婦詞》"幽閨多怨思，盛色無十年。"王注："王筠詩：幽閨多怨思，停織坐嬌春。"卷九《贈崔侍御》"高風摧秀木，虛彈落驚禽。"王注："隋袁朗詩：危絃斷客心，虛彈落驚禽。"王琦溯源出處的內容絕大多數都是這一類。

（二）語意與形式溯源並重

王琦在重視語意溯源的前提下，也十分看重對形式的溯源。

第一，當作品文辭的語意和形式來源於不同文獻，那麼，王琦就分別從兩方面溯源。陳寅恪先生説："解釋古典故實，自當引用最初出處，然最初出處，實不足以盡之，更須引其他非最初而有關者，以補足之，始能通解作者遣辭用意之妙。"② 王琦溯源也體現了這一特點。

例如，卷十七《同王昌齡送族弟襄歸桂陽二首》其一"幽桂有芳根"，王注："吳均詩：桂樹多芳根。太白雖用其句，然詩意則用淮南王《招隱士》'桂樹叢生山之幽'也。"按：從語詞形式和句法來看，李白詩應當從吳均詩而來，但是吳均詩（《酬別江主簿屯騎》）"泛舟當泛濟，結交當結桂。濟水有清源，桂樹多芳根。"意謂桂樹有諸多優點，結交友

---

① 蔣寅：《〈杜詩詳注〉與古典詩歌注釋學之得失》，《杜甫研究學刊》1995 年第 2 期。
② 陳寅恪：《柳如是別傳》，上海古籍出版社 1980 年版，第 7 頁。

人也當如桂樹。而太白詩句是"予欲羅浮隱，猶懷明主恩。躊躇紫宮戀，孤負滄洲言。終然無心雲，海上同飛翻。相期乃不淺，幽桂有芳根。"其意不是探討交友，而是暗含著君子隱遁而又希冀見用之意，故王琦指出詩意源於《招隱士》"桂樹叢生兮山之幽"。

又如，卷十二《贈僧朝美》"各勉黃金軀"，王注："謝朓詩：遂鑠黃金軀。陳子昂詩：子之黃金軀，如何此荒域。"按：李詩中的"黃金軀"實指人身①，而謝朓詩"黃金軀"則是詠蒲，詞形雖同，意義則異。陳子昂詩中"黃金軀"指人身，與李詩相同。兩個文獻，早者是語詞形式的最早用例，晚者則是語意的來源。

第二，當源出文獻不便理解，又兼有意義或形式的差異時，王琦也是源出和晚出文獻並引，以求達到溯源准確和快速傳意的目的。例如，卷十八《送二季之江東》"此行俱有適，遲爾早歸旋。"王注："《詩·小雅》：言旋言歸，復我邦族。謝靈運詩：三載期歸旋。"按："歸旋"與"旋歸"義同，皆指回歸、歸來之義。"旋歸"或"歸旋"本於《詩經》，若就語意與形式的一致而言，謝靈運詩則與李白詩更加接近。因此，此注徵引兩種文獻，既找到了古語之源，又補足解釋了詩句之意。

第三，直接引用稍晚的文獻溯源以求達到語意與形式的一致。

例如，卷六《猛虎行》"蕭、曹曾作沛中吏，攀龍附鳳當有時。"王注："《漢書》：攀龍附鳳，並乘天衢。"按："攀龍附鳳"一語，其意源於西漢揚雄《法言·淵騫》："攀龍鱗，附鳳翼，巽以揚之，勃勃乎其不可及也。"若從形式的一致來看，則出於《漢書》。王琦從形式和意義的一致出發，選擇了稍晚的《漢書》進行溯源。

又如，卷十二《贈從弟冽》"逢君發花萼，若與青雲齊"，王注："謝瞻詩：花萼相光飾。呂延濟注：花萼，喻兄弟也。"按："花萼"喻指兄弟，源於《詩·小雅·棠棣》："常棣之華，鄂不韡韡。凡今之人，莫如兄弟。""華"即"花"的古字，源出文獻雖然在語意上較易理解，但詞形卻不一致，故王琦引用後出的謝瞻詩，同時也可以引用呂延濟之注，

---

① 按：王琦在篇末串講時解釋"黃金軀"，有兩說，一是指人身之軀，以黃金比喻，二是黃金之軀指佛之身軀，故也可解爲修煉佛身。詳見李白著，王琦注《李太白全集》，中華書局1977年版，第633頁。

直接解釋比喻義，注文簡練得當。

（三）引用稍晚的文獻兼注溯源

引用稍晚的文獻溯源，是爲了同時引用該文獻的注文釋義。一個語詞，在李白詩文以前可能不止一個用例，這些用例也並不是每一個都有前人爲它們作注，即使有注文的也不一定都適合李白詩文用意，如果從引文溯源兼引該文之注釋義的角度來看，釋義的準確當然是要首先考慮的，但是前代注文適合李詩用意的，卻可能不是源出文獻的注文。爲了引用注文釋義，王琦有時就會引用稍晚的文獻溯源。

例如，卷十《草創大還贈柳官迪》"身在方士格"，王注："《後漢書》：窮折方士黃白之術。章懷太子注：方士，有方術之士也。"按："方士"一詞早在《史記》中就有用例，《史記·封禪書》（卷二十八）："騶衍以陰陽主運顯於諸侯，而燕齊海上之方士傳其術不能通。"該文無注，故王琦選擇稍晚的《後漢書》指明"方士"的來歷，目的就在於同時兼引章懷太子之注來釋義。

又如，卷二《古風》其三十四"窮魚餌奔鯨"，王注："謝朓詩：奔鯨自此曝。吕向注：奔鯨，大魚，吞食小物，喻不義也。"按："奔鯨"一詞早見於陶潛《命子》"逸虯遶雲，奔鯨駭流"，該文無注，故王琦引用稍晚的謝朓詩溯源，目的也在於兼引該文之注解釋"奔鯨"之義。

四　溯源出處的失誤

王琦輯注太白文集，繼承了李善《文選注》的特色，把溯源出處作爲最重要的注釋內容之一，在意義理解、意境賞析，以及表現李白詩文的繼承性和變革出新的才能方面，都取得了重要成就，體現了詩文注釋區別於其他文獻注釋的本質特徵。但是，由於個人注釋思想及實際操作上的失誤，在對古語的溯源上，王琦《輯注》還有一些可議之處，有些也是同類文獻注釋的共同問題。

（一）對常用語詞溯源

王琦篤奉解釋古語追溯語源的基本原則，對一些常用的、語意比較簡單的語詞也予以溯源，在語意理解和藝術欣賞方面毫無價值，徒增注文的煩瑣。

例如，卷九《贈徐安宜》"遊子滯安邑"，王注："李陵詩：遊子暮何之。"按：王琦本意對"遊子"一詞進行溯源，所引李陵詩較早，兩詩都表現了與分別相關的意義，但是李白詩下句接以"懷恩未忍辭"，意在頌揚安宜縣令徐君的德政，而李陵詩接以"徘徊蹊路側，恨恨不得辭"，則在表現離愁別緒和無奈的複雜情緒，可以説，雖然兩句詩都用"遊子"一詞，但它們所在的詩句表現的語意卻差異顯著，況且"遊子"在作品中十分常見，若單純溯源此類語詞的出處，就沒有體現出溯源的價值。

又如，卷八《赤壁歌送別》"我欲因之壯心魄"，王注："《楞嚴經》：摧碎心魄。"卷十二《自梁園至敬亭山見會公》"渡江如昨日"，王注："張載詩：下車如昨日。"卷二《古風》其四十四"君子恩已畢"，王注："江淹詩：君子恩未畢。"按："心魄"指人的氣魄、胸懷，語義顯明，而"如昨日"、"君子恩已畢"更是明白如話，三者都沒有溯源的必要。

蔣寅先生曾經評價仇兆鰲《杜詩詳注》在溯源上的失誤，其中一項爲"畫蛇添足例"，即"由於奉無一字無來歷的宗旨，仇注每於字面上尋來歷，雖然常語也引證舊籍，而其實無助於解詩，是爲蛇足。"① 王琦在這一點上也有"畫蛇添足"之弊。其實不只仇注、王注如此，清代很多學者的詩文注本都有這一問題。繆鉞先生評價馮集梧的《樊川詩集注》時説，清人注解古人詩集，犯這種弊病者甚多②。漢語中有大量的常用詞，它們的使用頻率極高，這些常用詞也成爲漢語的基本詞彙，在人們的交際和文學創作中發揮了重要作用，如果注釋者認爲這些語詞都有本源，個個都要找到出處，就會使注文繁冗無當。

（二）溯源文獻語意或形式與李白詩文不合

溯源出處，包含兩個要素，一是對語意的溯源，一是對形式的溯源，二者不能偏廢，而前者尤爲重要。但是，王琦引用的一些溯源文獻在語意上與李白詩文還有一定出入。

例如，卷八《當塗趙炎少府粉圖山水歌》"此中冥昧失晝夜"，王注："王弼《易注》：造物之始，始於冥昧。"按：王琦引《易注》本意是要探明"冥昧"一詞的出處，《易注》中"冥昧"指天地未形成時的混沌狀態，而李白詩句用"冥昧"則是形容趙少府山水畫的幽暗景象。《易

---

① 蔣寅：《〈杜詩詳注〉與古典詩歌注釋學之得失》，《杜甫研究學刊》1995 年第 2 期。
② 繆鉞：《樊川詩集注・前言》，上海古籍出版社 1978 年版，第 13 頁。

注》僅是"冥昧"這個詞形的最早用例,王琦引之對"冥昧"的意義溯源,則是不恰當的。

又如,卷八《和盧侍御通塘曲》"偶逢佳境心已醉",王注:"《莊子》:鄭有神巫曰季咸,列子見之而心醉。"按:李白此詩前幾句描繪通塘美景,此句則抒寫自己陶醉於美景之中的感受,"心已醉"或"心醉"語意顯明,十分常用。如宋之問《送趙六貞固》:"目斷南浦雲,心醉東郊柳。""心醉"雖然最早見於《莊子》,但其義爲佩服,與李白詩用意不同。

又如,卷十《贈别從甥高五》"積蓄萬古憤,向誰得開豁。"王注:"夏侯湛《東方朔畫贊》:明濟開豁,包含弘大。"按:若單從詞形上來看,夏侯湛之文的確是"開豁"一詞最早的用例,但是該文"開豁"指思想和胸懷的開闊,此義用於李白詩句是不合適的。李詩"開豁"爲傾吐之義,句意謂內心長期以來所積蓄的悲憤向誰能夠傾吐,王琦引文與李詩無論在"開豁"一詞的語意上,還是整句詩的意義和表現的情感上都相去甚遠。

又如,卷二《古風》:其二十二"胡馬顧朔雪,躞蹀長嘶鳴。感物動我心,緬然含歸情。昔視秋蛾飛,今見春蠶生。"王琦對第一句和最後兩句溯源,注云:"陸機詩:胡馬如雲屯。江淹詩:秋蛾兮載飛。沈約詩:寧憶春蠶起。"按:此詩意在抒寫久居在外而不得歸家的惆悵,而王琦所引的陸機、江淹、沈約三人之詩僅表明了"胡馬""秋蛾飛"和"春蠶生"的詞形來歷,不能很好地表現詩人的思歸之情。今考《古詩十九首》(行行重行行):"胡馬依北風,越鳥巢南枝。"二句通過自然界中動物的習性來表現人類思歸故園的情感,其旨與李白詩意一致;而且"胡馬依北風"與"胡馬顧朔雪"二句之中,"依"與"顧","北風"與"朔雪"詞性相同,意義也相同或相類。據此可知,引用《古詩十九首》(行行重行行)溯源比引用陸機詩更恰當。又晉傅玄《明月篇》:"昔爲春蠶絲,今爲秋女衣。"該句與李白詩"昔視……今見"結構相同,該詩"春蠶絲"與"秋女衣"相對,和李白詩"秋蛾飛"與"春蠶生"相對,都可以表現自然節候的變遷。因此,對後兩句詩溯源時,除了引用江淹詩和沈約詩對"秋蛾飛"和"春蠶生"兩個語詞溯源以外,還應引用傅玄詩以明其句法結構及其詩意的來源。

又如，卷十一《贈劉都使》"歸家酒債多，門客粲成行。高談滿四座，一日傾千觴。"王注："孔融詩：歸家酒債多，門客粲成行。《晉書》：肆一醉於崇朝，飛千觴於長夜。"按：王琦引孔融詩探明前兩句的出處，引用《晉書》探明後一句的出處，若從語境上來説，《晉書》文意與李白詩句也相吻合，但是在語言形式上卻相差很遠。事實上，孔融詩的後兩句即"高談滿四座，一日傾千觴。"無論語意還是形式，都與李詩相合，王琦引孔融詩溯源前兩句的來歷，卻忽視了後兩句也出自孔詩。

由以上論述可見，自李善以後，在傳統的詩文注釋中，溯源釋典已然成爲最核心的注釋内容，也是注者最爲用力之處，王琦注釋李白詩文也是如此。蔣寅先生説："在傳統注釋學中，不是詞語的釋義，而是對作者引古即用典、用語出處的指明和引證成爲詩歌注釋的重心，也是注家最用力的部分。"① 即是對這一現象的總結。

(三) 溯源出處比較煩瑣

一般而言，對古語的溯源，只要徵引與所注詩文意義相類或相同的最早文獻即可，除非最早文獻在語意上與所注詩文不符或不便於理解時，方考慮徵引兩種以上的文獻，這也是王琦溯源出處的基本條例。但是，王琦並没有把這個條例貫徹到底。有時，他還徵引兩種作用完全相同的文獻溯源，使注文顯得比較煩瑣。

例如，卷十《贈溧陽宋少府陟》"人生感分義"，對"分義"進行溯源，王注："《北史·司馬子如傳》：子如初爲懷朔鎮省事，與齊神武相結託，分義甚深。《劉璠傳》：我與府侯，分義已定。"按：從王琦的第一個引文，我們不難揣摩出"分義"指情分之義。王琦同時引用同一文獻的另一用例，没有必要。

又如，卷十《贈從孫義興宰銘》"稱賢爾爲最"，王注："《後漢書》：牟融以司徒茂才爲豐令，視事三年，縣無獄訟，爲州郡最。《晉書》：鄭袤爲黎陽令，吏民悦服，太守班下屬城，特見甄異，爲諸縣之最。"按：王琦意在指明"爲最"一語的來歷，所引兩種文獻雖然都能補充言外之意，但是李白詩句比較直白，"爲最"更是常用，例如，《三國志·吴志》："計功，吕蒙爲最，寧次之。"又鍾嶸《詩品》："季倫、顔遠並有

---

① 蔣寅：《〈杜詩詳注〉與古典詩歌注釋學之得失》，《杜甫研究學刊》1995年第2期。

英篇。篤而論之，朗陵爲最。"因此，王琦先後引用兩種文獻溯源，確係畫蛇添足之舉。

又如，卷五《玉階怨》"卻下水精簾，玲瓏望秋月。"王注："宋之問詩：雲母帳前初泛灩，水精簾外轉逶迤。沈佺期詩：水精簾外金波下，雲母窗前銀漢回。"按：此注指明"水精簾"一詞的來歷，宋之問、沈佺期的詩無論在詩意還是形式上都非常接近，而且二人都是初唐名家，王琦徵引兩文，都是爲了表明該詞的最早用例，僅僅引用其中之一即可。

（四）溯源文獻並非最早

顧名思義，溯源，就是要找到文獻用例的源頭，一般情況下，王琦也都能找到李白詩用語在意義和形式上的最早來源。由於溯源的另外一個間接目的，即要求有助於詩意的理解，因此有時早出文獻不便於理解時，引用稍晚的文獻溯源也是可以的。不過，有時早出文獻不難理解，王琦卻引用了稍晚的文獻。

例如，卷二《古風》其四十五"八荒馳驚飈"，王注："驚飈，暴風也。陸機詩：驚飈褰反信。"按："驚飈"一詞，在東漢張衡《南都賦》"足逸驚飈，鏃析毫芒"中即有用例。

又如，卷九《述德兼陳情上歌舒大夫》"縱橫逸氣走風雷"，王注："《晉書》：桓溫挺雄豪之逸氣，韞文武之奇才。"按："逸氣"最早見於曹丕《與吳質書》："公幹有逸氣，但未遒耳。"

需要指出的是，文獻流傳過程中時有文字脫訛現象，不過脫訛之前的內容可能還保存在稍後的文獻中，要想引用這些內容，必須引用後出文獻。例如，卷二十二《峴山懷古》"弄珠見遊女，醉酒懷山公。"王注："張衡《南都賦》：遊女弄珠於漢皋之曲。李善注：《韓詩外傳》曰：鄭交甫將南適楚，遵彼漢皋臺下，乃遇二女佩兩珠，大如荊雞之卵。"按：從李善注文看，張衡賦及李白詩所用典故都源於《韓詩外傳》，不過今本《韓詩》已無此文，因此，溯源時就有必要通過李善注文間接引用《韓詩外傳》。與此不同的是，有時在源出文獻中還存有需要引用的內容，但是王琦卻通過引用後出文獻間接指出李白詩句的來源。

例如，卷二《古風》其五十"趙璧無緇磷"，按："緇磷"一語本於《論語·陽貨》："不曰堅乎？磨而不磷；不曰白乎？涅而不緇。"本指磨而不薄，染而不黑，李詩用以形容趙璧之質。王琦此處注云："《野客叢書》:《論語》:磨而不磷,涅而不緇。今讀磷字多作去聲,讀緇字多作平聲。而古來文士,以磷字爲平聲,如摯虞、傅咸,以至李、杜、元、白之流皆然。緇字作去聲協,見沈約《高士贊》。今禮部押韻,緇字只平聲一音,蓋當時未分四聲故耳。"王琦引用《野客叢書》的內容,固然爲了探討"緇磷"兩字的音讀問題,不過卻因爲該文引用了《論語》,具有了間接溯源的作用。《論語》原文和《野客叢書》的引文,在內容上有一定差異,而溯源的文獻應該是準確的原典文獻,王琦通過後出文獻間接指明源出文獻是不恰當的。

第四節 意境賞析與藝術品評

讀者在閱讀文學作品的過程中,常常被作品語言的優美、意境的深婉而感染,進而在情感上與作者產生共鳴。閱讀中獲得的這種審美愉悅,是文學作品在欣賞價值上區別於一般文獻的重要特徵之一。但是,由於讀者理解能力和理解角度的差異,有時不能很好地體會這種感受,這就需要注釋者引導讀者完成這一複雜的審美過程。因此,意境賞析與藝術品評也成爲文學作品注釋的一項重要內容。前面所説的溯源釋典,固然也是意境和藝術欣賞的方式之一,但它畢竟只是間接的手段,不能代替直接對意境的賞析和對藝術風格、藝術手法的品評。

王琦輯注太白文集,多方面再現了李白藝術創作上的成就。

一 品評寫作手法

寫作手法,包括詩文的謀篇布局之法,用典用事之法、遣詞造句之法、押韻對仗之法等,王琦對藝術手法的品評大致也涵蓋了這些方面。

1. 解釋謀篇布局之法

例如,卷七《江上吟》,王注:"'仙人'一聯,謂篤志求仙,未必即能沖舉,而忘機狎物,自可縱適一時。'屈平'一聯,謂留心著作,康樂傳千秋不刊之文,而溺志豪華,不過取一時盤遊之樂。有孰得孰失之意。然上聯實承上文泛舟行樂而言,下聯又照下文興酣落筆而言也。特以四古人事排列於中,頓覺五色迷目,令人驟然不得其解。似此章法,雖出自逸才,未必不少加慘淡經營,恐非斗酒百篇時所能搆耳。"

又如，卷十三《憶舊遊寄譙郡元參軍》，王注："唐仲言曰：歷敍舊遊之事，凡合而離者四焉。在洛則我就君遊，適淮則君隨我往，并州戎馬之地，而攜妓相過，西遊落魄之餘，而不忘晤對。敍事四轉，語若貫珠，絕非初唐牽合之比。"這是引用前人文獻解釋詩歌章法。

有時王琦還解釋文體的一般結構。例如，卷二十六《爲吳王謝責赴行在遲滯表》"臣某言：伏蒙聖恩，追赴行在，臣誠惶誠恐，頓首頓首。"王注："《齊東野語》：今臣僚上表所稱'誠惶誠恐'及'誠歡誠喜，頓首頓首'者，謂之'中謝'、'中賀'，自唐以來，其體如此。蓋臣某以下，略敍數語，便入此句，然後敷陳其詳。"

2. 解釋用典用事之法

例如，卷二十五《長信宮》"天行乘玉輦，飛燕與君同。"王注："按《漢書》：成帝遊於後庭，嘗欲與班倢伃同輦載，倢伃辭曰：'觀古圖畫，聖賢之君皆有名臣在側，三代末主，乃有嬖女。今欲同輦，得無近似乎？'上善其言而止。太白翻其事而用之，言飛燕與君同輦而行，化實爲虛，畦徑都別。"

又如，卷二十《遊謝氏山亭》"謝公池塘上，春草颯已生。"王注："因謝氏山亭，故用靈運'池塘生春草'之句作映帶。"

3. 解釋用詞用語之法

例如，卷二十三《訪戴天山道士不遇》詩尾引唐仲言曰："今人作詩，多忌重疊，右丞《早朝》妙絕古今，猶未免五用衣冠之議，如此詩'水聲''飛泉'、'樹''松''竹'，語皆犯重。呼！古人於言外求佳，今人於句中求隙，失之遠矣。"

4. 解釋格律特徵

例如，卷二十五《送內尋廬山女道士李騰空二首》其一"君尋騰空子，應到碧山家。水春雲母碓，風掃石楠花。若戀幽居好，相邀弄紫霞。"王琦引《詩人玉屑》曰："詩體有借對，孟浩然"厨人具雞黍，稚子摘楊梅"，太白"水春雲母碓，風掃石楠花"，少陵"竹葉於人既無分，菊花從此不須開，是也。"此言借對，前二例爲借音對，後一例爲借義對。

又如，卷二十二《夜泊牛渚懷古》，王注："《滄浪詩話》：律詩有徹首尾不對者，盛唐諸公有此體。如孟浩然詩：'挂席東南望，青山水國遙。舳艫爭利涉，來往接風潮。問我今何適，天台訪石橋。坐看霞色晚，疑是赤城標。'又'水國無邊際'之篇，又太白'牛渚西江夜'之篇，皆文從字順，音韻鏗鏘，八句皆無對偶。趙宧光曰：律不取對，如李白'牛渚西江夜'云云，孟浩然'掛席東南望'云云，二詩無一句屬對，而調則無一字不律，故調律則律，屬對非律也。近有詩家竊取古調作近體，自以為高者，終是古詩，非律也。中晚之律，每取一貫而下，已自失款，況今日之以古作律乎？楊用修云：'五言律，八句不對，太白、浩然有之，乃是平仄穩貼古詩也。'楊謬以對為律，亦淺之乎觀律矣。古詩在格與意義，律詩在調與聲韻，如必取對，則六朝全對者，正自多也，何不即呼律詩乎？律詩之名起於唐，律詩之法嚴於唐，未起未嚴，偶然作對，作者觀者慎勿以此持心，方能得一代作用之旨。王阮亭曰：此詩色相俱空，政如羚羊掛角，無跡可求，畫家所謂逸品者也。"此是討論《夜泊牛渚懷古》一詩四聯皆不用對仗的問題。

二　品評用語之妙

好的作品，不僅表現在謀篇立意的高遠，也表現在遣詞造句的工巧，後者即通常所說的煉字。漢語中有許多同義或意義相類的詞語，為煉字提供了豐富的語言材料，作者根據景物描寫和表情達意的需要，從這些詞語中挑選出最切合的一個，組合到全篇之中，詩篇也會因此而頓生光彩。在閱讀欣賞中，品評詩文用語之妙是其中一個重要方面。

例如，卷二十一《江上望皖公山》"清宴皖公山，巉絕稱人意。"王注："陸游《入蜀記》：北望，正見皖山。太白《江上望皖公山》詩：'巉絕稱人意'，'巉絕'二字，不刊之妙也。"李白以"巉絕"來描摹皖公山高峻峭拔之態，畫意頓出，故陸游品為不刊之妙語。

又如，卷二十二《荊門浮舟望蜀江》，王琦引陸放翁語注曰："杜子美'曉看紅濕處，花重錦官城'，李太白'蜀江綠且明'，用'濕'字、'明'字，可謂奪化工之巧，世未有拈出者。又放翁《入蜀記》曰：與兒輩登堤觀蜀江，乃知李太白《荊門望蜀江》詩'江色綠且明'，真善狀物也。"按：太白以一"明"字實繪，突出了蜀江之水的清澄和明淨，陸游許為"奪化工之巧""真善狀物"，王琦在欣賞時正是看重這一點，所以兩引陸游之語以表己意。

又如，卷二十三《憶秋浦桃花舊遊》"不知舊行徑，出拳幾枝蕨"，王注："楊昇庵曰：黄山谷詩'蕨芽初長小兒拳'已爲奇句，然太白已有'不知行徑下，初拳幾枝蕨'之句，山谷落第二義矣。"王琦引楊昇庵之說，比較黄庭堅和李白詩句的內容，品評以"小兒拳"來形容蕨之枝葉的新奇比喻。

三　品評藝術風格和意境之美

藝術風格是指一個作家或作品表現出來的不同於其他作家作品的特點和方式，意境是作品表現出來的情調和境界，王琦評析時常常與其他作家或作品進行比較。

例如，卷一《悲清秋賦》"于時西陽半規，映島欲没。澄湖練明，遥海上月。"王注："《古賦辨體》：'澄湖練明，遥海上月'，與《赤壁賦》'人影在地，仰見明月'語意同，謂之倒語。若云'遥海上月，澄湖練明'，'仰見明月，人影在地'，語意一順，意味大減。"按：之所以有"澄湖練明"之景，完全是因爲"海上月"，二句是因果倒置的組合模式，《赤壁賦》與此相同，如果按照先因後果的常規來寫，就失去了這種倒置的新奇效果，也削減了語言的藝術魅力。這是通過語法形式評析意境。

又如，卷十五《渡荆門送別》，王注："丁龍友曰：胡元瑞謂'山隨平野盡，江入大荒流'，此太白壯語也。子美詩'星隨平野闊，月湧大江流'二語，骨力過之。予謂李是晝景，杜是夜景。李是行舟暫視，杜是停舟細觀，未可概論。"按：李杜二詩所寫景象相似，用語相類，故品評者頗多，王琦引用丁龍友之說，反駁了胡元瑞的偏頗之辭，從詩句描繪景象的細微差異分析了李、杜二詩意境之別。

又如，卷二十一《望廬山瀑布二首》，王注："《韻語陽秋》：徐凝《瀑布》詩有云：千古猶疑白練飛，一條界破青山色。或謂樂天有'賽不得'之語，獨未見李白詩耳。李白《望廬山瀑布》詩曰：'飛流直下三千尺，疑是銀河落九天。'故東坡云：'天遣銀河一派垂，古來惟有謫仙詞。飛流濺沫知多少，不爲徐凝洗惡詩。'以余觀之，'銀河一派'猶涉比擬，不若白前篇云'海風吹不斷，江月照還空'，鑿空道出爲可喜也。《苕溪漁隱叢話》：太白《望廬山瀑布》絶句，東坡美之，有詩云：'帝遣銀河一派垂，古來惟有謫仙詞。'然余謂太白前篇古詩云'海風吹不斷，江月照還空'，磊落清壯，語簡而意盡，優於絕句多矣。"按：王琦引用不同的文獻，表現各家對《望廬山瀑布》兩首詩的不同看法，蘇軾喜"飛流直下三千尺"一首，並有擬作，而《韻語陽秋》《苕溪魚隱叢話》則謂"海風吹不斷"一首在意境和用語上超出古來描繪廬山瀑布之作，亦有過於"飛流直下"一首，是爲佳作，這也代表了王琦的觀點。

王琦評注詩文意境和藝術特色的實例雖然不多，但是涉及的內容還是比較廣泛的，從以上所舉用例來看，在評注方面，王琦主要採用徵引文獻的方法注釋，所引文獻內容，常常涉及李白與前人或後人詩歌的比較，以突出詩人在文學創作上的藝術成就，這比單純品評所注詩文來得更爲直觀和感性，易於爲讀者理解接受。在這種對比式的品評賞析中，讀者也可以通過比較文獻，了解詩歌創作的規律和文學傳統的流變。

需要指出的是，王琦引用文獻品評藝術風格時，在某些具體內容上，還有一些可議之處。

例如，卷十四《春日歸山寄孟浩然》，王注："《瀛奎律髓》云：太白負不羈之才，樂府大篇，翕忽變化，而律詩工夫縝密如此，與杜審言、宋之問相伯仲。別有《贈浩然詩》曰：'醉月頻中聖，迷花不事君。'雖飄逸，不如此詩之端整。"按：此注引用《瀛奎律髓》雖然指出其用律縝密，但是如何縝密，與《贈孟浩然》一詩相比用律之所以端整表現在何處，都沒有具體說明。

又如，卷二十三《與元丹丘方城寺談玄作》，王琦引釋成時曰："'朗悟前後際，始知金仙妙。'束文人如稻、麻、竹、葦，吐不出此十字。"此注點到即止，更不落實處，給人一種虛幻之感。

對意境的賞析和藝術的品評，一般以詩文提供的語言信息和構擬的意象作爲基礎，靠讀者的想象和聯想，獲得某種藝術感受，在這一思維過程中，讀者的人生遭際、審美取向等所謂的"前理解"，起着十分重要的作用，讀者既可以着眼於一字一句的工巧，也可以着眼於整體意境、風格或言外之旨加以闡發。無論是寫作的技巧、用語的工妙，還是風格的輕靈沉鬱，抑或是詩人的情調、詩歌的境界等，它們會因爲讀者不同，或者同一讀者在不同時間的閱讀而有所差異，品評的主觀性和個人色彩十分濃厚，而且欣賞多半靠注者、讀者與作品的共鳴達成，這些感受有時不易行諸筆端，評注也很容易陷入虛無之境。南宋末期發展到元明兩代的詩文評點，正是意境和藝術品評逐漸走向虛無的極端反映，這是意境賞析和藝術品評本身的特點導致的。不過，從另一個角度來看，因爲評注有現實的依據，即詩文的語言內容和藝術形式作爲基礎，注者還是有可能將它的意境、格調和藝術特色的解析落到實處。就王琦《輯注》看，無論是自己有感而發，還是以前人評析來代替自己的説解，總的説還是比較平實的。

第四章

《〈李太白全集〉輯注》的注釋體式和方法

第一節 徵引式

從注釋者所用的注釋手段和體現出來的注釋風格看，古籍注釋體式主要有四種，即説解式、直譯式、考證式和徵引式。説解式以字詞爲基本釋義單位，通過釋詞達到對句意的解釋。直譯式則主要以句子爲釋義單位，通過對句意的解釋揭示章旨，將對詞語的解釋融於釋句之中。考證式則在前人注釋的基礎上進行再度注釋，注釋者採用大量證據，經過一番邏輯推理和論證，對自認爲正確的注釋加以維護，錯誤地予以辯證反駁[①]。徵引式則是通過引用文獻直接或間接解釋語意，而不惟以文獻驗證舊注的正確或錯誤。從是否主要以徵引文獻直接解釋語意的角度來說，前三種體式可統稱爲直解式，它們都是通過注釋者自己的語言解説語意，而徵引式則是以徵引文獻代替注釋者自己的直接說解，而將所釋語意融於所引文獻之中。具體到注釋實踐中，這幾種注釋手段可能會交叉使用，因此，我們判斷一部古籍注釋所用的注釋體式，是就它採用的主要注釋手段而言的。就《〈李太白全集〉輯注》來看，王琦主要採用了徵引的注釋體式。

一 徵引式的產生和發展

"徵引式"作爲訓詁體式的術語，最早由王寧、李國英兩位先生提

[①] 王寧、李國英：《李善的〈昭明文選注〉與徵引的訓詁體式》，俞紹初、許逸民主編《中外學者文選學論集》，中華書局1998年版，第463—464頁。

第四章 《〈李太白全集〉輯注》的注釋體式和方法　161

出，它具體指"以直接援引舊文、舊注、成句與故實，來探明語詞源流，而將説解語義與闡明文意融於其中"①。徵引文獻的方法用於注釋起源很早，東漢王逸注《楚辭》、蔡邕注班固《典引》已經使用這一手法，不過他們引書的範圍還僅限於經書，數量也比較少。後來張載、劉逵注釋左思《三都賦》也自覺沿用這一方法。他們在《三都賦》注中"詳引《尚書·禹貢》《漢書·地理志》以明文中的山川城邑；廣徵《爾雅》《神農本草經》及各地方志以釋文中的鳥獸草木；博引《山海經》《異物志》以解文中的珍寶奇怪；鈎稽方志野史以注釋各地的風土人情；至於文中大量的古事古語，劉注更是大量徵引故實舊文。《三都賦》注引用書證高達430多次，引文文獻近110種"②。稍後的裴松之注《三國志》搜羅文獻159種，劉孝標注《世説新語》引書達395種，北魏酈道元注《水經》甚至喧賓奪主，成爲一部獨立完整的著作行於世③。這種方法由注釋單篇文賦擴展到史籍諸子文獻，引書的數量和範圍也不斷擴大。由於所注文獻本身的差異，注釋者徵引文獻的目的和產生的效果雖然有所不同，但無疑都促進了徵引式的不斷發展和完善。

到唐代李善注《文選》，徵引的訓詁體式得以正式確立。孫欽善先生據清人汪師韓《文選理學權輿注引羣書目錄》所列，統計《文選注》所引文獻，"計有經傳69種，經類18種，經總訓3種，小學36種，緯侯圖讖78種，正史81種（包括史注），雜史68種，史類71種，人物別傳21種，地理99種，雜術藝43種，諸子85種，子類38種，兵書20種，通釋經論31種，總集6種，集41種（以上爲專書），詩154種，賦210種，頌22種，箴17種，銘27種，贊7種，碑33種，哀誄辭32種，七14種，連珠3種，詔表牋啓38種，書89種，弔祭文6種，序47種，論22種，雜文37種（以上爲單篇），舊注29種，總計1595種。"④可見，李善《文選注》在引書的範圍、種類和數量上，都達到了前所未有的廣度

---

① 王寧、李國英：《李善的〈昭明文選注〉與徵引的訓詁體式》，俞紹初、許逸民主編《中外學者文選學論集》，中華書局1998年版，第467頁。
② 同上書，第466頁。
③ 毛遠明：《訓詁學新編》，巴蜀書社2002年版，第29—30頁。
④ 孫欽善：《論〈文選〉李善注和五臣注》，俞紹初、許逸民主編《中外學者文選學論集》，中華書局1998年版，第368頁。

和高度，又因所注詩文較多，超越了以往單篇文賦注釋的局限，使徵引式最終發展成爲一種成熟的訓詁體式。在李善《文選注》的影響下，後代詩文集注也自覺繼承了徵引文獻注釋的傳統。以文集注釋比較發達的清代爲例，大凡較好的注本，如朱鶴齡《杜詩輯注》《李義山詩集箋注》，仇兆鰲《杜詩詳注》，馮浩《玉谿生詩集箋注》，趙殿成《王右丞集箋注》，王琦《李長吉歌詩彙解》，馮集梧《樊川詩集注》等都主要採用了徵引注釋的方法。今人詩文注釋，如詹鍈《李白全集校注彙釋集評》，劉學鍇、余恕誠《李商隱詩歌集解》，葉蔥奇《李商隱詩集疏注》等，也主要採用了徵引爲注的方式。王琦注釋李白詩文，繼承李善《文選注》，成功地將徵引式運用於詩文注釋，成爲清代最詳明的李白集注本。

二　運用徵引式的範疇及引書範圍

王琦輯注李集，將徵引式運用於注釋内容的各個方面，包括校勘、辨僞、注音、辨析字詞形體、釋詞解句、串講詩意、剖析詩旨、解釋名物典制、解釋典故、點評藝術手法和意境賞析等，其中又以包括釋詞解句在内的後七項内容最爲突出，從前面各章對注釋内容的分析及舉例中可見一斑。徵引式之所以在不同注釋内容上表現出不同的應用取向，主要有以下原因。

首先，注釋原則要求用語精練，是王琦在校勘、注音和辨析文字形體的内容上少用徵引式的原因之一。校勘内容，多數附於原文，要求注文用字數量盡可能要少，如果採用徵引式，文字就會大量增加，摻雜於原文，對讀者閱讀的連貫性會造成一定妨礙。在注音上，王琦多數採用直音法，個別還用四聲法和反切法，辨析文字形體也主要指出某字同或通某字，少有詳細的辨析，一般來説，注語所用文字不過三四字而已，如果採用徵引式，用字數量也會大大增加，使注文顯得比較繁冗。

其次，前人舊注或其他文獻中，有關李集校勘、辨僞、注音和辨析文字形體的内容較少，也是這些内容少用徵引式的一個原因。就注音來説，同一個字，即使有前人爲它注音，也因爲作者、注者時代遠隔，語音發生改變，而不能引之爲用，這是注音少用徵引式的根本原因。

再次，後七項内容之所以廣用徵引文獻注釋的方法，原因與上述兩點正好相反，一方面這些注釋内容大都附於原文之後，所用文字或多或少對原文的閱讀影響都比較小；另一方面，有豐富的文獻可供徵引是這些內容廣用徵引式的主要原因。釋詞解句、串講詩意、發明詩旨、評析藝術手法和意境賞析等內容，涉及意義理解和詩文品評，這些內容在前人的舊注和一些詩話、詩文評類文獻中，很多都能找到依據，以太白詩歌而言，比較有名的舊注有楊、蕭、胡三家，在一些品評類著作，如《苕溪魚隱叢話》《瀛奎律髓》《竹坡詩話》《昇庵集》等文獻中也有關於李詩的品評。就解釋詞語而言，詞彙由於受社會及人們交際的影響，雖然變化相對較爲顯著，但是詞彙中活躍於交際領域的主要是基本詞彙，其中多數詞的意義一直到今天都還在使用；另外，詩人自覺追求語言的古雅，詩文中常常出現後代已經不再使用的古語古義，這些詞彙的意義多數都能在前代的小學專書和文獻舊注中找到根據，即使是那些唐代產生的新詞新義，有些已經後人考證，也可以在作者之後，注者之前的文獻中找到依據。名物典制也可以在類書、史書、人物傳記以及專門記述自然的農書醫書中找到依據。就溯源釋典而言，前面已經指出，大量使用古事古語，自魏晉以後已經成爲詩文創作的傳統和規律，因此更有文獻可供徵引。

　　王琦輯注太白文集，自覺選擇了徵引注釋的體式和方法，他根據作品的實際和注釋內容、注釋特點的需要，有選擇、有側重地將徵引式運用於《輯注》的各個方面。王琦的引書範圍非常廣泛，涵蓋經、史、子、集各部各類，所引文獻的具體情況統計如下：

　　經部：經類39種，720次，注文40種，550次；緯書24種，40次；小學類20種，554次。

　　史部：正史類17種，1702次，注文25種，579次；別史類4種，23次，注文1種，5次；雜史類6種，73次，注文2種，12次；編年類5種，47次，注文1種，63次；地理類88種，1063次；傳記類4種，54次；載記類5種，50次；政書類4種，127次；職官類3種，19次；史評類1種，1次；目錄類3種，5次；其他類19種，36次。

　　子部：儒家類12種，91次，注文4種，11次；道家類40種，416次，注文15種，182次；釋家類30種，142次，注文3種，5次；醫家類10種，33次；類書16種，310次；小説家類51種，342次，注文4種，52次；雜家類71種，324次，注文2種，71次；法家類3種，14

次；農家類 2 種，10 次，注文 1 種，1 次；兵家類 2 種，5 次，注文 1 種，1 次；術數類 4 種，7 次；天文算法類 1 種，2 次；譜錄類 7 種，11 次，注文 1 種，14 次；藝術家類 7 種，11 次，注文 1 種，1 次；畫 3 種，3 次。

集部：《文選》李善注 283 次；五臣注 343 次（其中呂向注 76 次、張銑注 72 次、呂延濟注 72 次、李周翰注 67 次、劉良注 56 次）；其他薛綜注、張載注、劉逵注等共 80 次；總計注文 14 種，706 次。《楚辭》211 次，注文 3 種，118 次。單篇文章共 2122 次，包括詩、文賦、序、表、書、哀誄、碑銘、頌贊等①，其中明確標明是《文選》或兼引《文選》注的共有 605 次，但事實上絕大多數的單篇文章都見於《文選》。誥文 2 種 2 次。詩話詩文評類計 25 種 131 次。別集、總集類 15 種 73 次②。李詩舊注：楊齊賢注 88 次；蕭士贇注 100 次；胡震亨注 44 次；舊注 3 次。

另外，注中還有同時出現幾個文獻名稱，而引文僅有一個的情況，如第 26 頁引新、舊《唐書》及《通鑑》，第 329 頁引《遯齋閑覽》《學林新編》，第 935 頁引《雍勝略》《商略》《陝西通志》，第一、第三處引用的文獻屬於史部，前面統計引文種類時已經出現，現僅計爲引文 2 次，第二處所引文獻屬於子部，前面的引文種類中沒有統計，現計爲引文 1 種 1 次。

綜上所列，王琦徵引文獻種類、數量總計：經部 123 種 1864 次；史部 188 種 3861 次；子部 292 種 2060 次；集部 65 種③ 3598 次。共計 647 種 11347 次④。其中每部單類徵引次數最多的，經部最多的首推詩類，共 17 種 419 次，其中《詩經》最多，原文 198 次，另有毛萇《詩傳》25 次，毛傳 65 次，鄭箋 43 次，孔穎達正義 30 次，朱熹集傳 11 次。史部引文種類最多的是地理類，數量最多的則是正史類，其中單類文獻引文最

---

① 未包括已經明確標明引自《楚辭》的文章。
② 《文選》類、《楚辭》類已作單類統計，故未統計入內。
③ 多數單篇文章見於多種集子，不便於統計來源，因此僅統計了單篇文章的次數，未計種類，故 65 種僅就注中明確提到的文集作統計，若計入單篇文章種類，則文獻種類總計當在 1500 種以上。
④ 注中還有一些沒有明確引文，僅有名稱的文獻 118 次，除去已經統計過的，還有 17 種未計入總數量。

多的則是《漢書》，正文 402 次，注文 16 種 328 次，其中顏師古注則多達 152 次。子部單類文獻引文最多的是《莊子》，正文 160 次，注文 56 次。集部引用單類文集最多的首推《文選》，注文最多的也是《文選》注，其中以李善注爲最，其次是五臣注，再次是李詩舊注；單個作家作品引文次數最多的是鮑照詩①157 次，其次是江淹詩 131 次，再次是謝靈運詩 129 次，曹植詩 91 次，陸機詩 84 次，左思詩 76 次，謝朓詩 73 次。

王琦對與他時代較近的研究成果也頗能汲取。例如，卷四《王昭君二首》其一引用顧炎武之説考證王昭君出塞之途。

王琦還利用實物考證事實、解釋語意。例如，卷三《將進酒》中引用韓幹畫《貴戚閱馬圖》，三花御馬、張萱畫《虢國出行圖》來考證"五花馬"的含意。

由以上論述可知，王琦徵引文獻，由古至今，由經史子集各種文字文獻到實物，範圍至廣。他以徵引文獻代替直接説解，全集注釋引文數量高達一萬次以上，極爲可觀。以徵引式注釋詩文別集，沒有廣泛涉獵經史文獻的學識和博聞強識的能力是難以實現的。清人杭世駿説："作者不易，箋疏家尤難，作者以才爲主，而輔之以學，興到筆隨，第抽其平日之腹笥，而縱橫曼衍，以極其所至，不必沾沾獵祭也。爲之箋疏者，必語語核其指歸，而意象乃明；必字字還其根據，而證佐乃確。才不必言，夫必有十倍于作者之卷軸而後方以从事焉。空陋者固不足以與乎此，粗疏者尤未可以輕試也。"② 像仇兆鰲等人"擁書勝百城"③，才能"仿江都之注《選》"④，"否則郢書燕説，以白爲黑，其唐突大家已甚矣。"⑤

三　採用徵引式注釋的原因

王琦輯注太白詩文，選擇以徵引式作爲主要的注釋手段，大略説來

---

① 以詩該文，餘至"謝朓詩"同。
② 杭世駿：《〈李太白全集〉輯注·序》，李白著，王琦注《李太白全集》，中華書局 1977 年版，第 1683 頁。
③ 程師恭：《讀杜詩詳注》，杜甫著，仇兆鰲注《杜詩詳注》，中華書局 1979 年版，第 2315 頁。
④ 仇兆鰲：《進書表》，杜甫著，仇兆鰲注《杜詩詳注》，中華書局 1979 年版，第 2352 頁。
⑤ 楊樹達：《積微居小學述林》，中國科學院 1954 年版，第 308 頁。

有以下三個原因。

首先，詩文創作的規律和文本內容，是王琦採用徵引式的根本原因。

前文說過，魏晉以後，文學創作"徵義舉乎人事，明理引乎成辭"的特點，使詩文中出現了大量古事古語，這些古事古語不是純粹爲了模仿前人而鑲嵌到詩文中去的，它們往往包含了作者個人的主觀感受和思想情感，這種個人感受有時難以用語言文字恰當地表述出來，因此，注釋者既要說明古事古語的來歷，也要闡明其中蘊含的意義，這就需要引用文獻，使讀者在閱讀引文的過程中獲得對原文的理解。王寧、李國英兩位先生評價李善《文選注》採用徵引式的原因時說："李善採用徵引式的體式，既是不得不如此——文學作品的個人感受難以用直訓、義界、章句等傳統方式表述；又是完全可能如此——漢魏六朝作品確是一詞一語均有依據，有所祖述。"① 太白詩文創作也繼承了漢魏六朝以來用典的傳統，因此，王琦採用徵引注釋的體式是必然的。

其次，徵引式的特點是王琦採用這一體式注釋李白集的重要原因。

無論解釋語意、品評詩文意境和藝術手法，還是溯源釋典，徵引式都以文獻代替注者的直接說解，它以前代已經存在的事實解釋詩文內容，讓讀者在閱讀前代文獻的基礎上領會所注詩文之意，從人類認識事物的本質來說，這是直接以前代的經驗作爲解讀的手段，在長期的知識積累中，被證明正確的經驗，在此就顯示了它獨有的驗證能力，它看起來比任何注釋者的語言都更具說服力，注釋活動的客觀有效性也大大加強。但是不可否認，注釋者徵引的文獻也是經過精挑細擇的，文獻的選擇，本身又包含了注釋者的主觀傾向，不過有這些文獻作爲佐證，就可以讓讀者知道注者所言不虛。尤其在"詩無達詁"的影響下，諸如對詩旨、意境和藝術手法等內容的品評，更容易走向"無達詁"的極端，通過徵引前代文獻來表達注釋者的見解，這樣，同一觀點就多了一個贊同者，其以證據說明觀點的意識是非常明確的，毫無疑問，這種手法使注者的觀點更加接近真理。盧文弨所謂"虛則易歧，實則難假"② 正是對廣引羣

---

① 王寧、李國英：《李善〈昭明文選注〉與徵引的訓詁體式》，俞紹初、許逸民主編《中外學者文選學論集》，中華書局1998年版，第472頁。

② 盧文弨：《抱經堂文集·九經古義序》，中華書局1990年版，第25頁。

籍解釋語意作用的評價。避免"詩無達詁",以求理解的客觀性、唯一性,是王琦追求的注釋目標,這一目標的實現,與徵引式的特點有重要關係。

最後,李善《文選注》的成就和影響也是王琦採用徵引式的一個重要原因。

徵引式在李善《文選注》中得以確立,取得了突出成就,以致《文選》和李善注,文以注存,注以文顯,二者相得益彰,共同發展成一門"選學",不僅研究《文選》的本文,更研究李善的注文。王琦《輯注》選擇徵引式作爲主要的注釋方式,也得益於此。趙信在《輯注》序中說:"同里王君載庵輯注《太白詩文集》,詳引博據,考索綜核,殆仿李善注《文選》。"又說:"(載庵)嘗謂余曰:'李善注《文選》,有子邕以續其志,此書之釋事忘意,動有無窮之憾。'"① 可見,王琦注釋太白文集,自覺模仿《文選》李善注的體式,而且對於李善注及自己注釋李白集的薄弱之處,也有正確評價,從他徵引文獻舊注的數量上看,也以李善注最多,因此,李善注的影響,也是王琦採用徵引式的一個重要原因。錢謙益在《草堂詩箋元本序》中說"今人注書,動云吾效李善"②,錢氏雖然旨在說明今人作注觀書未遍而妄下雌黃的弊病,但卻從另一個側面揭示了李善《文選注》對後世詩文注釋的影響。因爲李善注的精詳和準確,"對後代的集部——文人文學作品的注釋能起到那樣巨大的作用,後代的詩文注釋絕大部分採用徵引式,是爲歷史的必然。"③

王琦採用徵引的訓詁體式注釋太白詩文集,是多種因素促成的。但更爲重要的是,他淹貫古今、博聞精洽的學識爲採用徵引式作了充分的學術準備。

四 運用徵引式的特點

前文論述解釋古語,即溯源出處的價值時,曾經指出王琦通過溯源

---

① 趙信:《〈李太白全集〉輯注·序》,李白著,王琦注《李太白全集》,中華書局1977年版,第1684—1685頁。

② 杜甫著,錢謙益箋注:《錢注杜詩》,上海古籍出版社1979年版,第3頁。

③ 王寧、李國英:《李善的〈昭明文選注〉與徵引的訓詁體式》,俞紹初、許逸民主編《中外學者文選學論集》,中華書局1998年版,第472頁。

間接理解李白詩文意義，進行意境賞析和藝術品評，探明李白在詩文創作上對傳統的繼承和變革出新方面的特點，因爲溯源必須採用徵引式，所以這實際上也是王琦運用徵引式的成就。除此之外，王琦運用徵引式，還有以下特點。

（一）引文準確得當

無論解釋一般語詞還是解釋名物故實，王琦大都能夠引用恰當的文獻，這在前面各章對王琦注釋內容的分述部分已經有所説明。在一般語詞的解釋上，王琦大多引文解釋一般語義，解釋喻義或言外之意的比較少。喻義和言外之意隨文釋義的性質比較突出，詩句不同，所用喻義可能就會有差異。王琦徵引文獻釋義時，不僅能找到解釋一般語義的文獻，有時也能準確找到解釋喻義的文獻。例如，卷十《敍舊贈江陽宰陸調》"間宰江陽邑，剪棘樹蘭芳。"王注："袁宏《三國名臣贊》：思樹蘭芳，剪除荊棘。李善注：芳蘭以喻君子，荊棘以喻小人。"

有時，王琦更把幾項需要解釋的內容融合在一起引文釋義。例如，卷十一《流夜郎書懷示息秀才》"弋者何所慕，高飛仰冥鴻"，王注："又《逸民傳》（指《後漢書》）：揚雄曰：鴻飛冥冥，弋者何篡焉！言其違患之遠也。章懷太子注：'篡'字，諸本或作'慕'，《法言》作'篡'。宋衷曰：篡，取也。鴻高飛冥冥薄天，雖有弋人，何所施巧而取焉。喻賢者隱處，不罹暴亂之害也。"王琦引用《後漢書》及李賢注，準確找到了典故之源，而且校正事實，解釋典故原義、喻義，用於此處非常恰當。

前文敍述王琦《輯注》的內容，有大量徵引文獻注釋的例子，此處不再贅舉。

（二）引文在內容上相互補充

由於不同文獻記述同一事物的角度和內容各有差異，有時單引一種文獻往往不能滿足注釋的需要，這時，王琦常常同時徵引兩種以上在內容上相互補充的文獻，以給讀者提供更多的信息。

例如，卷十四《流夜郎至西塞驛寄裴隱》中解釋"西塞山"，王注："《元和郡縣志》：西塞山，在鄂州武昌縣東八十五里。《太平御覽》：《江夏風俗記》曰：西塞山，高一百六十丈，周迴三十七里。峻嶬橫江，危峰斷岸。長波阻以東注，高浪爲之西翻。袁宏《東征賦》云'沿西塞之峻崿'是也。"按：王琦引用兩種文獻解釋"西塞山"，前一文獻指明位置，後一文獻描述特徵，沒有一點重複之處。

又如，卷二十六《爲宋中丞請都金陵表》"大盜蠶食，割爲鴻溝。"王注："《漢書》：稍蠶食六國。顏師古注：蠶食，謂漸吞滅之，如蠶食葉也。孔穎達《毛詩正義》：蠶食者，蠶之食桑，漸漸以食，使桑葉盡也。"按：此注引用顏師古《漢書注》和孔穎達《毛詩正義》解釋"蠶食"之義，前者解釋"蠶食"在文中的用意，並說明比喻用法，後者解釋語源，即蠶食桑葉本身所反映的現實特徵。前後內容相互補充，邏輯順序顯明清晰。

需要注意的是，記載同一事物的不同文獻，由於作者記述角度各異，詳略有別，各文獻記載的內容一般會有一定差異，但是，因爲記載的畢竟是同一事物同一語詞，各文獻之間又不可避免地會有相同相似的內容。因此，像以上兩例，在引文內容上沒有一點重複的情況是比較少見的。那麼，怎樣才能算引文內容相互補充，而怎樣又算是重複蕪雜，就需要一個評判的標準。我們認爲，如果引文內容絕大多數的文字增加了新的信息量，就可以看作是比較恰當的；反之，如果多數文字沒有增加新的信息，少量文字雖然包含了一定的新信息，但是卻不得要點，這樣的引文就是多餘的、繁冗的。

王琦《輯注》徵引兩種以上的文獻釋義，有的在內容上雖有小的重複，但仍可看作引文得當。

例如，卷二十《泛沔州城南郎官湖》中解釋"大別山"，王注："（《元和郡縣志》）又云：魯山，一名大別山，在沔州漢陽縣東北一百步，其山前枕蜀江，北帶漢水。《湖廣通志》：大別山，在漢陽府城東北半里，漢江西岸。《禹貢》：'內方至於大別'即此。一名翼際山，又名魯山，山之陰有鎖穴，即孫皓以鐵索截江處。"按：此注所引兩文，雖然在異名和位置上有相同點，但兩相比較，差異卻更多，只有兩文結合纔能更準確、更全面地描繪"大別山"的位置、周圍環境、異名及相關典事。

又如，卷二十《邯鄲南亭觀妓》中解釋"科斗"，王注："《古今注》：蝦蟆子曰蝌蚪，一曰玄針，一曰玄魚，形圓而尾尖，尾脫即腳出。顏師古《急就篇注》：科斗，一名活東，一名活師，即蝦蟆所生子也。未成蝦蟆之時，身及頭並圓，而尾長，漸乃變耳。"兩種文獻在解釋蝌蚪的種屬和形狀上有相同之處，而在解釋蝌蚪的異名和成長的過程上則可以相互補充。

（三）引文兼注形式的廣泛使用

徵引式在王琦《輯注》中一個突出的表現，就是廣泛使用引文兼注的形式，把溯源和釋義融爲一體。具體來説，就是徵引一種文獻溯源釋典的同時，兼引該文之注解釋語意，這種方式使所引舊注有文可依，便於理解，在文獻形式的排列上也條理清晰，簡明順暢，例如，上面所舉解釋"荆棘""蘭芳"等例都是如此。

又如，卷二《古風》其五十六"魚目復相哂，吋心增煩紆。"王注："張衡詩：何爲懷憂心煩紆。"李周翰注："煩紆，思亂也。"又如，卷二十二《宿鰕湖》"白雨映山寒，森森似銀竹。"王注："張景陽詩：森森散雨足。劉良注：森森，雨散貌。"又如，卷三《遠别離》"猩猩夜啼烟兮鬼嘯雨"，王注："左思《蜀都賦》：猩猩夜啼。劉逵注：猩猩生交趾封溪，似猿，人面，能言語，夜聞其聲如小兒啼。"以上三例分别解釋一般語詞和名物詞，都先引文溯源，後兼引其注釋義。

又如，卷二《古風》其五十九"張、陳竟火滅，蕭、朱亦星離。"王注："《後漢書》：張、陳凶其終，蕭、朱隙其末。章懷太子注：張耳、陳餘初爲刎頸交，後搆隙，耳從漢，爲將兵，殺陳餘於泜水之上。蕭育，字次君，朱博，字子元，二人爲友，著聞當代。後有隙不終，故時以交爲難。"此例引用史書兼注指明李白詩句的語源，並解釋人物和典故之意，十分恰當。

前文敍述溯源出處的時候，曾經提到，王琦有時引用較晚的文獻溯源，其目的就是爲了引用該文之注釋義，這也是王琦重視引文兼注形式的表現。

引文是對詩文用語用典出處的追溯，該文之注則是對語詞、句子、典故意義的解釋，這種形式以極其簡潔的訓釋手法完成了兩方面的訓釋任務，在詩文注釋中是值得提倡的。今注如《集評》等也大量採用這一方法，可以説是對古注形式的繼承。

引文兼注的手法之所以在徵引式中占有絶對優勢，與詩文創作和前代文獻的特點有必然聯繫。前文已經説過，大量運用古事和古語，已經成爲後代詩文創作的特點之一，其次，後人運用的古事和古語，大多都經前人注釋過，其中一些注文以其準確、精練、翔實而著稱，如十三經注疏，《史記》裴駰、司馬貞、張守節三家注，《漢書》顏師古注，《三國志》裴松之注，《後漢書》李賢注，《莊子》郭象注、陸德明音義，《楚辭》王逸章句、朱熹集注，《文選》李善注、五臣注，等等，不勝枚舉，這些文獻爲後代的注釋者提供了寶貴的資料。如果所注詩文取法於有精當注文的文獻，那麼注者在溯源出處的同時，就可以兼引該文之注解釋相應的語詞、句子或故實，收到雙重效果。

　　王琦引用兩種以上的文獻釋義，還比較注重引文在排列上的邏輯順序。解釋地理名物，一般是按照時間的先後順序排列不同時代的文獻。解釋一般語句，常常先釋詞再解句。例如，卷二《古風》其二十二："急節謝流水，羈心搖懸旌。"王注："曹植《與吳質書》：日不我與，曜靈急節。呂延濟注：急節，謂遷移速也。楊齊賢曰：謝，去也，謂時節之去如流水之急也。"有時還先釋詞再解釋單字。例如，卷二十一《登金陵冶城西北謝安墩》"青龍見朝暾"中解釋"朝暾"，王注："《通雅》：曉日爲朝暾。謝靈運詩：曉見朝日暾。李周翰注：暾，日初出貌。"這爲今人注釋實踐提供了借鑒。

五　運用徵引式的不足

　　如上所述，徵引注釋的手段，在文集箋注中具有獨特的價值和作用。以此作爲主要方法從事箋注的人，一般都是博覽羣籍，淹貫古今，以博洽著稱的學者。注中所引文獻往往準確又易於理解，不僅能夠很好地溯源釋典、解釋語意，還能以精練的文字完成對詩文意境的欣賞和對章旨的深入挖掘。同時，徵引注釋使注文有據可依，在注釋活動的客觀性上也是一個有力的保證。但是，不可否認，王琦在徵引式的運用上還存在引文繁冗拖沓、解釋對象相同而引文不一或引文内容有異、冠錯文獻名稱、稱名體例不一等問題。

（一）引文繁冗拖沓

　　引文煩瑣，主要指一個注釋點内，所引的兩種以上的文獻内容大致相同，每一種文獻包含的信息量基本相當，注文所用文字雖多，而信息量卻沒有增加。這種情況，有時是由徵引式本身的特點造成的。前文已述，記錄同一事物或語詞的文獻，内容既有同一性，也有記述角度和文字詳略的差異，有時需要同時引用兩種以上的文獻釋義以相互補足，而徵引式的特徵，就是以直接引用原文來代替注者的說解，既要保持文獻原貌，注者又不加一語，因此，引入的文獻內容很難避免重複。考察引文是繁冗拖沓，還是準確得當，只能就其重複內容的多少、各引文提供的有價值的信息量的多少，予以判定。

首先，王琦引文拖沓和煩瑣，在解釋地理名物，尤其是解釋山川泉石上比較突出。

例如，卷十八《洞庭醉後送絳州呂使君杲流澧州》中解釋"回雁峰"，王注："《方輿勝覽》：回雁峰，在衡陽之南，雁至此不過，遇春而回，故名。或曰峰勢如雁之回。《湖廣志》：回雁峰，在衡州府城南里許，相傳雁不過衡陽，至此而回。然聞桂林間尚有雁聲，知此說非矣。或謂峰之形勢如雁回轉者，是也。南岳周環八百里，回雁為首，岳麓為足云。"按：王琦引文重點在於考察"回雁峰"得名的緣由，其中《方輿勝覽》的內容完全包含在《湖廣志》中，沒有必要引用。

又如，卷十四《三山望金陵寄陰淑》中解釋"盧龍山"，王注："《太平寰宇記》：盧龍山，在昇州上元縣西北二十里，周迴五里，西臨大江。按舊經，晉元帝初渡江，北地盡為虜寇所有。以其山連石頭，為固關塞，以盧龍名焉。《六朝事跡》：盧龍山，圖經云，在城西北十六里，周迴五里，高三十六丈。東有水下注平陸，西臨大江。舊經云，晉元帝初渡江，到此，見嶺山連綿，接石頭城，真江上之關塞，似北地盧龍，因以為名。《一統志》：獅子山，在應天府西二十里，與馬鞍山接。晉元帝初渡江，見此山綿連，以擬北地盧龍山，故易名盧龍山。"按：此注共引用三種文獻解釋"盧龍山"，細較其文，《太平寰宇記》與《六朝事跡》的共同點是解釋"盧龍山"的位置、範圍、得名由來，不同點僅在於後者較前者多出山的高度及山中之水的內容；而《一統志》也說明了"盧龍山"的位置和得名緣由，只不過因為引文時代不同而州郡名稱發生了變化，另外異名及"與馬鞍山接"是新的信息。三種文獻雖各有特點，但是相同或相似的內容較多，提供的新的信息量較少，引文也比較煩瑣。

其次，就整體情況看，王琦解釋動植物，基本上能夠做到注釋繁簡適度，但是個別注文也有引文煩瑣的弊病。

例如，卷二十四《擬古十二首》其十二："越燕喜海日，燕鴻思朔雲。"王注："《酉陽雜俎》：紫胸輕小者，是越燕。《爾雅翼》：越燕，小而多聲，頷下紫，巢於門楣上，謂之紫燕，亦謂之漢燕。"按：《酉陽雜俎》的内容完全包含在《爾雅翼》中，不必引用。

又如，卷十七《送張秀才從軍》"六駁食猛武"中解釋"六駁"，王注："《詩·國風》：隰有六駁。毛萇傳：駁，如馬。鋸牙，食虎豹。孔穎達《正義》：《釋畜》云：駁，如馬。鋸牙，食虎豹。郭璞引《山海經》云：有獸，名駁，如白馬，黑尾，鋸牙，音如鼓，食虎豹。然則此獸名駁而已。言六駁者，王肅曰：言六，據所見而言也。"[1] 按：王琦引《詩經》及傳疏解釋"六駁"的來歷和含義，其中描繪"駁"的形象的引文，孔疏所引《釋畜》也是毛萇傳依據的材料，所引《山海經》除描繪"駁"的毛色、音聲之外，與《釋畜》也有重複，沒有提供更多有價值的信息。爲了保證引文的完整和簡要，可以去掉孔疏所引的《釋畜》文。

再次，王琦在解釋一般詞義和溯源釋典上也存在引文繁冗拖沓的弊病。

例如，卷五《北上行》"磴道盤且峻"，王注："《西京賦》：磴道邐倚而正東。李善注：磴道，閣道也。《廣韻》：磴，小坂也。《韻會》：磴，登陟之道也。"按：磴道指登山石徑，《韻會》釋義明晰，而王琦復引李善注和《廣韻》，實無必要。

又如，卷十九《以詩代書答元丹丘》"書留綺窗前"，王注："《古詩》：交疏結綺窗。李善注：《說文》曰：綺，文繒也。此刻鏤象之。《蜀都賦》：列綺窗而瞰江。吕向注：綺窗，雕畫若綺也。陸機詩：邃宇列綺窗，蘭室接羅幕。張銑注：綺窗，窗爲錦綺之文也。"按：《古詩》《蜀都賦》和陸機詩，只在"綺窗"的含義上相同，它們與李白詩都沒有意境上的聯繫，李善注、吕向注和張銑注用語不同，但他們解釋的語義完全一致，王琦引用三文三注解釋"綺窗"並溯源，沒有多大價值。

另外，前面在"溯源出處的失誤"中所舉對"分義""爲最""水精簾"等語詞的溯源，王琦都引用兩種作用完全相同的文獻，也沒有必要。

---

[1] 按：關於"六駁"之義，陸機《毛詩草木鳥獸蟲魚疏》認爲指梓榆，是一種樹木，也稱駁馬，因其樹皮青白駁犖，遥視似駁馬，故謂之駁馬。不過，從李白"六駁食猛武"一句的語意來看，李白顯然信從了毛萇之説。

第四，王琦引文的煩瑣還表現在對於不爲所取的誤説也時有引用。
　　例如，卷十一《在水軍宴贈幕府諸侍御》解釋"幕府"，王注："《漢書》：莫府省文書。晉灼曰：將軍職在征行，無常處，所在爲治，故言莫府也。或曰衛青征匈奴，絶大莫，大克獲，帝就拜大將軍於幕府中，故曰莫府，莫府之名始於此也。顔師古曰：二説皆非也。幕府者，以軍幕爲義，古字通單用耳。軍旅無常居止，故以帳幕言之。廉頗、李牧市租皆入幕府，此則非因衛青始有其號。"按：此注王琦意在考察"幕府"表示軍政大吏府署之義的來源，從引文看，王氏顯然贊同顔師古之説。古籍注釋不同於單純的詞義考辨，它要求注者簡明扼要地提供給讀者正確的信息，對於已經前人駁斥爲誤的説法，不必列入注文，以免給閲讀造成負擔。顔師古之説是在駁斥晉灼之説基礎上得出的結論，若僅引顔注原文，可能會造成注文的模糊，所以，注者可以適當變通，如去掉"二説皆非也"及最後一句，在顔注前可加"幕與莫通用"，或"幕府或作莫府"之類的注語。
　　又如，卷八《秋浦歌十七首》其八解釋"水車嶺"，王注："《一統志》：水車嶺在池州府齊山。胡震亨曰：《貴州志》：縣西南七十里有姥山，又五里爲水車嶺，陡峻臨淵，奔流衝激，恒若桔橰之聲。舊注以爲在齊山者，誤。"按：《一統志》與胡注不是一種文獻中的内容，王琦既然認爲《一統志》記載有誤，完全可以不引。

（二）所釋對象相同而所引文獻或引文内容各異

　　王琦徵引文獻釋義，當相同的注釋對象出現在不同的篇目或句子中時，有時所引文獻和所釋内容完全一致。如解釋"衡山"，卷十五《將遊衡岳留別族弟浮屠談皓》和卷十七《送長沙陳太守二首》其一，王琦都注爲："《通鑑地理通釋》：衡岳，在潭州衡山縣西三十里，衡州衡陽縣北七十里。有五峰，曰：紫蓋、天柱、芙蓉、石廩、祝融。"但是，這種情況在《輯注》中實在不多，更多的時候則表現爲相同的注釋對象，而引文或引文内容各有差異。主要有兩種情況，一是相同的注釋對象出現在不同的篇目或同一篇目的不同句子中，每一處引文種類或内容互有差異。二是在同一個注釋點内，所引文獻内容互有差異。這兩種情況，在解釋名物，尤其是地理名物上比較突出，下面主要以王琦對地理名物的解釋爲例，予以説明。

首先，解釋不同篇目或句子中的同一名物，引文種類或內容有別。此類共有兩種情況。

其一，引用同一文獻而所釋內容有別。

同一文獻所記載的同一名物，分列在不同的卷目或條目下，釋義的內容有時會有用語的差異，引用這樣的文獻注釋，就會出現同一名物而釋義內容有別的情況。例如，解釋"汴河"，卷七《梁園吟》中，王注："《一統志》：汴河，舊自滎陽縣東，經開封府城南，又東合蔡河，名蒗蕩渠，又名通濟渠，東注泗州，下入於淮。"又卷十六《送王屋山人魏萬還王屋》中，王注："《玉海》：汴河，蓋古蒗蕩渠也。首受黄河水，隋開浚以通江、淮漕運，兼引汴水，亦曰通濟渠。《一統志》：汴河源出滎陽縣大周山，合束、溹、須、鄭四水，東南至中牟縣北入於黄河。"按：前後同引《一統志》而内容不同。前者是《大明一統志・河南布政司・開封府上》卷二十六"古跡・汴河故道"文①，後者則是同卷"山川・汴河"文②。這種情況在《輯注》中比較少見，恐怕是因爲王琦隨意引文而導致的。

其二，所引文獻不同，所釋内容有别。這種現象在《輯注》中非常突出。

例如，解釋"東山"，卷七《東山吟》中，王注："《太平寰宇記》：土山，在昇州上元縣南三十里。按《丹陽記》：晉太傅謝安舊隱會稽東山，因築土像之，無巖石，故謂土山也。有林木、臺觀、娛遊之所，安常請朝中賢士、子姓親屬會宴於此。《江南通志》：東山，在江寧府城東南三十里，一名土山。晉謝安先隱居會稽東山，既出，心嘗思憶，因築土爲山擬之，寄懷欣賞。《晉書》云：謝安于土山營墅，樓館林竹甚盛，每攜中外子姪往來遊集，即此地也。"此注詳細解釋東山在不同時期内的屬地名稱、異名、山石特徵、風光，以及謝安築山、攜中外子姪遊覽之事。又卷十七《送姪良攜二妓赴會稽》中，王注："《一統志》：東山，在紹興府上虞縣西南四十五里。晉太傅謝安居此，今絶頂有謝公調馬路，白雲、明月二亭遺跡。"此注則簡要解釋了其地在明代的屬地名稱、謝安

---

① 李賢等：《大明一統志》，三秦出版社 1990 年版，第 446 頁。
② 同上書，第 440 頁。

之典和遺跡名稱。又卷二十三《憶東山二首》中，王琦則引施宿《會稽志》："東山，在上虞縣西南四十五里，晉太傅謝安所居也。一名謝安山，巍然特出於眾峰間，拱揖虧蔽，如鸞鶴飛舞，其巔有謝公調馬路，白雲、明月二堂遺址，千嶂林立，下視滄海，天水相接，蓋絕景也。下山出微徑，爲國慶寺，乃太傅故宅。旁有薔薇洞，俗傳太傅攜妓女遊宴之所。"此注則重點解釋山地自然風貌和人文景觀，典事捎帶一提，所釋異名和山地風貌又與第一處不同。

以上解釋"東山"，每處釋義內容雖有一定差異，不過各文獻之間還有一部分內容大致相同。有時，王琦解釋相同的地理名物，所引文獻內容之間的差別還特別顯著。

例如，"鸚鵡洲"得名的原因，有不同説法，王琦釋義時，不同篇目中所釋得名緣由也有差異。卷十一《經亂離後贈江夏韋太守良宰》中，王琦引《太平寰宇記》："鸚鵡洲在大江東江夏縣西南二里，西過此州，從北頭七十步，大江中流，與漢陽縣分界。《後漢書》云：黃祖爲江夏太守，時祖長子射大會賓客，有獻鸚鵡於此洲，故得名。"卷十四《自漢陽病酒歸寄王明府》中釋義與此大略相同，卻引《太平御覽》。又卷十一《贈漢陽輔録事二首》其二中，引《潛確居類書》："鸚鵡洲，在湖廣漢陽渡之上。禰衡嘗作《鸚鵡賦》，後埋玉於此，故名洲。雖跨漢江，而尾連黃鶴磯，故圖經屬武昌郡云。秋水漲盛時，隱没不見，至水落乃出。"卷二十二《望鸚鵡洲懷禰衡》中，引《一統志》和《海録碎事》，注云："《一統志》：鸚鵡洲，在武昌府城南，跨城西大江中，尾直黃鶴磯，乃黃祖殺禰衡處。衡嘗作《鸚鵡賦》，故遇害地得名。《海録碎事》：黃祖殺禰衡，埋於沙洲之上，後人因號其洲爲鸚鵡洲，以衡嘗爲《鸚鵡賦》故也。二説不同，今並録之。"此注又與第一處不同。卷二十一《鸚鵡洲》中又引胡三省《通鑑注》和陸游《入蜀記》不提禰衡被殺事，直接説是因禰衡作賦而得名。綜合來看，王琦所釋鸚鵡洲的得名原因有兩大類，一是因黃祖長子射江夏大會賓客時有人於此地獻鸚鵡而得名，二是因爲禰衡曾於此地作《鸚鵡賦》，第二種觀點也有不同説法，一説是因禰衡於此地遇害而得名，一説是因禰衡被殺後埋於此地而得名，而禰衡是否就是在此地遇害又交代得不夠清楚。以上各處，雖然記述典事大略相同，但細節卻相互矛盾。

王琦對名物的解釋，有的甚至前後兩篇之中，所引文獻和所釋內容也有顯著差別。例如，解釋"五松山"，卷二十《銅官山醉後絕句》中，王注："《海錄碎事》：五松山，在宣城南陵。"下一首《與南陵常贊府遊五松山》中，王注："《潛確居類書》：《輿地紀勝》：五松山，在銅陵縣南，銅官西南。山舊有松，一本五枝，蒼鱗老幹，翠色參天。"按：所引文獻，前者是宋代的，後者是明代的，所用地理稱謂也有差別。其次，前一注文僅僅指明了五松山的屬地，後者則又解釋了五松山的風貌，即得名緣由。

不同篇目中，有時王琦引用不同時代的文獻解釋屬地或位置，可能會給讀者帶來誤解。如解釋"湘水"，卷五《門有車馬客行》中，王注："《唐六典注》：湘水，出桂州湘源縣北，流歷永、衡、潭、岳四州界，入洞庭。"在卷七《白雲歌送劉十六歸山》中，則釋義爲"《通鑑地理通釋》：湘水出全州清湘縣陽朔山，東入洞庭，北至衡州衡陽縣入江。"按《大明一統志·廣西布政司》，隋置湘源縣，五代晉時，改爲清湘縣①。可見，湘源縣、清湘縣本是一地異代而異名，王琦釋義時，在不同篇目中引用文字互有差異的文獻，讀者如果不察二名一地之實，就可能造成誤解。

《輯注》中這種情況很多，可以説，多數重複釋義的地理名物都存在這一問題。

其次，同一注釋點內，引用兩種以上的文獻釋義，所釋內容互有差異。也有以下兩種情況。

其一，王琦徵引兩種以上文獻釋義時，由於文獻時代不同，涉及的地名各具時代特徵，又因不同文獻的作者，解釋山川或州郡等名物的地理位置時，所用參照物可能不同，因此，若把這些有文字差異的文獻綜合到一起釋義，注釋者又不作説明，就會造成釋義不明的弊病。

例如，卷六《發白馬》中解釋"滹沱河"，王注："郭璞《山海經注》：今滹沱水出雁門鹵成縣南武夫山。《史記索隱》：滹沱，水名，并州之川也。《地理志》云：鹵城，縣名，屬代郡。滹沱河自縣東至參合，又東至文安入海。《史記正義》：滹沱出代州繁時縣東南，流經五臺山北，

---

① 李賢等：《大明一統志》，三秦出版社1990年版，第1266頁。

東南流過定州入海。"按：郭璞是晉代人，《史記索隱》《史記正義》的作者司馬貞和張守節是唐代人，二人生活時期也有差異。鹵城，西漢置縣，屬代郡，東漢屬雁門郡，在繁峙縣東一百里①。因此，《山海經注》與《史記正義》所說的滹沱河的源頭，基本一致，只是參照地稱名不同。就其流向而言，雖有"文安"與"定州"之別，但也只是選取流經綫路中不同的點而已，三個引文內容沒有實質差異，不過因王琦完全以徵引文獻代替自己的說解，不指明引文中的地名關係，給讀者的閱讀帶來了許多不便。

又如，卷二十二《太原早秋》中解釋"汾水"，王注："《唐六典注》：汾水出忻州，歷太原、汾、晉、絳、蒲五州入河。《太平寰宇記》：汾水，出靜樂縣北管涔山，東流入太原郡界。"按：《唐六典注》說汾水出忻州，《寰宇記》說出靜樂縣，靜樂縣隸屬忻州，後一引文比前一引文更加具體，但是因爲王琦沒有指明二者的隸屬關係，可能也會給讀者造成誤解。

其二，王琦徵引的兩種以上的文獻，內容本身相互矛盾，放在一起釋義，又不加說明，更容易給讀者的理解造成障礙，這比單純因爲引文時代或所用地名參照物不同而造成的文字表面的差異危害更大。

例如，卷二十二《入彭蠡經松門觀石鏡》中解釋"漳水"，王注："孔穎達《左傳正義》：《釋例》云：漳水出新城沶鄉縣南，至荊山東南，經襄陽、南郡當陽縣入沮。《通志略》：漳水出臨沮縣東荊山，東南至當陽縣，右入於沮。臨沮，今襄陽南漳縣。當陽，今隸荊州軍。《一統志》：漳江源出臨沮縣南，至荊州當陽北，與沮水合流，入大江。"按：就"漳水"的源頭而言，孔穎達引《釋例》說源出新城沶鄉縣南，《通志略》說源出臨沮縣東荊山，而《一統志》則說源出臨沮縣南。其中沶鄉與臨沮並不鄰近。《集評》在這一點上糾正了王注的失誤，引用孔穎達文未引關於源出的內容，後面所引《嘉慶一統志》也未提"南"字②。

採用徵引式釋義，有時所釋內容的差異不僅表現爲地理參照物名稱的不同，還表現在其他相關信息上。例如，卷二十三《金陵江上遇蓬池

---

① 和珅等：《大清一統志》卷一百十四"代州"條，清光緒二十七年上海寳善齋刻本。
② 詹鍈主編：《李白全集校注彙釋集評》第5冊，百花文藝出版社1996年版，第3203頁。

隱者》中解釋"龍山",王注:"《太平寰宇記》:巖山,在昇州江寧縣南四十五里,其山巖險,故曰巖山。宋孝武改曰龍山。《六朝事跡》:雞籠山,《寰宇記》云在城西北九里,西接落星澗,北臨栖玄塘。《輿地志》云:雞籠山在覆舟山之西二百餘步,其狀如雞籠,因以爲名。宋文帝元嘉中改爲龍山。以黑龍嘗見真武湖,此山正臨湖上,因以爲名,今去縣六里。又《景定建康志》:龍山在城西南九十五里,周迴二十四里,高一百二十丈,太平州當塗縣,北有水。以其山似龍形,因以爲名。"按:王琦所引文獻主要解釋了"龍山"的異名及其得名原由,無論稱"雞籠山"或"龍山",都因山形而得名,但實際上兩者之形相差甚遠。即使都稱爲龍山,原因也不相同。

其三,有時即使所釋內容相同,引文也有差異。例如,解釋"劇"字,卷五《北上行》"皮膚劇枯桑",王注:"《說文》:劇,尤甚也。"卷九《玉真公主別館苦雨贈衛尉張卿二首》其二"秋霖劇倒井"中則引《韻會》,所釋內容完全相同。又如,論述校勘成就中所舉對"翳"字表示隱蔽、障蔽之義的解釋,卷八《酬殷明佐見贈五雲裘歌》中引用《廣韻》,而卷二十八《崇明寺佛頂尊勝陁羅尼幢頌》中則引《韻會》。

以上這種現象在王琦徵引文獻注釋上表現得非常突出。這與王琦博覽羣籍,信手拈來,不循章法,恐怕有很大關係。

需要說明的是,作品中重出的內容,所處的語言環境可能不盡相同,當注釋者採用引文兼注的形式,將溯源和釋義結合在一起時,爲了滿足引文與所注詩文意境或語言形式一致的要求,溯源文獻必定會有差異,而兼引的注文也必然不同。

例如,解釋"閶闔"之義並溯源。卷三《梁甫吟》"閶闔九門不可通",王注:"《後漢書》:閶闔九重。章懷太子注:閶闔,天門也。《淮南子》:道出一原通九門。高誘注:九門,天之門也。庾肩吾詩:鉤陳萬乘轉,閶闔九門通。"又卷三《天馬歌》"遙瞻閶闔門",王注:"漢《天馬歌》:天馬來,龍之媒。遊閶闔,觀玉臺。應劭注:閶闔,天門也。"按:前一例對"閶闔九門"溯源,王琦引《後漢書》非常恰當,後一例引用《天馬歌》對"閶闔"溯源,引文與"天馬"密切聯繫,在意境上與李白詩句相合。兩處注文雖然所引文獻各不相同,但在滿足各自溯源的前提下,都兼引注文正確解釋詞義,是比較恰當的。這種以不同文獻釋義相同內容的現象，是作品及其徵引式本身的特徵所決定的。

(三) 冠錯文獻名稱

《輯注》中，王琦有時還混淆所引文獻的名稱。例如，卷七《白毫子歌》"夜臥松下雪，朝湌石中髓。"王注："《列仙傳》：邛疏者，周封史也。能行氣鍊形，煮石髓而服之，謂之石鍾乳。《神仙傳》：王烈獨之太行山中，忽聞山東崩，地殷殷如雷聲。烈往視之，乃見山破石裂數百丈，兩畔皆是青石，石中一穴，口徑闊尺許，中有青泥流出如髓，烈取泥試丸之，須臾成石，如投熱蠟之狀，隨手堅凝，氣如粳米飯，嚼之亦然。烈合數丸如桃大，用攜少許歸，與嵇叔夜曰：'吾得異物。'叔夜甚喜，取而視之，已成青石，擊之琤琤如銅聲。叔夜即與烈往視之，斷山已復如故。烈曰：'叔夜未合得道故也。'按《神仙經》曰：神山五百年輒開，其中石髓出，得而食之，壽與天相畢。烈前得者必是也。"

按：今《神仙傳》關於王烈事的記載如下："烈嘗入太行山，聞山裂聲，往視之，山斷數百丈，有青泥出如髓，取搏之，須臾成石，如熱臘之狀，食之味如粳米。《仙經》云：神山五百歲輒一開，其中有髓，得服之者，舉天地齊畢。"①

該文敘事雖與王琦引文含意一致，但文字差異較大。王琦引文見於《太平廣記》，除中間"烈入河東抱犢山中，見一石室，室中有石架，架上有素書兩卷，烈取讀，莫識其文字，不敢取去，卻着架上，暗書得數十字形體。以示康，康盡識其字。烈喜，乃與康共往讀之，至其道徑，了了分明，比及，又失其石室所在。"② 一段删減以外，其他基本一致。根據所需删減文字不僅在王琦引文中常見，也是古人著述的共同特點。因此，該文應引自《太平廣記》，而非《神仙傳》。

《輯注》中，王琦有時還改稱書名。例如，卷二十三《金陵江上遇蓬池隱者》中解釋"蓬池"，王注："《地理廣記》：開封縣有蓬池，亦曰蓬澤，故衛國之匡地。"按：《輯注》引《地理廣記》僅此一處，文獻中沒有關於此書的記載，考引文內容，當出自《輿地廣記》。《輿地廣記·四

---

① 葛洪：《神仙傳》卷六，學苑出版社1998年版，第159頁。
② 李昉：《太平廣記》卷九，中華書局1961年版，第62頁。

京》（卷五）"東京開封府"條："有蓬池，亦曰逢澤，故衛國之匡地。"①

（四）摘錄文獻中的引文而不錄文獻名稱

由于歷史久遠，有些文獻到後代失傳了，不過其中的一些內容可能還零星地存錄在其他同時或稍晚的文獻中，注釋中引用這些文獻時，應該既要保留源出文獻的名稱，也要保留記載該內容的存錄文獻的名稱。一般情況下王琦都遵循了這樣的處理方式，有時也不盡如此。有以下兩類。

1. 僅標源出文獻名稱，不標存錄文獻名稱

例如，《埤蒼》爲魏博士張揖所撰，兩《唐書》著錄，至宋代陳振孫《直齋書錄解題》已經明確指出該書失傳。王琦《輯注》中《埤蒼》共出現 5 次，其中 3 次標明是李善《文選注》所引，另外 2 次未標。在全部引文中有 3 次引文相同。分別是：

［1］卷七《鳴皋歌送岑徵君》"聞天籟之嘈嘈"，王注："《埤蒼》：嘈嘈，聲衆也。"

［2］卷八《永王東巡歌十一首》其四"雷鼓嘈嘈喧武昌"，王注："鮑照詩：嘈嘈晨鼓鳴。李善注：《埤蒼》曰：嘈嘈，聲衆也。"

［3］卷二十一《登瓦官閣》"嘈嘈天樂鳴"，王注："《埤蒼》：嘈嘈，聲衆也。"

由上文可見，［1］、［3］兩例中的引文也應是從李善《文選注》或其他存錄文獻中所引。

有時雖然源出文獻仍然流傳下來，但根據王琦引文，仍可以判斷是從其他文獻轉引的。例如，卷十四《江夏寄漢陽輔錄事》"樓船習征戰"，王注："《史記》：樓船十萬師。應劭曰：作大船，船上施樓，故曰樓船。"

按：《史記·南越尉佗傳》"樓船十萬師"，《集解》："應劭曰：時欲擊越，非水不至，故作大船，船上施樓，故號曰樓船也。"另，《漢書·武帝紀》："遣樓船將軍楊僕、左將軍荀彘將應募罪人擊朝鮮。"應劭曰："樓船者，時欲擊越，非水不至，故作大船，上施樓也。"王琦引文與上兩文相較，更接近《史記集解》，裴駰在引用應劭注時在文字上作了一些調整。從常理及王琦廣泛運用引文兼注的形式看，前面引用《史記》內

---

① 歐陽忞：《輿地廣記》卷五，四川大學出版社 2003 年版，第 71 頁。

容，後面隨之引用《史記》注文，也不必再考察《漢書注》的內容。

有時因爲王琦不標明存錄文獻的名稱，還會導致張冠李戴的錯誤。例如，卷一《擬恨賦》"長虹貫日，寒風颯起。遠讐始皇，擬報太子。奇謀不成，憤惋而死。"王琦引《戰國策》解釋荊軻刺秦之事。然後又引《史記注》解釋長虹貫日的來歷。王注："如淳《史記注》：《列士傳》曰：荊軻發後，太子自相氣，見虹貫日不徹，曰：'吾事不成矣。'後聞軻死，事不立，曰：'吾知其然也。'"

按：《史記·魯仲連鄒陽傳》："昔者荊軻慕燕丹之義，白虹貫日，太子畏之。"《集解》："如淳曰：白虹，兵象，日爲君。《列士傳》曰：荊軻發後，太子自相氣，見虹貫日不徹。曰：吾事不成矣。後聞軻死，事不立，曰：吾知其然也。"《漢書·賈鄒枚路傳》此句之下有如淳注："白虹，兵象，日爲君，爲燕丹表可克之兆。"

可見，《史記集解》引用如淳《漢書注》的内容僅是"白虹，兵象，日爲君"，《列士傳》爲《集解》所引，如按王琦注文，《列士傳》也成了如淳注的内容。

《輯注》中，像以上這種情況大多出現在引用《史記集解》的内容上，因爲《史記集解》彙集各家之説以作注文，王琦爲便利常常直接截取其中的引文。

2. 僅標存錄文獻名稱，不標源出文獻名稱

這種情況與上一類正好相反，當《輯注》引用的文獻中還有其他引文時，本應該保持原貌，標明源出文獻的名稱或作者名氏，但王琦有時卻省去源文獻的名稱。以下略舉數例。

［1］卷一《大獵賦》"口吞殳鋋"，王注："《廣韻》：殳，兵器，長一丈二尺，無刃。鋋，小矛也。"

《廣韻》原文："殳，兵器。《釋名》曰：'殳，殊也。長一丈二尺，無刃。有所撞挃於車上使殊離也。'詩云：伯也執殳。"

［2］卷十四《江上寄元六林宗》"浦沙淨如泥"，王注："《韻會》：浦，水濱也。《風土記》云：大水有小口別通曰浦。"

《韻會》原文："浦，《説文》：'水濱也。从水，甫聲。'……《風土記》云：大水有小口別通曰浦。"

上面兩例，王琦都是把所引文獻中的另一引文的名稱省去，使讀者

將本是《釋名》的內容誤解爲《廣韻》之文，本是《說文》的內容誤解爲《韻會》之文。

［3］解釋"嚴風"，卷三《胡無人》中，王注："《初學記》：梁元帝《纂要》曰：冬風曰嚴風。"又卷五《北上行》中，王注："《初學記》：冬風曰嚴風。"《初學記》所引的《纂要》之文則直接變成了《初學記》的原始內容。卷三十《會別離》中，王注："梁元帝《纂要》：冬風曰嚴風。"又直接引《纂要》，而沒有說明存錄文獻的名稱。三處注文標明文獻名稱還很不統一。

從以上諸例可見，王琦隨意抽取源文獻和存錄文獻名稱的情況還是比較嚴重的，一定程度上降低了文獻保存的價值。

（五）引文稱名體例不一

《輯注》中，還存在對文獻名稱減省、變稱以及稱名前後不一的情況。徵引文獻省稱其名，本來在古人注釋中比較常見，但應該遵循一定的標準，對同一部著作的省稱應基本一致。例如，"唐書"有《舊唐書》和《新唐書》，前者爲劉昫所撰，後者爲歐陽修等所撰，對此，王琦有時稱《舊唐書》《新唐書》，有時稱劉昫《唐書》、《唐書》，從王琦的引文內容考察，稱《唐書》時絕大多數都指《新唐書》，但也有例外。例如，卷一《大鵬賦》"南華老仙發天機於漆園"，王注："《唐書》：天寶元年，詔封莊子爲南華真人。"該文實本於《舊唐書·玄宗紀》："（天寶元年）莊子號爲南華真人。"①

徵引詩文篇章，比較規範嚴整的體例，應該是同時指出詩人名字及篇章名稱，但是王琦也未能貫徹始終，最常見的是只標出詩人名氏或只標出篇章名稱，這種情況在《輯注》中比比皆是，從前文所舉溯源出處的例子可見一斑，不復贅舉。另外，一些不常見的詩文評類作品，僅標出作者姓氏及簡要評語，沒有說明作品名稱，也會影響讀者的進一步查閱。

以上列舉了王琦在徵引文獻中存在的主要問題，有時幾類問題甚至同時出現在一處注文之中。例如，卷三《梁甫吟》"風期暗與文王親"，王注："風期，猶風度也。《晉書》：習鑿齒風期俊邁。《世說注》：支遁

---

① 劉昫等：《舊唐書》，中華書局1975年版，第215頁。

風期高亮。"按：此處"風期"一詞指風度品格，李白詩與《晉書》《世說注》的語義相同。該注文存在三個問題：首先，《世說注》文是劉孝標引用的《高逸沙門傳》："（支遁）少而任心獨往，風期高亮。"王琦在徵引文獻時將源文獻名稱省略了。其次，在溯源出處上，王琦所引兩文在語詞形式和意義上完全一致，注文有繁冗之弊。再次，《晉書》爲唐代房玄齡等人所撰，雖然該書著錄晉代人事，但因其產生於唐代，故應當看作比《世說注》稍晚的文獻，該注在文獻排列的次序上不太妥當。實際此注僅引完整的《世說注》即可。

第二節　參見法

一部作品集中出現相同的語詞、典故等內容是必然的，如果對這些內容一味重注，注文就會比較煩瑣。查慎行在《蘇詩補注·例略》中批評前人注釋蘇詩的弊病時說："更有繁蕪之病，有詩意本了然多添注脚者，有所用非此事強爲牽率者，有一事經再用三用稠疊蔓引者，洪容齋曰：'讀是書者要非蒙童小兒何煩屢注哉。'"其中"一事經再用三用稠疊蔓引者"即指重出重注的問題，這在古籍注釋中是應該極力避免的。

對於相同的內容是否都需要注釋的問題，古代注釋家早就作過有益的探索。從注釋實踐看，多數優秀的注家都採用了參見法。參見法，是指在注釋實踐中，遇到相同的注釋對象時，在此處的注文中，指出參見他處注文的方法。《毛詩詁訓傳》，已有上下章同辭而總釋於上章，上下章互詞以見意之例，雖然沒有明確提到見某處之注，但已顯露出減省注文的意向。劉孝標注《世說新語》則明確採用參見法，該注"凡人行事，多於專條敍記處載之，其或先此又附見於他人行事之中者，則於附見處注之曰別見。""若其人行事已詳於前者，則於後見處注之曰已見，……或曰已見上。……由此可知其隸事既分主從，屬辭復避重複。"[①]

使用參見法的宗旨，是爲了使注文簡潔而又最大限度地提供被釋對象的信息量。這一方法在古今注釋中都普遍使用，但是對它的具體操作

---

①　張舜徽：《廣校讎略·世說新語注釋例》，《張舜徽集》，華中師範大學出版社2004年版，第156頁。

方法,目前探討得還比較少。汪耀楠先生在《注釋學綱要》中曾就名物詞的釋義提出這一問題。他指出:"有些知識是應在另外的字詞裏面解釋的,注釋時可標明參見某頁某字之法,這樣纔有可能彌補一處注釋往往不足以提供完備的知識信息的缺陷。"又説:"相關聯的概念的互相參見。在選用教材的一篇文章中,注釋的面宜廣;在一本書中則應注意避免同一詞的重複注釋,和同一類詞的不分主次和詳略。"① 汪氏所説的參見法與本節所説的參見法在應用内容的廣度上是有區别的,他主張使用參見法的重點在解釋名物詞,事實上,解釋名物詞僅是參見法使用的一個範疇而已,這種方法可以運用於任何注釋内容;其次,參見法不一定要在此處解釋意義,它的功能也不單純是使兩處釋義内容相互補充。因爲有時相同詞語或典故,在不同的篇章中需要解釋的内容是完全相同的,因此沒有必要再詳細解釋另外的語意,這樣也就無法與參見處的釋義内容相互補足了。

李白現存詩文數量較多,相同注釋對象出現的頻率也比較高,王琦對於此類内容,大量使用參見法,並根據實際情況靈活變化,呈現出不同的類型和特點。

一 使用參見法對注釋點的選擇

王琦《輯注》在解釋典實傳説和名物詞上使用參見法最多,在解釋一般語詞、句子和溯源上使用參見法相對較少。

(一) 解釋典實傳説和名物典制

1. 解釋典故

例如,武陵桃花源之典,卷二《古風》其三十一"一往桃花源",王琦引《搜神後記》解釋,以後在卷七《同族弟叔卿燭照山水壁畫歌》"又如秦人月下窺花源",卷八《當塗趙炎少府粉圖山水歌》"武陵桃花笑殺人",同卷《和盧侍御通塘曲》"疑是武陵春碧流",卷十《贈别從甥高五》"溪水桃花流",卷十一《博平鄭太守見訪贈别》"去去桃花源",同卷《贈從弟南平太守之遥二首》其二"謫官桃花去",卷十三《聞丹丘子營石門幽居》"不羨桃花源",卷十九《酬王補闕贈别》"桃源

---

① 汪耀楠:《注釋學綱要》,語文出版社1991年版,第152頁。

堪避秦"，同卷《答杜秀才五松山見贈》"從茲一別武陵去，去後桃花春水深"，卷二十一《登金陵冶城西北謝安墩》"歸入武陵源"，又卷二十二《之廣陵宿常二南郭幽居》"有如桃花源"，同卷《下途歸石門舊居》"石門流水徧桃花，我亦曾到秦人家。不知何處得雞豕，就中仍見繁桑麻。"卷二十四《秋夕書懷》"桃花有源水"，卷二十七《秋於敬亭送從姪耑遊廬山序》"先往桃花之水"，各篇無論是否簡要概括典實，王琦都指明"見二卷注"。

2. 解釋史事

例如，卷二《古風》其二十四"路逢鬥雞者"中，王琦引《新唐書》、陳鴻《東城父老傳》等詳細解釋了唐開元、天寶年間，從帝王到官宦，以至普通百姓鬥雞的風尚，重點解釋了玄宗喜歡賈昌鬥雞，賈昌由此而得富貴之事。以後在卷十《敍舊贈江陽宰陸調》"我昔鬥雞徒"，卷十九《答王十二寒夜獨釣有懷》"君不能狸膏金距學鬥雞"中，王琦都指明"詳見二卷注"。

3. 解釋名物典制

例如，"天津"指洛陽水上的浮橋，卷二《古風》"天津三月時"中首次解釋"天津"，王琦引《元和郡縣志》解釋了天津橋的位置、建造者及在唐代的修繕，同時還解釋了它的建制情況。李白集中多次用到"天津"一名。又如，卷五《洛陽陌》中，王注："天津，洛陽橋名，見二卷注。"卷七《扶風豪士歌》中，王注："天津，橋名，駕洛水上。詳見二卷注。"卷十一《贈武十七諤》中，王注："天津，洛水浮橋名，已見二卷注。"卷十三《憶舊遊寄譙郡元參軍》中，王注："天津橋，在河南縣北洛水上。詳見二卷注。"卷十五《潁陽別元丹丘之淮陽》中，王注："天津，橋名，在河南。見二卷注。"以上是"天津"橋在李白集中出現的情況，王琦能夠抓住要點，先簡單釋義，然後指明詳見二卷注。

又如"六龍"一詞，在李白集中常用爲兩種含義，一是來自神話傳說中的日神乘車駕六龍，因以"六龍"指代太陽。二是來源於古代禮制，天子乘駕爲六馬，馬八尺以上稱龍，因以"六龍"指代天子的車駕。這兩個意義在王琦使用參見法時區分得非常清楚。

卷十一《贈張相鎬二首》其一"六龍遷白日"，王注："六龍，駕日車者也，詳見三卷注。"卷十二《贈宣城宇文太守兼呈崔侍御》"昔攀六龍飛"中，則指明"六龍，已詳八卷注"。

按：王琦在卷三和卷八解釋的內容並不相同。考卷三《蜀道難》"上有六龍回日之高標"，王琦引《初學記》："《淮南子》云：爰止羲和，爰息六螭，是謂懸車。注曰：日乘車，駕以六龍，羲和御之。日至此而薄於虞泉，羲和至此而回六螭。"正用"六龍"的第一個含義，《贈張相鎬》詩中所用的含義與此相同，其他若卷三《日出入行》"六龍所舍安在哉"，卷九《早秋贈裴十七仲堪》"六龍轉天車"，卷二十四《萬憤詞投魏郎中》"何六龍之浩蕩，遷白日於秦西"中，王琦都指明見三卷注。

又考卷八《上皇西巡南京歌十首》其四"六龍西幸萬人歡"，王注："天子駕六，《書》稱'若朽索之馭六馬'，《漢書·袁盎傳》'今陛下騁六飛'是也。何休《公羊傳》：天子馬曰龍，高七尺以上。稱車駕爲六龍，其義疑出於此。或謂取'時乘六龍以御天'之義，又或謂《韓非子》'黃帝駕象車而六蛟龍'，《春秋命曆序》'有神人右耳蒼色，大肩，駕六龍出輔，號曰神農'，六龍字義本此者，非也。"此處用"六龍"的第二個含義。《贈宣城宇文太守兼呈崔侍御》中"六龍"之義與此相同。其他若卷二十《遊泰山六首》其一"六龍過萬壑"，卷二十四《擬古十二首》其六"六龍頹西荒"，卷二十九《天長節使鄂州刺史韋公德政碑》"六龍轉駕"中，王琦都指明見八卷注。

由此可見，《輯注》中，王琦或者簡要概括語意，或者直接指明參見某處，都通過參見法向讀者提供了參見處的釋義信息，同時減省了注文，避免了繁冗拖沓。他在採用參見法時，嚴格區分了同一個語詞的不同語義和來歷。這些都體現了王琦自覺使用參見法的意向。

(二) 解釋詞義和溯源

一般語詞使用參見法雖然不乏用例，但與典故、史事、名物典制等相比數量很少。使用參見法注釋一般語詞時，無論在此處是否簡要解釋，參見處大多有關於溯源或釋義的內容。

例如，解釋"明發"，卷二《古風》其三十二中，王注："《詩·小雅》：明發不寐。毛傳曰：明發，發夕至明也。《正義》曰：夜地而暗，至旦而明。明地發後，故謂之明發也。《集傳》曰：明發，謂將旦而光明開發也。"後在卷五《邯鄲才人嫁爲廝養卒婦》、卷十一《贈劉都使》、卷十三《寄衛尉張卿及王徵君》中，都簡要解釋語意之後指明詳見二卷注。

通常情況下，一般語詞在作品中出現的頻率比較高，解釋這類詞語所用文字較少，而且有些語詞也根本不需要指明出處，因此，若採用參見法釋義，一則使注文繁冗，二則不便讀者閱讀。這是此類內容少用參見法的主要原因。

例如，"將"表示與義，對後代讀者來說比較陌生，王琦予以解釋。卷一《大鵬賦》序"多將舊本不同"，王琦引《韻會》"將，與也"釋義，其後，當遇"將"字表示"與"義時，王氏多引《韻會》解釋。卷九《贈郭季鷹》"恥將雞並食"，同卷《贈張公洲革處士》"不將粟庶分"，卷十一《贈張相鎬二首》其二"昔爲管將鮑"，卷十三《北山獨酌寄韋六》"巢父將許由"，卷十五《潁陽別元丹丘之淮陽》"吾將元夫子"，卷十六《對雪奉餞任城六父秩滿歸京》"雖將簪組狎"，卷十八《送王孝廉覲省》"彭蠡將天合"，卷十九《酬王補闕贈別》"偶將二公合"，卷二十四《擬古十二首》其六"惟惜鷹將犬"，同卷《避地司空原言懷》"北將天柱鄰"，卷二十五《湖邊採蓮婦》"未解將人語"等皆引《韻會》釋義。又卷二《古風》其十二"身將客星隱"，卷二十三《重憶一首》"定將誰舉杯"兩處則直接釋義。而在卷十九《答王十二寒夜獨酌有懷》"韓信羞將絳、灌比"和卷二十五《題隨州紫陽先生壁》"道與古仙合，心將元化并"中，王琦則分別引用《史記》"羞與絳、灌比"和陳子昂詩"古之得仙道，信與元化并"，間接表明"將"的含義。

以上各篇，王琦用"將，與也"直接釋義，簡潔明了，如果把注文改成"將，見某卷某篇注"或"將，與也。又見某卷某篇注"，則略嫌煩瑣。

溯源出處，王琦也常常重出重注，很少使用參見法。例如，溯源"新豐酒"一語的來歷。卷四《楊叛兒》"妾勸新豐酒"，卷十三《春日獨坐寄鄭明府》"何人共醉新豐酒"，卷二十四《效古二首》其一"美酒沽新豐"，卷二十五《出妓金陵子呈盧六四首》其二"南國新豐酒"中，都引梁元帝詩"試酌新豐酒，遥勸陽臺人"說明"新豐酒"的來歷。

從上述實例看，典實傳說和名物典制，需要解釋的內容比較多，如果重出重注，注文大量增加，相同內容的注文頻繁出現，自然令讀者生厭，參見法爲解決這一矛盾提供了可行的方法。一般語詞和句子隨文釋義的性質比較突出,釋義時所需解釋的文字又相對較少,若採用參見法,讓讀者參考他處注文,但獲得的信息量卻不大,也會給讀者造成麻煩。王琦基本上能夠考慮兩類內容的特點,有選擇地使用參見法,從注文簡潔明晰,而又便於讀者閱讀的角度出發,因此,他使用參見法對注釋點的選擇是比較合理的。

二 此處與參見處注釋內容的比較

就王琦《輯注》使用參見法的注釋點而言,此處和參見處的內容關係也多種多樣,具體說,主要有兩大類型,一是此處簡要解釋,然後指出詳細的內容參見他處;二是此處不解釋,直接指出詳見某處。每大類中又各有若干小類,以下分別說明。

(一)此處簡要解釋,後指出詳見某處

1. 此處簡要概括典故之意,詳細典事或溯源參見另一處

例如,卷三《將進酒》"會須一飲三百杯",王注:"《世說注》:《鄭玄別傳》曰:袁紹辟玄,及去,餞之城東。欲玄必醉,會者三百餘人,皆離席奉觴,自旦及暮,度玄飲三百餘杯,而溫克之容,終日無怠。陳暄《與兄子秀書》:鄭康成一飲三百杯,吾不以爲多。"後在卷七《襄陽歌》"一日須傾三百杯"中,王琦只注爲"鄭康成一飲三百杯,見三卷注。"通過此注,讀者獲知了典故的基本信息,根據注文提供的綫索,還可以在三卷注中了解到更詳細的內容和句子出處。

2. 此處溯源,詳細典事或語義參見另一處

(1)此處溯源,詳細典事見另一處。例如,魯仲連幫助平原君解除秦圍邯鄲之難,平原君想加封魯仲連,而魯仲連拒辭不再相見之典,卷二《古風》其十中,王琦引《史記》約500多字的文獻解釋。後在卷七《鳴皋歌送岑徵君》"笑何誇而卻秦"中,王注:"左太冲詩:吾慕魯仲連,談笑卻秦軍。詳見二卷注。"又卷十《贈崔郎中宗之》"魯連逃千金",卷十二《獻從叔當塗宰陽冰》"魯連善談笑",卷二十二《奔亡道中五首》其三"談笑三軍卻"中,王琦採用的注釋方法和解釋的內容與此基本相同。

(2)此處溯源,詳細語義參見另一處。例如,解釋"當壚",卷三《前有樽酒行二首》其二"當壚笑春風",王注:"古樂府:胡姬年十五,

春日獨當壚。《漢書》：乃令文君當壚。顏師古注：買酒之處，累土爲壚，以居酒甕，四邊隆起，其一面高，形如煅爐，故名壚。而俗之學者，皆謂當壚爲對温酒火爐，失其義矣。"在卷八《江夏行》"正見當壚女"中，王注："古樂府：胡姬年十五，春日獨當壚。詳見三卷注。"很顯然，兩處的溯源文獻相同，唯一差別在於後者缺少對"壚"的解釋，這也就是讓讀者參見的內容。

（3）此處點出語詞或句子來歷，源出文獻的具體內容或釋義參見另一處。例如，解釋"虎士"，卷八《永王東巡歌十一首》其七"戰艦森森羅虎士"，王注："《周禮》：虎士八百人。鄭玄注：虎士，徒之選有勇力者。"後在卷十一《經亂離後贈江夏韋太守良宰》"朱門擁虎士"，同卷《贈潘侍御論錢少陽》"堦前虎士羅幹將"中，王琦皆注爲："虎士，出《周禮》，已見八卷注。"這種形式比較少見。

3. 此處簡要釋義，詳細典事、語詞意義或溯源內容參見另一處

（1）此處解釋關鍵語詞的意義，詳細的典故和釋義內容則參見另一處。例如，祖龍事，卷二《古風》其三十一，王琦引《搜神記》和《史記》詳細解釋了使者鄭容路遇騎白馬者（或持璧者），聞知祖龍將死事，並引《史記索隱》解釋"祖龍"指秦始皇。後在卷八《永王東巡歌十一首》其九"祖龍浮海不成橋"中，注云："祖龍，秦始皇也。事見二卷注。"又卷二十七《奉餞十七翁二十四翁尋桃花源序》"昔祖龍滅古"中所釋大致相同。兩處採用參見法釋義，都解釋了"祖龍"一詞的語義，對於祖龍將死之典的詳細內容則參見卷二注。

（2）此處概括對詩意理解有重要作用的語義信息，詳細的釋義內容參見另一處。這種情況以解釋名物詞居多。如上面所舉"天津橋"例。又如，解釋"天山"，卷四《獨不見》"天山三月雪"中，王琦注："《太平寰宇記》：天山，一名白山，今名折羅漫山，在伊州伊吾縣北一百二十里。《西河舊事》云：天山最高，冬夏有雪，故曰白山。山中有好木鐵。匈奴謂之天山，過之皆下馬拜。在蒲類海東百里，即漢貳師擊右賢王處。"在卷五《塞下曲六首》其一"五月天山雪"中，王注："天山冬夏有雪，見四卷注。"

同一個典故或語詞，在不同的詩文中，可能會有用意的差別，王琦採用參見法釋義，在此處往往解釋具體的語境意義。

例如，卷二十五《自代內贈》"陽臺夢行雨"，王注："陽臺行雨，蓋言惟夢中得相見耳。事見二卷注。"事可參見《古風》五十八首詩注。

又如，卷十九《答長安崔少府叔封遊翠微寺》"鼎湖夢淥水，龍駕空茫然"，王注："鼎湖龍駕，黃帝昇天事，見三卷注。以喻太宗上仙也。"詳細的故事內容可參見卷三《飛龍引二首》其一詩注。

總體來看，此處解釋典故或語詞、句子寓意和具體語境意義的不多。

（3）此處解釋語詞意義，溯源內容參見另一處。例如，解釋"揮斥"，卷二十七《暮春江夏送張祖監丞之東都序》"揮斥幽憤"，王注："《莊子》：揮斥八極，神氣不變。郭象注：揮斥，猶縱放也。"在卷二十八《李居士讚》"揮斥萬變"，王注："揮斥，猶縱橫，見二十七卷注。"此注表明溯源內容參見他處。

（二）此處不解釋，直接指明詳見某處

此類與第一類相反，無論語詞、句子，還是典故，王琦在此處都不作簡要提示或說明，而是直接指明詳見某處。

1. 典事參見另一處

例如，陶淵明不為五斗米折腰而辭去彭澤令之事，卷九《贈臨洺縣令皓弟》"陶令去彭澤"中，王琦引《晉書》詳釋典故。後在同卷《口號贈楊徵君》"陶令辭彭澤"中，王注："陶令事，已見九卷注。"

又如，梁鴻之妻舉案齊眉事，卷八《和盧侍御通塘曲》"梁鴻德耀會稽日"，王琦引《後漢書》解釋，卷九《口號贈楊徵君》"梁鴻入會稽"中，則直接指出"梁鴻事，見八卷注"。

2. 釋義和溯源參見另一處

例如，解釋"倒景"，卷二十《同友人舟行》"願言弄倒景"，王注："倒景，見本卷《遊泰山》第四首注。"考《遊泰山六首》其四，注云："謝靈運詩：張組眺倒景，列筵矚歸潮。李善注：《遊天台山賦》曰'或倒景於重溟'，王彪之《遊仙詩》曰'遠遊絶塵霧，輕舉觀滄溟。蓬萊蔭倒景，崑崙罩層城。'並以山臨水而景倒，謂之倒景。此篇倒景正作此解，與二卷中所用倒景故自不同。"二卷即《古風》其二十中的倒景指天上最高處，兩處用意完全不同，王琦使用參見法也作了明確的區分。

又如，解釋"機杼"，卷九《贈范金鄉二首》其一"千廬機杼鳴"，王注："《古詩》：札札弄機杼。機杼，織具也。機以轉軸，杼以持緯。"

在卷十九《五月東魯行答汶上翁》"機杼鳴簾櫳"，王注："機杼，見九卷注。"

3. 釋義參見另一處

此類以解釋名物典制居多。例如，解釋"渭橋"，卷五《塞下曲六首》其三中引《史記正義》《雍錄》《陝西通志》等詳細解釋了中、東、西渭橋之名。在卷六《陌上桑》中則直接指出"渭橋，已見五卷注。"

又如，解釋"五花馬"，卷三《將進酒》中引用杜甫《高都護驄馬行》、白居易詩、《杜陽雜編》、《圖書見聞志》及其他書畫作品，詳細考證了五花馬的含義。卷六《相逢行》中，王琦則直接指明"五花馬，詳見三卷注"。

4. 溯源參見另一處

例如，探明"犬馬戀主"一語的來歷，卷二十六《爲吳王謝責赴行在遲滯表》"轉增犬馬之戀"，王注："曹植《上責躬應詔詩表》：不勝犬馬戀主之情。"同卷《爲趙宣城與楊右相書》"犬馬戀主"，王琦注："犬馬戀主，見本卷注。"

又如，探明"虛舟"一語的來歷，卷十《贈僧崖公》"虛舟不繫物"，王注："《莊子》：汎若不繫之舟，虛而遨遊者也。《魏書》：獨浩然而任己，同虛舟之不繫。"在卷二十八《魯郡葉和尚讚》"虛舟世間"中，王注："虛舟，見十卷《贈僧崖公》注。"

5. 典事、溯源、釋義參見另一處

例如，解釋"剪拂"，卷三《天馬歌》"伯樂剪拂中道遺"，王琦首先引《戰國策》解釋驥遇伯樂事，然後又引劉峻《廣絕交論》"剪拂使其長鳴"進行溯源，又解釋"剪拂"之義，"謂修剪其毛鬣，洗拭其塵垢"。後在卷十《贈崔咨議》"惜君一剪拂"中，王琦直接指出"見三卷《天馬歌》注"，卷二十六《爲趙宣城與楊右相書》"剪拂因人"中，直接指明見三卷注。

總體看，上述前三種情況比較常見，後兩種較少。需要指出的是，有時參見之處並不僅限於注文，還可以參見作品的原文。例如，解釋紫陽先生事，卷十三《憶舊遊譙郡元參軍》"飡霞樓上動仙藥"，王注："紫陽先生於隨州苦竹院置飡霞樓，詳見三十卷《紫陽碑銘》。"卷三十《紫陽先生碑銘》中"所居苦竹院，置飡霞樓，手植雙柱，棲遲其下。"

第四章 《〈李太白全集〉輯注》的注釋體式和方法　193

該處無注,可見,王琦讓讀者參閱的正是原文。

三　標示參見位置的方法

使用參見法,目的是既使注文簡潔,又能通過參見之處了解更多的信息。讀者查閱相關注文,主要以注釋者提供的參見位置作爲綫索,因此,參見位置是否準確,直接影響到注釋的價值和閱讀的效果。王琦《輯注》指明的參見位置主要有以下幾種情況。

(一) 指明參見某卷某篇之注

有的在此處簡要釋義或釋典,然後指明詳見某卷某篇之注。

例如,卷十三《淮南臥病寄趙徵君蕤》"越吟比莊舄",王注:"王粲《登樓賦》:莊舄顯而越吟。詳見九卷《贈崔侍御》詩注。"

又如,卷二十三《憶崔宗之遊南陽感舊》解釋"白水",王注:"白水,即淯水也,見二十卷《遊南陽白水》詩注。"

有的此處不解釋,直接指明詳見某卷某篇之注。如上舉"倒景""虚舟不繫物""翦拂"等例。又如,卷二十五《寄遠十二首》其七,解釋"白道",王注:"白道,注見本卷《洗脚亭》注。"

相對來講,無論此處是否簡要解釋,注者指明詳見某卷某篇之注,對讀者的查閱還是比較方便的。不過有些雖然指明某卷某篇,但因爲參見的是組詩或是較長的賦文,查閱起來也不太方便。例如,卷十四《三山望金陵寄殷淑》中解釋"鳲鶘樓",指明"詳見八卷《永王東巡歌》注",又如卷二十八《魯郡葉和尚讚》中解釋"逆旅",指明"見二十四卷《擬古》注"。按:《永王東巡歌》共十一首,《擬古》共十二首,具體見哪一首還都需進一步查找。

明確指明參見某卷某篇之注的情況,還有兩個變例。

其一,相同的注釋點,前後間隔不遠,一般以在此處的上一篇較爲常見,這時,王琦經常採用見"前首注"或"上首注"的方式。例如,解釋"天門山",卷十二《書懷贈南陵常贊府》中,王注:"天門山,見上首注。"在上首《獻從叔當塗宰陽冰》中,王琦引用《元和郡縣志》詳細解釋了天門山的異名、位置、山形以及景觀和相關典實。

其二,相同的内容出現在同一篇目中,王琦指明見本首之注。例如,卷二十《春陪商州裴使君遊石娥溪》"剖竹商洛間",王注:"商洛,見題注。"在本首題解中出現"商洛"地名,王琦詳細解釋了商州自晉以來至唐代稱名的變化,並指出它的隸屬關係以及得名緣由。此類在《輯注》中很少見,事實上讀者在閱讀這一詩篇的時候,自然能夠閱讀題注下的內容,似乎沒有必要再進一步說明。

(二) 指明參見某卷之注

直接指明參見某卷之注,在《輯注》中占有絕對優勢。

有的在此處簡要解釋。像上文所舉"鄭玄一日飲酒三百杯、魯仲連助平原君解秦圍邯鄲之難而辭封事、祖龍事、當壚"等都是如此。又如,解釋"金罍",卷七《襄陽歌》中,王琦引用《詩·國風》及孔穎達疏詳細解釋了詞義及相關禮制,後在卷十九《酬張卿夜宿南陵見贈》、卷二十《金陵鳳凰臺置酒》、卷二十三《過汪氏別業二首》其二、卷二十四《詠山樽二首》其一中,王琦都注云:"金罍,酒器也。見七卷注。"

有的此處不解釋,直接指明詳見某卷之注。如上文所舉"陶淵明不爲五斗米折腰而辭去彭澤令事、梁鴻事、五花馬、機杼、渭橋"等都是如此。又如,解釋"崔宗之",卷十《贈崔郎中宗之》中王琦引《新唐書》等文獻解釋了崔宗之的家世,他個人的才學和歷任官職,以及與李白、杜甫相友善之事。卷十三《月夜江行寄崔員外宗之》,卷十九崔宗之《贈李十二》,卷二十三《憶崔郎中宗之遊南陽感舊》中,王琦都直接指明崔宗之事見十卷注。

如果相同的注釋對象出現在同一卷目中,王琦還常常指明見"本卷注"。例如,解釋"南陵贊府",卷十二《書懷贈南陵常贊府》中,王注:"南陵贊府,已見本卷注。"在同卷《於五松山贈南陵常贊府》中,王琦這樣解釋,"南陵縣,唐時隸江南西道之宣州。……《容齋隨筆》:唐人呼縣丞爲贊府。"

(三) 指明參見某篇之注

這有兩種情況,一是指明見某詩之注,二是指明見某賦某文之注,之所以作如此區分,主要考慮查閱的難易程度。李白集中有詩二十四卷,賦、表、序、讚頌、碑銘各一卷[①],如果僅指明某一詩篇,讀者需要在二

---

① 另有詩文拾遺一卷,因爲王琦使用參見法指明見某篇之注的情況僅涉及其中的《紫陽先生碑銘》一文,多指明卷目,故此處未列,但不影響分類結果。

十四卷中搜求，而若指明某賦、表、序、讚頌、碑銘，就可以比較順利地找到相關卷目，相對縮小了查找範圍。其中第二類在《輯注》中比較常見，第一類很少。

例如，卷十六《單父東樓秋夜送族弟沈之秦》"聞弦虛墜下霜空"，王注："聞弦虛墜，用《戰國策》更嬴引弓虛發而下鳥事，詳見《大獵賦》注。"賦在第一卷，這樣很快就可以查到《大獵賦》的位置，進而再查閱相關注文①。

就王琦指明見某詩之注的情況，一般只出現在前後相隔不遠的詩篇中。例如，卷九《贈崔侍御》"扶搖應借力"，王注："《莊子》：搏扶搖而上者九萬里。詳後《上李邕》詩注。"按：《上李邕》一詩在其後第四篇之中。

（四）參見前注

有時王琦還指明見"前注"。例如，卷十四《寄崔侍御》中解釋"宛溪、敬亭山"，王注："宛溪，在寧國府城東。雙溪，以二水合流而名，環繞寧國府城而北去。敬亭山，在寧國府城北。俱見前注。"

又如，解釋"荊門"，卷二十二《秋下荊門》中，王注："荊門，已見前注。"

單單標明"見前注"，對於讀者的查閱相當不便。如解釋"荊門"，僅同卷中，該篇前面就有兩處對荊門的解釋。即《郢門秋懷》和《荊門浮舟望蜀江》，又卷十一《贈王判官時余歸隱居廬山屏風疊》中也有解釋②。三處注文釋義內容涉及了荊門的屬地、地形和得名，王琦僅指明"前注"，不知以何處爲參閱對象。

（五）參見後注

參見法，一般以參見首次出現或前面的注文爲常例，前文所舉絕大多數例子都是如此，不過也可根據詩文內容和注釋的需要靈活變通，參見後出之注，如上文所舉"扶搖"之例。

又如，解釋"四皓"事，卷七《金陵歌送別范宣》"他年來訪南山皓"，王注："南山皓，謂漢之四皓，四皓在秦時始入藍田山，後又入地

---

① 李白著，王琦注：《李太白全集》，中華書局1977年版，第76頁。
② 同上書，第1016、1018、554頁。

肺山，漢時匿終南山。……四皓事，詳後廿二卷注。"在卷二十二《商山四皓》中王琦引《高士傳》和《漢紀》解釋了四皓的名稱、身份，以及隱居和輔助昌后定太子之事。雖然兩個詩篇間隔較遠，但是由於後出之處集中歌咏四皓之事，所以王琦根據實情採用參見後注的方法。

以上所列參見位置的類型，以第二種最多，第一種次之，其餘較少。

四　使用參見法的不足

王琦在《輯注》中大量使用參見法，基本上能夠做到注文簡潔而解釋明確。但是由於個人及時代學術水平的局限，他在使用這一方法時，還存在一些不足之處，主要有以下幾點。

（一）條例不統一

第一，被釋對象相同，所需解釋的內容相同，是否採用參見法，體例不一。

例如，司馬相如和卓文君以鷫鸘裘換酒事，卷四《白頭吟》其二引《西京雜記》解釋，卷五《怨歌行》中簡要概括要點之後，指明詳見四卷注，而在卷八《訓殷明佐見贈五雲裘歌》、卷九《玉真公主別館苦雨贈衛尉張卿二首》其二，卷十二《對雪醉後贈王歷陽》中皆引《西京雜記》釋典，沒有提到見四卷注。又如巫山雲雨事，一般都採用參見法，而在卷二十四《觀元丹丘坐巫山屏風》則引《高唐賦》重注。可以説，集中無論是一般語詞，還是名物詞、典故、史實等，既有使用參見法的，也有很多重出重注的。

第二，被釋對象相同，所需解釋的內容相同，都使用參見法，但此處是否簡要解釋，體例不一。

例如，"虎竹"一詞，卷十二《贈宣城趙太守悦》中，王注："虎竹，謂銅虎符、竹使符，漢時郡守分其半與之。詳見五卷《塞下曲》注。"在卷十一《博平鄭太守見訪贈別》中則直接指明見五卷注。兩處注釋在是否解釋"虎竹"之義上有別，所指明的參見位置的精確度也有差異。

第三，被釋對象相同，所需解釋的內容相同，都使用參見法，此處都簡要解釋，但所釋內容各有差異。

例如，解釋"北溟魚"，卷二《古風》其三十三中，王注："北溟巨

第四章　《〈李太白全集〉輯注》的注釋體式和方法　197

魚，用《莊子·逍遥遊》中事，詳見《大鵬賦》注。"而在卷十一《江夏使君叔席上贈史郎中》中，則注爲："北溟有魚，其名爲鯤。詳見《大鵬賦》注。"前者簡要點出典故的來源，後者則解釋北溟魚的名稱。

從以上例證可以看出，無論哪類内容，當注釋點相同，所需解釋的内容又無差異時，在是否採用參見法，使用參見法時，此處是否簡要解釋，所釋内容是否相同相似，參見位置是否相同等問題上，王琦《輯注》都存在體例不一之處。

（二）參見位置不統一、不精確、不準確

1. 參見位置不統一

不同注釋點，參見位置的類型不能劃一。如上所述，王琦使用參見法，指明的參見位置有不同的類型，有時指明某卷某篇，有時直接指明某卷或某篇，有時還指明前注或後注等。

針對同一個注釋對象，有時即使所釋内容相同，參見位置的表示方法也有差異。例如上文所舉"剪拂、虎竹"等例。又如，解釋"朱紱"，卷十四《春日歸山寄孟浩然》和卷二十六《爲趙宣城與楊右相書》，都直接指明"詳見十一卷注"。而卷十八《尋陽送弟昌峒鄱岯司馬作》中，則指明"詳見十一卷《贈劉都使》詩注"。經查前兩篇中的"十一卷"也是《贈劉都使》詩注。

有時，參見的具體篇目還有差別。例如，解釋周文王得吕望之事，卷十二《贈錢徵君少陽》中，指明見"四卷注"，卷十五《留别于十一兄遜》中則指明見"一卷注"，今考卷一《大獵賦》引《搜神記》釋典，卷四《鞠歌行》中引王逸《楚辭章句》釋典，同卷《上之回》中則引《史記》解釋，那麽，即使指明參見四卷，是見《鞠歌行》還是《上之回》，也是不確定的。

又如，解釋四皓事，卷二十四《覽鏡書懷》、卷二十七《奉餞十七翁二十四翁尋桃花源序》中指明見二十二卷注，在卷十五《别韋少府》、卷二十六《爲宋中丞自薦表》中則指出見四卷注。解釋陳蕃下榻事，卷二十一《與夏十二登岳陽樓》中則同時指明見十四、二十卷注。

參見位置不統一，反映出王琦使用參見法時還存在一定隨意性。

2. 參見位置不精確

王琦使用參見法時，指明的參見位置包含具體卷數和篇目的例子還很少，大部分都是僅指明卷數，還有一些雖然指明了具體篇目，但是多數限於文賦，這些篇目的內容一般都比較長，若要找到一個語詞、句子或典故的注釋也不容易，因此，總體上說，王琦指明的參見位置是不精確的，給讀者查閱帶來很多不便。

3. 參見位置不準確

有時，王琦標明的參見位置還不夠準確。前面已經提到，使用參見法，一般以參見該內容首次出現之處爲常例，但根據注釋內容的要求，可以靈活變通，參見後出之注。不過，因爲王琦在某些內容上重出重注，就有可能造成前後內容解釋基本一致，卻指明參見後出之注的情況。例如，解釋"陳皇后被廢居長門宮事"，卷四《白頭吟》中，王注："阿嬌，漢武帝陳皇后之小字，見本卷後注。"又卷二十五《長門怨二首》其一、同卷《怨情》中，都指明見"四卷注"。在卷四《妾薄命》"漢帝重阿嬌，貯之黃金屋"中，王琦引《漢武故事》詳細解釋了漢武帝金屋藏嬌、陳皇后失寵、行巫蠱之術及被廢之事。不過，早在卷二《古風》其二"蕭蕭長門宮"一句的注釋中，王琦就已經引用《漢書》解釋了這一典事，內容與《漢武故事》大致相同，而王琦沒有指明見二卷《古風》之注。

有時王琦指明的參見位置處，並沒有相關的注釋內容，或者所説的卷數和篇目不符。

例如，李藏用等平劉展叛亂之事，卷十八《宣城送劉副史入秦》中，王注："上元中，宋州刺史劉展舉兵反，其黨張景超、孫待封攻陷蘇、湖，進逼杭州，爲溫晁、李藏用所敗，見後二十八卷注。"按：對這一段歷史的詳細記載不在卷二十八中，而在卷二十七《餞李副使藏用移軍廣陵序》的注文中，王琦引《資治通鑑》近1200字的文獻詳細解釋了這段史事。

又如，卷二十六《爲宋中丞請都金陵表》"朝發白帝，暮宿江陵"，王注："朝發白帝，暮宿江陵，詳見二十卷《早發白帝城》詩注。"按：《早發白帝城》詩在二十二卷。

有時相鄰兩篇之注的參見位置，也有錯誤。例如，卷二十七《送戴十五歸衡岳序》中，王注："人倫，已見前二篇注。言其有知人之明。"事實上不是在前二篇注文，而是在前一篇，即《秋日於太原南柵餞赴上都序》中。

（三）此處或參見處不能提供必要信息

使用參見法的目的，是使注文簡練而又能最大限度地提供信息量，兩者缺一不可，注釋者不能因爲一味追求注文簡練而忽視釋義的明確，也不能爲了釋義的詳細而使注文繁冗拖沓。王琦使用參見法時，大約有一半實例都在此處簡要概括典故內容，或解釋其中與詩意有重要關係的語詞，或溯源，然後指明詳見他處。但也有很多例子，此處不作任何提示，直接指出見某處，加之參見位置還很不精確，就給讀者閱讀帶來了一些不便。

例如，卷十九《贈崔侍御》"嚴陵不從萬乘遊"，同卷《答王十二寒夜獨酌有懷》"嚴陵高揖漢天子"中，都直接指明"嚴子陵事，見二卷注"。嚴子陵與漢帝到底是怎樣的關係讀者並不清楚，而且卷十九與卷二距離較遠，標明的參見位置又不精確，讀者查考起來很不方便。只有考察了卷二《古風》其十二，王琦引《後漢書》詳細解釋光武帝延請嚴子陵共事而被拒，嚴子陵與帝共臥而足加帝腹之上，及歸隱之事，讀者才能清楚《贈崔侍御》中作者用此典是強調歸隱之意。

有些雖然此處稍作內容暗示，但對詩意的理解作用仍然不大。例如，卷十二《贈友人三首》其三"長劍託交親"，王注："長劍託交親，用馮諼事，詳見本卷注。"又如，卷二十《春陪商州裴使君遊石娥溪》"搴帷對雲峰"，王注："搴帷，後漢賈琮事，見十四卷注。"又如，卷二十二《至鴨欄驛上白馬磯贈裴侍御》"情親不避馬"，王注："避馬，用《後漢書》桓典事，見九卷注。"雖然點出了典故所關涉的人物或事件和原典出處，但是讀者對故事原型、此處的寓意，仍然是一知半解，對理解詩意作用不大。

有時，此處簡要解釋，然後指明參見處，但考察參見處的釋義，也沒有提供更多信息。例如，解釋"秋浦"，卷十九《答杜秀才五松山見贈》中，王注："秋浦，水名，在池州，秋浦縣依此水立名。詳見八卷注。"而在卷八《秋浦歌十七首》中，王注："唐時池州有秋浦縣，其地有秋浦水，故取以立名，隸江南西道。"兩處注文相較，卷八僅僅多解釋了秋浦縣的隸屬關係。

有的語詞比較簡單，使用參見法釋義就會顯得比較囉唆。例如，解釋"雲帆"。卷二十七《餞李副史藏用移軍廣陵序》"雲帆中流"中，王注："雲帆，見三卷注。"在三卷《行路難三首》其一中，王琦這樣解釋："馬融《廣成頌》：張雲帆，施蜺幬。《釋名》：隨風張幔曰帆。"雲帆，指白色的船帆，也借指船，語義比較簡單。王琦使用參見法，此處不釋義，參見位置不明確，參見處的釋義又比較簡單，這樣既給讀者造成查找的負擔，又不能獲得更詳細的信息，影響了注釋效果。

王琦指明的參見之處還有一種連環參見的情況。例如，卷十《贈崔侍御》"虛彈落驚禽"，王注："隋袁朗詩：危絃斷客心，虛彈落驚禽。用《戰國策》更羸事，見四卷注。"今考卷四《鳴雁行》"聞絃虛墜良可吁"中，王注："更羸引弓虛發而下鴈，見《大獵賦》注。"也就是說，按照王琦提供的信息，在卷四中雖然找到了與更羸虛彈下雁事相關的內容，但是因爲該處也是使用參見法注釋，沒有提供更多信息。我們必須根據《鳴雁行》詩注提供的綫索，在卷一《大獵賦》"巧聒更羸"的注釋中才能查閱到該典故的詳細內容。

五　對使用參見法的幾點認識

王琦自覺使用參見法釋義，一定程度上避免了重出重注帶來的煩瑣寡要，但是，如上文所述，他在參見法的使用上還存在一些不足之處，這些不足在李善《文選注》，以及與王琦同時代的其他注本中也同樣存在。我們以《集評》爲例考察古詩今注，在參見法的使用上，除了參見位置能夠指明某卷某篇，較王琦是一個進步以外，其他問題也都不同程度地存在。另外，王琦使用參見法，如果此處釋義，一般都是簡要概括相關信息，而《集評》所釋內容大都比較詳盡，與參見處的內容相差無幾，注文相對比較煩瑣。之所以出現上述問題，究其原因，一是因爲有些今注本出自集體之手，雖然有統一的指導思想，但每人分注一部分，每部分之內或許體例嚴整，而各部分之間可能差別就比較大；二是對參見法的使用環境和使用方法沒有作深入細密的研究；三是對讀者的需求不完全了解。

讀者對參見法的功能和使用情況，有兩種意見：一種意見認爲，對重複出現的內容應該使用參見法，但應指明具體頁碼，這樣既便於查找，又使注文簡潔。另一種意見認爲使用參見法不妥。原因是，讀者閱讀注本，有時不是全集通讀，而只是爲了閱讀某一詩題，或查閱相關資料，只想通過一次閱讀就能獲得相關信息，如果使用參見法，還要耗時費力去查找其他篇目。例如，王仲犖先生注釋《西崑酬唱集》，本來規定典故一見以後不復再次加注，可是由於閱讀的朋友們有上述意見，注者最後放弃了參見法，而"對每一詩題之下的有些典故，不憚二次三次注出，以補救這方面的缺憾。"① 這是注釋者根據讀者意見在注釋實踐中作出調整的實例。不過，這些讀者之所以不贊成使用參見法，考察其中的原因，一是因爲注釋者沒有很好地使用參見法，二是因爲讀者的懶惰。通過對普通讀者的了解，絕大多數讀者還是認爲如果釋義內容複雜，所用注語較多，宜使用參見法，少部分讀者認爲釋義所用注語較少的可以重出重注，而主張任何內容都重出重注、任何內容都使用參見法的則很少。

根據對王琦《輯注》使用參見法的實例所作的詳細考察，以及對當代詩歌注釋原理和所要達成的目標的思考，認爲：在詩歌注釋，乃至一切典籍注釋中，使用參見法是必要的，它是精煉注文的一個技術手段。但是是否任何重出內容都採用參見法，還需要區別對待。以下幾點建議可供參考。

相同的注釋點，且所需解釋的內容又相同或相類，注釋者應該自覺使用參見法。

第一，使用參見法選擇注釋點時，可以集中在故事、史事和名物典制上，它們所需解釋的內容相對較多。一般語詞的釋義及其溯源，所需解釋的內容較少，通常不使用參見法。

第二，參見位置一般以同類釋義內容首見處爲參閱對象，個別可根據注釋篇目及內容的需要靈活調整，參見他處之注。

第三，參見位置一定要統一、精確、準確。注釋者最好指明參見某卷某篇，必要時可指出見某句，如能注明參見的頁碼會更加完美。有些詩集不分卷，如《高適集》，孫欽善先生校注時僅指明見某篇之注，不便查閱，這樣的情況，可考慮加注頁碼。

第四，此處是否簡要解釋可視情況而定。如果參見位置距離此處很近，一般不必解釋；如果距離較遠，可以簡要解釋，所釋內容，應與此

---

① 楊億等著，王仲犖注：《西崑酬唱集注·前言》，上海書店出版社2001年版，第7頁。

處的語意理解息息相關，可以概括典故要點，解釋關鍵詞語句子的意義，也可以溯源。

第五，參見處一定要提供比此處更詳細的信息。

第六，使用參見法體例應該盡量統一。不能時而重注，時而使用參見法，時而指明見一處，時而又指明見另一處。如果需要解釋的內容也相同，那麼對要點的概括也應該盡量一致。對於一些重出的名物詞，如果不同的篇目中作者所用的主要信息有別，可以考慮在此處解釋對語意理解有重要作用的信息，其他內容採用參見法，二處可相互補足。

第 五 章

《〈李太白全集〉輯注》的注釋成就和不足

王琦輯注李白文集取得了突出成就，前面各章分別從辨析字詞形體、解釋語意、説明語法修辭、考證名物、解釋典故、品評藝術特色和注釋體式等方面評述了王琦注釋的内容、特色和不足，這實際也是其成就和不足的組成部分。如果從整體上考察，王琦《輯注》還表現出注釋内容準確詳贍、注釋風格平實等特點，以及釋事忘意和重複煩瑣等缺憾，這些都與王琦的注釋思想和注釋方法有着密不可分的聯繫。本章主要從注釋思想、方法和《輯注》的總體特徵來評述王琦注釋的成就和不足。

第一節 注釋思想和解詩方法

一 "虛己"的闡釋前提

王琦《輯注》突破前人舊注，達到李白詩文注釋史上的高潮，有多方面的因素。首先，前人的箋注、評點爲王琦提供了必要的參考資料；其次，王琦學貫三才，窮覽七略的學識，爲他精到的注釋内容和博徵文獻的注釋風格打下了堅實的基礎；再次，王琦的闡釋思想和解詩方法也起了至關重要的作用。

王琦注釋思想的一個重要特徵就是"虛己"。"虛己"，即無我之意，是指在注釋活動中，注釋者摒弃一切先入爲主的偏見，盡量以公正、虛平之心去理解和注釋作品。王琦在《輯注·跋》中明確提出"虛己"的主張，其云："讀者當盡去一切偏曲泛駁之説……不以無稽之毁譽入而爲主于中，庶幾於太白之歌詩有以得其情性之真，太白之人品亦可以得其是非之實夫。"①

　　"虛己"的思想，在詩文注釋中具有重要的指導意義。注釋活動既有客觀性，也有主觀性。典籍注釋活動的基本要素——文本和核心要素——注釋者之間的關係是比較複雜的。記錄文本內容的語言文字爲注釋者的理解提供了客觀依據，因此，對同一文本的理解，不同時代的不同注釋者大致趨同。其次，"心所同然"，不同時代不同人的情感和認識事物的方式代代累積，也大致趨同。再次，歷代文化典制在文獻中的貯存，爲注釋者的理解提供了可靠的知識信息。因此，注釋者再現文本原意具有客觀性。另外，文本畢竟是作者個人思想和情感的反映，而且作品一旦脱離了作者，創作當時的時空焦點就成爲了歷史，對注釋者來説，時過境遷，其間語言、社會、政治、人事、自然等都發生了不同程度的變化，造成了許多背景信息的缺失或難以確指，給文本意義的確定帶來了一定難度，德國解釋學家狄爾泰曾經説過，作品和理解者之間的距離越大，就越容易産生不確定性②。同時，注釋者作爲具有主觀性的個體，他個人的知識結構、人生遭際、思想觀念也影響注釋活動的效果，正如海德格爾所説的"把某某東西作爲某某東西加以解釋，這在本質上是通過先有、先見和先把握來起作用的。解釋從來不是對先行給定的東西所作的無前提的把握"③。時空間距造成的文本的不確定性和注釋者的前理解，使注釋活動的主觀性增强，而"虛己"的思想要求去除偏見，則在一定程度上實現了對注釋者主觀性的抑制。

　　"虛己"並不是要求注釋者消除自己的先見（或前理解），事實上先見（前理解）也根本不能消除，"虛己"的目的是要求注釋者把作品和作者作爲中心，盡可能排除因個人喜惡帶來的偏見，更爲公允地看待問題。那麽，王琦是如何達到"虛己"，而求得作者和作品真實的呢？他指出："惟深溯其源流，熟參其指趣，反覆玩味于二體六義之間，而明夫敷陳情理、託物比興之各有攸當，即事感時、是非美刺之不可淆混，更考時代

---

① 李白著，王琦注：《李太白全集》，中華書局1977年版，第1694頁。
② ［德］狄爾泰：《對他人及生命表現的理解》，李超傑譯，洪漢鼎編《理解與解釋——詮釋學經典文選》，東方出版社2001年版，第99頁。
③ ［德］海德格爾：《理解和解釋》，陳嘉映、王慶節譯，洪漢鼎校改，同上書，第120頁。

之治亂，合其生平之通塞"①，據此可以將他的注釋思想概括爲三點：即根據時代背景和社會風貌、詩人性情和生平遭際、文學創作的特徵和傳統三個方面消除偏見，這三個方面聯繫緊密，共同作用，以求達到對作品原意的理解。

王琦反對拘囿於前人偏見而評價李杜優劣。他認識到，這種偏見或因爲喜好而拔高，或因爲厭惡而貶損，都可能造成對篇章原有之意的歪曲。他有感於世人揚杜抑李的現實，指出二公之詩，一以天分勝，一以學力勝，各有登峰造極之美，不可以後人膚淺之見妄爲軒輊②。

例如，有人認爲太白在國家離亂之時，酣歌飲酒，不如杜甫之憂國憂民，對此王琦指出："詩者，性情之所寄。性情不能無偏，或偏于多樂，或偏于多憂，本自不同。況少陵奔走隴、蜀僻遠之地，頻遭喪亂，困頓流離，妻子不免飢寒；太白往來吳、楚安富之壤，所至郊迎而致禮者，非二千石則百里宰，樂飲賦詩，無建日夕，其境遇又異。兼之少陵爵祿曾列于朝，出入曾詔于國，白頭幕府，職授郎官；太白則白衣供奉，未霑一命，逍遥人外，蟬蛻塵埃。一以國事爲憂，一以自適爲樂，又事理之各殊者，奈何欲比而同之，而以是爲優劣耶！"此論表明詩人的性情和生平遭際對詩歌內容和風格有重要影響，讀者不能單純以內容爲據妄論優劣。

又如，有人認爲太白詩中多酒與婦人之詞，因而譏毀李白人品污下，對此王琦辯曰："是蓋忘唐時風俗，而又未明其詩之義旨也。唐時侑觴多以女伎，故青娥皓齒，歌扇舞衫，見之宴飲詩中，即老杜亦未能免俗，他文士又無論已，豈惟太白哉！若《古風》、樂府、怨情感興等篇，多屬寓言，意有託寄，陽冰所謂言多諷興者也，而反以是相詆訾。"此處王琦又明確指出詩人所處時代的風俗習慣和詩歌創作的規律對詩歌內容的影響，指出不能脱離社會環境評價詩人，也不能抛棄詩歌的創作規律而作膚淺的解釋。

王琦也把這種思想貫徹到具體的注釋實踐中，他解釋一詞、一物、一事，務以材料爲據，很少妄下論斷，於所不知輒付闕如。齊召南在

---

① 李白著，王琦注：《李太白全集》，中華書局1977年版，第1694頁。
② 同上書，第1685—1686頁。

《輯注》序中強調:"注古人書,慮聞見不博也,尤慮其識不精。既博且精,又慮心偶不虛不公,知有疑勿闕,有誤亦曲爲解。"① 齊氏擔憂聞見不博、識斷不精和心之不虛不公,會對原文造成曲解,三者之中,他尤其擔憂"心之不虛不公",足見"虛己"思想在詩歌注釋中的重要性,這也是對王琦《輯注》的中肯評介。"虛己"也是梁啓超總結的乾嘉學者的治學方法之一。他在《清代學術概論》中說:"既獲有疑竇,最易以一時主觀的感想,輕下判斷,如此則所得之'間',行將失去。考證家決不然,先空明其心,絕不許有一毫先入之見存,惟取客觀的資料,爲極忠實的研究。"② 由此可見,"虛己"實際已經成爲清代學術共同恪守的準則,只有在這個基礎之上,纔能作客觀的研究,也纔能使理解和闡釋的客觀有效成爲可能。

二 以史解詩

《孟子》曰:"《詩》亡,然後《春秋》作。"學者大多認爲詩可見史,那麼,史也就可以用來解詩。以史解詩的方法在宋代詩歌注釋中得到發展,像任淵的《山谷內集詩注》就常常徵引宋史解釋山谷詩意。這一方法在清代詩歌注釋中進一步發展,如清初錢謙益注釋杜甫詩歌,不僅以史解詩,甚至還用詩來證明和補充史實,郝潤華先生稱之爲詩史互證③。在詩史互證的兩個方面中,清代詩歌注釋者更重視以史解詩,這也成爲他們詩歌注釋的共同特徵。像朱鶴齡、仇兆鰲等注釋號稱"詩史"的杜甫詩歌自然如此,而注釋他人之詩,清代的注釋家也非常重視以史解詩。例如,朱鶴齡注釋李商隱詩,在《李義山詩集箋注·序》中就明確說:"義山之詩,乃風人之緒音,屈宋之遺響,蓋得子美之深而變出之者也。豈徒以徵事奧博,擷采妍華,與飛卿柯古爭霸一時哉?學者不察本末,類以才人浪子目義山,即愛其詩者,亦不過以爲帷房暱嫟之詞而已,此不能論世知人之故也。予故博考時事,推求至隱,因箋成而發之,

---

① 齊召南:《〈李太白全集〉輯注·序》,李白著,王琦注《李太白全集》,中華書局1977年版,第1681頁。
② 梁啓超:《清代學術概論》,上海古籍出版社1998年版,第45—46頁。
③ 郝潤華:《〈錢注杜詩〉與詩史互證方法》,《首都師範大學學報》2000年第2期。

第五章　《〈李太白全集〉輯注》的注釋成就和不足　207

以復于先生，且以爲世之讀義山集者告焉。"① 即便是像李賀那樣生平極短的詩人，清代姚文燮也認爲他的詩"命辭命意命題，皆深刺當世之弊，切中當世之隱"，因此必"善讀史者始可注書，善讀唐史者始可注賀"②，由此可見，史與詩的聯繫在清代詩歌注釋中被看得極爲重要。史實的參與，實際也是《孟子》"知人論世"解《詩》方法的體現。

　　以史解詩的方法之所以常常爲注釋者所用，是有客觀基礎的。有些詩歌，作者旨在詠史，以古史見今意，有些則感慨時事，生發議論。詩人或直接記述史事，或以典故、意象曲折地傳達諷諭之旨，讀者往往不能直接從語言的表層獲得詩歌的言外之旨，基於此，陳寅恪先生説："夫解釋古書，其謹嚴方法，在不改原有之字，仍用習見之義。故解釋之愈簡者，亦愈近真諦。並須旁採史實人情，以爲參證。不可僅於文句之間，反復研求，遂謂已盡其涵義也。"③ 因此，考史是詩歌注釋的一個合理而必要的方法。

　　王琦注釋李白詩歌，也以唐史來理解詩意，他以詩歌爲中心，把史實作爲解釋語意的佐證，並進而發明言外之旨。主要表現在以下四個方面。

　　1. 根據史實解讀詩句描繪的景象

　　例如，卷十二《書懷贈南陵常贊府》"至今西二（當作'洱'）河，流血擁僵屍。"王注："《唐書》：天寶十載四月壬午，劍南節度使鮮于仲通及雲南蠻戰于西洱河，敗績，大將王天運死之。十三載六月，劍南節度留後李宓及雲南蠻戰於西洱河，死之。"又同篇"雖有數斗玉，不如一盤粟。"王注："《舊唐書》：天寶十二載八月，京城霖雨，米貴，令出太倉米十萬五，減價糶與貧人。十三載秋，霖雨積六十餘日，京城垣屋頹壞殆盡，物價暴貴，人多乏食，令出太倉米一百萬石，開場賤糶，以濟貧民。"按：此詩中前兩句描述了邊地多戰事，將士死傷無數；後兩句則以玉價與粟價之比突出了米粟的匱乏和人民生活的困頓。王琦恰當地引

---

① 朱鶴齡：《李義山詩集箋注・序》，清乾隆十五年懷德堂刊本。
② 姚文燮：《昌谷詩注・序》，李賀著，王琦等評注《三家評注李長吉歌詩》，上海古籍出版社1998年版，第192頁。
③ 陳寅恪：《薊丘之植植於汶篁之最簡易解釋》，《金明館叢稿二編》，上海古籍出版社1980年版，第263頁。

用兩《唐書》，分別指出天寶十年、十三年，西洱河戰事頻仍且連續敗績的慘狀，天寶十二年、十三年京師連年發生自然災害，致使糧食匱乏，物價暴漲的事實，補充了詩句內容，加深了讀者對詩句的理解。

2. 根據史實揭示詩歌的言外之意

例如，卷五《北上行》"沙塵接幽州，烽火連朔方。……奔鯨夾黄河，鑿齒屯洛陽。"王注："按：天寶十四載，安禄山反於范陽，引兵南向，河北州縣望風瓦解，遂克太原，連破靈昌、陳留、滎陽諸郡，遂陷東京。范陽，本唐幽州之地，詩所謂'沙塵接幽州'者，蓋指此事而言。其曰'烽火連朔方'者，禄山遣其黨高秀巖寇振武軍，朔方節度使郭子儀擊敗之。振武軍去朔方治所甚遠，其烽火相望，告急可知。其曰'奔鯨夾黄河'者，指從逆諸將，如崔乾祐之徒，縱橫於汲、鄴諸郡也。其曰'鑿齒屯洛陽'者，謂禄山據東京僭號也。"按：此注王琦解釋四句之意，詮以唐天寶年間安禄山謀反之事為解，補充了詩歌的言外之意。

3. 把史實作為理解詩意的背景

例如，卷十七《送梁公昌從信安王北征》題首，王注："《册府元龜》：開元十二年正月，以朔方節度副大使、禮部尚書信安郡王禕，為河東、河北兩道行軍副大總管，知節度事，率兵討契丹。率户部侍郎裴耀卿諸副將，分道統兵出范陽之北，大破兩蕃之衆，擒其酋長，餘黨竄入山谷。"由這一史實的敍述，讀者可知此詩作於開元十二年（724年），大概因為梁氏從信安王率兵討契丹，所以太白有這一首送别之作。這樣讀者理解詩意和主旨也就有了依據。

4. 利用史實考證詩歌創作的時間

例如，卷二十五《流夜郎聞酺不預》一詩，"酺"指衆人合聚飲食，王琦於題首注："唐時無三人羣飲之禁，所謂賜酺者，蓋聚作伎樂，年高者得賜酒食耳。《唐書》：至德二載十二月，賜民酺五日。此詩當是至德二載所作。"①

清人解詩對詩人年譜特别重視②，王琦也有《李太白年譜》，這也是他以史解詩、知人論世思想和方法的體現。

---

① 詹鍈主編：《李白全集校注彙釋集評》第7册，百花文藝出版社1996年版，第3631頁。
② 周裕鍇：《中國古代闡釋學研究》，上海人民出版社2003年版，第374頁。

王琦不僅以史實來解釋詩意，考察詩歌的創作背景和時間，他有時也利用詩歌來補正史實的缺載、誤載。雖然詩歌文本並不就是歷史的真實，但是卻不能否認個別篇章直賦其事或隱喻象徵而透露出時事的影子。這就爲以詩證史提供了客觀依據。例如，卷十四《寄上吳王三首》詩意暗言吳王爲廬江太守事，王琦引《新唐書》說明吳王抗拒安禄山之事，指明史載吳王曾爲陳留太守、持節河南道節度採訪使、太僕、宗正卿之職，不載他做廬江太守之事，這樣，李白此詩的內容，就可以補充史料的缺載。不過，以詩證史的例子在《輯注》十分少見。

以史實解釋詩意，是王琦《輯注》，也是清代詩歌注釋最常運用的方法之一，這一方法雖然具有合理性和可行性，但是，也最容易使注釋者陷於抉發隱微的歧途。以史解詩，首先要求注釋者對詩人當世的歷史非常熟悉；其次，注釋者還必須選擇恰當的史實才能探得詩意。陳寅恪先生在《讀哀江南賦》中說："解釋詞句，徵引故實，必有時代限斷。然時代劃分，於古典甚易，於'今典'則難。蓋所謂'今典'者，即作者當日之時事也。"並進一步解釋説，解釋今典"須考知此事發生必在作此文之前，始可引之以爲解釋。否則，雖似相合，而實不可。此一難也。此事發生雖在作文以前，又須推得作者有聞見之可能。否則其時即已有此事，而作者無從取之以入其文。此二難也。"① 事實上，詩歌作於何時，除了詩人明確標明的寫作時間，以及通過詩句暗示的史實體現的時間以外，許多作品的創作時間是不確定的。而且，即使通過詩句語言的暗示，可以推測詩歌的創作時間，反過來，我們卻又以這一推論作爲前提，以史實來說解句意，考證詩旨，從而又走入了循環解釋之途。因此，以史實解釋詩意，考察詩旨，必須以詩歌的語言意義作爲基礎，引用恰當的史實，多方尋求證據，避免主觀臆測，王琦在這方面是非常注意的。

例如，《猛虎行》② 一詩，是否爲太白所作，歷來就有爭論，嚴羽、蕭士贇、朱諫等都以爲散漫無倫理，似非太白所作，而《文苑英華》《唐文粹》等都曾選錄，自宋初已認定爲太白之作。王琦認爲安禄山逆亂之

---

① 陳寅恪：《金明館叢稿初編》，上海古籍出版社 1980 年版，第 209 頁。
② 按：王琦注文，詳見李白著，王琦注《李太白全集》，中華書局 1977 年版，第 361、364—366 頁。

時，高仙芝、顏杲卿之事與詩句所反映的內容極爲相符，詳引《資治通鑑》《新唐書》天寶十四載歲末安祿山反叛之事，駁斥了蕭氏以詩作之後事探討詩意之誤。又以詩歌前後語意的悲歡之由反駁了前人以爲無倫次之說。又以張旭之事作爲輔證，是比較有說服力的。安旗先生評爲："此詩中所述亂初史實及李白行蹤，歷歷可考，斷非僞作，王說甚是。"① 可見，王琦對史料的選擇極爲謹嚴，他能夠從詩意出發，不完全執於史實，不以數字之辭而害一章之意，這種平實的注釋風格，的確是詩歌注釋中應該提倡的。

三 考據與"以意逆志"

王琦生當雍乾時期，當時乾嘉考據的學風已經形成，首先他輯注李集不可避免地受到考據之風的影響；其次，他又能深切體會文學作品創作的規律和本質，故在考據之外，又能依照"以意逆志"的文學闡釋方法來發明詩意，在李白詩文的注釋中，王琦將這兩個方面結合起來，代表了清代詩文注釋的主流風尚。

（一）鮮明的考據特色

所謂考據或考證，是根據文獻或其他出土材料來考覈、證實和說明文獻典籍中的問題。考證是清代乾嘉學術的本質特徵，故歷來稱乾嘉學術爲考證學或考據學。梁啓超曾着力研究考證學的特色，得出以下結論：

第一，凡立一義，必憑證據；無證據而以臆度者，在所必擯。

第二，選擇證據，以古爲尚。以漢唐證據難宋明，不以宋明證據難漢唐；據漢魏可以難唐，據漢可以難魏晉，據先秦西漢可以難東漢。以經證經，可以難一切傳記。

第三，孤證不爲定說。其無反證者姑存之，得有續證則漸信之，遇有力之反證則棄之。

第四，隱匿證據或曲解證據，皆認爲不德。

第五，最喜羅列事項之同類者，爲比較的研究，而求得其公則。

第六，凡採用舊說，必明引之，剿說認爲大不德。

第七，所見不合，則相辯詰，雖弟子駁難本師，亦所不避，受之者

---

① 安旗主編：《李白全集編年注釋》，巴蜀書社 2000 年版，第 1159 頁。

從不以爲忤。

第八，辯詰以本問題爲範圍，詞旨務篤實温厚。雖不肯枉自己意見，同時仍尊重別人意見。有盛氣凌轢，或支離牽涉，或影射譏笑者，認爲不德。

第九，喜專治一業，爲"窄而深"的研究。

第十，文體貴樸實簡潔，最忌"言有枝葉"。

當時學者，以此種學風相矜尚，自命曰"樸學"。其學問之中堅，則經學也。經學之附庸則小學，以次及於史學、天算學、地理學、音韻學、律呂學、金石學、校勘學、目録學等，一皆以此種研究精神治之。質言之，則舉凡自漢以來書册上之學問，皆加以一番磨琢，施以一種組織①。

誠如梁氏所言，考證學的主要領域在經學，順次及之史地、校勘等學術領域，在當時學者眼中，詩文注釋似乎根本算不得學術研究，但是在一種"羣衆化"學術研究的態勢下，詩文注釋也不可避免地受到考證學的影響，從而表現出與考證學大致相同或相類的風格。

由於注釋對象的特殊性和注釋體例的限制，詩文注釋的特徵未必與梁氏總結的十條完全吻合。根據前文對王琦《輯注》內容和方法的描寫，可知，梁氏所言第一、三、四、五、六、九各條與本題關係最爲密切。

1. 無徵不信

王琦《輯注》在考據方面的特點之一，表現爲"無徵不信"。"無徵不信"是清代考證學的根本特徵，清代學者對證據的重視達到了前所未有的高度，梁啓超所謂"學者立意必憑證據、孤證不爲定說、喜羅列事項同類者以作比較研究"等，就是最好的概括。具體說，王琦在文獻的使用上主要表現出以下五個特點。

第一，羅列同類證據以得確論。例如，卷二十五《洗脚亭》"白道向姑熟"，王注："白道，大路也。人行跡多，草不能生，遥望白色，故曰白道。唐詩多用之，鄭谷'白道曉霜迷'，韋莊'白道向村斜'是也。"按：王琦根據唐詩用詞習慣考證"白道"的詞義，雖然注文中僅引用了兩種文獻，但是考察李白《寄遠十二首》其七"百里望花光，往來成白道"，李商隱《無題》"白道縈迴入暮霞，斑騅嘶斷七香車"，《寄永道

---

① 梁啓超：《清代學術概論》，上海古籍出版社1998年版，第47—48頁。

士》"共上雲山獨下遲，陽臺白道細如絲"等例可知，王琦一定考察過大量的唐詩文獻，故能得出確切的結論。

　　第二，證據抵牾者，必存疑以俟知者。例如，卷十三《寄弄月溪吳山人》"嘗聞龐德公，家住泂湖水"，王琦考證其中的"泂湖"，注云："泂湖事無所考證。孟浩然詩亦有'聞就龐公隱，移居近泂湖'之句。按酈道元《水經注》：蔡洲大岸西有洄湖，停水數十畝，長數里，廣減百步，水色常綠。楊儀居上洄，楊顒居下洄，與蔡洲相對，在峴山南廣昌里，云云。與《後漢書》'峴山之南'相合，豈泂湖即洄湖之訛歟？然道元不言洄湖為德公所居，而以魚梁洲為德公所居，則又未敢據也。"按：王琦懷疑"泂湖"即《水經注》所載之"洄湖"，證據有三：其一，同時期詩人孟浩然詩句與李白詩句都指明龐德公居處在泂湖一帶；其二，《水經注》所記"洄水"在峴山之南，與《後漢書》記載龐德公居於峴山之南相合；其三，"泂、洄"二字形似，可能在傳寫中致訛，這是顯而易見的，故王琦沒有明確指出。有這三點原因，似乎可以確定"泂湖"即"洄湖"，然而王琦並未輕下定論。因為《水經注》記載龐德公居魚梁，與孟、李二詩不合，而酈道元距離龐公時代較近，很可能另有所指。在文獻記載相互矛盾的情況下，王琦沒有盲目得出結論，而以"未敢據"表明自己的態度。這種審慎的考據態度，以及揆之本文而協，驗之他卷而通的考證原則，正與清代學者的實證學風一脈相承。

　　第三，證據不足，並列異説，以俟知者詳考。例如，卷一《大獵賦》"摧大鳳于天墟"，王琦解釋"大鳳"，注："大鳳，非瑞鳥之鳳也。若是瑞鳥之鳳，則下文有'解鳳凰與鷲鷟'之語，而此又云'摧大鳳'，不但重複，兼亦自相矛盾。考楊昇庵《字説》引《通史》：繳大鳳于青丘，戮修蛇于洞庭。'大鳳'作'大風'云云。是古書先有以'大風'為'大鳳'者，而太白因之歟？《淮南子》云：堯之時，猰貐、鑿齒、九嬰、大風、封豨、修蛇，皆為民害。堯乃使羿誅鑿齒于疇華之野，殺九嬰于凶水之上，繳大風于青丘之澤，下殺猰貐、斷修蛇于洞庭，擒封豨于桑林。夫大風與猰貐、鑿齒、封豨、修蛇並稱，是亦物類中之凶怪者。而高誘注云'大風，風伯也，能壞人屋舍'，則又以為神名矣。《風俗通》云：飛廉，風伯也。《漢書音義》：應劭曰：飛廉，神禽，能致風氣者也。晉灼曰：身似鹿，頭如爵，有角而蛇尾，文如豹文。豈大風即飛廉之神鳥，而因以訛爲風伯歟？姑廣其説，以俟知者。昇庵又引内典，'鳳'當作'鳳'，中從馬，非鳳凰之鳳。然'鳳'字他書不載，恐未足據。"按：王琦根據上下文意和行文的慣例可以確定，此處的"大鳳"不是鳳凰，但是"大鳳"究竟指什麽，他根據楊昇庵之説和《淮南子》等得出"大鳳"與"大風"相同，當是堯之時與猰貐、鑿齒、九嬰、封豨、修蛇並列的一種凶怪之物，但高誘注卻以"大風"爲風神之名，又相矛盾；王琦又考《風俗通》《漢書音義》等，得知飛廉有風伯之稱，推斷可能大風即指飛廉，而訛爲風伯。但這一結論也缺乏有力證據，不能定奪，故廣異説存疑。

第四，駁正舊説，資以佐證。例如，卷十六《送温處士歸黄山》"亦聞温伯雪，獨往今相逢。"按：王琦引用《莊子》解釋了孔子見温伯雪而不語之事，而後解釋温伯雪在此句中的含義，注云："太白借其名以喻温處士，若所謂'河東郭有道'、'吾友揚子雲'、'洛陽蘇季子'、'笑對劉公榮'之類，集中甚多，皆借古人之名以謂今人，而《黄山志》遽以伯雪爲温處士之名，失其解矣。"按：王琦通熟太白詩文的用語習慣，以上所引"河東郭有道"等，分别見於卷九《贈郭季鷹》、卷十六《送王屋山人魏萬還王屋》、卷十五《魏郡别蘇明府因北遊》、卷十五《留别西河劉少府》各詩，此外，卷十九《江上答崔宣城》、卷二十《流夜郎陪宴興德寺南閣》中以陶潛分别指崔宣城、薛明府，卷二十《陪族叔曄遊洞庭五首》其三中以"洛陽才子"賈誼指賈至，等等，都是以古人之名稱謂今人，誠如王氏所云"集中甚多"。王琦根據李詩用語通例，駁正文獻考證的失誤，確鑿可信。

第五，補證舊説，輔以資料。用材料駁正舊説，這是考據的基本特徵。舊説正確而簡略之處，王琦有時也選取新的材料予以補充驗證。例如，卷二十四《萬憤詞投魏郎中》"戀高堂而掩泣"，解釋"高堂"，王注："蕭士賫曰：高堂，喻朝廷也。琦按：世之稱父母多曰高堂，太白詩中絶無思親之句，疑其遷化久矣。考《漢書·賈誼傳》曰：人主之尊譬如堂，羣臣如陛，衆庶如地，故陛九級上，廉遠地，則堂高。陛亡級，廉近地，則堂卑。高者難攀，卑者易陵，理勢然也。蕭氏以高堂爲喻朝廷，其説近是。"按：蕭士贇採用直解的方式解釋"高堂"之義，王琦雖採其説，卻引用《漢書》作了一番考證，指出"高堂"喻指朝廷的文獻依據，證明蕭注的正確，這也是王注與蕭注的顯著差別之一。

2. 知識考古

王琦《輯注》在考據方面還表現出濃厚的知識考古特色。

董洪利先生在《古籍的闡釋》中，將考據性注釋分成兩類，一類是以補充材料爲主的注釋，該注釋所引證的材料，不僅僅是對事實的增補，而且也是對原文的考證與解釋。此類古注以裴松之《三國志注》、劉孝標《世説新語注》和酈道元《水經注》最爲突出。第二類是以考辨字義、典故、史實名物爲主的注釋，在古今注釋中數量不少，尤其是清代，更爲多見。因爲清代學術以考據爲最大特點，而注釋則是發揮考據功夫的最廣闊的學術領域之一，所以清代考據性注釋大量涌現，而且遍及經、史、子、集各類①。王琦《輯注》正是第二類考據性注釋在詩文注釋領域的典型代表。

詩文注釋表現出來的考據特徵，雖然不同於一般的史地名物類著作，但其本質是相同的，都是用盡可能豐富確鑿的材料，説明事實，考辨歧誤，以得確論。從以上論述中可以看出，無論用哪種材料，用多少材料，注釋者的基本目的都是要讓讀者理解詞義，知曉典故，了解事實，進而理解詩意，但是，由於注釋者重視考證，一些注釋内容常常會超出這一範圍，而表現出鮮明的知識考古特色。在王琦《輯注》中，以解釋名物、歷史和典故等内容最爲突出，主要表現在以下四個方面。

第一，考證名物。例如，卷三《夷則格上白鳩拂舞辭》"鷹鸇鵰鶚，貪而好殺。"王琦解釋其中的"鷹、鸇、鵰、鶚"四種鳥，注云："鷹，古者謂之鷞鳩，一歲色黃曰黃鷹，二歲色變次赤，曰鴘鷹，又曰鶊鷹，三歲以後色變蒼白，曰蒼鷹。隋魏彦深《鷹賦》所謂'毛衣屢改，厥色無常，寅生酉就，總號爲黃，二周作鴘，三歲成蒼'是也。世俗通謂之角鷹，以其頂有毛角微起也。鸇，《詩》所謂晨風，似鷹而小，好乘風展翅，鳴則風生，世俗謂之鷂鷹，與鷹極類，惟尾長翅短爲異，猛悍多力。鶚尤勇健善搏，乃鷙鳥中之殊特者，故鄒陽書曰：鷙鳥累百，不如一鶚。《禽經》曰：鷙鳥之善搏者曰鶚。孟康《漢書注》：鶚，大鵰也。《詩經正義》：鵰之大者又名鶚，蓋言其似鵰而大者也。或以鵰鶚混爲一物，或

---

① 董洪利：《古籍的闡釋》，遼寧教育出版社 1995 年版，第 268—270 頁。

以鶚爲王雎、魚鷹之異名，皆非也。四鳥皆禽中之鷙者，形狀亦相似，曲喙，金睛，劍翮，利爪，盤旋空中，俟物而擊之。鸇形最小，所搏者惟鴿雀小鳥之類；鷹稍大，能搏雉兔；鵰則大於鷹，能擒鴻鵠大鳥；鶚則又大於鵰，能搏狐鹿羊豕。鷹多生北地，鸇則是處有之，鵰鶚惟產邊境。世人不辨，或多混稱，故詳釋之。"

按：王琦因爲"世人不辨，或多混稱"，所以詳細考辨了四種飛禽的異名、形體毛色、習性，以及它們之間的同異，表現出單純的知識考據的特色，類同於生物學著作。讀者從中獲得了豐富的生物學知識，增廣了見聞，但是，從詩意理解的角度來看，注文卻不免繁冗，其實只要突出"鷹、鸇、鵰、鶚"都指凶悍的猛禽，讀者即能理解。

即使採用徵引文獻的方式釋義，王琦也常常選擇考據特徵比較鮮明的文獻。例如，卷八《赤壁歌送別》中解釋"赤壁"，王注："《元和郡縣志》：赤壁山，在鄂州蒲圻縣西一百二十里，北臨大江，其北岸即烏林，與赤壁相對，是周瑜用黃蓋策焚曹公舟船敗走處。故諸葛亮論曹操'危於烏林'是也。楊齊賢曰：盛弘之《荊州記》：蒲圻縣沿江一百里，南岸赤壁，周瑜、黃蓋乘大艦破魏武兵於烏林，烏林、赤壁東西一百六十里也。予嘗往來江、漢間，研求赤壁所在，正在今鄂州上流八十里，與百人山相對，江邊石皆赤色，故號爲赤壁磯。東坡賦所謂'東望夏口，西望武昌'，非曹公之赤壁也。《一統志》：赤壁山在武昌府城東南九十里。《唐元和志》：在蒲圻縣西一百二十里。圖經云：在嘉魚縣西七十里。其地今屬嘉魚。宋蘇軾指黃州赤鼻山爲赤壁。按：劉備居樊口，進兵逆操，遇於赤壁，則赤壁當在樊口之上。又赤壁初戰，操兵不利，引次江北，則赤壁當在江南，亦不應在江北。今江、漢間言赤壁者五，漢陽、漢川、黃州、嘉魚、江夏，惟江夏之說合於史。"按：王琦引用《元和郡縣志》、楊注、《一統志》三種文獻考證三國時周瑜火燒赤壁的位置，尤其後兩種文獻考據特徵非常鮮明。

第二，考證典故。詩人所用典故，在歷代傳承中，由於版本不同，來源不同，內容也會有或多或少的差異，這些差異往往屬於純粹的知識問題，一般不會造成歧解，但是在考據性鮮明的詩文注釋中，注釋者也決不會忽略這些問題。

例如，卷七《江上吟》"仙人有待乘黃鶴，海客無心隨白鷗。"王注：

"蕭士贇曰：黃鶴樓，在鄂州西南隅黃鶴山上。《南齊志》云：仙人子安乘黃鶴過此。《一統志》：黃鶴樓，在武昌府城西黃鶴磯上，世傳仙人子安乘黃鶴過此。又云：費文褘登仙，駕黃鶴返憩於此。唐閻伯玒作記，以文褘爲信。或者又引《述異記》，謂駕鶴之賓是荀叔偉，後人誤作費文褘。今按《述異記》：荀瓌，字叔偉，嘗東遊，憩江夏黃鶴樓上，望西南有物飄然降自霄漢，俄頃已至，乃駕鶴之賓也。鶴止戶側，仙者就席，羽衣虹裳。賓主歡對，已而辭去，跨鶴騰空而滅。是言叔偉於此遇駕鶴之仙，非謂駕鶴之仙即叔偉也。又或以與蜀漢之大將軍費褘字文偉者，其姓字相同，遂駁其既爲降人郭循所害，何以又能登仙駕黃鶴返憩此樓？夫古今同姓名者甚多，安得謂此二人即是一人？以此相難，更屬孟浪。"

第三，考證李白詩歌用事用語之誤。例如，卷十七《送賀賓客歸越》有"應寫《黃庭》換白鵝"之句，王琦引用《野客叢書》《東觀餘論》《王氏法書苑》《白氏六帖》《太平御覽》《仙傳拾遺》《容齋四筆》等共計1700多字的文獻，詳細考證了王羲之寫《道德經》，而非《黃庭》換鵝之事①，最後指出："夫詩之美劣，原不關乎用事之誤與否，然白璧微瑕，不能不受後人之指摘。若太白此詩，則固未嘗有瑕者也。故歷引昔人之論而辨析之，且以見考古者之不易也。"由此可以看出，王琦深知用事正確與否與詩歌美劣之間並無太大關係，但是在當時的學術環境下，他仍然用考據的方法，大量引用文獻考察故事原型，更是用"以見考古者之不易"一語表明了備引文獻的目的，知識考古的意味更加濃厚。

第四，在一般詞語的解釋上也表現出考證的特色。例如，卷六《少年行》"遮莫姻親連帝城"中解釋"遮莫"，王注："《鶴林玉露》：詩家用'遮莫'字，蓋今俗語所謂'儘教'是也。《漁隱叢話》：《藝苑雌黃》云：遮莫，俚語，猶言儘教也。自唐以來有之。故當時有'遮莫你古時五帝，何如我今日三郎'之説，然詞人亦稍有用之者。杜詩云：'久拚野鶴如霜鬢，遮莫鄰雞下五更。'李太白詩：'遮莫枝根長百丈，不如當代多還往。遮莫親姻連帝城，不如當身自簪纓。'"這是引用考證特徵鮮明的文獻來解釋"遮莫"的含義。

王琦輯注李白文集表現出鮮明的考據特色，與他所處的時代和地域

---

① 李白著，王琦注：《李太白全集》，中華書局1977年版，第803—806頁。

學術背景有重要關係。誠然,王琦的生活年代雖然不是乾嘉考據學的黃金時代,但是一種學術思潮的形成不是一蹴而就的,在王琦以前,明末清初的黃宗羲,其後的顧炎武、閻若璩等都以實事求是的精神,從具體而豐富的材料入手,在學術研究上取得了輝煌的成就。他們實證而通貫的治學方法,正是乾嘉學術的導源,這種治學方法發展至乾嘉時期,聲勢進一步壯大,儼然形成一種"羣衆化"的學術派別,派中有力人物甚多①,不勝枚舉。從地域上説,明清之交直至清季,江浙一帶一直是學術繁榮之地。早者如黃宗羲,其後徽歙學者江永、戴震主治小學,考證一派漸次形成,當時江浙學者專事考證,如王鳴盛和錢大昕一族②,生當學術繁榮時期的王琦也是江浙一員,與他交遊的齊召南、杭世駿等也主要從事考證之學。從王琦本人所處的學術環境來看,他浸潤着康乾之間無徵不信的求實學風。

王琦的著述雖然不在成就輝煌的經史之列,但在文集箋注中同樣表現出了與這種思潮一致的學風。由於文集箋注形式的限制,一個注釋點内的注文不可能,也不需要旁徵博引,因此,它不可能像經史考證那樣引據浩繁,但是它們的目的都是通過排列文獻,進行邏輯推理來表明觀點,使讀者接受。王琦主要採用徵引式注釋李集,徵引注釋雖然並不就是考據,但引文本身也暗含了實證的功能,和王琦同時代同地域的學者,如朱鶴齡、仇兆鰲、顧予咸、趙殿成及馮浩等,他們箋注文集也都採用了徵引注釋的體式,或與考據學術思潮和方法有關。

(二) 考據之上的"以意逆志"

任何原典都由語言組合而成,典籍注釋對本旨和原意的理解,説到底也是對語言的理解,注釋的結果也要通過語言呈現出來。語言有多義性,但是某個詞在特定的句子中卻只能有一個含意,句子也只能有一種解釋,王力先生説:"古人實際上説出了的話不可能有兩可的意義。真理只有一個:甲説是則乙説非,乙説是則甲説必非。注釋家如朱熹等,他們可以採用'亦通'的説法,因爲理學家的目的只在闡明道理,只要不

---

① 梁啓超:《清代學術概論》,上海古籍出版社1998年版,第30頁。
② 劉師培:《近儒學術統系論》,劉夢溪主編《中國現代學術經典·黃侃劉師培卷》,河北教育出版社1996年版,第778—782頁。

違反他們的道理，都可以承認他'亦通'。我們如果要求知道古人實際上說了什麽，那就必須從兩種不同的解釋當中作出選擇，或者從訓詁學觀點另作解釋，決不能模棱兩可。"① 如果注釋者掌握了足夠的語言學知識，在具體的語境中，一般來說是能夠確定語言意義的。但是詩歌語言具有多義性，這種多義性不同於詞彙意義的多義性，詞彙的多義性爲詩歌語言的多義性提供了豐富的素材，確定了詞彙意義，只是了解了詩歌語言的宣示義，宣示義啓發下的詩歌語言的啓示義，即雙關義、情韻義、象徵義、深層義、言外義等②，是不能完全靠語言意義的確定而獲得的。歷史的佐證、知識的考古、詞彙意義的確定，雖然一定程度上抑制了注釋者的主觀任意性，爲探索作品原意提供了基礎，但過分依賴史實和考據，忽視詩歌語言的形象和含蓄，則不能很好地理解詩人蘊蓄在作品中的情感和意蘊。文學語言的含蓄性和多義性要求必須倚賴注釋者的主觀介入，"以意逆志"探索作品意義。

"以意逆志"的解詩方法來源於對文學作品本質的深刻認識。注釋者對作品的理解以人類理解的相似性和共同性作爲前提，人們對待相同的事物、事件、情感都具有大致相同的態度和思想，所以，即使不同時代的注釋者，他們的理解仍然存在許多共性，注釋者在基本語意闡釋的前提下，以己之意揣度作品和作者之意，有客觀事實和理論作爲基礎，也就使理解有可能更加接近作品原意。

首先，王琦輯注李白文集，既重視史實的佐證和知識考據，又充分關注詩歌語言的文學性，他在史實佐證、知識考據與詩文旨意的溝通上選擇了一條較爲合理的闡釋原則和方法，這就是上文所說的，他把詩歌內容、體類，時代治亂和詩人生存狀態三方面結合起來，以己之意而逆太白於千百載之上，以探求詩人的真性情和作品的原意。

例如，卷三《梁甫吟》"白日不照吾精誠，杞國無事憂天傾。猰貐磨牙競人肉，騶虞不折生草莖。手接飛猱搏彫虎，側足焦原未言苦。智者

---

① 王力：《訓詁學上的一些問題》，《龍蟲並雕齋文集》第1冊，中華書局1980年版，第332頁。

② 袁行霈：《中國古典詩歌的多義性》，《北京大學學報》1983年第2期。

可卷愚者豪，世人見我輕鴻毛。力排南山三壯士，齊相殺之費二桃。吳、楚弄兵無劇孟，亞夫哈爾爲徒勞。"王琦解釋了詩中"杞人憂天""執猰搏虎""踐履焦原"之典，解釋了"晏子以二桃殺三士"和"周亞夫得劇孟"之事，又解釋了"猰貐""騶虞""哈"等詞義之後，說明此節詩意和詩旨，注云："此節詩意，婉轉曲折，若斷若聯，驟讀之幾不知爲何語。以意逆之，大抵謂君既不能照鑒我之精誠，我亦無容以國事爲憂。何則？廷臣之中賢奸不一，其傾險一流，如食人之惡獸，一犯其怒，立見死亡；其忠良一流，則專一保全善類，如騶虞之不肯有傷草木。我處貧窮疏賤之中，而確然踐義以行，雖履險犯難，亦所不忌。然揣時度勢，在智者唯有卷而懷之一著，若不顧利害，逞其豪氣，直言峻節以蹈危機，則愚甚矣。世人見我處而不出，輕我如鴻毛，是豈知予之心哉。試觀古來如公孫接等爲時相所忌，致之死地，初不費力，我安可復蹈其覆轍耶！若夫愛惜人才之大臣，知士之用與不用，實有關於國家大計，而思得人爲我用，如周亞夫得一劇孟而以爲喜者，世固不乏也，我亦俟之而已。"按：此節詩意和詩旨，王琦就是在解釋典故、史實、名物和一般詞語的基礎上，通過"以意逆之"的方式來獲得的。

其次，王琦解詩還有意識地區分現實和文學表現的差異。當現實的史地關係與詩歌的文學性存在分歧時，他常常傾向於作品的文學性。例如，卷十一《經亂離後贈江夏韋太守良宰》"夜郎萬里道"，王注："《元和郡縣志》：夜郎西北至上都，五千五百五十里。曰萬里者，甚言其遠也。"

又如，卷十四《廬山謠寄盧侍御虛舟》"金闕前開二峰長，銀河倒挂三石梁"，王注："《尋陽記》曰：廬山上有三石梁，長數十丈，廣不盈尺，杳然無底。查悔餘曰：元李洞言，三石梁在開先寺西，黎崱言在五老峰上，或云在簡寂觀及上霄、紫霄二峰間。桑喬《廬山記事》則竟以爲無如竹林之幻境。衆説紛然，莫知所指。今三疊泉在九疊屏之左，水勢三折而下，如銀河之挂石梁，與太白詩句正相吻合，非此外別有三石梁也。後人必欲求其地以實之，失之鑿矣。"此則主張根據詩意描繪的景象和意境理解詩意，反對前人必求實地的空鑿。

再次，王琦不僅將這種思想和解釋方法運用於李白詩歌和李賀詩歌的注釋，還體現在他與趙殿成對詩歌注釋問題的討論上。據趙殿成言：

"王友琢崖嘗闢之曰：詩有二義，或寄懷於景物，或寓情於諷諭，各有指歸。乃好事之徒，每以附會爲能，無論其詩之爲興爲賦爲比，而必曲爲之說曰，此有爲而言也。無乃矯誣甚歟？"又云："其討論曲當，不事掊擊，多此類。平日論詩，必因其自然之勢，而不好鉤深索隱之言，以求苟異於人，多與予見吻合者。故集中諸家曲說，刊削殆盡，洗清之功，實多得其益焉。"① 可見，王琦雖然以史解詩，但是他大都在詩歌語言意義的基礎之上，按照語言的表層意義所展示的信息，根據典故寓意的啓示，分析詩歌的創作方法，來完成對詩意和章旨的探討，他將文學作品的特點和創作規律與史實的佐證和知識的考據，合理結合起來探索章旨，在詩文注釋中是比較合理的。

與王琦關係甚密的趙殿成注釋王維詩歌，也受到他的影響。事實上，清代學者討論詩歌注釋的問題時，無論重視"以意逆志"，還是重視"知人論世"和"考據"，大都能把兩方面結合起來。側重以"知人論世"和考據方法作注的，常運用"以意逆志"的方法來解詩。例如，仇兆鰲論注杜云："孟子之論《詩》曰：頌其詩，讀其書，不知其人，可乎？是以論其世也。詩有關乎世運，非作詩之實乎？……是故注杜者必反覆沉潛，求其歸宿所在，又從而句櫛字比之，庶幾得作者苦心於千百載之上，恍然如身歷其世，面接其人，而慨乎有餘悲，悄乎有餘思也。"② 所謂"反覆沉潛"也就是由注釋者發揮主觀性而深入探究辭旨。以"意解"標榜者，也常常以"知人論世"作爲前提。例如，浦起龍注杜詩，雖主張"攝吾之心印杜之心，吾之心悶悶然而往，杜之心活活然而來"，故名其書曰《讀杜心解》，但同時他又說"雖心解，亦以事釋爲基"③，在具體的注釋實踐中，他側重編年，認爲這是文人別集的首選體例，注文多解古事、古語、時事，重視地理、天文等名物的解釋。王國維在《玉谿生詩年譜會箋序》中討論詩歌注釋時說："善哉孟子之言《詩》也，曰：'說《詩》者不以文害辭，不以辭害志，以意逆志，是爲得之。'顧意逆在我，志在古人，果何修而能使我之所意不失古人之志乎？此其術孟子

---

① 王維著，趙殿成箋注：《王右丞集箋注》，上海古籍出版社1998年版，第125頁。
② 杜甫著，仇兆鰲注：《杜詩詳注》，中華書局1979年版，第2頁。
③ 浦起龍：《讀杜心解》，中華書局1978年版，第5—6頁。

亦言之曰：'誦其詩，讀其書，不知其人，可乎？是以論其世也。'是故由其世以知其人，由其人以逆其志，則古詩雖有不能解者寡矣。"① 這段話，非常恰當地概括了清代詩歌注釋者的解詩思想和方法，他們大多在"知人論世"和考據的前提下，運用"以意逆志"的方法闡發章旨，只是在具體實踐中，由於個人的態度和操作手段的不同而表現各異罷了。

四　追求原意的注釋目標

作品原意是否可以再現，學界看法不盡相同。由於注者與作者在語言運用、知識結構、認識問題的角度與方式、社會背景等方面存在明顯差異，因此一些學者，尤其是詩評家、文藝理論家認爲再現作品原意是無法實現的，即使專門從事古籍注釋研究的學者也有這種看法②。也有一些學者反對這種觀點，他們認爲用以記錄作品的語言是客觀的，詞義是客觀的，理解者可以根據詞義的演變綫索確定語境意義，進而確定作品敘述的事實。王寧先生說："詩意不論多麼深奧，也必須用語言去載負，主觀的意境蘊藏在客觀的詞義中。"③ 就《輯注》來看，王琦以解釋一般語詞和名物典制的客觀語義爲基礎，首先確定語詞和句子的表層語意，再以此爲前提，考之史事，揭示作品原意。他既沒有像朱鶴齡注釋李商隱詩、姚文燮注釋李賀詩那樣過分誇大史實的作用，也沒有走入臆解的歧途。其次，由於上述各種因素的限制，不同注釋者對原意的理解有時是有分歧的，難有定解。因此，《輯注》中王琦盡量減少對本旨的闡釋，只是通過語言的解釋和史實、地理等名物的理解呈現詩歌的表層語意，這樣既減少了個人的臆測，也給讀者提供了極大的理解空間。

通過以上論述，可以得出這樣的結論，在注釋之前，王琦首先以"虛己"的思想去除偏頗之見，在具體注釋中，又以"知人論世"和"無徵不信""以意逆志"爲解釋原則和方法，這些都指向一個共同目標，那就是探尋作品原意，排斥"詩無達詁"的歧解。王琦在《輯注·跋》

---

① 王國維：《觀堂集林》卷二十三，河北教育出版社 2001 年版，第 717 頁。
② 董洪利：《古籍的闡釋》，遼寧教育出版社 1995 年版，第 44—72 頁。
③ 王寧：《論言語意義與傳意效果——從古詩鑒賞看傳意的主客觀統一性》，《南陽師範學院學報》2003 年第 1 期。

中說，對"太白之歌詩有以得其情性之真，太白之人品亦可以得其是非之實"，這正表明他把詩歌的本旨和詩人的真性情作爲闡釋的目標。他在李賀詩歌的注釋中，也同樣把原意作爲闡釋目標，他在序中說："余集所見諸家箋注，刪去浮蔓而錄其確切者，間以鄙意辨析其間，有竟不可解者，多因字畫訛舛，難可意揣，寧缺無鑿，期於不失原詩本來面目。"①趙殿成注釋王維詩歌，在序中也說："校理舊文，芟柞浮蔓，搜遺補逸，不欲爲空謬之談，亦不敢爲深文之說，總期無失作者本來之旨而已。"②所謂"不失原詩本來面目"即"無失作者本來之旨"，與清代詩歌注釋以"知人論世"和"以意逆志"二法相結合的具體實踐相聯繫，追求詩歌原意和詩人的真性情也成爲清代詩歌注釋的根本目標。

第二節　注釋的準確和詳贍

科學的注釋思想、注釋原則和注釋方法爲創作良好的注文打下了堅實的基礎，但要完成一部真正優秀的詩文注本，還要求注釋者有廣博的知識，獨立分析和實踐操作的能力。在具體的注釋實踐中，注釋者必須充分考慮可能的讀者對象，恰當選擇注釋點，靈活使用各種注釋方法，準確解釋語意，合理安排注文的詳略。在這方面，王琦《輯注》取得了突出的成就，具體表現爲釋義的準確和詳贍。

一　注釋的準確精當

注釋的準確精當，一是指注釋點的選擇符合讀者的需要，二是指釋義準確，兩方面缺一不可。如果單有恰當的注釋點而沒有準確的釋義，注文錯誤百出，無法滿足讀者理解語意的需要；如果釋義準確而注釋點選擇不當，當注者不注，應略者詳注，也會使注文蕪雜不精。王琦將這兩個方面有機地結合起來，創作出了優秀的注釋文本。

（一）注釋點的選擇恰當準確

就普通古籍注釋而言，注釋點一般集中在容易造成理解障礙的詞語

---

① 王琦：《李長吉歌詩彙解·序》，李賀著，王琦等評注《三家評注李長吉歌詩》，上海古籍出版社 1998 年版，第 3 頁。

② 王維著，趙殿成箋注：《王右丞集箋注》，上海古籍出版社 1998 年版，第 2 頁。

和句子上，就文學作品的注釋而言，還包括能夠反映作品文學性的注釋內容，這主要涉及溯源釋典、品評詩文意境和藝術手法等內容，對於這些，王琦都是比較重視的。

以解釋詞語爲例，王琦一般能夠以生詞僻義、古今異義、同名異實的詞語和意義作爲首選的注釋點。

例如，卷十八《送二季之江東》"遲（音治）爾早歸旋"，王注："《韻會》：遲，待也。謝靈運有《南樓中望所遲客》詩云'臨江遲來客'是也。"按："遲"字常見，本義表示徐行，引申可指緩慢、晚、久、遲鈍等義，這些意義用於此詩都不妥當。王琦查考了《韻會》和謝靈運詩，認爲當解作等待之義，語音也有變化。這個含義在清代不太常見，屬於僻義，容易給讀者造成誤解，王琦注音釋義，又找到了文獻例證，非常恰當。

又如，卷十五《留別西河劉少府》"秋髮已種種"，王注："《左傳》：予髮如此種種，予奚能爲？杜預注：種種，短也。"又如，卷十六《送王屋山人魏萬還王屋》"搜索連洞壑"中解釋"搜索"，王注："王褒《洞簫賦》：玄猿悲嘯，搜索乎其間。李善注：搜索，往來貌。"按："種種"形容髮短，"搜索"表示往來貌都不是常見之義，故王琦選擇這兩個詞語解釋。他如解釋"隱（憑依）、齋（行裝）、榮（屋翼）、蹭蹬（困頓）、搴（取）、呀呷（波相吞吐之貌）、獎（勸勉）、超忽（遠貌）、雨花（佛說故事天雨衆花）、翛然（悠然）、翕赩（茂鬱貌）"等也都是對生詞僻義的解釋。

對於容易造成誤解的古今異義詞，王琦也多予解釋。例如，卷二十一《登瓦官閣》"四角吟風箏"，王注："真西山曰：風箏，簷鈴。俗呼風馬兒。楊昇庵曰：古人殿閣簷稜間有風琴、風箏，皆因風動成音，自諧宮、商。元微之詩'鳥啄風箏碎珠玉'，高駢有《夜聽風箏詩》，僧齊已有《風琴引》，王半山有《風琴詩》，此乃簷下鐵馬也。今人名紙鳶曰風箏，非也。"按：稱"紙鳶"爲"風箏"，後世約定俗成，它的古義反而湮沒鮮有人知，王琦引文釋義就非常必要了。

詩文中出現的同名異實詞語最容易引起讀者誤解，因而也成爲王琦首選的注釋點。例如，卷六《秋思》"單于秋色來"，王注："單于本是匈奴位號，猶中國天子之稱也。然在此處用作地名解。劉昫《唐書》：單于都護府,秦、漢時雲中郡地也。唐龍朔三年置雲中都護府,麟德元年改爲單于大都護府,東北至朔州五百五十七里,在京師東北二千三百五十里,去東都三千里。"按:"單于"表示匈奴王稱號,這是一般讀者都了解的,但表示地名卻不常見。

(二) 釋義準確精當

選擇了恰當的注釋點以後,還要運用各種知識正確解釋詞義、句意、典故、史事以及品評藝術手法。王琦注釋李集,主要採用徵引文獻的方式解釋語意,所引文獻大都比較恰當,這在前文所述注釋內容和運用徵引式的特點兩部分已有論述。除此以外,王琦釋義的準確,還表現在以下幾個方面。

1. 直解注釋新詞新義

王琦釋義的準確,表現在他以自己的語言直接解釋新詞新義上。王琦確定了徵引注釋的原則,因此,只要前代有比較恰當的可供引用的文獻,他一般都會採用徵引式。從另一個方面來看,如果王琦解釋詞語採用的是直接說解語義的方式,那麼,可以得出兩個結論,一是該詞是唐代新出現的,在唐代以前沒有可供徵引的文獻,其後也少有文獻考證;二是該詞雖然在前代出現,但是沒有小學專書或舊注解釋,或者即使解釋但與李白詩意不合,這時王琦常常自創新解,這些解釋大都準確精當,對漢語詞彙研究有重要價值。主要體現在以下三個方面。

第一,爲確定唐代新詞新義提供了豐富的材料和便捷的方法。例如,卷二十五《越女詞》其四"白地斷肝腸",王注:"白地猶俚語所謂平白地也。"按:"白地"表示平白地,唐代出現,成爲唐宋時期的常用語,如《朱子語類》卷一:"且如天地間人物、草木、禽獸,其生也莫不有種,定不會無種子,白地生出一個物事。"金元好問《寶鏡》:"春風不相識,白地斷肝腸。"因此宋代的楊齊賢和元代的蕭士贇皆未出注。該詞在使用中進一步口語化,成爲"平白地",如《景德傳燈錄》:"不得平白地恁麼問。"王琦以他當時的口語詞解釋"白地"十分恰當。根據王琦所使用的注釋方式的變化,可以確定"白地"是唐代新出現的詞義。

《輯注》中以非徵引式釋義的詞語,多數都是唐代新詞新義,其他如解釋"解領(解悟)、折旋(舞姿)、驚矯(驚飛)、威儀(道教職官名)、香雲(祥雲)、青冥(山嶺青蒼幽遠)、行杯(傳杯而飲)、霜絲

（樂器上的絲弦）、爽然（爽快舒暢貌）、憲章（法度）、淪忽（没落）、層標（重叠的山峰）、山火（圍獵之火）、鴻縻（大索）、旅人（未登士籍的讀書人）、紫騮（棗騮）、寒榮（寒花）、河津（天河之津）、金園（寺中園圃）"等都是如此。這爲我們研究唐代新詞新義，提供了新的切入點和豐富的詞義材料。

第二，王琦解釋詞義還常常考察同義詞及其產生的大致時代，爲研究詞語的發展概貌提供了綫索。例如，卷三《行行且遊獵篇》"猛氣英風振沙磧"，王注："沙磧，即沙漠也，唐人多變稱沙磧。"又如，卷二十六《與賈少公書》"勾當小事"，王注："勾當，幹辦也。唐宋時俚語，今北人猶有此言，俱作去聲呼。"

第三，王琦對詞語的解釋，還可以補充辭書之遺漏。例如，"白月"一詞，卷二十七《江夏送林公上人遊衡岳序》"白月在天，朗然獨出。"王注："《法苑珠林》：西方一月分爲黑白，初月一日至十五日名爲白月，十六日已去至於月盡名爲黑月。此文所云白月，則指滿月而言。"《漢語大詞典》存錄兩個義項。一是同"白分"，即印度曆法中陰曆每月的上半月，此與王琦所引《法苑珠林》釋義相同。二是指皎潔的月光，有兩個例證，劉長卿《宿北山禪寺蘭若》："青松臨古路，白月滿寒山。"孟郊《尋裴處士》："遠心寄白月，華髮廻青春。"前例指月光是合適的，而孟郊詩釋爲月亮更符合詩意。李白詩"白月在天"中"白月"指月亮，其義更明。唐人用"白月"指滿月用例很多，又如，白居易《夜遊西武丘寺八韻》："路入青松影，門臨白月波。"《宿靈巖寺上院》："高高白月上青林，客去僧歸獨夜深。"《初入香山院對月》："老住香山初到夜，秋逢白月正圓時。"因此《漢語大詞典》應該補充"白月"指滿月的義項。

此外，有些詞語雖然早在前代出現，但由於前人文獻中沒有解釋或所釋之義不適合李白詩歌，王琦也直接作解。例如，卷五《來日大難》"來日一身，攜糧負薪。"王注："來日，謂已來之日，猶往日也。""來日"表示往日，早見於《樂府詩集·相和歌辭·善哉行》："來日大難，口燥唇乾。"前人無注，王琦爲了避免讀者將其理解爲將來之日，故直接作解。其他如解釋"遐裔（遠方）、玄象（天象）、種落（種族部落）、窮谷（深谷）、頹靡（頹壞靡散）、朴散（淳朴之風散失）、綿冪（密而相覆）"等也是這種情況。

2. 恰當解釋語境意義

王琦釋義的準確精當，還表現在他能夠根據具體的語言環境恰當解釋語義。

例如，卷十七《送殷淑三首》其一"鳴榔且長謠"，王注："潘岳《西征賦》：鳴榔厲響。李善注：《說文》云：榔，高木也，以長木叩船爲聲，所以驚魚，令入網也。一說榔，船板也，船行則響，謂之鳴榔。駱賓王詩'鳴榔下貴州'，沈佺期詩'鳴榔曉帳前'是也。若太白此篇，送客非觀漁，停舟飲酒，非挂帆長行，所謂鳴榔者，當是擊船以爲歌聲之節，猶叩舷而歌之義。"王琦強調從文意的理解確定語詞的含義，這是符合注釋原則的。

又如，卷八《秋浦歌十七首》其十四"爐火照天地，紅星亂紫烟。赧郎明月夜，歌曲動寒川。"王注："爐火，楊注以爲煉丹之火，蕭注以爲漁人之火，二火俱不能照及天地，其說固非。胡注謂山川藏丹處，每夜必發火光，所在有之。《輿地紀勝》：宣州有朱砂山，石竅中每發紅色，其大如月。又，赤溪，神龍初，有赤氣衝天，詔鑿之，溪水盡赤。第難定其所咏何處。此解亦未是。琦考《唐書·地理志》，秋浦固産銀、産銅之區，所謂'爐火照天地，紅星亂紫烟'者，正是開礦處冶鑄之火，乃足當之。郎，亦即指冶夫而言，于用力作勞之時，歌聲遠播，響動寒川，令我聞之，不覺愧赧。蓋其所歌之曲適有與心相感者故耳。赧字，當屬已而言，舊注謂赧郎爲吳音歌者助語之詞，或謂是土語呼其所歡之詞，俱屬強解。"此注駁斥楊、蕭、胡三家之注，皆以與詩意不合爲本，王琦根據詩意，參考史地資料，創立新解，他解釋的"爐火"和"郎"的語境意義，已爲今人公認爲確解。

對於同名異實者，王琦也能夠根據具體的語言環境確定所指。例如，卷十六《送崔十二遊天竺寺》中解釋"天竺寺"，王注："《咸淳臨安志》：天竺寺者，餘杭之勝刹也。飛來峰者，武林之奇巘也。晉時梵僧慧理，指此山乃靈鷲之一小嶺，不知何年飛來至此。挂錫置院，初曰翻經。隋開皇中，法師真觀廣之，改爲天竺寺。琦按：杭州天竺寺有三：上天竺寺，創自石晉天福間，道翊禪師得異木，刻以爲大士像，吳越忠懿王即其地創佛廬奉之，號天竺觀音看經院者是也。中天竺寺，創自宋太平興國元年，吳越王即寶掌禪師道場舊址改建，號崇壽院者是也。下天竺寺創自隋開皇中，真觀法師即慧理之翻經院改建，號南天竺寺者是也。上中二寺皆唐以後所建，其始亦無天竺寺之名，唐之天竺寺，乃今之下天竺也。"王琦所在的時代"天竺寺"有三，王氏根據寺的建置時代、稱名變化以及李白詩歌的時代考證句中所言"天竺寺"係後代之下天竺寺，十分準確。

在名物詞的釋義上，王琦也能夠根據文意要求，着重解釋與詩文意義相關的名物特點，使注文和詩文相互補充。已見前文解釋名物典制部分論述。

3. 發凡起例

王琦釋義的準確，還表現在他能夠根據唐人習俗和李白用詞用事之法發凡起例，創立的解。

例如，前面所舉解釋"溫伯雪"一例，王琦就是通過發凡起例駁正了文獻記載的失當。又如，卷二十六《上安州裴長史書》"廣漢太守聞而異之"，王注："太白巴西郡人，唐之巴西郡，即漢之廣漢郡，地取舊名，以代時稱，唐人多有此習。其實唐時無廣漢太守之名也。"此注王琦也是根據唐人以舊時地名代指時名的習俗解釋文句令人費解之處。

4. 駁正舊注和文獻記載之誤

王琦釋義的準確精當，還表現在他能夠突破前人舊注或其他文獻記載的藩籬，以具體材料駁正舊注，是正文獻記載之誤。

第一，糾正與李白詩舊注、文獻評說和本事相關的錯誤。例如前面所舉解釋"赧郎""溫伯雪"等例。又如，卷二十三《對酒憶賀監二首》序："因解金龜，換酒爲樂。"王琦引《本事詩》指明太白初入京師，賀知章聞其名訪之，解金龜換酒事。又根據武后前後的文化典制和賀知章爲官之事駁楊昇庵之論，注云："'金龜'蓋是所佩雜玩之類，非武后朝內外官所佩之金龜也。楊昇庵因杜詩有'金魚換酒'之句偶爾相似，遂謂'白弱冠遇賀知章在中宗朝，未改武后之制'云云。考武后天授元年九月，改內外官所佩魚爲龜。中宗神龍元年二月，詔文武官五品以上，依舊式佩魚袋。當是時，太白年未滿十齡，何能與知章相遇於長安？又知章自開元以前，官不過太常博士，品居從七，於例亦未得佩魚。楊氏之說，殆未之考耶？"此注解釋金龜之義已爲《漢語大詞典》所用，獨立爲一個義項。

第二，糾正其他文獻舊注之誤。例如，卷十二《自梁園至敬亭山見會公》"且寄一書札，令予解愁顏。"王注："《古詩》：客從遠方來，遺我一書札。張銑注：札，筆也。琦按：顏師古《漢書注》：札，木簡之薄小者也。古時未有紙，故書於札。以爲筆者，恐未是。"

第三，糾正一般文獻記載之誤。例如，卷二十五《南流夜郎寄內》"南來不得豫章書"，王注："《一統志》：章山，在湖廣德安府城東四十里，古文以爲內方山。《左傳》：吳自豫章與楚夾漢。舊圖經云：豫章，即今之章山。唐李白娶安陸許氏，逮流夜郎，妻在父母家，有《寄內》詩云'南來不得豫章書'，亦言安陸之豫章也。琦按：魏顥序：'太白始娶於許，終娶於宗。'則此詩之婦乃宗也，因寓居豫章，故云。《一統志》猶以流夜郎時之婦爲許相之女，以豫章爲德安府之豫章山，俱誤。"按：王琦根據太白生平經歷考證此詩"寄內"當指宗氏，而非許氏，豫章亦非安陸之豫章山，糾正了《一統志》和舊圖經記載之誤。王琦認爲此詩作於乾元二年，特爲詹鍈先生《李白詩文繫年》所取，又以其他資料爲證，説："王譜繫乾元二年下，注云詩有'北雁春歸看欲盡，南來不得豫章書'句，蓋是三月中作。按白流夜郎，宗氏曾送至烏江訣別，有留別宗十六璟詩爲證。此後宗氏蓋寓廬山附近，王説良是。"①

第四，糾正李白詩文之誤。例如，卷二十八《任城縣廳壁記》"自伯禽到於順（當作'頃'）公，三十二（當作'三'）代。"王注："按《史記》：封周公旦於曲阜，是爲魯公。周公不就封，留佐武王，使其子伯禽代就封於魯。其後有考公、煬公、幽公、魏公、厲公、獻公、真公、武公、懿公、孝公、惠公、隱公、桓公、莊公、閔公、僖公、文公、宣公、成公、襄公、昭公、定公、哀公、悼公、元公、穆公、共公、康公、景公、平公、文公、頃公。頃公二十四年，楚考烈王伐滅魯。魯起周公至頃公，凡三十四世，謂三十四君也。自伯禽起至頃公，當云三十三世，此云順公，又云三十二代，皆誤。"此注根據《史記》所載史實糾正了太白行文的錯誤。

5. 超越舊注

王琦釋義的準確精當，在與舊注的比較中，表現得更加突出。

────────

① 詹鍈主編：《李白全集校注彙釋集評》第7册，百花文藝出版社1996年版，第3733頁。

例如，卷二十《宣城清溪》中解釋"清溪"，王注："琦按：清溪，在池州秋浦縣北五里。而此云宣城清溪者，蓋代宗永泰元年，始析宣州之秋浦、青陽及饒州之至德爲池州，其前固隸宣城郡耳。"按：從語言的表層看，似乎並無解釋的必要，但是李白詩這種提法卻與之前經常提到的池州之清溪相矛盾，爲了避免誤解，王琦詳細考證了清溪在不同時代的隸屬關係，而楊、蕭二氏則於此無注。另外，此詩有"清溪勝桐廬，水木有佳色"之句，楊、蕭、王三家注都解釋了其中的"桐廬"：

楊、蕭注："齊賢曰：桐廬縣，新安、東陽二水合於此，仍東流爲浙江。"

王注："《太平寰宇記》：睦州桐廬縣，漢爲富春縣地，吳黃武四年，分富春置此縣。耆老相傳云：桐溪側有大桐樹，垂條偃蓋蔭數畝，遠望似廬，遂謂爲桐廬縣也。吳均《與朱元思書》：自富陽至桐廬一百里許，奇山異水，天下獨絶。"

按：王琦注引《太平寰宇記》《與朱元思書》兩文，除了解釋"桐廬"的一般隸屬關係、屬地沿革以外，還重點解釋了桐廬一帶的山石水木之景，這一信息正好補充了"清溪勝桐廬，水木有佳色"的語意，襯托出清溪一帶的風物之美。而楊、蕭之注，僅解釋桐廬之水的源流，與詩意關係不大。

又如，卷二十五《題嵩山逸人元丹丘山居》"竭來遊閩荒"，解釋"閩荒"，楊齊賢注曰："唐閩州長樂郡，開元十三年更名福州，治閩縣，即西漢閩越王閩中之地。濱海荒服，故曰閩荒。"楊氏解釋了"閩荒"在唐代的所指、來歷及其得名緣由，單就"閩"地的實際情況看，並不爲錯，但卻與太白生平遊歷之地相矛盾。於此，王琦注爲："閩，今福建地，在唐時爲建州、福州、泉州、漳州、汀州五郡之地。東甌與閩地相連接，在唐時爲溫州、台州、處州三郡之地。秦時立閩中郡，合東甌在內。至漢始分東甌，以立東海王。太白生平未嘗入閩，而溫、台、處三州則遊歷多見於詩歌，疑此詩所謂'閩荒'者指東甌之地而言也。"按：王琦首先考察了閩地在清代和唐代的所指，又指出太白生平遊歷不曾至唐時閩地，並以此矛盾爲出發點，進而考察閩地在秦漢時的區劃，指出此處當指古時包括東甌之地在內的"閩荒"，這一結論與太白遊歷之跡相合。由此，足見王琦注釋的準確精當。

二　注釋的詳贍

王琦注釋的詳贍，主要體現在兩個方面，一是注釋點數量比較多，二是注釋內容比較詳盡。

（一）注釋點數量多

首先，就《輯注》的總體情況來看，凡是有礙語意理解的文字形體、生詞僻義、名物典制、難解語句等都成爲王琦選擇的注釋點，此外，那些反映作品文學性的典故、格律、藝術手法等也都成爲王琦傾力注釋的對象，與一般的經、史、子類文獻的注釋相比，所選注釋點自然多出很多。

其次，與李集舊注相比，更能體現王琦選擇注釋點的豐富。楊、蕭、胡三人僅注詩，胡氏少釋典，所注又多集中在樂府詩以及楊、蕭二氏誤注之處，而王氏既注詩又注文，不僅駁斥舊注，又多於前人未解之處創立新解，因此所選注釋點的總量遠遠超過三人之注。

例如，卷二《古風》其三"秦王掃六合，虎視何雄哉。揮劍決浮雲，諸侯盡西來。明斷自天啓，大略駕羣才。收兵鑄金人，函谷正東開。銘功會稽嶺，騁望琅邪臺。刑徒七十萬，起土驪山隈。尚採不死藥，茫然使心哀。連弩射海魚，長鯨正崔嵬。額鼻象五岳，揚波噴雲雷。鬐鬣蔽青天，何由覩蓬萊。徐市載秦女，樓船幾時回。但見三泉下，金棺葬寒灰。"

整首詩胡氏一語未注，楊、蕭二氏選擇的注釋點主要有：

解釋典故：收兵鑄金人；銘功會稽嶺；騁望琅邪臺；刑徒七十萬、起土驪山隈；尚採不死藥、連弩射海魚；但見三泉下、金棺葬寒灰。

解釋語詞句子：函谷、函谷正東開、長鯨、樓船。

王氏選擇的注釋點主要有：

解釋典故：秦王掃六合；虎視；劍決浮雲；天啓；大略羣才；收兵鑄金人；銘功會稽嶺；騁望琅邪臺；刑徒七十萬、起土驪山隈；尚採不死藥、連弩射海魚、徐市載秦女；額鼻象五岳、鬐鬣蔽青天；但見三泉下、金棺葬寒灰。

解釋語詞句子：虎視、諸侯盡西來、啓、函谷、函谷正東開、琅邪臺、三泉、寒灰。

比較兩組注釋點，很顯然，無論是解釋典故還是解釋語義，王琦選擇的注釋點都多於楊蕭二氏之注。

即使用典不多的詩篇，王琦選擇的注釋點也比三人之注多。例如，卷八《秋浦歌十七首》：

楊、蕭二氏選擇的注釋點，主要有：其一：秋浦、掬；其二：清溪；其三：鴕鳥、山雞；其四：無注；其五：典故"白猿超騰"；其六：剡縣、長沙縣；其七：典故"山公醉後騎馬""甯戚飯牛而歌"；其八：水車嶺、寄生枝、典故"天傾"；其九：無注；其十：楠樹、女貞木；其十一：鳥道；其十二：無注；其十三：典故"採菱"；其十四：爐火、串講句意；其十五：品評藝術手法；其十六：田舍翁、白鷴、點明言外之旨；其十七：步。

王琦選擇的注釋點，除楊蕭二氏所選注釋點之外，還多出以下注釋點：其一：大樓山、儂；其二：黃山、典故"隴水斷腸""薄遊"；其四：詩的意境與成就；其六：秋浦山川；其七：典故"蘇秦說秦"；其九：江祖石；其十：詩的藝術手法；其十一：魚梁；其十二：練、耐可、典故"一匹練"；其十三：採菱之風；其十四：郎；其十六：罝、典故"結罝"；其十七：桃陂、閣。

從上面所列的兩組注釋點可以看出，王琦篇篇有注，楊、蕭二氏有三篇無注；王注較之二氏之注，在解釋語義上，多出"大樓山、儂、黃山、秋浦山川、江祖石、魚梁、練、耐可、郎、罝、桃陂、閣"等十二個注釋點，在解釋典故和其他內容上多出"隴水斷腸、薄遊、一匹練、結罝、蘇秦說秦、其四詩的意境與成就、其十詩的藝術手法"等七個注釋點。楊蕭二注僅比王注多出"天傾、田舍翁、步"，以及第十六首點明言外之旨四個注釋點，而前三個注釋點似無解釋的必要。

胡震亨所作《李詩通》，所注重點不在名物制度和一般語詞，因此選擇的注釋點相較楊、蕭之注又少，較之王琦之注則更少。《秋浦歌十七首》胡氏所選擇的注釋點主要有：其一：秋浦、言外之意；其二：詩意；其八：水車嶺；其九：江祖石；其十一：邏叉（王本作"人"）；其十四：爐火、赧；其十五："白髮三千丈，緣愁似箇長"的結構之妙。

整個組詩共十七首，胡氏僅有七首有注，與王注相比，胡氏選擇的注釋點，除解釋詩意以外，基本上都包含在王琦所選的注釋點之內。

由此可見，王琦《輯注》選擇的注釋點數量遠多於楊、蕭、胡三氏之注。

（二）注釋內容詳盡

注釋的詳贍，更主要的還是體現在釋義內容的詳盡和所引資料的豐富上。可以從以下兩個方面來考察王琦注釋的詳盡。

首先，王琦《輯注》注釋的詳盡和引文的豐富，超越了李集舊注。下面以釋義相對比較詳細的楊、蕭二注作爲比較對象，來説明王琦注釋的詳贍。

以卷十一《贈劉都使》一詩爲例，王琦選擇的注釋點，解釋語義的有："都使、劉公幹、朱紱、銀章、水鄉、銅官、投、摧藏、明發"；溯源出處、解釋事典的有："一鳴、飲冰、吐言、珠玉、迴風霜、歸家酒債多、門客燦成行、一日傾千觴、摧藏"。而楊、蕭二氏之注選擇的注釋點僅有"劉公幹、銀章、銅官、玉堂"四個釋義點。下面是他們共同選擇的"劉公幹、銀章、銅官"三個詞語的釋義內容。

[1] 劉公幹：

楊、蕭注：齊賢曰：魏文帝《典論》：東平劉楨，字公幹。

王注：《三國志》：東平劉楨，字公幹，太祖辟爲丞相掾屬，著文賦數十篇。

[2] 銀章：

楊、蕭注：《漢儀》：銀印皆龜紐，其文曰章。

王注：《漢書·百官公卿表》：凡吏秩比二千石以上皆銀印青綬。顏師古注：《漢舊儀》云：銀印背龜鈕，其文曰章，謂刻曰某官之章也。《宋書》：銀章青綬。

[3] 銅官：

楊、蕭注：齊賢曰：《唐志》：宣州南陵縣，武德四年隸池州，州廢後析置義安縣，又廢，爲銅官治。

王注：《唐書·地理志》：宣州南陵縣，武德四年隸池州，州廢來屬。後析置義安縣，又廢義安爲銅官治。

兩相比較，除"銅官"釋義基本一致外，其餘兩處王琦解釋得都比楊、蕭之注詳細。從這首詩注釋的引文來看，王琦引用文獻共18種21次，分別是：《三國志》、《史記》、《易乾鑿度》、《漢書·韋賢傳》及顏师古注、《漢書·百官公卿表》及顏師古注、《宋書》、《莊子》、陸機詩及李善注、《唐書·地理志》、《孔叢子》、《世說注》、《西京雜記》、《左傳》及杜預注、孔融詩、《晉書》、成公綏《嘯賦》及李善注。楊蕭之注所引文獻共4種4次，分別是：魏文帝《典論》《漢儀》《唐書·地理志》《華陽國志》。可見，在徵引文獻的數量上，王注也遠遠多於楊、蕭之注。

即使同引一種文獻，王注與楊、蕭之注也有詳略之別。例如，卷九《贈孟浩然》中，解釋"孟浩然"，楊、蕭之注與王注同樣引用《新唐書》，王注："《唐書》：孟浩然，襄州襄陽人。少好節義，喜拯人患難。隱鹿門山，年四十，乃遊京師。嘗於太學賦詩，一座歎服，無敢抗。張九齡、王維雅稱道之。維私邀入內署，俄而玄宗至，浩然匿牀下，維以實對，帝喜曰：'朕聞其人，而未見也，何懼而匿？'詔浩然出。帝問其詩，浩然再拜，自誦所爲，至'不才明主棄'之句，帝曰：'卿不求仕，而朕未嘗棄卿，奈何誣我。'因放還。採訪使韓朝宗約浩然偕至京師，欲薦諸朝，會故人至，劇飲歡甚。或曰：'君與韓公有期。'浩然曰：'業已飲，遑恤他。'卒不赴。朝宗怒，辭行，浩然不悔也。張九齡爲荊州，辟置於府，府罷。開元末病疽背卒。"此注對孟浩然籍貫、品性、主要典實，以及卒歿情況解釋得比較詳細。楊、蕭之注同樣引用此文，僅引用"因放還"以前的內容，對於孟浩然與韓朝宗事及病卒事一字未提，較之王琦簡略。

其次，單從王琦《輯注》本身來看，在一些具體內容的注釋上，同樣也表現出注釋詳贍和引文豐富的特點。

例如，卷七《元丹丘歌》"朝飲潁川之清流，暮還嵩岑之紫烟，三十六峰常周旋。"解釋其中的"嵩岑三十六峰"，王琦引《河南通志》注："嵩山，居四岳之中，故謂之中岳。其山二峰，東曰太室，西曰少室。南跨登封，北跨鞏邑，西跨洛陽，東跨密縣，綿亙一百五十餘里。少室山，潁水之源出焉，其山有三十六峰，曰朝岳，曰望洛，曰太陽，曰少陽，曰石城，曰石笋，曰檀香，曰丹砂，曰鉢盂，曰香爐，曰連天，曰紫霄，曰羅漢，曰七佛，曰來仙，曰清涼，曰寶勝，曰瑞應，曰璃璧，曰紫蓋，曰翠華，曰藥室，曰紫微，曰白道，曰帝宇，曰卓劍，曰白雲，曰金牛，曰明月，曰凝璧，曰迎霞，曰玉華，曰寶柱，曰繫馬，曰白鹿，曰靈隱。"因詩中有"三十六峰"之語，故王琦詳列了三十六峰之名。

又如，卷五《宮中行樂詞八首》其一"石竹繡羅衣"，王注："《通志略》：石竹，其葉細嫩，花如錢，可愛，唐人多像此爲衣服之飾。所謂'石竹繡羅衣'也。按：石竹，乃草花中之纖細者，枝葉青翠，花色紅紫，狀同剪刻，人多植作盆盎之玩。或意謂即藥品中之瞿麥，未詳是否。唐陸龜蒙《詠石竹花》云：'曾看南朝畫國娃，古羅衣上碎明霞。'據此，則衣上繡畫石竹花者，六朝時已有此製矣。"按：若解釋"石竹"之義和唐時服飾之俗，引《通志略》就可以了。但是，王琦並不滿足於此，他進一步詳細解釋了石竹這種植物的枝葉之色、花之形色、功用，以及其他異說，而且又引陸龜蒙詩考證衣上繡石竹之習，早在六朝時期就有了。這較之單引《通志略》，釋義更加詳盡。

王琦以徵引式爲主要注釋手段，《輯注》徵引文獻共一萬次以上，這是引文豐富的一個必要因素，其次，王琦《輯注》還表現出鮮明的考據特色，考據本身必須要廣徵文獻，這些都是形成注釋詳贍、引文豐富的原因，也是它的外在表現。釋義詳盡體現爲所用文字數量較多，這是一般的規律，但是有時文字數量繁多，卻只給人繁蕪之感。清代著名學者盧文弨曾以段玉裁《說文解字讀》和徐鍇《說文繫傳》比較說明這一問題，說："詳稽博辨，則其文不得不繁，然如楚金之書，以繁爲病，而若膺之書則不以繁爲病。何也？一虛辭，一實證也。"① 與三家注相較，王琦《輯注》的特點也在實證，雖然在個別內容上不免繁蕪之弊，但總體來看，王注釋義詳贍，引文豐富，既駁正了蕭注的蕪雜，也彌補了胡注的簡略，超越了舊注，取得了重要成就。

三 注釋風格平實

文學作品，尤其是詩歌，語言形象又富於跳躍性，常常會造成詩意的多向性和模糊性，爲了使注文最大限度地體現作者或作品的本來面貌，既要有正確的思想指導，也要有切實可行的注釋方法，否則就會背離詩文語言啓示的方向。王寧先生說："高明的詩評家從來主張解詩要平實，

---

① 盧文弨：《說文解字讀序》，段玉裁《說文解字讀》，北京師範大學出版社1995年版，第2頁。

不贊成用迂回的手法猜測詩義，就因爲他們感覺到，當一個詩人想抒發真情實感，而不是無病呻吟的時候，他們總是選用最客觀的詞義來表達，而不會是迂回玄奧的。"① 王琦輯注李集，語言樸素，而少探微索隱，表現出平實的注釋風格。主要體現在以下幾個方面。

第一，在注釋思想上，王琦把李白看成是與其他詩人平等的一個普通作者，尤其是在多數人揚杜抑李的情況下，他恰當地指出了二公在性情、生平遭際、詩歌內容、詩風等方面的差異，不以評杜之標準來衡量太白，也不以太白之優勢來抵損老杜，做到"虛己"，盡量避免因個人的偏見而影響詩歌注釋的客觀性，這樣就首先從思想上確立了正確的闡釋前提。

第二，在注釋方法上，他以語言的解釋爲先導，重視名物典制、一般語詞的釋義，強調典故的溯源和解釋，在此基礎上，再解釋句意、串講或總結段落大意、發明題旨，這樣就形成由詞義、典故、句意、段落大意，再到題旨的一個由低到高的逐層推進的釋義過程，使句意、段落大意，尤其是題旨的解釋有詞語釋義和典故解釋的憑依，大大增強了詩意闡釋的有效，一定程度上杜絕了毫無根據的探微索隱。

第三，在具體注釋內容上，王琦直接對詩意的闡釋相對較少，對段落大意和題旨的發明更少，這從前面對注釋內容的敍述中可見一斑，王琦本人也有"釋事忘意"之憾。從詩意的闡釋來說，這固然是一種缺憾，但從另一個角度來看，詩歌語言和意象帶來的隱喻性和象徵性，使詩意的解釋本身帶有諸多不確定的因素，不同的注釋者因爲各自經歷、知識層次、理解角度的不同，闡釋的語意也可能有一定差異。李商隱的一首《錦瑟》，解說者就有懷人、悔恨、自題、自傷、悼亡等多種說法。這些不同的說法，歸根結底都只是注釋者個人的理解。王琦《輯注》對大意和題旨的解釋相對較少，也可以看作是注文客觀而少臆測的一個表現。孫玄常先生曾就古代文學作品的注釋說道："評注最好要有根據，保存其客觀的面目，主觀的串講要盡量少用。"② 王寧先生也說："象詩詞這種純

---

① 王寧：《論言語意義與傳意效果——從古詩鑒賞看傳意的主客觀統一性》，《南陽師範學院學報》2003 年第 1 期。

② 孫玄常：《古籍注釋漫談》，《運城高等專科學校學報》2000 年第 1 期。

文學作品——特別是個人的作品，是很難注得恰如其分的。太過於去直注直譯詞句，破壞了微妙的意境，忽視了詩詞用語濃縮的意義容量，易把複雜的情感簡單化了；而完全脫離詞句的客觀意義去發微探幽，又很難使讀者掌握規律，甚至有毫無根據臆測之嫌。"① 因此，如何比較恰當地闡釋文學作品的語意和意蘊，的確是比較困難的一個問題。

以上三點，是就王琦《輯注》表現出來的總體特徵而言的。當然，王琦對詩意和題旨的發明在整個《輯注》中雖然較少，卻也不乏實例，在這些實例上，也能體現出他重視從詩歌語言的實際出發探討題旨，而少探微索隱的風格。

首先，王琦解釋詞義和名物典制，能夠從詩意出發，根據具體語境得出確解，體現出平實的注釋風格，這在"釋義的準確精當"一部分已有論述。

其次，王琦在駁正舊注的穿鑿附會上更能體現出平實的注釋風格。例如，卷七《扶風豪士歌》"撫長劍，一揚眉，清水白石何離離。"王注："古《豔歌行》：語卿且勿眄，水清石自見。'清水白石何離離'，即水清石見之意。蕭氏注：以清水喻目，白石喻齒，恐未是。"又如，卷五《塞下曲六首》其一"曉戰隨金鼓，宵眠抱玉鞍。"王注："《釋名》：金鼓，金，禁也，爲進退之禁也。太白以玉鞍對金鼓，則金鼓自是一物。有引'鼓'以進軍，'金'以退軍解者，恐未是。"

最后，王琦考證詩歌本旨，也能從詩意出發，給予平實可信的説解。例如，卷二十五《口號吳王美人半醉》，王注："琦按：吳王，即廬江太守之吳王也。以其所宴之地比之姑蘇，以其美人比之西施，乃席上口占，以寓笑謔之意耳。若作詠古，味同嚼蠟。"

王琦注重從詩歌本體特徵出發，切忌脫離詩意而鑿之以實物，不僅表現在太白詩歌的注釋上，也表現在李賀詩歌的注釋上。

例如，李賀《酒罷張大徹索贈詩時張初效幕潞》"豸角雞香早晚含"一句，王琦注："《初學記》：《漢官儀》曰：獬豸獸性觸不直，故執憲者以其角形爲冠。杜氏《通典》：法冠一名獬豸冠，一角爲獬豸之形，御史臺監察以上服之。尚書郎口含雞舌香，以其奏事對答，欲使氣息芬

---

① 王寧：《談詩詞的注釋》，《中學語文教學》1990 年第 1 期。

芳。吳正子注：香可含，而以豸角連言似是語疵。然古書多有此類。如大夫不得造車馬，車可造，馬不可造，不可以辭泥也。"今按：從王琦的注文，可以知道豸角代指御史所戴的法冠，雞香指雞舌香，是尚書郎口含之物，豸角能戴而不可含，故吳正子斥李賀語疵。此句是以服飾冠戴特徵以代指御史、尚書郎之高職，意味張大徹早晚會得到昇遷。李賀詩句雖以實物代指，但句意卻不能按實情去解。王琦根據《禮記》"大夫不得造車馬"之語，指出古已有此法，不可泥於片辭而誤解詩意，是比較平實的。

第三節　注釋的不足

王琦以廣博的學識作爲基礎，把"虛己"的思想作爲闡釋的前提，把"以史解詩"、考據和"以意逆志"作爲解釋的原則和方法，把徵引式作爲主要的注釋體式，創作出精準詳贍、風格平實的注文。《輯注》在發明唐代新詞新義、考證名物、駁正舊注、是正文獻訛誤等方面做出了重要貢獻，因而也成爲李白詩文傳播史上最重要的注本之一，在李白詩文的流傳和研究上發揮了重要作用。但是，不可否認，由於各種因素的影響，《輯注》還存在釋事忘意、重複煩瑣、注釋點選擇失當、釋義失誤等不足之處。

一　釋事忘意

釋事忘意，是王琦自己對《輯注》的評價，見趙信序轉述。所謂"釋事忘意"，主要指，在注釋內容上，王琦偏重對典故和歷史的注釋；對句意和章旨的直接解釋相對較少。其次，"釋事忘意"還表現在典故和史事的注釋中，王琦直接釋典引史者多，解釋典故和史事用意者少。

（一）重典故歷史而輕詩意章旨

王琦重視典故歷史，即古典和今典的解釋，這是重"釋事"最突出的表現。

首先，以釋"古典"來說，不論古典難易程度如何，不論出現的頻率如何，都在王琦的解釋範圍之內。

如王子猷雪夜乘興訪戴安道、陶潛爲彭澤令、桃花源、精衛填海、巫山雲雨等，李白集中多次出現，王琦屢出屢注；又如卷十《醉後贈從甥高鎮》"三尺兒童唾廉藺"用藺相如完璧歸趙、廉藺之争事，王琦參照《史記》用近90字予以解釋，廉藺之事，稍有知識者即知，尤其是在古代，儿童初習經傳古史，即當爲所知。因此，注釋時可稍作概括，指明見《史記》即可。有些古典，無論詩人所用正確與否，雖然無關詩意理解，但在考據之風的影響下，王琦亦以釋典爲要。例如前文所舉卷十七《送賀賓客歸越》"應寫《黄庭》换白鵝"之句，王琦詳細考證了王羲之究竟是寫《黄庭經》還是《道德經》换鵝之事。雖然他深知用典正誤本不關乎詩意，但在主觀上仍然把釋事作爲首要的任務，而對於詩句之意，即所表現的賀知章喜善書法、清真好道的性情，卻一字未提。

又如，李白詩歌常常運用古語，這些古語或者增加了詩歌的古雅氣韻，或者古爲今用，表現詩人的情感和思想，這樣的古語是應該探明其來源的，但是，語言是累積的，有繼承也有創新，後代詩文中的許多常用詞彙就是繼承的前人古語，語言也正在這種繼承中不斷向前發展，因此，對於這些常用詞彙可不必溯源。但王琦卻與此相反，他常常爲這些語意簡單的常用詞彙探明來源。略舉數例如下。

［1］卷二《古風》其五十四"欲集無珍木"，王注："劉楨詩：珍木鬱蒼蒼。"

［2］卷五《塞下曲六首》其六"烽火動沙漠"，王注："《史記》：胡騎入代句注邊，烽火通於甘泉、長安。《李陵歌》：徑萬里兮度沙漠。"

［3］卷九《讀諸葛武侯傳書懷贈崔少府叔封昆》"羣雄方戰争"，王注："《宋書》：芟夷鯨鯢，驅騁羣雄。"

［4］卷十一《經亂離後贈江夏韋太守良宰》"天然去雕飾"，王注："江淹詩：敢不自雕飾。"

［5］卷十五《留别金陵諸公》"揮手緬含情"，王注："劉琨詩：揮手長相謝。"

［6］卷十五《魏郡别蘇明府因北遊》"魏都接燕趙，美女誇芙蓉。"王注："《西京雜記》：卓文君姣好，眉色如望遠山，臉際常若芙蓉。"卷二十五《寄遠十二首》其十二"愛君芙蓉嬋娟之艷色"，王注："《西京雜記》：卓文君姣好，臉際常若芙蓉。"

按：以上諸例，"珍木、烽火、沙漠、羣雄、雕飾、揮手"等，語義都非常簡單，它們也是基本詞彙的重要組成部分，若將其用於日常交際，斷無人以爲是運用古語，襲用前人成辭。而且王琦引用的文獻內容與詩句之意也並不完全吻合，徒在標明某一個語詞意義的最初用例而已。又例[6]，以芙蓉形容女子面容美麗，並因以爲美女之稱，或認爲源於《西京雜記》卓文君之典，但是，從李白二詩句意來看，以芙蓉比美女，語言簡明流暢，有典而似無典，若非要引用《西京雜記》以示其源，反而好像在讀者和作品之間橫置了一個媒介物，降低了語言流動的美感。

　　由以上諸例可見，王琦對古典非常重視。

　　其次，"今典"主要指作者當世之事，以釋"今典"來說，王琦也很關注，前文所述"以史解詩"的方法就是這一思想的體現。他引述今典，多以新、舊《唐書》和《資治通鑑》等爲據，常常反復徵引，所用文字較多。除上文已舉例證之外，復如，卷二《古風》其三十四"渡瀘及五月，將赴雲南征。怯卒非戰士，炎方難遠行。長號別嚴親，日月慘光晶。"王琦引新、舊《唐書》詳細記述了楊國忠先後調遣精卒二十餘萬與南蠻閣羅鳳戰於雲南，敗績不報，反而頻傳捷報之事，又引《資治通鑑》記述了楊國忠遣御史分道捕人送詣軍所，行者仇怨，親人哭聲振野的淒慘景狀。前後引文達500餘字，以史補充了詩歌語言的簡要。像這樣以史解釋句意的例子在《輯注》中占有一定的數量。

（二）重視典事內容而輕用意

　　釋事忘意，還表現爲王琦重視考察典故來源和解釋典故內容，而忽視對典故寓意或詩人用意的解釋；重視對歷史事件的描述，而忽視其中包蘊的言外之意。

　　有些典故，解釋了來源和基本內容之後，寓意較易理解，釋與不釋在兩可之間，因爲王琦所作《輯注》面向的主要是有相當文化修養的學士，所以只要指出了典故原型的內容，寓意也就能夠理解了，這是《輯注》較少揭示典故寓意的一個重要原因，並非"釋事忘意"。這裏所說的"釋事忘意"，主要是一些比較生僻，寓意比較晦澀的典故和史事，王琦也很少解釋詩人用意。關於古典的內容已見"解釋典故"部分論述，以下就王琦解釋"今典"即史事的內容略作說明。

　　例如，卷十二《經亂後將避地剡中》"太白晝經天，頹陽掩餘照"二句，王琦引《漢書》及注解釋太白經天之義，又引《文獻通考》解釋了肅宗至德二載太白晝見經天之事。但詩句用"太白晝經天",恐怕不至於單純描述史實。古人常常通過觀察星辰的運行、位置、顏色、亮度以及星辰之間的關係來預測人事的吉凶禍福,在星象家看來,太白星主殺伐,故常以喻兵戎。太白《胡無人》"雲龍風虎盡交回,太白入月敵可摧"就是此意。從詩題及詩篇前後所描繪的景象看,恐怕是以此指安禄山叛亂之事。

又如,卷五《君子有所思行》"廄馬散連山,軍容威絶域。"王琦引《歷代名畫記》《新唐書》《資治通鑑》等詳細記述了玄宗好馬,以及開元年間養馬之盛、邊地軍事之威,這些史實對於理解兩句詩的表層語意有一定補充作用,不過以開元文物、軍備盛況入詩,目的何在,詩人想要表現的言外之意又是什麼,王琦都沒有説明。於此,明代朱諫注:"畜馬蕃息,散漫郊原,而軍容整備,可以懾四夷也。"① 這是對句意的解釋。該篇之旨,前人舊注也有很好的説明。蕭士贇注曰:"唐至於天寶,盛之極矣,此詩乃戒滿盈之作也,可謂憂深思遠者矣。"朱諫也注爲:"是時(開元中)天下富庶,君臣宴安,競爲奢侈,不慮後艱,此白所以憂也。"又注:"白以言當時都邑之盛,文物之美,以爲人君履滿之戒也。"這些評説,王氏定有所見所聞,他也並非不理解此詩之旨,而是主觀上沒有將語意章旨作爲解釋的重點。

有些比較生僻的詞語,王琦往往因爲關注它們的來源,而忽視了對語義的解釋。例如,卷二十五《題瓜洲新河餞族叔舍人賁》"海水落斗門",王注:"《新唐書》:江南送租庸調物,以歲二月至揚州,入斗門。"此注王琦意在指明"斗門"一詞的用例。按:此注之所以失誤,原因主要有三個:其一,"斗門"一詞,是唐代新出現的詞語,王琦所引《新唐書》產生於宋代,晚於李白詩,不能用於溯源;其二,即使把它看作溯源文獻,《新唐書》與李白詩句在意境上全然不協,讀者不能通過這一文獻更好地體會詩句之意;其三,如果把引文看作釋義文獻,也不妥當,因爲通過《新唐書》的內容,讀者僅僅可以推測"斗門"指某一個地方,是地名,還是具有某種功能的設施,仍然不能確定,這有悖於注釋要求

---

① 分別見詹鍈主編《李白全集校注彙釋集評》第 2 册,百花文藝出版社 1996 年版,第 671、667 頁引。

清晰簡明的原則。

以上諸例，無論解釋古典還是今典，王琦都側重於對典故和歷史內容的敘述，忽視了句意和言外之旨的解釋。

王琦深感《輯注》"釋事忘意"，因此，他後來注釋李賀詩歌，雖然仍舊重視解釋典事，但在此之外，他也十分關注用典之意，重視對句意、段落篇章大意、詩旨的解釋和發明，而且常常直接作解，很大程度上彌補了這一缺憾，進一步推動了詩歌注釋的發展。試以李賀二首短詩爲例，略作說明。

《馬詩》其六"飢臥骨查牙，麤毛刺破花。鬣焦朱色落，髮斷鋸長麻。"王注："查牙，骨露貌。花即杜詩'五花散作雲滿身'之花，蓋馬之毛色錯雜，鬭作花文也。《山海經》：犬戎國有文馬，縞身朱鬣。朱鬣字本此。顏延年《赭白馬賦》：垂梢植髮。李善注：髮，額上毛也。蓋馬之長毛在領上者謂之鬣，在額上者謂之髮，微有不同，不可誚其重複。鬣焦者，因朱色之退而見其爲焦。髮斷者，因長麻爲絡頭粗惡不堪，髮遭其磨落，若鋸而斷之者。咏馬至此，蓋其困頓摧挫，極不堪言者矣。"按：王琦既解釋了疑難詞語，如"查牙、花"，詳細辨析了可能對詩句的藝術特色產生誤解的"鬣"和"髮"之義，又探明了"朱鬣"一語的來歷，在基本語意和釋典的基礎上，王琦進一步解釋"麤毛刺破花""鬣焦朱色落""髮斷鋸長麻"三句之意，並進而揭示詩旨。

又《洛陽城外別皇甫湜》"洛陽吹別風，龍門起斷烟。冬樹束生澀，晚紫凝華天。單身野霜上，疲馬飛蓬間。凭軒一雙淚，奉墮綠衣前。"王注："以人之離別，而風亦爲別風，以交際斷隔，而烟亦爲斷烟，黯然神傷，不覺景因情異矣。《一統志》：龍門在河南府城南二十五里，兩山對峙，東曰香山，西曰龍門，石壁峭立，伊水中出，又名伊闕。冬樹枯落，枝幹森森如束，風繞其間，另作生澀之態，此句承上別風而言。晚烟凝映，遠天另作紫色，王子安所謂'烟光凝而暮山紫'也，此句承上斷烟而言。（'單身'句）豫言別後途中苦況，以起下文淚墮之意。小傳言長吉獨騎往還京洛，讀'單身疲馬'之句，宛然如見。按《舊唐書》貞觀四年詔，三品以上服紫，五品以上服緋，六品七品以緑，八品九品以青；上元元年，敕文武官三品以上服紫，四品深緋，五品淺緋，六品深緑，七品淺緑，八品深青，九品淺青。皇甫君于時爲陸渾尉，乃畿縣官，只九品，理不應服綠，豈其時已受辟于藩府，而借用幕職之服，抑其爲侍御之時歟？"按：此爲送別詩，題旨較爲明朗，難解之處在於詩句之意，王琦以每一聯爲一層，分四層注釋，於前兩層各爲串講語意，在第一層感嘆李賀別情之深，以致景亦因情而異，又於中間二聯解析此詩章法。而且，王琦於頸聯還暗用李賀本傳，指明史書的記載可與詩句相互發明。注中雖然也解釋了"龍門"和唐時官服之制，但是並不讓人覺得生澀乏味。

在《李長吉歌詩彙解》中，像以上這樣側重解釋語意和章旨的內容，俯拾皆是。這種現象的出現，與文本內容有很大關係。太白詩篇"清水出芙蓉，天然去雕飾"，用典雖多，但只要解釋了典故，其用意多數較易理解。而李賀善於熔鑄辭采，馳騁想象，運用神話傳説，詼奇詭譎、色綵鮮麗，句法奇幻變化，較爲難讀。王琦注釋時，也許認識到這一點，因此，格外重視對語詞、句子和章旨等內容的直接説解。當然，對李賀詩意的重視，與王琦先前在《輯注》中"釋事忘意"的缺憾也有一定關係。這一缺憾，不純是後人的指摘，更是他的自我評價，因此，時隔不久即有《李長吉歌詩彙解》的出現，也就有對這一缺憾進行彌補的意味。

二　注釋重複煩瑣

王琦輯注太白文集，還表現出重複煩瑣的弊病。

（一）注釋重複

王琦《輯注》注釋的重複，主要表現在兩個方面，一是相同的注釋對象重出重注，這在解釋名物、典故上表現得尤爲突出，在"王琦運用徵引式的不足"和"參見法"兩部分已有論述。即使一般語詞，王琦也常常重出重注。

例如，解釋"沿洄"或"洄沿"。卷八《當塗趙炎少府粉圖山水歌》"三江七澤情洄沿"，王注："逆流而上曰洄，順流而下曰沿。"卷十二《贈宣城宇文太守兼呈崔侍御》"虛舟信洄沿"，王注："洄，逆水而上也。沿，順水而下也。"卷十三《淮陰書懷寄王宋城》中"沿洄且不定"，王注："沿，逆流而上也。洄，順流而下也。"卷十七《送別》"沿洄直入巫山裏"，王注："沿，謂順水而下也。洄，謂逆水而上也。"從詩句來看，"沿洄"或"洄沿"一詞也不難理解，這樣重複爲注徒增注文的數量。

注釋的重複，還表現爲王琦在一個注釋點內，徵引兩種以上的文獻釋義，各引文在內容上很難避免重複。這在"王琦運用徵引式的不足"中已有詳細論述。

（二）注釋煩瑣

王琦《輯注》在具體的注釋內容上還有釋義煩瑣的弊病。釋義的煩瑣，在"王琦運用徵引式的失誤"中從王琦引用兩種以上文獻釋義的角度作了說明，上文所說的"注釋重複"也是導致王琦注文煩瑣的一個必然因素。除此之外，王琦引用一種文獻釋義時，也表現出注釋的煩瑣。

例如，卷二十八《金銀泥畫西方淨土變相讚》中解釋"極樂世界"，王琦引用《佛説阿彌陀經》1100多字的文獻，解釋了佛土稱極樂的緣由，描繪了極樂世界的設置、物產、各佛祖之名等。這些內容對理解文意不能説沒有作用，但因爲引文涉及的內容較多且不易理解，所以注文就顯得比較煩瑣。其實只要指出"極樂世界"爲佛教虛構的理想樂土，補充説明它的主要特徵就可以了。

另外，一些語義簡單的詞語，本不當出注，而王琦也予以注釋，也會造成注文的煩瑣，詳見下文論述。

三　注釋點選擇失當

注釋點選擇是否恰當，也是評價注文簡練精要與否的重要標準。判定注釋點選擇的是否恰當，應以注釋面向的主要讀者對象爲標準，如果讀者是有一定文化知識的初學者，可以選擇有一定理解難度的內容作爲注釋對象，以釋詞解句爲主；如果是層次較高的研究型讀者，則應選擇理解難度較大的內容作爲注釋點。王琦《輯注》面向的主要是研究型讀者，以此作爲出發點來考察，王琦選擇注釋點的失誤，主要表現在兩個方面，一是當注而未注，二是不當注而出注。

（一）當注而未注

當注而未注，指一些語意比較繁難的語詞或句子，本應解釋，而王琦卻沒有解釋。下面以一般語詞爲例予以説明。

［1］經過。卷六《少年行》"經過燕太子，結託并州兒。"又卷十八《送張秀纔謁高中丞》"感激黄石老，經過倉海君。"經過表示結交、交往

義，是唐代新出現的詞義。

　　［2］一種。卷八《江夏行》"一種爲人妻，獨自多悲悽。"今按："一種"雖然爲常見詞，但表示一樣或同是之義則比較少見。張相《詩詞曲語辭匯釋》卷三："一種，猶云一樣或同是也。"所引例證正是此句，解爲"言同是爲人妻也"。

　　［3］稍稍。卷十六《送王屋山人魏萬還王屋》"稍稍來吳都"，此處爲剛剛之意。

　　［4］連延。卷十《敍舊贈江陽宰陸調》"連延五陵豪"，"連延"表示結交義，也是唐代新出現的詞義。

　　［5］蠖曲、鵬騫。卷十《贈從孫義興宰銘》"蠖曲雖百里，鵬騫望三台。"按：蠖曲本指像尺蠖一樣的屈曲之形，用以比喻人不遇之時，屈居下位或退隱。鵬騫本指大鵬高飛，比喻奮發有爲，仕途得意。

　　［6］禽荒。卷十六《送族弟凝至晏堌》"捨此戒禽荒"，"禽荒"指沉迷於田獵。

　　［7］縈鬱。卷八《訓殷明佐見贈五雲裘歌》"千崖萬嶺相縈鬱"，按："縈鬱"指縈回鬱結。

　　今按：例［1］—［3］中的"經過、一種、稍稍"都是常見詞，但是它們分別表示結交、一樣、剛剛等義，都不常見，從句意看，如若不釋，容易造成誤解。例［4］—［7］中的"連延、蠖曲、鵬騫、禽荒、縈鬱"都是不太常見的詞語，王琦對這些詞語，僅於"蠖曲、禽荒"之下，分別引潘尼《贈侍御史王元貺》詩"蠖屈固小往"和《尚書·五子之歌》"外作禽荒"，溯源出處，都沒有解釋語義。

（二）不當注而出注

　　王琦以知識層次較高的研究型讀者作爲閱讀對象，但是，他所選擇的注釋點，有些甚至初學者在不借助工具書的情況下都能迅速理解的語詞，也成了解釋的對象。這也是造成注文煩瑣的一個重要原因。以下就普通詞語略舉數例。

　　［1］頹陽。卷二《古風》其四十五"浮雲蔽頹陽"，王注："謝宣遠詩：頹陽照通津。呂延濟注：頹陽，落日也。"又卷十二《經亂後將避地剡中》"頹陽掩餘照"，王注："謝瞻詩：頹陽照通津，夕陽暖平陸。頹陽，落日也。"

[2] 緊。卷五《出自薊北門行》"孟冬風沙緊",王注:"《廣雅》:緊,急也。"

[3] 艇、舶。卷九《見韋參軍量移東陽二首》"搖艇入新安",王注:"《廣韻》:艇,小船。"又卷十一《江上贈竇長史》中引《説文》:"艇,小舟也。"卷十三《淮陰書懷寄王宋城》"大舶夾雙艪",王注:"《唐書釋音》:舶,大舟。"

[4] 鋤、犁。卷十二《贈從弟冽》"田家擁鋤犁",王注:"《廣韻》:鋤,田器也。犁,墾田器也。"

[5] 嶂。卷十三《安陸白兆山桃花巖寄劉侍御綰》"一嶂橫西天",王注:"《韻會》:嶂,山峰如屏障者。"

[6] 揮手、别。卷十六《南陽送客》"揮手再三别",王注:"劉鑠詩:揮手從此辭。張銑注:揮手,舉手。辭,别也。"

[7] 原野。卷十六《送族弟凝至晏堌》"雪滿原野白",王注:"《淮南子》:周視原野。高誘注:廣平曰原,郊外曰野。"又卷十九《訓崔五郎中》"長嘯出原野",王注:"《淮南子》:周視原野。原野,謂平原曠野之地也。"

[8] 崎嶇。卷二十五《在尋陽非所寄内》"崎嶇行石道",王注:"《韻會》:崎嶇,山險也。"

[9] 捷徑。卷二十四《詠槿二首》其二"攀折争捷徑",王注:"離騷:夫唯捷徑以窘步。王逸注:捷,疾也。徑,邪道也。"

[10] 陲。卷二十五《代贈遠》"逐虜蕩邊陲",王注:"《廣韻》:陲,邊也。"

今按:例[4],鋤和犁雖屬器具,但一直以來,中國社會的勞作都以農耕爲主,所以對於鋤和犁並不陌生,它們已經成爲基本詞彙的一部分,詩句含意也比較簡單,因此這樣的詞語不必解釋。若從器具角度釋義,應該力圖揭示它們與其他同類農具相比在形制、功能等方面的差異,但是,王琦所引的《廣韻》僅解釋其種屬,這一信息從原句中恰恰是非常容易獲得的。又如例[6],詩句平白如述家常,語意十分淺顯,"揮手"和"(分)别"也是日常交際中十分常見的詞語,實在沒有解釋的必要。其他各例也都如此。

從溯源來看,例[1]、[7]、[9]中引用的文獻除了與李白詩句所用的"頹陽、原野、捷徑"各詞的意義一致以外,在語意和意境上與李白詩都沒有必然的聯繫,這些文獻只是這些詞語的最早用例,其功能僅在考察該詞語或詞義出現的最早時間,對於理解和欣賞詩意毫無價值,也完全沒有溯源的必要。

四 釋義的失誤

王琦《輯注》雖然解決了前人注釋中的一些疑難問題,但是因爲個人能力和文獻資料的局限,《輯注》在釋義方面還存在一些失誤。主要體現爲以下幾點。

(一) 釋義錯誤

1. 未解詩意而致釋義錯誤

例如,卷四《相逢行》"萬户垂楊裏,君家阿那邊。"王注:"陸機詩:皎皎彼姝女,阿那當軒織。吕向注:阿那,柔順貌。"

今按:陸機詩指《爲顧彦先贈婦》,吕向注"阿那"爲柔順貌比較恰當,用於李白詩則不合。此處'阿那'爲口語詞,猶今言那個。該詞在唐宋以後文獻中十分常見。例如,宋楊萬里《寄題李與賢似剡菴》:"今君結屋阿那邊,匹似剡川若箇言。""阿那"與"若箇"對文同義。又宋韓淲《次韻斯遠過風月齋》:"食有溪鮮風月齋,曾宿施村阿那邊。"元馬臻《畫意》其十一:"記得西峰阿那邊,亂雲遮斷無尋處。"例子很多。胡震亨《唐音癸籤·詁箋九》:"阿那,李白:'萬户垂楊裏,君家阿那邊。'李郢:'知入笙歌阿那朋。'阿那,猶言若箇也。"① 已有確解。王琦未解詩意,不從舊注,又没有全面考察文獻材料,導致了釋義的錯誤。

又如,卷八《江夏行》"未知行李遊何方,作箇音書能斷絕。"王琦解釋"行李"指行人之義,然後引胡震亨注解釋"能"義,注云:"能,善也,吳音有此。"把"善"義用在原句,也讓人費解。今按:安旗注爲:"作箇,蜀人口語,即今成渝方言'咋個',疑惑不解之辭。"詹鍈注爲:"'作箇……能'即怎麼能。"把"作箇"解釋成疑惑之辭,用於此處非常恰當,該詞在唐宋時期也有用例。如宋李綱《冬日閒居遣興十首》

---

① 胡震亨:《唐音癸簽》,上海古籍出版社 1981 年版,第 255 頁。＊魏耕原《全唐詩語詞通釋》"阿那"條解作"哪、哪裏",可參考。中國社會科學出版社 2001 年版,第 1 頁。

其五："忘心亦忘法，作箇是安禪。"又《容南道中二首》其一"肅然有佳致，作箇是炎荒。"可見，王琦把"能"解作"善"是錯誤的。

2. 忽視語境意義和用法而致釋義錯誤

例如，卷八《當塗趙炎少府粉圖山水歌》"東崖合沓蔽輕霧，深林雜樹空芊綿。"王注："謝朓詩：阡眠起雜樹。呂延濟注：阡眠，遠望貌。芊綿，即阡眠也。"按：王琦指明"芊綿"與"阡眠"相同，爲異形詞，是正確的。但引呂延濟注釋義爲"遠望貌"卻有失妥當。"阡眠"或"芊綿"是指遠望時所看到的草木茂密之景，釋爲"遠望貌"是不確切的。又《文選·陸機〈赴洛道中〉詩之一》："山澤紛紆餘，林薄杳阡眠。"李善注引《楚辭》："遠望兮阡眠。"呂延濟則注爲："阡眠，原野之色。"

又如，卷九《贈崔侍御》"誰憐明月夜，腸斷聽秋砧。"王琦引《韻會》："砧，擣繒石也。"就"砧"字的本義而言，王琦引《韻會》釋義無誤，但是用於李白詩句則不妥。句中"砧"與"聽"字搭配，當指砧上擣衣之聲。此義十分常用。例如，杜甫《秋興》其一："寒衣處處催刀尺，白帝城高急暮砧。"許渾《晚泊七里灘》："江村平見寺，山郭遠聞砧。"

3. 混淆詞義而致釋義錯誤

例如，卷十三《淮陰書懷寄王宋城》"二十五長亭"中解釋"長亭"，王注："長亭，即斥堠也。古制十里一長亭，二十五長亭則二百五十里矣。"按：若按"十里一長亭"釋義，長亭則是古代供行旅之人休息之所，近城處則往往爲送別之所。而王琦又釋爲"斥堠"，"斥堠"又作"斥候"，是古代供瞭望敵情用的古堡，或在地面或在船上，與十里長亭本不相關。

4. 囿於資料而致考證失當

例如，卷二十五《哭晁卿衡》中考證"晁衡"卒年，王注："《舊唐書》：日本國，開元初遣使來朝，因請儒士授經，詔四門助教趙元默就鴻臚寺教之。所得錫賚盡市文籍，泛海而還。其偏使朝臣仲滿慕中國之風，因留不去，改姓名爲朝衡，仕歷左補闕、儀王友。衡留京師五十年，好書籍，放歸鄉，逗遛不去。上元中擢衡爲左散騎常侍、鎮南都護。《新唐書》：朝衡歷左補闕、儀王友，多所該識，久乃還；天寶十二載，朝衡復入朝，云云。王維有《送秘書晁監還日本國》詩序，趙驊有《送晁補闕歸日本》詩，儲光羲有《洛中貽朝校書衡》詩①。蓋'晁'字即古'朝'字，朝衡、晁衡，實一人也。新、舊《唐書》俱不言衡終于何年，據太白是詩，則衡返棹日本而死矣，豈上元以後事耶？抑得之傳聞之譌耶？"按：王琦引新、舊《唐書》記述晁衡在唐朝的主要活動是正確的，失誤之處在於單據此詩即懷疑晁衡卒於反棹歸日不久。據今人考證，"天寶十二年仲麻呂與藤原清河、吉備真備等同船東歸，發揚州，海上遇風，漂至安南，同行多爲土人所害，仲麻呂與清河僅免於難，復返長安，特進秘書監。……當時以爲仲麻呂已溺死，故翰林供奉李白有《哭晁卿衡》。"② 仲麻呂即晁衡原名。《校注》據繆鳳林《留學中國之日本詩人》，及日人長勳《阿倍仲麻呂及其時代》、杉本直次郎《安南與朝衡》等文，進一步考證，認爲天寶十二載，晁衡與藤原清河共乘一船東渡，十二月六日至琉球，遇風與他舟相失，漂至安南驩州沿岸，遇盜，同舟死者百七十餘人。獨晁衡與藤原清河轉歸長安，時爲天寶十四載六月。晁衡復歸唐朝之事，中國知者甚少，賴日本紀載猶存其大略耳③。王琦誤定晁衡卒年在歸日本之時，主要原因就是囿於所見史料不足。

又如，卷十六《送楊山人歸天台》有"我家小阮賢"之句，王注："小阮，謂阮籍之姪阮咸也。後人謂姪曰小阮，本此。"又進一步考證詩中所謂"小阮"指李嘉祐。注云："《文獻通考》：唐李嘉祐別名從一，趙州人。天寶七載進士，爲秘書正字，袁、台二州刺史。善爲詩，綺靡婉麗，有齊、梁之風，時以比吳均、何遜云。《唐詩紀事》：李嘉祐，上元中嘗爲台州刺史，大曆間刺袁州，與嚴維、劉長卿、冷朝陽友善。嘉祐有《送族叔陽冰》《寄從弟紓及姪端》詩，蓋三子之族也。"按：李白有《獻從叔當塗宰陽冰》詩，可知李陽冰與李白乃叔姪關係，嘉祐《送

---

① 按：王維原詩題作《送祕書晁監還日本國》，詩并有序；趙驊原詩題作《送晁補闕歸日本國》，儲光羲詩題作《洛中貽朝校書衡》，見《全唐詩》，中華書局1960年版，第1288、1320、1405頁。中華書局本標點不妥，今改。詳見李白著，王琦注《李太白全集》，中華書局1977年版，第1198頁。

② 賀昌羣：《唐代文化之東漸與日本文明之開發》，《文史雜志》一卷一二期，轉引自詹鍈主編《李白全集校注彙釋集評》第7冊，百花文藝出版社1996年版，第3750頁。

③ 詳見李白著，瞿蛻園、朱金城校注《李白集校注》，上海古籍出版社1998年版，第1504頁。

族叔陽冰》之詩稱陽冰爲族叔，二人亦叔姪關係，顯然李白與李嘉祐處於同一輩份，而李白詩中"小阮"乃對姪之稱，若李白與李嘉祐以叔姪相稱，則與前一關係相互矛盾。

（二）釋義模糊

釋義模糊，是指王琦在解釋某一語意時，雖然理解正確，但因爲釋義內容簡略或釋義方法不當，致使所釋語意不明。

1. 沒有解釋語言意義造成釋義模糊

例如，卷十二《贈宣城趙太守悦》"差池宰兩邑，鶚立重飛翻。"王注："《埤雅》：鶚性好峙，故每立更不移處，所謂鶚立，義取諸此。"按："鶚立"指像鶚鳥一樣佇立不動，用以比喻卓然超羣。閱讀王琦注文，讀者固然可以明白"鶚立"取義之源，但是對它的語言意義卻不十分了解。該詞是唐代新出現的詞語，不太常見，應該解釋語義。

2. 不説明語境所指造成釋義模糊

例如，卷二《古風》其十八"散髮棹扁舟"，王琦引張華詩張銑注："散髮，言不爲冠所束也。"卷十八《宣州謝朓樓餞别校書叔雲》"明朝散髮弄扁舟"，王注："散髮，科頭也"，並指明見二卷注。卷二十四《江上懷秋》"散髮謝遠遊"中，王注"散髮，不冠而髮披亂也。"以上諸句"散髮"皆指人生仕宦不稱意，言願散髮隱居不仕之意。王琦僅指明"散髮"的語言意義，沒有進一步解釋言外之旨，很容易使讀者的理解停留在表層。

3. 注釋方法不當造成釋義模糊

例如，卷一《明堂賦》"羣臣醉德，揖讓而退。"王注："即《詩》所謂飽德之義。"又卷二十五《越女詞五首》其二"賣眼擲春心"，王注："賣眼，即楚《騷》'目成'之意。梁武帝《子夜歌》：賣眼拂長袖，含笑留上客。"按："飽德"指飽受恩德，用爲酬謝主人宴飲之辭，又作"醉酒飽德"，源於《詩·大雅·既醉》："既醉以酒，既飽以德。"又序曰："《既醉》，太平也。醉酒飽德，人有士君子之行焉。"單就這一文獻，也不易理解"飽德"之義，而王氏不引原文作解，更增加了理解的難度。"目成"指通過眉目傳情結成親好。源於《楚辭·九歌·少司命》："滿堂兮美人，忽獨與余兮目成。""目成"較之"賣眼"更古，王琦用它來解釋語義是不妥當的，而且，注文沒有《楚辭》的具體語境更增加了理解的難度。王琦雖然準確地找到了"飽德"和"賣眼"的來歷，但因釋義方法不當，沒有達到清晰簡明的注釋效果。

4. 循環注釋造成釋義模糊

所謂循環注釋，是指此處用以解釋被釋詞的內容，在彼處又成爲注釋的對象。例如，解釋"回風"和"飄風"，卷二《古風》"回風送天聲"，王注："《楚辭》：悲回風之搖蕙兮。王逸注：回風謂之飄風。"在《古風》其十二"倏如飄風度"中，"飄風"又成了王琦重點解釋的對象。注云："《爾雅》：回風爲飄。郭璞注：旋風也。毛萇《詩傳》：飄風，暴起之風。《論衡》：天地之間尤疾速者，飄風也。"又在其二十八中解釋爲"毛萇《詩傳》：飄風，迴風也。"按："回風"和"飄風"詞義相同，但"飄風"尚且是需要解釋的內容，因此，若直接以"飄風"解釋"回風"，則起不到注釋的作用。

5. 釋語難解造成釋義模糊

例如，卷十六《送韓準裴政孔巢父還山》"獵客張兔罝"，王注："《詩·國風》：肅肅兔罝。毛傳曰：兔罝，兔罟也。"按"罟"與"罝"同義，皆指捕獸的網，但"罟"和"罝"都不易理解，皆應作爲被釋對象。又如，卷十一《經亂離後贈江夏韋太守良宰》"開筵引祖帳"，王注："祖席時所設之帳幕"，此義固然正確，但是"祖席"也是一個需要解釋的語詞，例如，杜甫《送許八拾遺歸江寧覲省》"祖席倍輝光"，仇兆鰲注："祖席，飲餞也。"即是明證。這樣的釋義沒有達到淺顯易懂、快速傳意的效果。

6. 並列多個義項不明所取造成釋義模糊

例如，卷十三《聞丹丘子營石門幽居》"溪月湛芳樽"中解釋"湛"，王注："牀減切，巉上聲，澄也。又直禁切，沈去聲，投物水中也。又子禁切，音浸，浸也。"按：同一"湛"字，王琦注釋三音三義，從句意看，取"澄"義爲妥，但是如此並列三音三義，還需要讀者根據詩意擇取，也有悖於釋義明晰的原則。

徵引釋義，不明各文獻之間用字的差異也會造成釋義模糊，這種情況比較常見，在前文"王琦運用徵引式的不足"部分已有論述。

此外，王琦雖然重視對詩歌藝術特色的品評，卻未能貫徹始終。集中很多著名的篇章，如《行路難》《宣州謝朓樓餞別校書叔雲》等都沒有品評。

　綜上所述，由於個人能力和學識所限，以及時代學術水平的影響，王琦《輯注》還表現出一些不足之處，這些不足，有的與詩歌文本內容有關，有的與王琦所用的注釋體式有關；有的是詩歌注釋共同的問題，有的則是偶然失誤造成的。不過，總體來看，王琦《輯注》準確、詳贍、平實，超越了楊、蕭、胡三家之注，爲李白詩文的傳播和研究做出了突出貢獻。

第六章

附　　論

——《〈李太白全集〉輯注》的校勘

　　典籍在流傳過程中，由於受各種因素的影響，不同版本之間，不同典籍中記載的同一內容的文句之間，就會産生異文。誠如郭在貽先生在《杜詩異文舉例》中所説："唐詩中的異文頗多，而杜詩爲尤甚。據筆者粗略的統計，《全唐詩》所録杜詩異文多達三千五百餘條。"① 因而校勘歷來爲注釋者所重。王琦在李白集的校勘上取得了重要成就，經他校勘的李白文集，也成爲後人學習和研究的底本。不過，校勘雖是注釋之前首先要進行的工作，但因其不屬於注釋的核心任務，故附論於此。

第一節　校勘的内容和方法

一　搜羅舊本，考鏡源流

　　校讎之學有比較科學、系統的方法，始自劉向、劉歆父子。劉氏父子校訂羣籍，首要的工作就是廣備異本。本子搜羅是否全面，各本子之間的源流關係是否清楚，對校正是非至關重要。胡樸安論校書法云："惟其校讎也，必須備有衆本，彼此互相鈎稽，較量其異同，慎審其得失，始能辨別，而有所折衷，抉擇去取，雖不能得古書底本之真，亦可以比較而得近是矣。……惟有兼備衆本，其衆本悉同者，可據以決爲定本；

---

① 郭在貽：《訓詁叢稿》，上海古籍出版社 1985 年版，第 88 頁。

其有不同者，亦可擇善而從。此校讎備衆本之必要也。"① 弄清不同版本的源流關係，一方面可以確定校勘的底本和參校本，另一方面則便於考察版本流傳過程中的各種錯訛現象的產生和原因②，從而有利於是正文字訛舛脫衍。王琦在這一方面用力頗勤。

他廣搜異本，考察各本子之間的關係，編訂散佚、斷句之作，羅列了大量異文。主要表現在以下三個方面。

第一，王琦搜羅的舊注本，在跋中提到的主要有：嚴羽評點本，楊、蕭、胡三家箋注本，郭雲鵬刪減蕭注本（有徐昌穀評語），張含《李詩選》，應時《李詩緯》，張氏世傳本有明代楊慎批點，應氏本爲選評本。另外，從《輯注》引用的舊注來看，還有范梈（德機）評點的內容，范梈有《李翰林詩范德機批選》四卷（有明嘉靖刻本），王琦應當見過此本。

第二，對不同的刊刻本，無論是否有注，王琦都極盡搜羅。他在《輯注》中提到的版本主要有：蜀本、霏玉堂本、玉几山人本、許玄祐本、劉世教本、繆曰芑本、古本等。另外，對保存太白詩文的總集、選集、類書、雜記、史地著作等也極盡搜求。如注中提到的《才調集》《文苑英華》《絕妙詞選》《萬首唐人絕句》《全蜀藝文志》《全唐詩》《錦繡萬花谷》《苕溪漁隱叢話》《詩人玉屑》《方輿勝覽》《海錄碎事》《新安志》《咸淳臨安志》《茅山志》《太平廣記》《彰明逸事》《侯鯖錄》《唐詩紀事》《龍江夢餘錄》《硯箋》等很多。

第三，對不同版本的源流和優劣王琦能夠細加審辨。不明版本刊刻的先後順序，就可能導致以後出者妄改古本，或以同一來源的版本妄作依據。王琦在跋中自述李集版本的源流，關於文集的編纂，他順次列爲魏萬、李陽冰、樂史、宋敏求，其後又指出："今之傳世者，皆宋氏增定本也。噫！自樂氏校勘之本出而草堂原本遂湮，自宋氏分類之本出而樂氏之本又亡。後起之士，欲求古本而觀之，有若丹書綠圖，邈然不可得

---

① 胡樸安：《胡樸安學術論著·古書校讀法》，浙江人民出版社 1998 年版，第 279—280 頁。

② 漆永祥：《乾嘉考據學研究》，中國社會科學出版社 1998 年版，第 263 頁。

見，能無爲之慨嘆哉！"① 又指出李集注本：嚴評本及楊、蕭、胡三家注本的流傳情况，並予以簡要中肯的評價。最後指出太白集的刊刻流傳，首刊爲宋代晏知止，即蘇本（宋敏求所編本），其後有蜀本（三種：一本於蘇本，二左綿刊本，三左綿刊有楊齊賢注本）、當塗本，但這幾種古本大都"漸已銷亡，不能復覯"。其後有蕭氏注本，比較多見，又有明嘉靖郭雲鵬取以重刊本，續者有霏玉堂本。依舊注原本刊者以後又有玉几山人本、長洲許玄祐本；全去舊注者有劉世教本②，有時還間以簡評。這些都爲校勘提供了豐富的材料和依據。

二　全面的校勘内容

王琦校勘李白集的内容，主要表現在兩個方面，一是存録大量異文，二是校正是非。

（一）存録異文

王琦以蕭注本（前二十五卷）、郭雲鵬本（文集五卷）爲底本，細心比對，在正文中保存羅列了大量異文。版本異文的成因，多種多樣，有時在文意兩通，各本之間互有差異的時候，很難斷定是非，因此，大量存録異文是校勘中最常見的内容，王琦校勘李集也大致如此。集中所見不同版本的異文俯拾皆是。例如，卷十九《山中問答》（一作《答問》。繆本作《山中答俗人》）"問余何意（一作'事'）棲碧山，笑而不答（一作'語'）心自閑。桃花流水窅（一作'宛'）然去，别有天地非人間。"又如，卷二十三《青溪半夜聞笛》"羌笛《梅花引》，吴溪隴水情（一作'清'）。寒山秋浦月（一作'空山滿明月'），腸斷玉關聲（一作'情'）。"按：兩首短詩共四句，分別有四處和三處異文，各組異文放在原文語意皆通，難以去取，故王琦僅存録異文。

（二）校正是非

校勘中，王琦最重視、取得成就也最高的就是校正是非的工作。主要有兩個方面，一是校正文字訛舛，二是釐正内容是非。段玉裁在《與

---

① 王琦：《〈李太白全集〉輯注·跋》，李白著，王琦注《李太白全集》，中華書局1977年版，第1688頁。
② 同上書，第1689—1690頁。

諸同志書論校書之難》中云："是非有二：曰底本之是非，曰立説之是非。必先定其底本之是非，而後可斷其立説之是非。"① 段氏所謂底本之是非、立説之是非，即我們所説的校正文字訛舛、釐正内容是非，這是"定是非"的兩個不可分割的内容，梁啓超稱爲廣義的校勘②。具體説來，王琦校正文字訛舛，包括辨别訛誤字和指明脱文、衍文、倒文等，其目的是要保存古本之真，恢復古籍原貌，這是校勘的主要内容；釐正内容是非，是在確定古籍原貌的基礎上，判斷古書中的内容是否正確，是否符合事實。

1. 校正文字訛舛，求古本之真

（1）校正訛誤字

例如，卷十八《送趙判官赴黔府幕》"風霜推（一作'摧'，非）獨坐"，按："推"字，蕭本、玉几山人本、朱諫注本俱作"摧"，王琦根據詩意選作"推"，這裏"風霜""獨坐"皆指御使之任，若作"摧"則文意不通，《集評》所用校勘底本日本静嘉堂文庫所藏宋蜀本正作"推"，恐因"推、摧"二字形似而致訛誤。

（2）指明脱文

例如，卷九《贈嵩山焦鍊師》序"嵩山有神人焦（蕭本缺'焦'字）鍊師者"，這是根據詩題校正蕭本脱文。

（3）指明衍文

例如，卷六《去婦詞》"自從（二字衍文）結髮日未幾"，王琦引方宏静語加以申説，注云："方宏静曰：《去婦辭》本五言詩，'自從'二字，必衍文也。後又云'自從離别久'，豈得重用？"

（4）訂正倒文

例如，卷十九《酬王補缺惠翼莊廟宋丞沘贈别》，王注："詩題疑有舛錯。按：睿宗子申王撝，開元八年薨，諡惠莊太子。宋沘必爲惠莊太子陵廟丞者也，翼則王補闕之名耳。'惠翼'當作'翼惠'爲是。"按：《舊唐書·惠莊太子撝傳》載："惠莊太子撝，睿宗第二子也。……（開

---

① 段玉裁：《與諸同志書論校書之難》，《經韻樓集》卷一二，清光緒十年秋樹根齋刻本，第47頁。

② 梁啓超：《中國近三百年學術史》，東方出版社1996年版，第253頁。

元）十二年，病薨，册贈惠莊太子。"① 王琦參考正史，確定篇題中的"惠"和"翼"爲倒文，此誤一正，篇題之意豁然明朗。這一説法已成定論，不僅爲李集今注所取，其他文學研究者，如謝思煒、陳建平等也在此基礎上，補充材料，考證此詩創作的大致時間②。

2. 釐正内容是非，求事實之真

詩人博覽羣書，用事用典，信手拈來，難免失誤。王琦在校訂底本是非，恢復文本真貌的基礎上，對太白詩文内容的是非也多加考證。

(1) 指出用詞之誤

例如，卷二《古風》其二"蟂螏入紫微"，王注："《毛詩正義》：蟂螏，虹也。色青赤，因雲而見。《春秋潛潭巴》：虹出日旁，后妃陰脅主。《後漢書》：凡日旁氣，色白而純者名爲虹。琦按：蟂螏，亦日之光氣。但日在東，則蟂螏見西方；日在西，則蟂螏見東方。與日旁白色之氣，均有虹之名，而實則判然二物也。太白以日旁之虹，呼爲蟂螏，不無混稱。"按：太白以虹（日旁白色之氣）入紫微暗喻皇后争寵蔭蔽帝王，王琦所引《春秋潛潭巴》正是此意，蟂螏（即虹）是雲雨之後出現的一種自然現象，太白因二物皆有虹名而誤用。

(2) 指出用典之誤

例如，卷五《東海有勇婦》"何慚蘇子卿"，王注："蘇子卿無報讎殺人事。以此相擬，殊非倫類。按曹植《精微篇》：關東有賢女，自字蘇來卿。壯年報父仇，身没垂功名。是知'蘇子卿'乃'蘇來卿'之誤也。"按：蘇子卿，即蘇武，史書不載蘇武爲報父仇殺人之事，且詩篇歌頌"勇婦"，蘇武之名用於此處确非"倫類"。王琦根據前人詩文及典故意義校訂了太白用典之誤。

以上王琦所校之處，都沒有版本異文，不存在文字形體的訛誤。前例因同名異實而誤用別名；後例或因誤記人名而混用典故。

---

① 劉昫等：《舊唐書》卷九十五，中華書局 1975 年版，第 3015—3016 頁。
② 謝思煒：《李白初入長安的若干作品考索》，《西北大學學報》1983 年第 3 期；陳建平：《李白詩〈酬王補缺惠翼莊廟宋丞泚贈別〉繫年》，朱宗堯主編《李白在安陸》，華中師範大學出版社 1986 年版，第 170—172 頁。

三 靈活多樣的校勘方法

清儒在校勘領域取得了輝煌的成就，他們校訂的經、史、諸子文獻很多，所用校勘方法也多種多樣，梁啓超①、陳垣等人將這些方法歸納、整理，上升到理論的高度，尤以陳氏精密。陳氏在前人基礎上，根據自己校勘《元典章》的實際，將校勘方法分爲四種，即對校法、本校法、他校法和理校法。錢玄先生在此基礎上，提出將陳氏四法綜合起來使用的綜合校勘法②。以下即用陳、錢二先生總結的五種方法，分析王琦所用的校勘方法。

1. 對校法

對校法是校勘最基本的方法，陳垣先生説："以同書之祖本或別本對讀，遇不同之處，則注於其旁。劉向《別録》所謂'一人持本，一人讀書，若怨家相對'者，即此法也。此法最簡便、最穩當，純屬機械法。其主旨在校異同，不校是非。故其短處在不負責任，雖祖本或別本有訛，亦照式録之；而其長處則在不參己見，得此校本，可知祖本或別本之本來面目。故凡校一書，必須先用對校法，然後再用他校法。"③ 雖然對校法的學術價值不如其他幾種校勘方法，但是由於古書在流傳中發生的訛變多種多樣，加之漢字的形義特徵、校者的學識及治學條件等因素的限制，有時判斷是非的難度很大。段玉裁説："凡書必有瑕也，而後以校定自仁者出焉。校定之學識不到，則或指瑜爲瑕，而疵纇更甚，轉不若多存其未校定之本，使學者隨其學之淺深以定其瑕瑜，而瑕瑜之真固在。……古書之壞於不校者固多，壞於校者猶多。壞於不校者，以校治之。壞於校者，久且不可治。"④ 可見，如若没有足夠的學識和證據斷定是非，照録不同版本異文，就是最好的辦法。

王琦校勘李集也是如此，《輯注》中保存了大量不同版本異文，上文"存録大量異文"部分已有論述，現再舉一例，以見其法。例如，卷二

---

① 梁啓超：《中國近三百年學術史》，東方出版社 1996 年版，第 277—281 頁。
② 錢玄：《校勘學》，江蘇古籍出版社 1988 年版，第 99 頁。
③ 陳垣：《校勘學釋例》，中華書局 2004 年版，第 129 頁。
④ 段玉裁：《重刊明道二年國語序》，《經韻樓集》卷八，清光緒十年秋樹根齋刻本，第 10 頁。

《古風》其三十五"一曲（一作'東西'）斐然子，雕蟲喪天真。……功成無所用，楚楚且華（一作'榮'）身。……安得鄄中質，一揮成風斤（一作'承風一運斤'，蕭本作'一揮成斧斤'）。"該詩三處異文，王氏都没有指明當作某，主要原因就是語意兩通，没有更多的材料以資佐證。此類情況很多。

2. 本校法

陳垣先生説："本校法者，以本書前後互證，而抉摘其異同，則知其中之謬誤。……此法於未得祖本或别本以前，最宜用之。"① 用此法，需要對全書内容了如指掌，前後通貫識之，否則即使有誤，也無從校正。王琦所用本校法，主要有以下各類。

（1）以本篇前後内容相校

例如，卷十五《留别賈舍人至二首》其一"意欲託孤鳳（世本作'鴈'，誤），從之摩天遊。"按：王琦所以斷定世本作"鴈"字爲誤，主要就是根據下句的"鳳苦道路難"，前後一校，即可知作"鳳"字爲確。

（2）篇題與正文互校

例如，卷二十一《望黄鶴山》，王注："蕭本作'樓'，誤。"按：此詩開篇第一句即"東望黄鶴山"，王琦據此校正蕭本之誤。

（3）不同篇目内容互校

例如，卷九《贈崔侍御》"君乃轥軒（蕭本作'軒轅'）佐"，王琦先引《風俗通》解釋"轥軒"之使，其後注云："按：太白作《崔公澤畔吟詩序》，有'中佐憲車'之語，是崔嘗以事爲使副，故曰'君乃轥軒佐'，作'軒轅'者非是。"

（4）以此篇注文校他篇正文

蔣禮鴻先生在《校勘略論》中曾經提到"正文和注文可以相互證發"②，主要指的是以本篇注文校正本篇正文，有時也可以此篇注文校正他篇正文。

例如，卷八《秋浦歌十七首》其十七"桃波一步地"，王注："本集二十卷内有《清溪玉鏡潭宴别詩》，注云：潭在秋浦桃胡陂下。是'桃

---

① 陳垣：《校勘學釋例》，中華書局2004年版，第130頁。
② 蔣禮鴻：《校勘略論》，《蔣禮鴻集》第四卷，浙江教育出版社2001年版，第119頁。

波'乃'桃陂'之訛無疑矣。"①

3. 他校法

陳垣先生説:"他校法者,以他書校本書。凡其書有採自前人者,可以前人之書校之;有爲後人所引用者,可以後人之書校之;其史料有爲同時之書並載者,可以同時之書校之。此等校法,範圍較廣,用力較勞,而有時非此不能證明其訛誤。"② 運用他校法,必博觀古今載籍者,方能靈活運用。王琦校正李集所用他校法主要表現在以下兩個方面。

(1) 通過溯源釋典校正訛誤

李白詩文,較多運用語典事典,這些典故大都保存在前代典籍中,那麽,只要找到能夠反映典故原貌的文獻,就可以拿來與李白詩文相比勘,這就是陳氏所謂"凡其書有採自前人者,可以前人之書校之"之法,這也是王琦運用較多的校勘方法。

有時,王琦通過溯源出處校正訛誤。例如,卷五《白馬篇》"羞入原憲室,荒徑(蕭本作'淫',誤)隱蓬蒿。"王注:"謝朓詩:清淮左長薄,荒徑隱蒿蓬。"按:王琦引謝朓詩指明李白"荒徑(淫)隱蓬蒿"一句的出處,根據謝詩作"荒徑",王琦斷定蕭本作"荒淫"爲誤。此句以孔子弟子原憲居所的貧陋荒僻爲喻,静嘉堂文庫所藏宋蜀本、劉世教本、蕭本皆作"荒淫",朱諫《李詩選注》甚至以爲稱原憲不當用"荒淫",而把它歸入"辨疑"詩③。王琦根據李白詩句襲用前人成辭的特點,通過溯源準確校正了版本訛誤。

有時,王琦還根據事典校正訛誤。例如,卷二十九《天長節使鄂州刺史韋公德政碑》"繭('繭',當作'蘭')子跳劍",王注:"《列子》:宋有蘭子者,以技干宋元,宋元召而使見其伎。以雙枝長倍其身,屬其脛,並趨並馳,弄七劍迭而躍之,五劍常在空中。元君大驚,立賜金帛。《音釋》所謂蘭子以技妄遊者也。《舊唐書》:梁有長蹻伎、擲倒伎、跳劍伎、吞劍伎,今並存。"今按:李白文"繭(蘭)子跳劍,迭躍流星之輝;都盧尋橦,倒挂浮雲之影。"前者是以典故代指唐時跳劍技藝,後者

---

① 詳參李白著,王琦注《李太白全集》,中華書局1977年版,第946頁。
② 陳垣:《校勘學釋例》,中華書局2004年版,第131頁。
③ 詹鍈主編:《李白全集校注彙釋集評》第2册,百花文藝出版社1996年版,第690頁。

是指緣竿之藝，此處皆以雜藝之盛形容當時官民歡度之事，以此來表現韋公德政。王琦指出跳劍之藝用《列子》典故，從文意看，李白文句與這一典故內容相合，《列子》原文作"蘭子"，據此，王琦指出"繭"當是"蘭"字之誤，非常準確。

（2）根據史地材料校正訛誤

有時，王琦根據李白詩文所稱人物、地名等，引據相關史地材料加以校正。

例如，卷二十二《金陵白楊十字巷》"白楊十字巷，北夾湖（當作'潮'）溝道"，王琦注引《六朝事跡》《一統志》等解釋"潮溝"實有其地，注云："《一統志》：潮溝，在應天府上元縣西四里，吳赤烏中所鑿，以引江潮，接青溪，抵秦淮，西通運瀆，北連後湖。《六朝事跡》：《輿地志》：潮溝，吳大帝所開，以引江潮。《建康實錄》云：其北又開一瀆，北至後湖，以引湖水，今俗呼爲運瀆。其實自古城西南行者是運瀆，自歸蔣山寺門前東出至青溪者名潮溝，其溝向東，已湮塞，西則見通運瀆。按《實錄》所載，皆唐事，距今數百年，其溝日益淹塞，未詳所在。今府城東門外，西抵城濠，有溝東出，曲折當報寧寺之前，里俗亦名潮溝，此近世所開，非古潮溝也。"按："湖、潮"二字形似，故導致傳本用字訛誤。

又如，卷二十九《武昌宰韓君去思頌碑并序》"五代祖鈞（'鈞'字是'均'字之誤）"，王琦引《北史》指明韓均其人，注云："《北史》：韓茂，字元興，安定安武人，爲武賁郎將。錄前後功，拜散騎常侍、殿中尚書，進爵安定公。文成踐祚，拜尚書令，加侍中征南大將軍，卒贈安定王。長子備，襲爵安定公。備弟均，字天德，初爲中散，賜爵范陽子，遷金部尚書。兄備卒，均襲爵安定公、征南大將軍，歷定、青、冀三州刺史，除大將軍、廣阿鎮大將，加都督三州諸軍事，復授定州刺史。按此，則'鈞'字是'均'字之誤。但均乃茂之子，非茂之孫，與七代、五代之文不合。而《唐書·宰相世系表》亦以爲茂生二子備、均①，均生

---

① 按，"《唐書·宰相世系表》亦以爲茂生二子備、均"以下注文中華書局1977年版《李太白全集》第1377頁缺。參見寶笏樓藏板《李太白文集》；又見詹鍈主編《李白全集校注彙釋集評》第8冊，百花文藝出版社1996年版，第4352頁。

晙,晙生仁泰,仁泰生叡素,則疑文之誤也。《唐書》之誤又因此文之誤而誤歟?"按:此注不僅通過《北史》等材料指出"韓均"確有其人,名字當用"均"而非"鈞"。同時,王琦還根據史載韓茂生韓均,考證了太白文中稱"七代祖茂……五代祖鈞"是錯誤的,這樣就將考訂版本之誤和釐定內容是非緊密結合起來了。

以上二例,都沒有版本異文可以參照,不過,由於王琦對文獻典籍的諳熟,使他能夠在浩繁的資料中找到恰當的參照對象,從而校正了太白詩文版本用字和內容的訛誤。運用這種校勘方法和材料的例子,在《輯注》中是比較常見的。

4. 理校法

陳垣先生認爲,校勘時若遇無古本可據,或數本互異,而無所適從之時,則須用理校法①。具體説,理校法,是指根據所校對象的實際情況,綜合運用文字、音韻、訓詁、語法、古書文例、作者行文體例,以及史地、典章制度等知識校正古籍訛誤的一種方法。運用理校法,證據越多,理由越充足,得出的結論就越可靠。運用此法校書,校者必須有比較深厚的小學功底,對各種文獻典籍比較熟悉,而且能夠通貫識之。清代校勘大家,如戴震、錢大昕、段玉裁、王念孫父子等都是如此。否則以不誤爲誤,謬種流傳,貽害後學。王琦校勘李集,有時也用理校法,常有確解,主要表現在以下幾個方面。

(1) 據文意校勘

例如,卷一《明堂賦》"猛虎失道,潛虬蟠梯。"王注:"'失'當是'夾'字之訛。猛虎夾道,謂刻爲猛虎以夾立道上。"在無版本異文和其他材料參證的情況下,王氏根據文意將"失"改作"夾",與下句"蟠"字對應,是比較可信的,爲今注所取。

又如,卷一《大獵賦》"捎鸑鷟,漂鸞鷄,彈地廬與神居。"王注:"彈,當作殫,盡也。"按:句意謂獵人狩獵,上自神居,下至大地,無不搜羅殆盡。"彈"表示彈弓、彈丸,或彈射等義,用於李白詩句都不合適,王琦根據文意改作"殫"。今《集評》所據《唐文粹》、清繆曰芑影宋本正作"殫"字,"殫"和"彈"二字形似聲近,可能在傳寫刊刻中

---

① 陳垣:《校勘學釋例》,中華書局2004年版,第133頁。

混訛。王琦校勘非常準確。

(2) 以文意和事理校勘

例如，卷十三《憶舊遊寄譙郡元參軍》"行來北涼（'涼'，當作'京'）歲月深"，王注："北涼，即張掖郡。按漢武帝始置張掖郡，魏晉時隸涼州。及沮渠蒙遜立國於此，號爲北涼，以涼州五郡，張掖在其北也。唐時爲甘州，又謂之張掖郡。然上文言并州太行，下文言晉祠，中間忽言北涼，不合。當是北京之訛耳。蓋天寶之初，號太原爲北京也。"按：王琦首先考察了"北涼"的建置、名稱沿革、隸屬關係等內容，明確"北涼"在唐時即指張掖郡。確定了這一點，文意的矛盾就顯現出來了，王琦又根據此詩主要寫遊歷太原之事，所謂"并州太行"和"晉祠"描寫的都是太原一地的風光，若中間夾雜"北涼"，詩意就很不協調，所以王琦斷定"涼"字爲誤。《新唐書》："北都，天授元年置，神龍元年罷，開元十一年復置，天寶元年曰北京，上元二年罷，肅宗元年復爲北都。"① "北都"即"太原府"。最後他根據字形關係，確定"涼"字當爲"京"字。王琦將詩意與文字知識、史地知識結合在一起，改"北涼"爲"北京"，確鑿可信②。

(3) 以文意、詩韻和意境校勘

格律和意境，是詩歌或韻文區別於其他文獻的重要特徵之一，這爲詩文校勘提供了新的材料和方法。詩文依律用韻有一定規則，若文句不合韻律規則，則可能有誤。

按照詩歌用韻規律，一詩之內前後詩句一般不用同字爲韻，王琦據此校正韻字重出之處。例如，卷二十四《萬憤詞投魏郎中》"嗷嗷悽悽（蕭本作'栖栖'，下韻重出，恐誤）"，按：此詩後面有"德自此衰，吾將安栖"二句，也以"栖"字入韻，王氏根據詩歌用韻規律推測作"栖栖"爲誤，選擇了繆本。又如，卷二十五《題瓜洲新河餞族叔賁》"歸來空寂蔑"，王注云："蕭本作'滅'，複第二韻，恐誤。"此詩第

---

① 歐陽修、宋祁：《新唐書》卷三十九，中華書局1975年版，第1003頁。
② 按：李白集的各種本子都作"北涼"，據《李白集校注》後記，《河嶽英靈集》《黃山谷書李太白詩卷墨迹》都作"北京"，翁方綱《復初齋文集·跋黃山谷書太白詩卷》也認爲當作"北京"。見李白著，瞿蛻園、朱金城校注《李白集校注》，上海古籍出版社1998年版，第1964頁。

四句作"天地同朽滅",也以"滅"字入韻,王琦首先據韻律規則斷定其誤,後又據"寂蔑,猶寂寞也"以資佐證。這是結合詞義和詩韻校勘。

又如,卷二十五《題瓜洲新河餞族叔賁》"海水落斗門,潮平見沙汭(而拙切,音蓺。繆本作'沇',音血)。"王注:"木華《海賦》:雲錦散文於沙汭之際。李善注:毛萇《詩傳》曰:芮,崖也。'芮'與'汭'通。《左傳集解》:水之隈曲曰汭。《説文》:汭,水相入也。沇,水從孔穴疾出也。或疑《廣韻》《韻會》諸書屑薛韻中無'汭'字,當以'沇'爲是者。琦按:江淹《擬古詩》:赤玉隱瑶溪,雲錦被沙汭。昨發赤亭渚,今宿浦陽汭。皆作蓺音讀,與設、絶、滅、雪、別字相叶,何疑於此詩耶?"

按:"沇"主要有兩音兩義:一,音玦,《説文·水部》:水從孔穴疾出也。二,《廣韻》呼決切。即音血,沇寥,空貌①。二義用於太白詩句皆不通。"汭"字,從王琦引李善《文選注》、《左傳集解》及《説文》可知,其義爲水岸或水流會合彎曲之處。就詩意而言,李白詩句所用"斗門"一詞,指隄堰中用以蓄泄渠水的閘門,兩句意謂潮水回落,露出岸邊的沙灘,"汭"字之義用於此詩非常吻合。

從用韻來說,繆本作"沇"字是有原因的。此詩押入聲韻,韻腳:"絶、滅、列、折、設、悅、雪、別"等,按《廣韻》都是薛韻字,而《廣韻》"汭"字"而鋭切",入祭韻②,與薛韻相差甚遠。"沇"爲屑韻字,同屬入聲,《廣韻》屑薛同用,以詩韻論,以"沇"字爲妥。但是,王琦沒有囿於《廣韻》和繆本的記載,他詳考詩歌用韻傳統和規律,根據江淹《擬古詩》(分別爲《謝臨川遊山》《謝法曹贈別》二詩)指出"汭"字並非不能與屑薛韻字相押。又,王琦定"汭"字音爲"而拙切,音蓺",與《廣韻》祭韻"而鋭切"讀音不同。《廣韻》:蓺,如劣切,薛韻;拙,職悅切,薛韻③。王琦定"汭音蓺"是有依據的。《集韻》:

---

① 周祖謨:《廣韻校本》,中華書局2004年版,第494頁。
② 同上書,第377頁。
③ 同上書,第500、501頁。

汭，如劣切，音蓺，水北也①。不僅《集韻》在薛韻載有"汭"字，《經典釋文》《類篇》等也都記載"汭"有薛韻之音②。王琦以詩意爲前提，詳考詩韻先例，又據韻書、字書所載，確定當取"汭"字，是令人信服的。

　　意境也是詩歌校勘中可以參考的要素，有時一字之校關係甚大。從意境欣賞的角度校勘詩歌，早有先例。胡仔《苕溪漁隱叢話》卷三云："蔡寬夫《詩話》云：'采菊東籬下，悠然見南山'，此其閑遠自得之意，直若超然邈出宇宙之外。俗本多以'見'字爲'望'字，若爾，便有褰裳濡足之態矣。乃知一字之誤害理有如是者。……此校書者不可不謹也。"③可見，"望"和"見"含義雖近，卻關係整句，乃至整首詩的意境。

　　王琦有時也以意境爲據校勘版本異文。例如，卷五《玉階怨》"玲瓏（繆本作'朎朧'）望秋月"，王注："《韻會》：玲瓏，明貌。毛氏《增韻》云：朎朧，月光也。然用'朎朧'，不如'玲瓏'爲勝。"按："玲瓏"義爲明貌，是形容詞，它描寫出了月光清明透徹的質感，而"朎朧"義爲月光，是名詞，它再現的是月光的實體，表現不出輕靈透徹之感。王琦根據詞義，從詩的意境和審美角度予以校勘，表明了自己的看法。

　　以詩歌意境校勘，需要十分謹慎，因爲對意境的賞析和品評很大程度上倚賴於校者的主觀認識，個人喜好和理解角度不同，校勘結果就可能千差萬別，這與校勘應以客觀材料爲據的要求多少有些相左；或者，詩人創作之時也未必對意境查考得那麼細密，因此，雖然意境爲詩歌校勘提供了方法和資料，但歷來詩歌校勘者卻極少運用此法，王琦也是如此。必要運用此法時，也要用其他材料予以佐證。

　　總之，王琦運用理校法，常常以語意作爲前提和基礎，然後再從事理、文獻材料、詩韻、詞義等方面詳加考察，最後確定校勘結果。

---

　　① 丁度等編：《集韻》，北京市中國書店1983年版，第1446頁。
　　② 按：陸德明《經典釋文·春秋左氏音義二》（中）"汭，如銳反，一音如悅反。"上海古籍出版社1985年版，第965頁；司馬光《類篇·水部》水北之義有"儒劣切"，中華書局1984年版，第413頁。
　　③ 胡仔：《苕溪漁隱叢話》，人民文學出版社1962年版，第16頁。

5. 綜合法

綜合校勘方法是指根據實際需要，將上述對校法、本校法、他校法、理校法，選取兩種以上綜合起來使用。最常見的是將對校法和其他幾種方法結合。因爲"如單純用對校法，發現幾個本子有異文，除了明顯的錯誤可以憑一般理解，判斷何本是何本非；極大部分須與其他校勘方法結合，纔能判斷幾種異本的是非。"① 王琦所用綜合法，主要有以下幾種情況。

（1）對校法和他校法結合

這是王琦運用最多的一種綜合校勘方法。例如，卷九《贈韋侍御黃裳二首》其二"知上太行道"，"行"字，王琦指出："舊本皆作'山'，今依《文苑英華》本校作'行'。"又引魏武帝詩"北上太行山，艱哉何巍巍。羊腸坂詰屈，車輪爲之摧。"究明李詩此句及下句"此地果摧輪"的來歷，王氏採用對校法和他校法，根據他本異文，通過溯源釋典，在李集舊本皆作"山"字的情況下，斷然改作"行"字，識見極精。

又如，卷四《白紵辭三首》"揚清歌，發皓齒，北方佳人東鄰子。且吟《白紵》停《綠水》，長袖拂面爲君起。寒雲夜捲霜海空，胡風吹天飄塞鴻，玉顏滿堂樂未終。館娃日落歌吹濛……"蕭士贇指出太白此詞全篇句意間架並是擬鮑照，並全錄鮑照《白紵辭》。王琦承蕭氏之説，又指出蕭氏之誤。王注云："按：鮑照《白紵辭》：朱脣動，素袖舉，洛陽少年邯鄲女。古稱《綠水》今《白紵》，催絃急管爲君舞。窮秋九月荷葉黃，北風驅雁天雨霜，夜長酒多樂未央。太白此篇句法，蓋全擬之，蕭本以'館娃日落歌吹濛'一句續作末句，便不相類。今從古本。"王琦先以蕭本和古本對校，發現二本在"館娃日落歌吹濛"是作上一首的末句還是作下一首的首句上有分歧，然後又據太白此詩結構、句意俱擬鮑照詩，故錄之予以他校，王説可信。

（2）對校法和理校法結合

例如，卷九《贈韋秘書子春》"谷口鄭子真，躬耕在巖石。高名動京師，天下皆籍籍。斯人竟不起，雲臥從所適。苟無濟代心，獨善亦何益。惟君家世者，偃息逢休明。談天信浩蕩，説劍紛縱橫。謝公不徒然，起

---

① 錢玄：《校勘學》，江蘇古籍出版社1988年版，第123頁。

來爲蒼生。秘書何寂寂，無乃羈豪英。且復歸碧山，安能戀金闕。舊宅樵漁地，蓬蒿已應没。卻顧女几峰，胡顏見雲月。徒爲風塵苦，一官已白髮。氣同萬里合，訪我來瓊都。披雲覩青天，捫虱話良圖。留侯將綺里，出處未云殊。終與安社稷，功成去五湖。"王注："蕭本自'徒爲風塵苦'以下五聯，另作一首。髮字作'鬢'，叶下韻也。今按此詩一氣貫注，不能斷乙，通作一首爲是，故校從古本。"這是在蕭本和古本對校的基礎上，又以前後文氣貫通爲據加以理校。

（3）對校法、他校法和理校法結合

例如，卷六《猛虎行》"旌旗繽紛兩河道"，王琦在正文中指出："繆本作'旍旍'，誤。'旍'即'旌'字也。"然後又在注文中引《孔子家語》"旌旗繽紛"指明李白用詞的來歷，確定繆本作"旍旍"爲誤。按：《玉篇·㫃部》和《廣韻·清韻》皆注："旍，同旌。"① 詩中没有兩個"旌"字連用之例。王氏雖然没有明確論證辨析過程，但在對校法之外，引用《孔子家語》他校，又據文字形義關係及行文通例理校，辨證繆本之誤，確鑿可信。

（4）對校法、本校法和他校法結合

例如，卷八《永王東巡歌十一首》其七"樓船跨海次揚州"中的"揚"，王琦在正文中指出："蕭本、胡本作'陪'，非。"他在對勘不同版本異文的情況下，又根據這一組詩俱寫永王東巡事，詩中多用江南地名，如"金陵""三吴"等，且篇題已經引用《舊唐書》指出永王於天寶十五載十二月"擅引舟師東下，甲仗五千人趨廣陵。"按《新唐書·地理志》："揚州廣陵郡，武德七年曰邗州，以邗溝爲名，九年更置揚州，天寶元年更郡名。"② 此處廣陵即指揚州，詩句若用"陪州"，則於義無取，李白集中其他篇目也未見使用"陪州"一詞。王琦利用多種材料相互參證，斷定"陪州"當爲"揚州"，是正確的。

王琦在備具衆本的前提下，採用靈活多樣的校勘方法，對流傳中造成的文字脱衍、訛誤、倒置等各種情況予以校正，在此基礎上，還指出

---

① 顧野王：《玉篇》，中華書局 1987 年版，第 80 頁；周祖謨：《廣韻校本》，中華書局 2004 年版，第 192 頁。

② 歐陽修、宋祁：《新唐書》卷四十一，中華書局 1975 年版，第 1051 頁。

太白用詞用事之誤，經王琦校勘的本子也成爲李白詩文古注本中最好的一種，在李白詩文傳播史上產生了重要作用。

第二節　校勘的特色和不足

一　校勘勤細精審
（一）校勘勤細

校勘是一項很瑣碎而又極細密的工作，梁啓超認爲非有特別嗜好者不必去做①。有嗜好，是具備好的校勘態度的前提，這樣校者纔能專心於此。在具體的校勘過程中，還要求校者細心、耐心，這樣纔有可能發現並校正訛誤。校勘成就的取得，雖然很大程度上倚賴於校者的學力，但如若沒有細心和勤於一事的態度作爲前提，恐怕也難以實現。

如前所述，王琦於三十年前遊走於古書肆搜求李集版本，至校注完成，三十餘年專注於此，足見其勤。齊召南在《輯注・序》中評價他"好學不倦，數十年專心致志，爲人所不能爲也"②，絕非虛言。王琦校勘卷六《相逢行》一詩，頗能體現他校勘的勤細。注云："《楊昇庵外集》載太白《相逢行》云：此詩予家藏樂史本最善，今本無'憐腸愁欲斷，斜日復相催，下車何輕盈，飄然似落梅'四句。他句亦不同數字，故備錄之。太白號斗酒百篇，而其詩精鍊若此，所以不可及也。琦嘗細校其文，所謂不同數字者，'雲車'作'雲中'，'疑從'作'知從'，'蹙入青綺門，當歌共銜杯'作'嬌羞初解珮，語笑共銜杯'，'不得親'作'不相親'。他本亦有同者，若'近遲回'作'乍遲回'，'願因'作'願言'，'更報'作'卻寄'，'當年失行樂'作'壯年不行樂'，'老去'作'老大'，而中間又無'春風正澹蕩'二句，則諸本皆無同者。據此，樂史原本，明中葉時尚有存者，今則斷帙殘編，無由得覿，不深可惜乎！"此類校勘雖不關學力，但如果不勤不細，也很難了解不同傳本的用字情況。前文所述王琦保存大量版本異文，也是他校勘勤細

---

①　梁啓超：《中國近三百年學術史》，東方出版社 1996 年版，第 250 頁。
②　齊召南：《〈李太白全集〉輯注・序》，李白著，王琦注《李太白全集》，中華書局 1977 年版，第 1682 頁。

的表現。

（二）校勘精審

在校勘勤細的基礎上，王琦倚賴自己深厚的學識修養，釐正了許多版本用字和內容之誤，多數已成定論，這體現了他校勘的精審。如前文所舉校"惠翼"爲"翼惠"，"北涼"爲"北京"，"蘇子卿"爲"蘇來卿"，"沙沆"爲"沙汭"，等等，現再舉一例，以見一斑。

卷一《大獵賦》"抄獬狖，攬貊貐。囚貅貙于峻崖，頓𪊌貜于穹石。……墜鸚䴋于青雲，落鴻雁于紫虛。捎鷦鶄（蕭本作'䴗'），漂鸘鷞"，王琦未依蕭本，選作"鶄"字，並於正文注釋指出，"鷦"指鷦鶄（或稱鸕鹿、鶄拵），"鶄"指黃鶄。《集評》取"䴗"字，校記云："作鶄，誤。"正文注釋中解釋"鷦鶄"爲一物，即鶄鹿①。今按：王琦取"鶄"字爲佳。賦文也講求語詞對偶，此段上下兩句對應工整，所用動物名稱較多，"獬狖"對應"貊貐"，"鸚䴋"對應"鴻雁"，各指一物；"貅貙"對應"𪊌貜"，分別指貅鼠和貙鼠、黃腰和馬猴兩種動物，據此文例，則"鷦鶄"和"鸘鷞"也應相對而出，"鸘鷞"，王注和《集評》都注明指鸘鷞和鸘鷞（或作庸渠），那麼，"鷦鶄（䴗）"也應當指兩種鳥名，若取"䴗"字，專指"鶄鹿"一物，則與文例矛盾，故王氏未從蕭本，而取"鶄"字，惜今注未取。

二　疑則備考，信則斷改的求實態度

清代古籍校勘別爲兩端，一則重在存古，雖知其誤也不在原本校改，而別作校記說明，如顧廣圻、阮元等。一則但論是非，證據充足則斷改，如段玉裁等。其後王引之折中兩派，說："吾用小學校經，有所改，有所不改。周以降，書體文七變，寫官主之。寫官誤，吾則勇改。孟蜀以降，槧工主之，槧工誤，吾則勇改。唐宋明之士，或不知聲音文字而改經，以不誤爲誤，是妄改也，吾則勇改其所改。若夫周之末、漢之初，經師無竹帛，異字博矣，吾不能擇一以定，吾不改。假借之法，由來久矣，其本字什八可求，什二不可求，必求本字以改假借字，則考文之聖之任

---

① 詹鍈主編：《李白全集校注彙釋集評》第 7 册，百花文藝出版社 1996 年版，第 3858、3862 頁。

也，吾不改。寫官槧工誤矣，吾疑之且思而得之矣；但羣書無佐證，吾懼來者之滋口也，吾又不改。"① 王琦校勘李集則開王氏之先，體現了乾嘉早期古籍校勘的風格。主要表現在以下幾個方面。

（一）疑則備考，以俟知者

校書者如果學識不夠深厚，態度不夠謹嚴，臆改古書，就會導致書籍原貌不存，甚而亡佚，故王應麟在《困學紀聞》中說："經史校讐不可以臆見定也。"② 清代學者，雖然校勘風格不同，但大都比較謹慎。王琦懷疑版本和內容有誤，如果證據不足就指出問題存疑，或通過釋義他本異文表明校改傾向，但一般不輕改原文，常以"某疑作某"或"恐誤"等字樣標出。

1. 直接指出問題存疑

例如，卷二十四《詠槿二首》篇題，王注："槿，繆本作'桂'。琦察詩辭，前首是詠槿，次首乃詠桂也。二本各有誤處，識者定之。"王琦根據詩意指明不同版本之間的差異，確定其間必有訛誤，雖未知如何定奪，卻爲我們進一步研究提供了材料。

2. 指明所改之字存疑備考

例如，卷十八《與諸公送陳郎將歸衡陽并序》"固非其宜"，王琦指出："'非'字疑當作'亦'。"按："非"字明鮑松編影宋咸淳本作"誠"字，《文苑英華》本此句作"固其宜耶"。按其文意，前文敘述聖賢於不明之時尚且低眉，而自己不及聖賢，固"遷逐枯槁"，亦其宜也。因此，原文用"非"字是錯誤的，王琦識察此誤，但因各本互異，又無佐證材料，所以僅據字形相似，懷疑當作"亦"字，而不改原文。

3. 解釋異文詞義表明校改傾向

對於有疑處，王琦不直接指出疑作或恐作某字，而是首先在正文列出他本異文，然後在注文中通過釋義該異文的方式表明校改傾向。

例如，卷九《贈徐安宜》"翳（繆本作'繄'）君樹桃李"，原文雖取"翳"字，但在注文中王琦解釋的卻是"繄"字，注云："繄，惟也，

---

① 龔自珍：《工部尚書高郵王文簡公墓表銘》，《龔自珍全集》，上海人民出版社1975年版，第148頁。

② 王應麟：《困學紀聞》，遼寧教育出版社1998年版，第144頁。

又發語聲。《左傳》：繄我獨無。"① 據此，可知王琦傾向取"繄"字。今注本，如《校注》以王注本爲底本，正文取"翳"字，《集評》以宋蜀本爲底本，取"繄"字，二本也都指出異文，沒有校定是非。

今按：此處當取"繄"字爲是，論證如下。

首先，《説文·羽部》："翳，華蓋也。"本指用羽毛做成的車蓋。如《山海經·海外西經》："（夏后啓）左手操翳。"車蓋有遮蔽作用，故"翳"可引申出遮蔽、障蔽、隱没等義。考太白全集，除去上文，用"翳"字凡九次，臚列如次：

卷一《大鵬賦》"欻翳景以横翥"，卷八《酬殷明佐見贈五雲裘歌》"手翳紫芝笑披拂"，此二例中"翳"字爲遮蔽義。

卷五《門有車馬客行》"埋翳周與秦"，卷十《遊溧陽望瓦屋山懷古贈同旅》"遺跡翳九泉"，卷二十八《崇明寺佛頂尊勝陁羅尼幢頌》"委翳苔蘚"，卷二十九《溧陽瀨水貞義女碑銘》"光靈翳然"，此四例中"翳"字都有掩埋、隱没、隱滅之義。

卷九《玉真公主别館苦雨贈衛尉張卿二首》"翳翳昏垫苦"，其中"翳翳"指光綫暗弱貌。

卷十九《答高山人兼呈權顧二侯》"開元掃氛翳"，其中"氛翳"指陰霾之氣，此處喻指惡勢力。

卷二十二《商山四皓》"冥翳不可識"，其中"冥翳"指高遠、冥遠之義。

以上"翳"字或"冥翳""翳翳""氛翳"等詞，都與"翳"的本義有關，没有作"惟"或"發語聲"之義解者。

其次，體味詩意，此詩歌頌安宜縣令徐君德政，上兩句意謂遊子滯留此地，感懷徐君恩德不忍辭去，下句"翳君樹桃李"表明"未忍辭"的原因。以徐君樹桃李，夏得休息，秋得其實，代指徐君德政，並非强調只（有）徐君樹桃李，詩中也不見和他人比較之義，因此不應當取"只"或"惟"義。

---

① 按：《漢語大字典》將"副詞。相當于'只'、'惟'"列作"翳"字的一個義項，所引最早的書證即此，且引王琦注語加以驗證。惜其所引李白詩倒用其句，又未查王琦注文解釋的是"繄"字，而非"翳"字。

再次，考太白之前的文獻，也未見"翳"表示"惟"或語助詞之義。太白同時期的文獻，如杜甫《寄韓諫議注》"玉京群帝集北斗，或騎麒麟翳鳳凰。"仇兆鰲注引明代王嗣奭《杜臆》曰："翳，語助詞。"① 王嗣奭和仇兆鰲的解釋，似乎與李詩中"翳"字用法類似，實則不然。今考此注也不妥當。陸游《謁巫山廟兩廡碑版甚衆皆言神佐禹開峽之功而詆宋玉高唐賦之妄予亦賦詩一首》"真人翳鳳駕蛟龍，一念何曾與世同"，該詩第一句與杜詩第二句"（或）騎麒麟翳鳳凰"句法、句意相類，可以相互作解，"騎、駕、翳"意義相同，指的是騎麒麟、鳳凰或蛟龍。因爲"翳"有遮蔽之義，故與"騎、駕"連用，可產生臨時語義——"騎乘"。今人韓城武等注釋："翳，遮蔽。此有'乘'義。"② 可見，"翳"在當時並無語助詞用法。那麼，李詩用"翳"字恐誤。

最後，從王琦的解釋及引文來看，他傾向取"繄"字，雖然釋義稍嫌模糊，但其後的引文《左傳》"繄我獨無"中的"繄"即發語聲之義，也間接表明了王琦的意向。該義在李白詩中也有用例，如卷二十四《萬憤詞投魏郎中》"自古豪烈，胡爲此繄？"《集評》所據底本即較早的静嘉堂文庫影宋蜀本也作"繄"字，亦可爲之一證。此類校勘方法，在《輯注》中比較常見，可爲今天校勘李集提供一些綫索和幫助。

(二) 信則斷改

如果證據充分確鑿，王琦一般在注文中列出材料加以辨析，常以"某作某恐誤""某當作某"或"某本作某誤"等來表述，他在校勘文字的同時，保存了其他版本異文，既排除了理解障礙，也保存了古籍原貌。

1. 羅列證據而斷改

如證據充分，王琦或改動原文，或在校記中指出底本或參校本之誤，一般比較可信。上文所舉改"北涼"作"北京"，改"蘇子卿"作"蘇來卿"，改"繭子跳劍"作"蘭子跳劍"，改"惠翼"作"翼惠"，等等，皆有據可考，確實可信。

又如，卷二十九《比干碑》"周武下車而封其墓，魏武南遷而創其祠。"王琦在正文中指出："武"字，"《文粹》作'氏'。琦按：當作

---

① 杜甫著，仇兆鰲：《杜詩詳注》，中華書局1979年版，第1509頁。
② 韓成武、張志民：《杜甫詩全譯》，河北人民出版社1997年版，第834頁。

'文'。"其後又進一步證明，注云："《河南通志》：殷太師廟，在衛輝府城北十五里，祀殷太師比干，魏文帝建。唐貞觀中修葺。《北史》：魏孝文遷洛，路由朝歌，見殷比干墓，愴然悼懷，爲文以弔之。據二書所云，乃魏文帝也。文言'魏武'，恐誤。"按：王琦根據地志和史書對同一件事的記載，斷定作"武"、作"氏"皆誤。

2. 不列證據，亦非臆改

對一些語意比較簡單，容易判定正訛的異文，王琦則直接指出訛誤，不再羅列證據。今考其所改，亦多確解，故知王氏校改必定經過深思熟慮。如上文所舉改"猛虎失道"作"猛虎夾道"，又如卷二十《陪從祖濟南太守泛鵲山湖三首》其二改"湖闊數千里"作"湖闊數十里"。

又如，卷十九附崔宗之《贈李十二》"耿耿意不暢，梢梢（音筲。一作'悄悄'，繆本作'捎捎'，俱誤）風葉聲。"

按：王氏僅指出"梢梢"的異文及其所取，沒有說明證據。從詩意看，無論此處取何字，都是形容風吹動樹葉之聲。今按詩文用例，鮑照《野鵝賦》"風梢梢而過樹，月蒼蒼而照臺。"唐常建《空靈山應田叟》"曳策背落日，江風鳴梢梢。"宋劉敞《庶幾堂》"滴滴階雨鳴，梢梢竹過風。"元魏初《竹》"風來瑟瑟驚秋寂，雨過梢梢弄晚涼。"明高啓《詠梅次衍師韻》"愁亂雪來朝片片，夢驚風過夜梢梢。"這些詩句都用"梢梢"來模擬風雨動物之聲，沒有用"捎捎"或"悄悄""稍稍"之例。今考《辭源》《辭海》《漢語大詞典》等大型漢語辭書，也只有"梢梢"釋義爲風聲。

又按：《集評》取"捎捎"，"校記"云："捎捎（一作悄悄），咸本作悄悄。蕭本、玉本、王本俱作梢梢。郭本作稍稍。王本注云：'一作悄悄，繆本作捎捎，俱誤。'按捎捎是。"並進一步解釋"捎捎"之義，"捎捎，風聲。《全宋文》卷四六鮑照《野鵝賦》：'風捎捎而過樹，月蒼蒼而照臺。'"今按《集評》所據《全宋文》大概指清嚴可均校輯的《全上古秦漢三國魏晉南北朝文》，考中華書局1958年版所錄鮑照《野鵝賦》作"梢梢"，沒有異文"捎捎"，不知《集評》所據是何版本。又四庫著錄《鮑明遠集》（卷二）、《文選補遺》（卷三十三）、《古賦辨體》（卷六）、《漢魏六朝百三家集》（卷六十八）、《御定歷代彙賦》（一百三十三）等都作"梢梢"，《佩文韻府》卷十八之二"梢梢"條下也引鮑照

《野鵝賦》，都沒有異文。今據詩意及詞語在古詩中的用例、辭書所載，可以斷定，取"梢梢"更有說服力。《集評》棄王氏之説而取"捎捎"，有失妥當。

（三）慎擇去取

王琦校勘疑則備考，信則斷改的求實態度，還表現在他對待前人舊説，能夠善則從之，誤則辨之，不能擇定則列出異説。

1. 善則從之

李詩異文有經前人校勘者，其説可信，王琦則引之爲用。

例如，卷七《東山吟》"白雞夢後三（一作'五'）百歲"，王琦先引《晉書》解釋謝安夢白雞事，後引楊齊賢之説校正"五"當作"三"，注云："楊齊賢曰：自安至太白時，三百餘歲耳，一本作'五百'，非是。"

又如，卷二十四《擬古十二首》其五"塊然涸轍鮒"，王注："鮒，古本作'魚'，蕭氏以'魚'字重上一韻，當作'鮒'，音蒲無疑，今從之。"所謂上一韻是指"酌醴饋神魚"一句的"魚"字，一詩之中前後兩句同用一字爲韻不妥，故王琦從蕭氏之説。

2. 誤則辨之

前人所校失當者，若有充分證據，王琦往往加以辯駁。

例如，卷六《秋思》"燕支黃葉落，妾望白（蕭本作'自'）登臺。"胡震亨也取"自"字。王注："《史記正義》：《括地志》云：朔州定襄縣，本漢平城縣。縣東北三十里有白登山，山上有臺，名曰白登臺。《漢書·匈奴傳》曰'冒頓圍高帝於白登七日'即此。服虔曰：白登，臺名，去平城七里。如淳曰：平城旁之高地，若丘陵也。李穆叔《趙記》云：平城東七里有土山，高百餘尺，方十餘里，亦謂此也。《水經注》：今平城東十七里有臺，即白登臺也。臺南對岡阜，即白登山也。故《漢書》稱'上遂至平城，上白登'者也，爲匈奴圍處。《太平寰宇記》：白登臺在雲州雲中縣東北三十里。《山西通志》：白登山，在大同府大同縣東一百四十里，上有白登臺，即冒頓圍漢高帝處。梁元帝《横吹曲》云'朝跋青陂道，暮上白登臺'，謂此。胡注以'自登臺'爲是，而訾'白登臺'爲誤，恐未是。"今按：《秋思》上句以"燕支"入詩，"燕支"和"白登"皆與胡人有關，前後屬辭，一脈相連，從詩意看"妾

"望"一語之後也應爲所望之物,因此,"白登臺"爲妥。王琦引《史記正義》《太平寰宇記》《山西通志》等文獻,解釋"白登臺"確有其地,並與燕支相屬。又以《橫吹曲》"暮上白登臺"指明前代用例,證據比較充分。

又如,卷八《臨路歌》"大鵬飛兮振八裔,中天摧兮力不濟。餘風激兮萬世,遊扶桑兮挂石袂。後人得之傳此,仲尼亡兮誰爲出涕。"胡震亨認爲當作《臨河歌》。王琦於題解處注云:"按李華墓誌謂太白賦《臨終歌》而卒,恐此詩即是。路字蓋終字之譌。胡震亨以爲擬琴操之《臨河歌》,非是。"又於詩尾注:"琦按:詩意謂西狩獲麟,孔子見之而出涕。今大鵬摧於中天,時無孔子,遂無有人爲出涕者,喻己之不遇於時,而無人爲之隱惜。太白嘗作《大鵬賦》,實以自喻,茲於臨終作歌,復借大鵬以寓言耳。"今按:《臨河歌》辭曰:"狄水衍兮風揚波,舟楫顛倒更相加。歸來歸來胡爲斯?"該辭與李詩比較,除首句句法相當以外,其他各句無論在語意、典實,還是詩的句法、篇章結構上都不吻合,可知胡氏之說缺乏充足的證據。王琦根據李白集的特點,以《大鵬賦》開篇,以大鵬鳥自喻,而此詩也以此爲喻而自嘆無人隱惜,終始一脈,李華墓誌又載有太白賦《臨終歌》而卒之事。王氏據此校正《臨路歌》當作《臨終歌》,駁正胡注,爲李詩今注、《唐詩鑒賞辭典》[①]等所取。

3. 疑則存錄異說

對前人校改之文不能作出判定的,王琦則存錄異說。

例如,卷二十二《越中覽古》"越王勾踐破吳歸,義士還家盡錦衣。"王注:"義士,吳舒鳧以爲'戰士'傳寫之訛,謂越人安得稱'義士'云云,未知是否。"原文作"義士"還是"戰士",王琦不能定奪,故存錄異說。今按:《史記》記載勾踐破吳之後,橫行江淮,諸侯號稱霸王[②],由此可以想見當時追隨勾踐立功之人的盛況。《國語》也載有此事,韋昭注:"私卒、君子,王所親近有志行者,猶吳所謂賢良,齊所謂士也。"[③]

---

① 蕭滌非等編:《唐詩鑒賞辭典》,上海辭書出版社1985年版,第278頁。
② 司馬遷:《史記》卷四十一,中華書局1982年版,第1746頁。
③ 韋昭注:《國語·吳語》卷十九,上海商務印書館1958年版,第227頁。

"義士"即指俠義之士,稱"義士"指越之君子,如范蠡等未爲不可。《校注》云:"題云《越中覽古》,所謂春殿,指越王之殿,義士即《史記·越王勾踐世家》所稱之君子六千人,無足異也。"① 王琦執於儒家立場的是非觀念,未能作出恰當判斷,是其失誤之處。但是他採羅異說,不輕改原文,堅持審慎和有疑必闕的態度,還是值得肯定的。

三 校勘的不足

王琦校注《李太白全集》耗費半生之力,不只注釋切中肯綮,在校勘方面也多的論。但是不可否認,王琦在校勘方面還存在一些不足之處。例如,集中多次提到"古本",究竟是哪種古本卻沒有說明。胡振龍在《李白詩古注本研究》中曾對王琦所稱古本的內容詳加考察,認爲是宋蜀本②。此外,王琦在校勘上的不足,還表現在以下幾個方面。

第一,誤校。詩歌語言形象蘊藉,一個重要的因素就是運用典故。若校勘涉及典故,校者不甚明察,僅據詩意校改,就容易導致失誤。

例如,卷十八《登黃山送族弟溧陽尉濟充》"君王減玉膳,早起思鳴雞。"王琦認爲"鳴雞"是"民飢"之訛。按:觀此詩意,當作於旱災之年,詩人送族弟充任泛舟之役。以使"漕引救關輔,疲人免塗泥。"君王亦減膳而思國事,全詩重在描寫旱災所造成的民人疲敝、食不裹腹的情景,因此,王琦僅據音近將"鳴雞"改作"民飢",這樣一改,詩意固然明透,但詩歌語言的形象性卻大大降低了。《集評》注云:"《繫年》:'鳴雞'二字指鳴雞起舞而言,以喻君王對國事之關切,並非訛舛。"③《晉書·祖逖傳》:"(祖逖)與司空劉琨俱爲司州主簿,情好綢繆,共被同寢。中夜聞荒雞鳴,蹴琨覺曰:'此非惡聲也。'因起舞。"④ 李白詩句中"鳴雞"蓋本此"雞鳴"而言。況且"鳴雞"一語在李白集的流傳版本中,並無其他異文,若僅就詩意而改作"民飢",則有失妥當。

---

① 李白著,瞿蜕園、朱金城校注:《李白集校注》,上海古籍出版社1998年版,第1292頁。
② 胡振龍:《李白詩古注本研究》,陝西人民出版社2006年版,第205頁。
③ 詹鍈主編:《李白全集校注彙釋集評》第5冊,百花文藝出版社1996年版,第2599頁。
④ 房玄齡等:《晉書》卷六十二,中華書局1974年版,第1694頁。

第二，當校而未校。有的版本異文，據文意能夠校訂是非，卻爲王琦忽略。例如，卷十九《酬張卿夜宿南陵見贈》"寶刀隱玉匣，繡（繆本作'鏽'）澀空莓苔。"按："繡"字多指與絲織品、刺繡等相關的意義，"鏽"字則指金屬由於長期不用而在表面形成的紅黃色或綠色的氧化物。李白詩句意謂寶刀世所稀有，卻長期隱於玉匣，不被使用，而生滿莓苔，此正與上兩句"與君各未遇，長策委蒿萊"相應，詩人實以寶劍喻張卿與自己。類似的內容和句法也出現在其他詩篇，如卷四《獨漉篇》"雄劍挂壁，時時龍鳴。不斷犀象，鏽澀苔生。"從版本異文、文意及李白詩歌用語習慣，可以斷定"繡"當作"鏽"，惜王琦未察此誤。

第三，不列證據校改，令讀者生疑。對於訛誤比較明顯的，王琦一般不列證據，直接在正文中指出"某當作某"或"某本作某，誤"，據考多數可信。但是，有時兩說皆通，王琦卻不列證據而選擇其中之一，就會讓讀者心生疑竇。例如，卷二十五《嵩山採菖蒲者》"神人多古貌，雙耳下垂肩。"按："人"字蕭本作"仙"，無論取"仙"字還是取"人"字，意義都沒有多大差別，二字皆爲平聲，也不影響格律。因此，王琦單純根據繆本改作"人"字，證據就顯不足了。

第四，校勘原則和體例不一。王氏校勘，底本有誤，證據確鑿，又有異文參照，一般直接改正原文，並於注中說明底本作某字；若無異文參照，一般不在原文逕改，而於注中指明當作某。但是，有時王琦根據他本校正，卻不出底本原作某，也不說明所據改正的本子。例如，卷十七《送范山人歸太山》"魯客抱白鶴（一作'雞'），別余往太山。初行若片雪（一作'雲'），杳在青崖間。高高至天門，日觀（一作'海日'）近可攀。雲生（蕭本作'山'）望不及，此去何時還。"若按照通例，讀者可以確定：王琦的"鶴、雪、日觀"皆取蕭本，據此也可以推斷"雲生"蕭本作"雲山"。可事實並非如此。"雪"字，蕭本原作"雲（一作雪）"，與王氏校本正好相反。按《集評》"校記"："咸本無一作雲注。蕭本、玉本、郭本、全唐詩本雪作雲，注云：一作雪。朱本片雪作浮雲。"① 宋蜀本、繆本皆同王本，繆本是王琦校勘的主要參校本，王氏所校蓋源於此本。這一校勘內容，王琦既未遵從底本，又沒

---

① 詹鍈主編：《李白全集校注彙釋集評》第5冊，百花文藝出版社1996年版，第2481頁。

有指出底本原文和參校本，加之一詩之中，前後校勘原則和體例不一，很容易讓讀者產生誤解。

體例不一之弊，在今注本校勘中也很常見。例如，《集評》校勘，遇底本有誤，錯誤明顯，或有確鑿證據者，輒改底本，並於校記中注明"宋本（即底本）作某"或"今據某本改"。例如《雉朝飛》"麥隴青青三月時"，校記："麥，宋本原作來，誤。咸本、蕭本、玉本、郭本以下俱作麥。今據改。"又《夷則格上白鳩拂舞辭》"鳴陽春"，校記："鳴，宋本原作爲，咸本、蕭本、玉本、郭本、《李詩選》、全唐詩本、王本俱作鳴。繆本改作鳴。今照改。"而同是《雉朝飛》"枯楊枯楊爾生荑"，校記："荑，蕭本、玉本、郭本、劉本、嚴評本、全唐詩本、王本俱作稊。按稊字是，當據改。"又於注文指出"荑，當作稊"，同時釋義並列出文獻證據，但是，《集評》卻沒有同上例一樣直接改動原文。又如，同是《夷則格上白鳩拂舞辭》"白鷺亦白非純真"，校記："亦白，蕭本、玉本、郭本、《李詩選》、全唐詩本、王本俱作之白。之字是，當據改。"前有"白鳩之白"亦同一句式，可見"之"字爲善，原文也未改字。同一篇目中，前後出現兩種情況，可見其體例也不能始終如一。這是校注中亟待解決的問題。

梁啓超在《清代學術概論》中評價清代校勘學的價值時說："清儒之有功於史學者，更一端焉，則校勘也。古書傳習愈希者，其傳抄踵刻，訛謬愈甚，馴至不可讀，而其書以廢。清儒則博徵善本以校讎之，校勘遂成一專門學。"① 梁氏雖然僅僅論述了校勘對史學的價值，實際卻是整個清代校勘成就的寫照。清代古籍注釋之所以能夠超越前代，很大程度上也倚賴於清儒校勘的細密精審。梁氏又說："校勘之學，爲清儒所特擅，其得力處真能發蒙振落。他們注釋工夫所以能加精密者，大半因爲先求基礎於校勘。"② 王琦注釋太白詩文取得的成就，也得力於此。不過，實事求是地說，與清代以校勘名家的盧文弨、顧廣圻、黃丕烈、段玉裁、王念孫父子等相比，王琦自然算不得一流的大家，他也不專以校勘稱著。他對李白集的校勘，誠如梁氏所言，只是在注釋之前的一種"連帶"工

---

① 梁啓超：《清代學術概論》，上海古籍出版社1998年版，第59頁。
② 梁啓超：《中國近三百年學術史》，東方出版社1996年版，第250頁。

作，但是，在清代考證學嚴謹求實的學術背景下，王琦能夠恰當運用科學的校勘方法，校正李集文字、內容的訛舛，在保存李集古本之真、內容之確的工作上，付出了極大的努力，也取得了較高的成就。

參考文獻

論著

[1] 李白著，楊齊賢注，蕭士贇補注：《分類補注李太白詩》，四部叢刊本。

[2] 胡震亨：《李詩通》，北京大學圖書館藏清甲戌年刻本。

[3] 李白著，王琦注：《李太白全集》，中華書局1977年版。

[4] 李白著，瞿蛻園、朱金城校注：《李白集校注》，上海古籍出版社1998年版。

[5] 安旗主編：《李白全集編年注釋（新版）》，巴蜀書社2000年版。

[6] 詹鍈主編：《李白全集校注彙釋集評》，百花文藝出版社1996年版。

[7] 馬里千選注：《李白詩選》，生活·讀書·新知三聯書店1982年版。

[8] 郁賢皓選注：《李白選集》，上海古籍出版社1990年版。

[9] 洪興祖：《楚辭補注》，中華書局1983年版。

[10] 聞一多：《楚辭校補》，巴蜀書社2002年版。

[11] 蕭統編，李善注：《文選》，上海古籍出版社1986年版。

[12] 杜甫著，錢謙益箋注：《錢注杜詩》，上海古籍出版社1979年版。

[13] 金聖嘆：《杜詩解》，上海古籍出版社1984年版。

[14] 杜甫著，仇兆鰲注：《杜詩詳注》，中華書局1979年版。

[15] 杜甫著，楊倫箋注：《杜詩鏡銓》，上海古籍出版社1980年版。

[16] 浦起龍：《讀杜心解》，中華書局1978年版。

[17] 韓城武、張志民：《杜甫詩全譯》，河北人民出版社1997年版。

[18] 李賀著，王琦等評注：《三家評注李長吉歌詩》，上海古籍出版社1998年版。

［19］王維著，趙殿成箋注：《王右丞集箋注》，上海古籍出版社1998年版。

［20］朱鶴齡：《李義山詩集箋注》，清乾隆十五年懷德堂刊本。

［21］李商隱著，馮浩箋注：《玉谿生詩集箋注》，上海古籍出版社1979年版。

［22］杜牧著，馮集梧注：《樊川詩集注》，上海古籍出版社1978年版。

［23］黃庭堅撰，任淵、史容、史季溫注：《黃庭堅詩集注》，中華書局2003年版。

［24］王文誥：《蘇文忠公詩編注集成總案》，巴蜀書社1985年版。

［25］俞平伯編著：《唐宋詞選釋》，人民文學出版社1979年版。

［26］錢鍾書：《宋詩選注》，生活・讀書・新知三聯書店2002年版。

［27］楊億等著，王仲犖注：《西崑酬唱集注》，上海書店出版社2001年版。

［28］彭定球等編：《全唐詩》，中華書局1960年版。

［29］詹鍈：《李白詩論叢》，作家出版社1957年版。

［30］胡振龍：《李白詩古注本研究》，陝西人民出版社2006年版。

［31］金開誠、葛兆光：《古詩文要籍敍錄》，中華書局2005年版。

［32］費振剛等：《中國古代文學要籍導讀》，北京大學出版社2003年版。

［33］陳寅恪：《柳如是別傳》，上海古籍出版社1980年版。

［34］周采泉：《杜集書錄》，上海古籍出版社1986年版。

［35］劉勰撰、范文瀾注：《文心雕龍注》，人民文學出版社1978年版。

［36］胡仔：《苕溪漁隱叢話》，人民文學出版社1962年版。

［37］魏慶之：《詩人玉屑》，上海古籍出版社1978年版。

［38］嚴羽撰，郭紹虞校釋：《滄浪詩話》，人民文學出版社1961年版。

［39］丁福保輯：《歷代詩話續編》，中華書局1983年版。

［40］胡震亨：《唐音癸籤》，上海古籍出版社1981年版。

［41］錢鍾書：《管錐編》，中華書局1979年版。

［42］錢鍾書：《談藝錄》，中華書局1998年版。

［43］韋昭注：《國語》，商務印書館1958年版。

［44］司馬遷：《史記》，中華書局1982年版。

［45］班固撰，顏師古注：《漢書》，中華書局1962年版。

［46］陳壽撰，裴松之注：《三國志》，中華書局1975年版。
［47］范曄撰，李賢注：《後漢書》，中華書局1965年版。
［48］房玄齡等：《晉書》，中華書局1974年版。
［49］劉昫等：《舊唐書》，中華書局1975年版。
［50］歐陽修、宋祁：《新唐書》，中華書局1975年版。
［51］趙爾巽等：《清史稿》，中華書局1977年版。
［52］王鍾翰校點：《清史列傳》，中華書局1987年版。
［53］酈道元撰，王先謙校：《水經注》，巴蜀書社1985年版。
［54］歐陽忞：《輿地廣記》，四川大學出版社2003年版。
［55］李賢等：《大明一統志》，三秦出版社1990年版。
［56］和珅等：《大清一統志》，清光緒二十七年上海寶善齋刻本。
［57］《諸子集成》，上海書店1986年版。
［58］劉義慶撰，劉孝標注：《世說新語》，上海古籍出版社1982年版。
［59］許慎撰，段玉裁注：《説文解字注》，上海古籍出版社1988年版。
［60］王念孫：《廣雅疏證》，中華書局2004年版。
［61］顧野王：《玉篇》，中華書局1987年版。
［62］陸德明：《經典釋文》，上海古籍出版社1985年版。
［63］周祖謨：《廣韻校本》，中華書局2004年版。
［64］司馬光：《類篇》，中華書局1984年版。
［65］羅願：《爾雅翼》，明萬曆二十三年木刻本。
［66］黃公紹、熊忠：《古今韻會舉要》，中華書局2000年版。
［67］方以智：《通雅》，清康熙丙午年浮山此藏軒藏板木刻本。
［68］張玉書、陳廷敬編：《康熙字典》，中華書局1989年版。
［69］徐中舒主编：《漢語大字典》，湖北、四川辭書出版社1995年版。
［70］罗竹风主编：《漢語大詞典》，漢語大詞典出版社1997年版。
［71］張相：《詩詞曲語辭滙釋》，中華書局1955年版。
［72］王锳：《詩詞曲語辭例釋》，中華書局2005年版。
［73］魏耕原：《全唐詩語詞通釋》，中國社會科學出版社2001年版。
［74］魏耕原：《唐宋詩詞語詞考釋》，商務印書館2006年版。
［75］蕭滌非等：《唐詩鑒賞辭典》，上海辭書出版社1985年版。
［76］王洪主编：《唐詩百科大辭典》，光明日報出版社1990年版。

［77］顧國瑞、陸尊梧主編：《唐代詩詞語詞典故詞典》，社會科學文獻出版社1992年版。

［78］徐成志、高興等編：《事物異名別稱詞典》，齊魯書社1990年版。

［79］王引之：《經義述聞》，江蘇古籍出版社2000年版。

［80］胡樸安：《中國訓詁學史》，中國書店1983年版。

［81］黃侃：《文字聲韻訓詁筆記》，上海古籍出版社1983年版。

［82］齊佩瑢：《訓詁學概論》，中華書局1984年版。

［83］陸宗達：《訓詁簡論》，北京出版社2002年版。

［84］陸宗達、王寧：《訓詁與訓詁學》，山西教育出版社1994年版。

［85］洪誠：《訓詁學》，江蘇古籍出版社1984年版。

［86］周大璞：《訓詁學要略》，湖北人民出版社1984年版。

［87］周大璞：《訓詁學初稿》，武漢大學出版社1987年版。

［88］張永言：《訓詁學簡論》，華中工學院出版社1985年版。

［89］郭在貽：《訓詁叢稿》，上海古籍出版社1985年版。

［90］郭在貽：《訓詁學》，中華書局2005年版。

［91］趙振鐸：《訓詁學綱要》，巴蜀書社2003年版。

［92］王寧：《訓詁學原理》，中國國際廣播電視出版社1996年版。

［93］陳紱：《訓詁學基礎》，北京師範大學出版社1990年版。

［94］馮浩菲：《中國訓詁學》，山東大學出版社1995年版。

［95］郭芹納：《訓詁學》，高等教育出版社2005年版。

［96］毛遠明：《訓詁學新編》，巴蜀書社2002年版。

［97］滕志賢：《〈詩經〉與訓詁散論》，上海人民出版社2008年版。

［98］蔣紹愚：《唐詩語言研究》，中州古籍出版社1990年版。

［99］王寧、林銀生等編：《古代漢語通論》，北京師範大學出版社2001年版。

［100］王力：《中國語言學史》，山西人民出版社1981年版。

［101］何九盈：《中國古代語言學史》，廣東教育出版社2000年版。

［102］高更生：《漢字研究》，山東教育出版社2000年版。

［103］揚之水：《詩經名物新證》，北京古籍出版社2000年版。

［104］陳垣：《校勘學釋例》，中華書局2004年版。

［105］錢玄：《校勘學》，江蘇古籍出版社1988年版。

［106］張舜徽：《張舜徽集・廣校讎略》，華中師範大學出版社 2004 年版。

［107］張舜徽：《中國文獻學》，中州書畫社 1982 年版。

［108］白兆麟：《校勘訓詁論叢》，安徽大學出版社 2001 年版。

［109］皮錫瑞：《經學歷史》，中華書局 1981 年版。

［110］梁啓超：《中國近三百年學術史》，東方出版社 1996 年版。

［111］梁啓超：《清代學術概論》，上海古籍出版社 1998 年版。

［112］劉師培：《近儒學術統系論》，劉夢溪主編《中國現代學術經典・黃侃劉師培卷》，河北教育出版社 1996 年版。

［113］漆永祥：《乾嘉考據學研究》，中國社會科學出版社 1998 年版。

［114］胡樸安：《胡樸安學術論著》，浙江人民出版社 1998 年版。

［115］楊樹達：《積微居小學述林》，中國科學院 1954 年版。

［116］陳寅恪：《金明館叢稿初編》，上海古籍出版社 1980 年版。

［117］陳寅恪：《金明館叢稿二編》，上海古籍出版社 1980 年版。

［118］張中行：《文言津逮》，北京出版社 2002 年版。

［119］蔣禮鴻：《蔣禮鴻集》第四、五卷，浙江教育出版社 2001 年版。

［120］葛兆光：《漢字的魔方》，遼寧教育出版社 1999 年版。

［121］孫琴安：《中國評點文學史》，上海社會科學院出版社 1999 年版。

［122］靳極蒼編：《古籍注釋改革研究文集》，山西人民出版社 1989 年版。

［123］靳極蒼：《注釋學芻議》，山西人民出版社 2000 年版。

［124］汪耀楠：《注釋學綱要》，語文出版社 1991 年版。

［125］董洪利：《古籍的闡釋》，遼寧教育出版社 1995 年版。

［126］周光慶：《中國古典解釋學導論》，中華書局 2002 年版。

［127］李清良：《中國闡釋學》，湖南師範大學出版社 2001 年版。

［128］周裕鍇：《中國古代闡釋學研究》，上海人民出版社 2003 年版。

［129］杜敏：《趙岐、朱熹〈孟子〉注釋傳意研究》，中國社會科學出版社 2004 年版。

［130］［意］艾柯等著，柯里尼編，王宇根譯：《詮釋與過度詮釋》，生活・讀書・新知三聯書店 1997 年版。

［131］［德］伽達默爾著，嚴平編選，鄧安慶等譯：《伽達默爾集》，上

海遠東出版社 2003 年版。

[132]［德］伽達默爾著，洪漢鼎譯：《真理與方法》，上海藝文出版社 2004 年版。

[133] 洪漢鼎編：《理解與解釋——詮釋學經典文選》，東方出版社 2001 年版。

[134]［德］漢斯·羅伯特·耀斯著，顧建光、顧静宇、張樂天譯：《審美經驗與文學解釋學》，上海譯文出版社 1997 年版。

[135] 顏之推撰，王利器集解：《顏氏家訓集解》，上海古籍出版社 1980 年版。

[136] 蘇軾：《東坡志林　仇池筆記》，華東師範大學出版社 1983 年版。

[137] 陸游：《陸游集·渭南文集》，中華書局 1976 年版。

[138] 王應麟：《困學紀聞》，遼寧教育出版社 1998 年版。

[139] 顧炎武撰，黃汝成集釋：《日知錄集釋》，上海古籍出版社 1985 年版。

[140] 朱鶴齡：《愚庵小集》，上海古籍出版社 1979 年版。

[141] 盧文弨：《抱經堂文集》，中華書局 1990 年版。

[142] 戴震：《戴震文集》，中華書局 2006 年版。

[143] 錢大昕：《潛研堂集》，上海古籍出版社 1989 年版。

[144] 段玉裁：《經韻樓集》，清光緒十年秋樹根齋刻本。

[145] 王國維：《觀堂集林》，河北教育出版社 2001 年版。

論文類

[146] 朱金城：《略論清人王琦的〈李太白集輯注〉》，周勛初主編《李白研究》，湖北教育出版社 2003 年版。

[147] 胡振龍：《略論王琦〈李太白全集〉的校勘》，《古籍整理研究學刊》2005 年第 3 期。

[148] 程國賦、蔣曉光：《清代王琦生平考證》，《文學遺產》2008 年第 5 期。

[149] 張鑫：《王琦〈李太白集輯注〉及其与清代前期詩學風氣的關係》，碩士學位論文，內蒙古大學，2009 年。

[150] 蔣曉光：《清代王琦詩學思想述略》，《合肥工業大學學報》2011

年第 4 期。

[151] 宋紅霞：《清代學者王琦的生平經歷及注釋學成就》，《聊城大學學報》2013 年第 2 期。

[152] 孫易君：《清人王琦家世及生平新考》，《文獻》2014 年第 2 期。

[153] 孫易君：《清代博學理念中的李白詩文注釋——論王琦〈李太白全集〉的注本風格》，《河北師範大學學報》2014 年第 4 期。

[154] 申風：《李集書錄》，《李白學刊》編輯部編《李白學刊》第一輯，上海三聯書店 1989 年版。

[155] [日] 芳村弘道撰，詹福瑞譯：《元版〈分類補注李太白詩〉與蕭士贇》，《河北大學學報》1993 年第 2 期。

[156] 謝思煒：《李白初入長安的若干作品考索》，《西北大學學報》1983 年第 3 期。

[157] 陳建平：《李白詩〈酬王補闕惠翼莊廟宋丞泚贈別〉繫年》，朱宗堯主編《李白在安陸》，華中師範大學出版社 1986 年版。

[158] 郭全芝：《戴震的〈屈原賦注〉》，《江淮論壇》2001 年第 3 期。

[159] 徐道彬：《戴震〈屈原賦注〉小學成就述論》，《湖南大學學報》2006 年第 2 期。

[160] 王寧、李國英：《李善的〈昭明文選注〉與徵引的訓詁體式》，俞紹初、許逸民主編《中外學者文選學論集》，中華書局 1998 年版。

[161] 孫欽善：《論〈文選〉李善注和五臣注》，俞紹初、許逸民主編《中外學者文選學論集》，中華書局 1998 年版。

[162] 卞仁海：《李善的徵引式注釋》，《信陽師範學院學報》2005 年第 3 期。

[163] 雷履平：《趙次公的杜詩注》，《四川師院學報》1982 年第 1 期。

[164] 廖仲安：《杜詩學（下）——杜詩學發展的幾個時期》，《首都師範大學學報》1994 年第 6 期。

[165] 蔣寅：《〈杜詩詳注〉與古典詩歌注釋學之得失》，《杜甫研究學刊》1995 年第 2 期。

[166] 胡可先：《杜詩學論綱》，《杜甫研究學刊》1995 年第 4 期。

[167] 陳若愚：《仇兆鰲〈杜詩詳注〉音釋評議》，《西南民族學院學報》

1998 年第 19 卷。

［168］郝潤華：《論清代詩歌解釋學的成就和歧誤》，《寧波大學學報》2000 年第 1 期。

［169］郝潤華：《論〈錢注杜詩〉對清代詩歌詮釋學的影響》，《西北成人教育學報》2000 年第 2 期。

［170］郝潤華：《朱鶴齡〈輯注杜工部集〉略論》，《杜甫研究學刊》2001 年第 4 期。

［171］李凱：《清人注杜的詮釋學觀念》，《杜甫研究學刊》2002 年第 3 期。

［172］吳淑玲：《建國以來仇兆鰲和〈杜詩詳注〉研究述評》，《杜甫研究學刊》2007 年第 1 期。

［173］王友勝：《馮浩〈玉谿生詩箋注〉的研究方法與學術創獲》，《湘潭大學社會科學學報》2003 年第 2 期。

［174］蔡子葵：《馮浩〈玉谿生詩箋注〉研究》，《古籍整理研究學刊》2006 年第 1 期。

［175］李一飛：《清代幾種唐集箋注本略評》，《湖南科技大學學報》2006 年第 2 期。

［176］張三夕：《宋詩宋注管窺》，古籍整理與研究編輯部編《古籍整理與研究》第四期，中華書局 1989 年版。

［177］周煥卿：《試論李壁對詩歌箋釋學的貢獻》，《南京師大學報》2004 年第 5 期。

［178］王友勝：《馮應榴〈蘇詩合注〉平議》，《武陵學刊》1998 年第 5 期。

［179］王友勝：《論清人注釋、評點蘇詩的特徵與原因》，《樂山師範學院學報》2003 年第 3 期。

［180］李開：《王夫之的注釋學思想初探》，《船山學報》1988 年第 2 期。

［181］黎蘭：《札記體在〈宋詩選注〉中的運用》，陸文虎編《錢鍾書研究採輯》第二輯，生活・讀書・新知三聯書店 1996 年版。

［182］劉永翔：《讀〈宋詩選注〉》，馮之祥編《錢鍾書研究集刊》第二輯，上海三聯書店 2000 年版。

［183］呂明濤、宋鳳娣：《錢鍾書〈宋詩選注〉注釋體例探悉》，《西北

師大學報》2001 年第 3 期。

［184］王力：《訓詁學上的一些問題》，《龍蟲並雕齋文集》，中華書局 1980 年版。

［185］殷孟倫：《訓詁學的回顧與前瞻》，《文史哲》1982 年第 3 期。

［186］張世祿：《訓詁學與文法學》，《張世祿語言學論文集》，學林出版社 1984 年版。

［187］李國英：《異體字的定義與類型》，張書言主編《異體字研究》，商務印書館 2004 年版。

［188］張永言：《古典詩歌"語辭"研究的幾個問題——評張相著〈詩詞曲語詞滙釋〉》，《中國語文》1960 年第 4 期。

［189］王鍈：《唐詩中的動詞重疊》，《中國語文》1996 年第 3 期。

［190］多洛肯：《唐代詩歌語言研究芻論》，《新疆大學學報》2005 年第 6 期。

［191］袁行霈：《中國古典詩歌的多義性》，《北京大學學報》1983 年第 2 期。

［192］蔣禮鴻：《校勘略說》，《安徽師範大學學報》1979 年第 4 期。

［193］周祖謨：《古籍校勘述例》，《中國語文》1980 年第 2 期。

［194］周祖謨：《重印〈雅學考〉跋》，《周祖謨語言學論文集》，商務印書館 2001 年版。

［195］朱星：《注釋學芻議》，《河北師範學院學報》1979 年第 1 期。

［196］木舌：《古籍注釋研討》，《古籍整理研究學刊》1987 年第 2 期。

［197］韓格平：《訓詁學能否演進爲中國古籍注釋學》，《古籍整理研究學刊》1989 年第 5 期。

［198］黃亞平：《古籍注釋類型芻議》，《西北師大學報》1999 年第 3 期。

［199］孫玄常：《古籍注釋漫談》，《運城高等專科學校學報》2000 年第 1 期。

［200］許嘉璐：《注釋學芻議》，許嘉璐《語言文字學論文集》，商務印書館 2005 年版。

［201］王寧：《談詩詞的注釋》，《中學語文教學》1990 年第 1 期。

［202］王寧：《論言語意義與傳意效果——從古詩鑒賞看傳意的主客觀統一性》，《南陽師範學院學報》2003 年第 1 期。

[203] 周裕鍇：《中國古典詩歌的文本類型與闡釋策略》，《北京大學學報》2005年第4期。
[204] 杜敏：《論典籍注釋傳意的客觀性》，《陝西師範大學學報》2004年第6期。